ERBARMUNGSLOSES SPIEL

KJ Weiss

ERBARMUNGSLOSES SPIEL

Herstellung und Verlag: BoD - Books on

Demand, Norderstedt

ISBN: 9783752644364

1

Freitag

Tristan

Ich wusste sofort, dass etwas passiert war. Mama kam immer pünktlich, normalerweise sogar vor dem verabredeten Zeitpunkt, damit sie noch mit Linus' Mutter quatschen konnte. Jetzt zeigte meine Funkarmbanduhr schon fünf Minuten nach halb acht, damit war sie deutlich zu spät.

„Soll ich mal bei euch zu Hause anrufen?", Anja stand in der Küchentür und winkte bereits mit dem Telefon.

Ich nickte und hypnotisierte weiter den Eingang. Jeden Moment musste es jetzt klingeln. Wenn nicht Mama, dann ...

„Hallo, Claas, hier ist Anja", unterbrach ihre Stimme mein Flehen. „Kerstin ist noch nicht hier. Ich wollte fragen, ob ..."

Mein Vater unterbrach sie in kurzen hastigen Sätzen, was so gar nicht seine Art war. Irgendetwas stimmte da nicht!

„Ach, so! Kein Problem! Ich gebe ihm Bescheid." Mit einem erleichterten Lächeln wandte sie sich mir zu. „Deine Eltern haben unverhofft Besuch bekommen. Dein Papa fährt sofort los. Willst du mit mir in der Küche warten oder lieber bei Linus?"

„Ich setze mich auf die Eingangsstufen. Dann sehe ich ihn, wenn er ankommt, und er muss nicht extra aussteigen."

Anja kannte mich zu gut, als dass sie versucht hätte, mit mir zu diskutieren. Sie nickte nur und warf mir ein fröhliches „bis nächste Woche" hin.

Ich schloss die Tür hinter mir - Jacke und Stiefel hatte ich bereits zuvor angezogen - und blieb unschlüssig stehen. Zum Hinsetzen war es definitiv zu kalt. Mein Atemhauch kristallisierte in der Atemluft, sodass es wie Rauch aussah. Ich lehnte mich gegen den Windfang und zog den Reißverschluss bis zum Kinn hoch. War wohl doch keine so gute Idee, hier draußen zu warten!

Um mich abzulenken, begann ich eines dieser Zahlenspiele, die Papa mir beigebracht hatte: Man denke sich eine Zahl aus, addiere eine bestimmte Summe, multipliziere, teile, nehme dann die Hälfte - und es kommt immer die Zahl neun heraus, egal was für Zahlen man nimmt.

Heute war ich aus irgendeinem Grund zu nervös, nach dem ersten Durchgang verging mir die Lust daran. Stattdessen sah ich starr auf meine Uhr und zählte die Sekunden mit. Anja hatte netterweise das Außenlicht eingeschaltet, das schonte meine Batterie. Sonst würde Mama wieder meckern. In ihren Augen war das ein Tick und nichts Normales, sie verstand nicht, dass diese Beschäftigung mich beruhigte.

Als Papa hupte, war ich so weit abgetaucht, dass ich sämtliche Außengeräusche ausgeblendet hatte. Siebzehn Minuten und dreiundzwanzig Sekunden, rekordverdächtig! Ich trabte die Stufen hinunter - fünf - und lief die acht Schritte zum Auto.

Er hatte die Scheibe der Beifahrerseite heruntergelassen und beugte sich zu mir. „Steig bitte vorn ein!"

Er hatte tatsächlich mein Gurtsystem bereits befestigt, ein absolutes Novum!

Kaum saß ich neben ihm, schloss er das Fenster und gab Gas. „He!", protestierte ich. „Das ist die falsche Richtung!" Hoffentlich mussten wir nicht noch irgendwo anders hin, mein Tagesrhythmus war schon durcheinander genug. Die Verspätung, der unangekündigte Besuch, der ein gemeinsames Abendessen mit Mama ausschloss - da wollte ich wenigstens in Ruhe an meinem Computer sitzen können.

„Wir übernachten heute bei Oma."

Mein Vater nahm die Kurve viel zu schnell, sodass ich panisch nach dem Haltegriff suchte. Erst danach drangen seine Worte richtig in mein Bewusstsein. „Wieso das denn? Ich dachte, ihr habt Besuch? Und wo sind Jonah, Jannis und Connor?"

Statt mir zu antworten, fuhr er rechts ran und drehte den Zündschlüssel. Der Motor erstarb. Er sah starr geradeaus und räusperte sich. Mein Herz begann heftig zu pochen, ich hatte doch recht gehabt! Irgendetwas Schlimmes musste passiert sein.

„Papa …"

„Tristan …"

Wir hatten beide gleichzeitig angefangen zu reden. Ich verstummte und er räusperte sich wieder. „Die Polizei ist bei uns im Haus. Wir können da nicht rein."

„Die Polizei? Wieso? Wo sind Mama, Jonah, Jannis und Connor?" Oma würde nie im Leben uns alle bei sich schlafen lassen. Außerdem war Mama … „Was ist passiert?", wiederholte ich, dieses Mal lauter.

„Die Zwillinge sind im Krankenhaus, sie haben sich irgendwo vergiftet, es geht ihnen sehr schlecht. Und Mama …" Wieder räusperte er sich. „Sie ist mit dem Messer auf Connor los. Die Polizei hat sie mit auf die Wache genommen."

„Dann lass uns hinfahren und sie abholen." Mama würde bestimmt nicht bei Oma schlafen wollen, die beiden … „Wieso können wir nicht nach Hause?"

„Tris, sie hat Connor schwer verletzt, er liegt auch im Krankenhaus. In der Küche werden sämtliche Spuren gesichert, deshalb müssen wir heute Nacht woanders schlafen."

Seine letzten Worte hörte ich nur noch wie durch Watte. Dann bekam ich einen Schreianfall, wie ich ihn schon lange nicht mehr gehabt hatte. Meine Welt war vollkommen zusammengebrochen.

Papa wartete, bis ich wieder ruhiger wurde. „Es regt mich genauso auf wie dich. Aber wir müssen uns den Tatsachen stellen."

Leichter gesagt als getan! Trotzdem kehrte langsam mein Verstand zurück. Mama sollte auf meinen Bruder eingestochen haben? Niemals! Sie war unser Ruhepol, schlichtete jeden Streit, ließ sich nie provozieren, blieb immer cool. „Das glaube ich nicht."

Er startete bereits den Motor. „Ich stand daneben. Es ging so schnell, nicht mal die Polizisten haben rechtzeitig reagieren können."

Während wir weiterfuhren, erzählte er mir die Fakten: Aus irgendwelchen Gründen waren Jonah und Jannis schon zu Hause, als Papa und Connor dort eintrafen. Sie lagen in der Küche auf dem Boden und krümmten sich vor Schmerzen. Papa rief sofort den Notarzt und der die Polizei, nachdem er festgestellt hatte, dass es sich um eine Vergiftung handelte. Mama wurde informiert und zurückbeordert. Bis sie eintraf, waren die Zwillinge schon auf dem Weg ins Krankenhaus. Sie wollte sofort hinterher, aber der Polizist ließ sie nicht gehen, weil er es komisch fand, dass die beiden beim Mittagessen zusammengebrochen waren. Ob schon jemand vor ihnen von dem Eintopf gegessen hätte?

Als sie das hörte, sei sie ganz steif geworden, berichtete Papa. Bevor einer der Anwesenden reagieren konnte, hätte sie sich ein Messer gegriffen und es Connor, der ihr direkt gegenüberstand, in den Bauch gerammt. Von da an hätte sie nur noch geschrien, bis der Notarzt ihr, nachdem er ihr Opfer versorgt hatte, eine Spritze gab.

Wir hielten vor Omas Haus, das hell erleuchtet war. Die Gardine am Küchenfenster schwang leicht hin und her, sie hatte schon nach uns Ausschau gehalten.

Sie stand in der geöffneten Tür. „Was ist das für ein Chaos, Claas?" Für mich hatte sie keinen einzigen Blick.

„Ich verstehe es selbst nicht, Mutter." Er trat auf sie zu, sodass sie zurückweichen musste, zog mich hinter sich her und schloss mit Nachdruck die Tür. „Die Kripo ermittelt. Ich denke, morgen werden die uns sagen können, was genau geschehen ist."

Sie stemmte die Arme in die Seiten. „Kerstin hat auf Connor eingestochen. Was gibt es da zu hinterfragen?"

„Die genauen Umstände müssen geklärt werden", wich er einer vernünftigen Antwort aus.

Sie verdrehte gut sichtbar die Augen. „Du Träumer!"

„Ich mache dem Jungen was zu essen und bringe ihn anschließend nach oben. Wo sollen wir schlafen?"

2

Tristan

Obwohl ich ihm dreimal versicherte, ich würde nichts hinunterbringen, schmierte Papa mir zwei Brote und legte sie auf einen Teller. „Nimm dir ein Glas und eine Flasche Wasser mit", bestimmte er.

Hintereinander marschierten wir die Treppe hinauf, von Oma war nichts mehr zu sehen. Bestimmt wartete sie im Wohnzimmer darauf, dass Papa herunterkam und ihr jede Einzelheit erzählte. Sie sei ein harter Brocken, hatte Mama mal über sie gesagt. Und weil ich nicht verstand, was sie damit meinte, hatte ich sie etwas später, als wir allein waren, danach gefragt. „Du mit deiner Lauscherei!" Trotzdem hatte sie es mir erklärt: „Sie ist streng und urteilt oft sehr hart. Man sollte immer zuerst alle Fakten kennen." Anschließend musste ich ihr schwören, dass das Gesagte unser Geheimnis blieb, was mir nicht schwerfiel. Ich mochte Oma nicht besonders. Sie liebte Connor, wir anderen waren ihr egal. Deswegen fuhr ich fast nie mit zu ihr, wenn Papa sie besuchte.

Mein Vater stieß die Tür zu seinem ehemaligen Zimmer auf, das jetzt als Übernachtungsmöglichkeit für Gäste diente. Das Bett war nicht bezogen, dafür stand der Schrank offen, in den beiden oberen Fächern lagen die Garnituren, darunter ein zweites Kopfkissen und eine zweite Decke.

Papa stellte den Teller auf das kleine Tischchen und wandte sich zur Tür. „Ich rufe eben im Krankenhaus an, dann komme ich wieder hoch." Ich wartete, bis seine Schritte verstummten, und schlich bis zum Treppenabsatz. Tatsächlich, er hatte das Handy am Ohr. „Rommel, ich wollte fragen, wie es meinem Sohn Connor und meinen beiden

Stiefsöhnen Jonah und Jannis Mangold geht. Sie sind vor ungefähr zwei Stunden bei Ihnen eingeliefert worden."

Er warf einen prüfenden Blick nach oben und ich duckte mich schnell. Keine Ahnung, ob er mich gesehen hatte, jedenfalls wandte er sich Richtung Küche und schloss die Tür hinter sich. Mist! Ich huschte zurück zu unserem Zimmer und lehnte mich davor an die Wand. Er würde bestimmt Oma informieren, bevor er zurückkam.

Es dauerte und dauerte und nichts tat sich. Aber Oma hatte noch nie warten können. Ich hörte sie durch die Diele gehen und die Tür öffnen.

„Hier steckst du! Und du isst? Ich warte auf dich!"

Armer Papa! Sie behandelte ihn wie einen kleinen Jungen!

„Ich hatte Hunger, ich habe seit heute Morgen nichts Vernünftiges gegessen."

„Gibt es Neuigkeiten?"

„Connor hat die Operation gut überstanden, bei Jannis sieht es kritisch aus. Jonah scheint über den Berg zu sein."

„Also besteht bei Connor keine Lebensgefahr?"

Typisch Oma, nichts anderes zählte!

„Hat doch nie bestanden. Bei den Zwillingen war lange Zeit nicht klar, ob sie durchkommen. Beziehungsweise bei Jannis steht es immer noch nicht fest."

„Was ist denn nun passiert?"

„Keine Ahnung. Ich weiß nur das, was ich dir schon gesagt habe." Er wiederholte exakt die Einzelheiten, die er mir schon mitgeteilt hatte. „Ich muss morgen früh zur Polizeiwache. Ich hoffe, dass ich dann mehr erfahre."

„Wann dürft ihr wieder ins Haus?"

„Auch das muss ich morgen erfragen."

„Ihr habt doch nicht mal Wechselsachen dabei!"

„Mutter! Die Aufklärung geht vor. Es dauert so lange, wie es eben dauert."

Ich unterdrückte mit Müh und Not ein Stöhnen. Alles, was mir wichtig war, befand sich in meinem Zimmer. Sollte ich etwa tagelang darauf verzichten?

„… gehe auch schlafen", hörte ich die Stimme meines Vaters. „Ich will Tristan nicht allein lassen."

Geräuschlos schob ich mich zurück ins Zimmer und setzte mich wieder in den Sessel. Als Papa eintrat, spielte ich eines dieser Minispiele auf meinem Handy.

„Den Jungs geht es den Umständen entsprechend gut." Er warf mehrere dicke Liegeauflagen auf den Boden. „Daraus bauen wir dir ein Bett. Komm, hilf mir mal, alles zu beziehen."

Kaum waren wir fertig, bestand er darauf, dass wir uns schlafen legten, und schaltete das Licht aus. Im Gegensatz zu ihm fühlte ich mich hellwach. Ich wälzte das Gehörte x-mal hin und her, bis mein Plan stand. Morgen früh würden wir beide gemeinsam zur Polizeiwache fahren, Mama abholen und anschließend meine Brüder besuchen. Bis dahin hatten die Ermittler bestimmt schon alles aufgeklärt.

Blöderweise wachte ich viel zu spät auf, Papa war schon weg. Oma zwang mich an den Frühstückstisch und überwachte mich das gesamte Essen über. Sie erlaubte mir, danach wieder nach oben zu gehen, wir hatten vielleicht fünf Worte miteinander gewechselt. Ich glaube, sie war genauso froh wie ich, wieder alleine zu sein.

Schon kurz darauf kehrte Papa zurück und rief nach mir. Neben ihm stand ein fremder Mann, der mich nicht aus den Augen ließ, als ich die Treppe hinunterkam.

„Tristan, das ist Kommissar Hense. Er möchte gern mit dir sprechen", sagte mein Vater.

„Wo ist Mama?"

„Noch im Präsidium", erwiderte der Fremde. „Es gibt noch einiges zu klären, dazu benötige ich deine Hilfe."

Da Oma im Wohnzimmer war, setzten wir uns wieder in die Küche, Papa und ich auf die eine Seite und der Mann auf die andere.

„Tristan, wann bist du gestern nach Hause gekommen?", begann er.

Das war einfach. „Ich hatte um zwanzig nach eins Schulschluss. Mama holte mich mit dem Auto ab. Der Weg dauert zehn Minuten, also um halb zwei."

„Habt ihr dann sofort zu Mittag gegessen?"

„Das machen wir freitags immer so. Mama muss arbeiten und bringt mich vorher zu meinem Freund."

„Was gab es?"

Ich runzelte die Stirn, das musste er doch wissen! Papa drückte meine Hand und ich antwortete brav: „Ihren speziellen Gemüseeintopf mit Fleischbällchen."

„Und ihr habt beide davon gegessen?"

Ich nickte bloß, was sollte das alles?

„Wie ging es danach weiter? Seid ihr sofort losgefahren?"

„Mama hat den Tisch abgeräumt und ich bin nach oben und hab meinen Rucksack gepackt. Danach sind wir direkt ins Auto."

„Wie lange hat das ungefähr gedauert?"

Genau neun Minuten und vierunddreißig Sekunden. Das war ein Spiel zwischen Mama und mir. Brauchte ich weniger als zehn Minuten, durfte ich abends eine halbe Stunde länger Computer spielen. „Ungefähr zehn Minuten."

„Wo war sie, als du herunterkamst?"

„Sie stand schon an der Haustür." Wie immer.

Er räusperte sich umständlich, so wie Papa, wenn er etwas Unangenehmes sagen will. Ich schluckte. War etwa noch was Schlimmes passiert? Er beugte sich vor und versuchte, meinen Blick festzuhalten. „Ist dir irgendetwas aufgefallen? War vielleicht etwas anders als sonst? Oder war deine Mutter anders als sonst?"

„Nein, es war alles wie immer."

3

Samstag

Tristan

Ich verbrachte einen langen öden Tag oben im Zimmer. Papa war kurz darauf zusammen mit dem Kommissar weggefahren. Danach wollte er ins Krankenhaus, erklärte mir Oma beim Mittagessen. Weil meine Brüder so schwer krank seien, dürfe ich nicht zu ihnen. Und sie anscheinend auch nicht, jedenfalls bekam ich auf meine dementsprechende Frage keine Antwort von ihr.

Dafür behauptete ich dann, ich hätte keinen Hunger, schnappte mir den Nachtisch, einen Apfel, und stürmte die Treppe hoch. Nudelsuppe! Bäh! Sie hatte einfach eine Dose aufgemacht und in der Mikrowelle erwärmt.

Um drei war der Akku meines Handys leer. Ich hatte ja nicht mal das Stromkabel dabei. Das brachte mich auf die richtige Idee. Ich lief die Treppe hinunter, schnappte mir meine Jacke und meine Stiefel und rief Oma ein „Ich gehe ein bisschen spazieren", zu. Bevor sie antworten konnte, war ich schon draußen.

Ich rannte so lange und so schnell, wie ich konnte, schließlich zwang mich ein übles Seitenstechen stehen zu bleiben. Puh! Ich zog den Reißverschluss meiner Jacke bis zum Kinn und stülpte mir die Kapuze über. Der Wind war eiskalt und stach wie Nadeln in mein Gesicht. Einen Moment verharrte ich unschlüssig. Sollte ich mein Vorhaben wirklich durchziehen?

Andererseits, was blieb mir anders übrig? Das Einzige, was mich bei meiner Rückkehr erwartete, waren weitere öde Stunden des Abwartens. Also setzte ich mich wieder in Bewegung.

Es dauerte fast zwei Stunden, bis ich mein Ziel erreichte. Und leider sah ich gleich, dass mein Marsch völlig umsonst gewesen war. Der gesamte Vorgarten war mit einem rot-weißen Flatterband abgesperrt, vor dem Haus stand ein großer Van, drinnen brannte in fast jedem Zimmer Licht und ich konnte mehrere Männer in weißen Anzügen erkennen, die darin herumwuselten.

Ich überlegte gerade, ob ich nicht vielleicht doch eine Möglichkeit fand, in mein Zimmer zu gelangen, als ich aus den Augenwinkeln unsere Nachbarin auf den Plattenweg treten sah, der zur Straße führte. Sie winkte mir aufgeregt zu. Ich drehte mich hastig um und suchte das Weite. Jetzt mit ihr sprechen? Nein, das konnte sie vergessen.

Ich bog in einen der kleineren Nebenwege ab, der nicht mal einen Bürgersteig besaß, und noch drei weitere Male, bis ich mir sicher war, dass die Frau mir nicht folgte. In dieser Gegend war ich bisher nie gewesen, ich musste tatsächlich erst überlegen, wie ich von hier aus wieder auf die Hauptstraße gelangte. Mittlerweile taten mir die Füße weh, so viel war ich lange nicht mehr gelaufen. Normalerweise nahm ich für längere Strecken das Fahrrad oder ließ mich von meiner Mutter fahren.

Ich schlenderte langsam vorwärts und betrachtete dabei die Häuser. Die Grundstücke hatten mindestens die doppelte Fläche von unserem, die Anwesen wirkten herrschaftlich, die Zäune drum herum abweisend. Das wäre eigentlich die richtige Gegend für Oma.

Ein grummelndes Knurren im Magen erinnerte mich daran, dass ich bis auf ein Brot zum Frühstück noch nichts Vernünftiges gegessen hatte. Ich kramte den Apfel aus der Jackentasche und biss heißhungrig hinein. Viel zu wenig! Anschließend fühlte ich mich doppelt so hungrig.

Kurz bevor ich in Omas Straße einbog, kam mir mein Vater mit dem Auto entgegen. Die Bremsen quietschten und er sprang heraus. „Tris! Meine Güte! Wo warst du?"

„Ich bin ein bisschen spazieren gegangen", log ich. „Ich wusste ja nicht, wann du wiederkommst."

„Ich habe mir Sorgen gemacht. Wenn dir …" Er ließ den Satz unbeendet, packte mich und zog mich in eine feste Umarmung.

Papa musste echt neben sich stehen, sonst hätte er das nie getan! Deshalb sagte ich keinen Ton, machte mich allerdings schnellstmöglich wieder frei. Meine Mutter war die Einzige, die … „Wo ist Mama?"

„Komm, wir fahren zurück, dann erzähle ich dir alles."

Mein Blick fiel auf den Imbiss schräg hinter ihm. „Wir könnten uns da reinsetzen. Ich habe Hunger."

„Was gab es denn heute Mittag?"

„Nudelsuppe aus der Dose."

Mein Vater seufzte. „Um die Ecke ist ein richtiges Restaurant. Das ist besser geeignet. Da sitzen die Leute nicht so dicht an dicht."

Er hatte recht, die meisten Tische waren nicht besetzt. Wir nahmen einen in der hintersten Ecke und ich griff gleich zur Speisekarte. „Ich hätte gern ein Zigeunerschnitzel mit Pommes, ohne Salat."

Er gab die Bestellung an den herbeieilenden Kellner weiter, dazu orderte er für sich ein Bier und für mich eine Cola. „Dein Handy ist aus", wandte er sich an mich, nachdem der Mann außer Hörweite war.

„Keinen Strom mehr." Ich zuckte mit den Schultern.

Wieder seufzte er. „Ich gebe dir gleich mein Ladegerät."

„Was ist mit Mama?"

Der Seufzer, bevor er antwortete, war der längste, den ich je von ihm gehört hatte. „Sie muss dableiben, bis alles geklärt ist."

Ich fuhr hoch. „Was heißt das?"

„Pscht." Er sah sich im Lokal um. „Die denken, Mama hätte die Zwillinge vergiftet. Dass sie auf Connor einstach, lässt sich ja nicht von der Hand weisen. Wir alle haben es gesehen."

„Das würde sie nie tun." Ich legte meine gesamte Überzeugung in diese Worte. Mama liebte uns. Sie stellte ihre Familie über alles.

„Das Gift war im Eintopf."

Ich starrte ihn wütend an. „Glaube ich nicht. Mama und ich haben auch davon gegessen und uns ist nichts passiert."

Er presste beide Hände vors Gesicht und rieb sich mehrmals darüber.

„Ich sehe das wie du. Aber die Polizisten verdächtigen sie und lassen sie deshalb nicht gehen."

„Kann ich sie sehen? Mit ihr sprechen?"

Er schüttelte langsam den Kopf. „Nicht mal ich durfte zu ihr."

Mein Hunger war schlagartig weg. Stattdessen würgte mich ein Brechreiz.

„Hier, trink!" Mein Vater schob mir das Glas mit der Cola, das der Kellner gerade gebracht hatte, direkt vor die Nase.

Ich presste den ersten Schluck in meine zugeschnürte Kehle. Dann noch einen und noch einen, bis der Boden sichtbar wurde. Langsam fühlte ich mich besser. „Wie geht es meinen Brüdern?"

„Connor ist schon von der Intensiv runter. Jonah wird wieder gesund, Jannis …" Er schluckte. „Es sieht so aus, als hätte er eine größere Portion gegessen. Ihm geht es immer noch sehr schlecht."

Der war schon immer der Verfressenere von beiden gewesen. „Wieso waren sie überhaupt vor euch da?"

„Ich weiß es nicht." Wieder seufzte Papa.

„Wann können wir nach Hause?"

„Auch das weiß ich nicht. Wenn die Spurensicherung fertig ist. Wann das sein wird - keine Ahnung."

„Sollen wir etwa so lange bei Oma bleiben?"

„Wohin sonst?"

Egal, alles andere wäre besser! Ausnahmsweise verbiss ich mir diesen Kommentar, Papa war genauso getroffen wie ich. Da musste ich den Kopf runternehmen und das durchstehen.

Wir schwiegen, bis der Kellner mit meinem Schnitzelteller erschien. Sofort drehte sich mir wieder der Magen um. Ich sprang auf und schaffte es gerade noch auf die Toilette.

Als ich zurückkam, hatte Papa mein Essen einpacken lassen und schon bezahlt. Er drückte mir eine Flasche Cola in die Hand. „Halt dich lieber daran."

Oma würde bestimmt begeistert über seine Vorstellung von Diät sein!

4

Dienstag/Mittwoch

Oliver

Ich verließ das Restaurant mit stolz geschwellter Brust. Wieder ein Fall gelöst und damit ein zufriedener Kunde mehr. Langsam sprach sich meine gute Arbeit herum. Lange würde ich nicht auf den nächsten Auftrag warten müssen. Außerdem wuchs das finanzielle Polster stetig. Ja, es war die richtige Entscheidung gewesen, mich selbstständig zu machen.

Als ich vor der Einfahrt hielt, um das Tor zu öffnen, sah ich, dass in meinem Häuschen Licht brannte. Das konnte nur Tante Simone sein. Aber zu so später Stunde? Es war bereits halb elf. Normalerweise saß sie um diese Zeit entspannt vor dem Fernseher. Plötzlich hatte ich es sehr eilig.

Die Tür öffnete sich schon, bevor ich heran war. „Ah, Oliver. Fast hätte ich aufgegeben. Komm rein!" Sie drehte sich halb zur Seite, damit ich mich an ihr vorbeiquetschen konnte.

„Ist was passiert?"

„Nein. Morgen früh um neun kommt ein neuer Kunde. Sei bitte pünktlich."

Ha! Das passte wie die Faust aufs Auge. „Worum geht es?"

Sie grinste. „Stand in der Zeitung, die Frau, die angeblich ihre Kinder umbringen wollte."

Wow! Das wäre endlich mal wieder was anderes als der übliche Kram.

„Sie war es nicht?"

„Das genau sollst du rausfinden." Jetzt war sie es, die sich an mir vorbeiquetschte. „Bis morgen, schlaf gut."

Verdattert blickte ich auf die sich schließende Tür. Normalerweise erfuhr ich im Vorfeld wesentlich mehr über meinen zukünftigen Klienten. Meine Tante ließ sich sämtliche Fakten erzählen und wusste auch über den Auftraggeber das Wichtigste zu berichten, sodass ich gut informiert in das erste Gespräch ging. Keine Ahnung, warum sie dieses Mal so kurz angebunden war.

Eigentlich hatte ich den Abend in aller Ruhe ausklingen lassen wollen. Daraus wurde nun nichts mehr. Ich gönnte mir ein Fläschchen Bier und eine halbe Stunde vor dem Fernseher und stellte meinen Wecker auf halb acht. Doch, ich war echt gespannt auf den Fall. Nach dem Zeitungsartikel hatte es sich so angehört, als wäre längst alles klar. Immerhin hatte sie ihren ältesten Sohn direkt vor den Augen der Ermittler angegriffen. Nur versteckte sich die Wahrheit oft hinter Nebensächlichkeiten, wie ich noch sehr gut von meinem ersten großen Fall in Erinnerung hatte.

Ich boxte mir mein Kissen zurecht und zog die Decke hoch. Morgen würde ich mehr wissen.

Nach einer schnellen Dusche und einem ausgiebigen Frühstück machte ich mich fünf Minuten vor neun auf den Weg, um die paar Schritte zwischen meinem Häuschen und meiner Detektei, die in den ehemaligen Garagen untergebracht war, zurückzulegen. Wie immer durchströmte mich ein Gefühl zwischen Aufregung und Glück, als ich mein neues Domizil vor mir sah. So ganz hatte ich mich an die Selbstständigkeit bisher nicht gewöhnt.

Sonst war Tante Simone immer die Erste, wenn wir einen neuen Klienten erwarteten. Heute zeigten mir die heruntergelassenen Rollläden, dass sie sich wohl verspätete. Seltsam! Ich schloss auf, machte Licht und erledigte die paar Handgriffe, die zu tun waren. Dann nahm ich in dem zweiten Raum hinter meinem Schreibtisch Platz und legte Stift und Papier griffbereit.

Tante Simone kam gemeinsam mit ihm, denn ich hörte ihre Stimme: „Du kannst gleich durchgehen. Er beißt nicht."

Du? Bevor ich mich von meinem Erstaunen erholt hatte, trat ein kleiner Junge ein, allerhöchstens zehn. Er blieb auf der Schwelle stehen und musterte mich mit einem schnellen Blick, anschließend fixierte er das Fenster in meinem Rücken.

„Das ist Tristan." Tante Simone tauchte hinter ihm auf und schob ihn sanft, aber bestimmt in Richtung des Besucherstuhls, drückte ihn darauf und holte sich einen zweiten Stuhl von der Wand. „Seiner Mutter wird vorgeworfen, zwei seiner Brüder vergiftet und den ältesten mit einem Messer angegriffen zu haben."

Ich starrte sie ungläubig an. Sollte das etwa heißen, dass ich im Auftrag des Kleinen ermitteln sollte? Sie runzelte die Augenbrauen und nickte nachdrücklich.

Und wer zahlte für meine Arbeit? Das konnte ich mir nicht leisten! Ich sprang auf und winkte ihr, mir in den ersten Raum, in dem sich die Anmeldung, also Tante Simones Arbeitsplatz befand, zu folgen. „Kleinen Moment", sagte ich zu dem Jungen. „Es geht sofort los."

Sie marschierte vor mir her und schloss nachdrücklich die Tür hinter uns. „Oliver, du …"

„Das ist nicht dein Ernst!", zischte ich leise.

„Du musst ihm helfen." Sie legte mir die Hand auf die Schulter und sah mich bittend an. „Er ist sich sicher, dass sie es nicht war."

„Du tust es mir tatsächlich an!" Ich war mehr verblüfft als verärgert. Normalerweise achtete sie wie ein Luchs darauf, dass meine Klienten das nötige Kleingeld aufbringen konnten, mich vernünftig zu bezahlen.

„Gib ihm eine Chance! Hör ihn wenigstens an!"

„Und wer kommt für meine Arbeit auf?" Ich wusste genau, dass es mit einem einzigen Gespräch nicht getan war.

„Er hat sonst niemanden, der sich darum kümmert."

„Was ist mit seinem Vater?"

„Den hat die Polizei bereits davon überzeugt, dass sie die Täterin ist. Er will ihr einen Anwalt besorgen. Das war's schon." Und weil ich sie immer noch stumm fixierte: „Bitte, Oliver, mir zuliebe!"

Damit hatte sie mich. Immerhin schuldete ich ihr mehr, als ich ihr würde jemals zurückgeben können. „Gut, ein Gespräch." Ich machte auf dem Absatz kehrt.

Der Junge hatte sich nicht gerührt und betrachtete angelegentlich seine Hände, was mir die Gelegenheit gab, ihn mir genauer anzusehen. Ein schmales fein gezeichnetes Gesicht, umrahmt von widerspenstigen braunen Locken, schmächtige Gestalt und vielleicht einen Meter vierzig groß, so genau hatte ich das nicht schätzen können. Im Moment schien er völlig in sich versunken, selbst bei meiner Musterung sah er nicht auf. Das Beste war, ich ließ ihn einfach erzählen. „Also, Tristan, dann leg mal los!"

„Als Papa und mein Bruder Connor am Freitag so gegen fünf nach Hause kamen, fanden sie die Zwillinge in der Küche auf dem Boden. Es sah aus, als seien sie während des Essens zusammengebrochen. Der Notarzt rief die Polizei, weil er eine Vergiftung vermutete. Papa telefonierte nach Mama und als sie kam, griff sie sich das größte Messer aus dem Klotz und stieß es Connor in den Bauch. Später stellte sich dann heraus, dass das Essen mit E605 vergiftet worden war. Eine angebrochene Verpackung fand sich im Keller. Und da waren nur Mamas Fingerabdrücke drauf. Deshalb sagen die Kriminalbeamten, sie hätte versucht, die beiden umzubringen."

Es klang wie auswendig gelernt! Und er sah mich weiterhin nicht an, sondern fixierte einen Punkt knapp neben mir.

„Aber du bist anderer Ansicht", half ich ihm weiter.

Er riss die Augen ganz weit auf und starrte mich einen Moment lang fassungslos an. „Natürlich! Sie ist es nicht gewesen. Dazu wäre sie niemals in der Lage. Sie liebt uns." Er klappte unvermittelt den Mund wieder zu und sah zur Seite.

Nun, mittlerweile hatte ich so viel erlebt, dass ich ihm leider nicht zustimmen konnte. Keiner von uns wusste genau, was im Inneren eines Menschen vor sich ging.

„Sag ihm, was du denkst", ermunterte ihn Tante Simone.

Ganz langsam wanderten seine Augen zu mir. „Ich glaube, dass Mama davon ausgeht, dass Connor die Zwillinge vergiftet hat. Warum wäre sie sonst mit dem Messer auf ihn losgegangen?"

5

Mittwoch

Tristan

Als ich am Tag zuvor meinen Entschluss fasste und bei der Adresse vorbeiging, war mir alles ziemlich einfach erschienen. Es musste jedem schnell klar sein, dass Mama nur aus diesem Grund gehandelt hatte, sie vermutete in Connor den Täter. Die einzigen beiden, die das nicht verstehen würden, waren Papa und Oma. Papa, weil er viel zu sehr neben sich stand, und Oma, weil sie ihrem Goldjungen Connor niemals so eine Tat zugetraut hätte.

Die Frau, die ich antraf, hörte sich meine Geschichte in aller Ruhe an. Nachdem ich geendet hatte, schien sie ebenfalls überzeugt, dass meine logischen Überlegungen richtig waren. Zu meiner Enttäuschung erklärte sie mir anschließend, dass ihr Neffe, der Detektiv, heute erst sehr spät zurückerwartet wurde. Sie gab mir für den nächsten Tag einen Termin, gleich am frühen Morgen, damit ich mit ihm selbst sprechen konnte.

Oma dachte ja sowieso, ich würde wieder zur Schule gehen, daher war es kein Problem für mich, zu verschwinden. Das musste man sich mal vorstellen: Meine Brüder alle im Krankenhaus, meine Mutter im Gefängnis - und ich sollte, so als sei nichts gewesen, ganz normal zum Unterricht erscheinen!

Zuerst hatte ich versucht, Papa zu überreden, dass er mich mit zur Uni nahm. Normalerweise war das kein Problem, das hatten wir schon oft genug durchexerziert. Die Dozenten im Mathematikbereich kannten mich schließlich alle. Aber Papa musste am Montag noch einmal zur

Polizei und wollte auch ins Krankenhaus - warum ich ihn nicht begleiten durfte, sagte er nicht. Andererseits konnte er gut verstehen, dass ich null Bock auf Schule hatte - vermutlich würde mich jeder auf diese Geschichte ansprechen. Ich beschwor ihn, Oma zu sagen, ich würde hingehen. Stattdessen, so flunkerte ich ihm vor, würde ich eine Freundin von Mama besuchen und mich die üblichen Stunden über bei ihr aufhalten. Er gab ziemlich schnell nach. Wahrscheinlich war er froh, dass er sich nicht auch noch um mich kümmern musste.

Tante Simone, eigentlich hieß sie Frau Messing und war die Tante des Detektivs, hatte mich bei meinem gestrigen Besuch sofort gefragt, wer sich um mich kümmerte. Ihr erzählte ich die Wahrheit, dass ich am Montag stundenlang durch die Straßen gelaufen war und gegrübelt hatte und dass mich das belauschte Gespräch dann bewogen hatte, meinen Vorsatz in die Tat umzusetzen. Jemand musste Mama helfen - und das konnte wohl nur ein Detektiv. Sie schien es ähnlich wie ich zu sehen, sonst hätte sie mir bestimmt nicht gleich den nächsten Termin gegeben.

Der Typ gefiel mir nicht sonderlich. Erst mal sah er nicht so aus, wie ich mir einen Detektiv vorstellte - irgendwie normaler Durchschnitt halt. Keine sichtbaren Muskeln, ziemlich dünn - und nett war er auch nicht. Er gab mir nicht das Gefühl, dass er sich in den Fall reinhängen würde. Eher hatte ich den Eindruck, er wollte mich so schnell wie möglich wieder loswerden.

Aber ich war eben nicht wie mein Vater. Wenn ich mir etwas in den Kopf gesetzt hatte, brachte mich nichts davon ab. Und seine Tante dachte wie ich. In ihr hatte ich eine echte Verbündete.

Sie war es auch, die unsere gestrigen Überlegungen zusammenfasste. „Gehen wir davon aus, dass Tristan recht hat, lässt sich ihre Handlung durchaus nachvollziehen. Sie wird nach Hause gerufen und trifft fast gleichzeitig mit den Ermittlern ein. Ihr Mann hat ihr am Telefon nur gesagt, dass es den Zwillingen schlecht geht. Erst jetzt erfährt sie, dass die beiden schon im Krankenhaus sind und dass der Notarzt davon ausgeht, dass sie etwas Vergiftetes zu sich genommen haben und dass sich das Gift vermutlich im Mittagessen befunden hat. Im nächsten Moment deutet Connor an, das eigentliche Ziel seien er und sein Vater gewesen, weil die Jungen normalerweise um diese Zeit noch beim Sport gewesen wären, sie beide jedoch gemeinsam essen wollten."

„Stopp!" Der Detektiv hob die Hand. „Stimmt das?", wandte er sich an mich.

Ich nickte. „Jonah und Jannis haben jeden Freitag Basketballtraining bis um sechs. Sie gehen nach der Schule mit zu einem Freund, weil der in der Nähe wohnt. Vor sieben Uhr sind sie nicht zu Hause."

„Und warum waren sie ausgerechnet an diesem Tag da?"

„Weil das Training kurzfristig ausfiel. Der Trainer hatte auf dem Weg einen Unfall und musste zur Untersuchung ins Krankenhaus. Der hat allen eine SMS geschickt. Und weil sie schon unterwegs waren, sind sie gleich nach Hause."

„Hm." Der Detektiv lehnte sich in seinem Stuhl zurück. „Demnach ist die Vermutung von Connor gar nicht so abwegig."

„Eher sollte wohl der Vater ins Jenseits befördert werden", übernahm wieder Tante Simone. Sie hatte mir gleich das Du angeboten, als wir uns unterhielten.

Ihr Neffe lachte. „Findest du diese Kombination nicht reichlich gewagt? Was für ein Sinn sollte dahinterstecken?"

„Tja, mein Lieber, du kennst eben nicht die Familienkonstellation." Sie nahm die Finger zu Hilfe. „Jonah und Jannis sind die Kinder der Mutter aus ihrer ersten Ehe, Connor ist der Sohn des Vaters aus einer früheren Verbindung und Tristan ihr gemeinsames Kind. Stirbt der Vater und die Mutter wandert für die Tat ins Gefängnis, bleiben als Erben nur die beiden Letztgenannten."

„Ist dein Vater sehr vermögend?", wandte sich der Detektiv an mich.

Ich zögerte. Keine Ahnung, was er verdiente. „Nein, ich glaube nicht. Aber seine Mutter hat viel Geld. Ihr gehören mehrere Juweliergeschäfte."

„Dein Großvater lebt nicht mehr?", schoss er gleich die nächste Frage ab.

„Der hat sich scheiden lassen. Ich kenne ihn nicht."

„Also gehören die Läden ihr?"

„Omas Vater hat den ersten aufgebaut. Als sie mit eingestiegen ist, haben sie nach und nach auf drei erweitert. Eigentlich sollte Papa das Geschäft übernehmen, weil der nicht wollte, soll das jetzt Connor machen." Ich verzog das Gesicht. Ihr geliebter Kronprinz! „Ich halte die Stellung, bis du so weit bist", hörte ich sie in Gedanken sagen. Das war einer ihrer Lieblingssprüche. Dabei war sie noch gar nicht so alt. Ich rechnete schnell nach. Sie hatte Papa mit dreiundzwanzig gekriegt, der Connor mit fünfundzwanzig, der wurde jetzt zwanzig - demnach war sie achtundsechzig.

„Wie heißt deine Oma?"

„Clemens, das ist Juwelier Clemens."

Selbst ich konnte erkennen, dass er beeindruckt war. Da gingen nur Leute hin, die richtig Geld hatten.

„Wäre es nicht sinnvoller gewesen, deine Oma zu töten?"

„Erst sie und dann Papa? Dann hätte die Polizei gleich gewusst, was Sache ist." Über diesen Punkt hatte ich gründlich nachgedacht. Also wenn ich Connor gewesen wäre, ich hätte diesen Umweg gewählt, um nicht aufzufallen.

„Hm."

„Wegen der Bezahlung - sobald Mama frei ist, wird sie das regeln", setzte ich schnell nach. „Die hat ein bisschen Geld von ihrer Mutter geerbt."

Er winkte ab. „Das klären wir schon irgendwie."

„Du kümmerst dich also?", fragte Tante Simone an meiner Stelle nach.

Er nickte. „Wer kann mir nähere Auskunft zu eurer Familie und speziell zu deiner Mutter geben?"

„Ich."

„Nein, ich möchte mit Außenstehenden sprechen, mit Freunden, Verwandten, engeren Nachbarn. Fallen dir dazu Namen ein?"

Ich verstand zwar nicht, was das bringen sollte, aber ich war viel zu froh, dass er den Auftrag übernahm, als dass ich irgendwelche Einwände vorbrachte. Immerhin würde ich nah genug am Geschehen sein, um ihn bei weiteren Nachforschungen zu unterstützen.

6

Oliver

Armer kleiner Kerl! Für mich war die Sache klar: Die Mutter war aus irgendeinem Grund durchgedreht und hatte versucht, ihre Familie auszulöschen. Nur wollte er das natürlich nicht wahrhaben. Deshalb musste der Stiefbruder als Bösewicht herhalten.

Da Tante Simone ihn nach unserem Gespräch mit in ihr Haus nahm, konnte ich ihr diese meine Erkenntnis nicht sofort mitteilen. Es würde wohl das Beste sein, ich begann gleich damit, Erkundigungen einzuholen. Die Liste war ziemlich kurz: Eine Nachbarin, ein paar Arbeitskollegen, eventuell der Vater der Zwillinge, der in der Schweiz lebte und nach der schrecklichen Tat herbeigeeilt war, um in der Nähe seiner Kinder zu sein. Die Mutter der Frau war letztes Jahr gestorben, der Vater schon in ihrer Jugend, ihre beste und einzige Freundin hatte vor kurzem das Zeitliche gesegnet.

Mit der Oma väterlicherseits sollte ich auf keinen Fall reden, auch nicht mit dem Vater. Laut Tristans Schilderung war Connor ihr Held, mehr noch als der eigene Sohn. Die anderen Mitglieder der Familie waren Nebensache, das ließ sie diese deutlich spüren. Seine Mutter sei zuletzt nur noch an Feiertagen und Geburtstagen mit zu ihr gegangen und genauso hätte die Oma auch reagiert. Connor dagegen sei oft und gern bei ihr.

Ich beschloss, zuerst die Nachbarin aufzusuchen. Das Einzige, was mir Kopfzerbrechen machte, war, was ich ihr sagen sollte, wenn sie nachfragte, wer mich beauftragt hatte. Ein kleines Kind? Nee, das ging gar nicht.

Das Grundstück der Rommels war immer noch komplett mit Flatterband abgesperrt, irgendwelche Aktivitäten konnte ich jedoch nicht feststellen. Wahrscheinlich hielten die Ermittler den Tatort für eventuelle weitere Untersuchungen unter Verschluss.

Das zweistöckige Haus mit ausgebautem Dachgeschoss war ganz nett, aber nichts Besonderes. Ein geschwungener, leicht ansteigender Kiesweg führte zur Tür, links und rechts davon befanden sich Rasenflächen, einfache Randsteine dienten als Begrenzung. An der linken Seite schloss sich eine Doppelgarage an, dort befanden sich auch die Boxen der Mülltonnen. Alles wirkte sehr gepflegt, der weiße Anstrich sah noch ziemlich frisch aus, die Kunststofffenster in braunem Rahmen blitzten, das Messingschild neben der Klingel glänzte. Einzig die in einer Art Carport relativ nachlässig untergestellten Fahrräder auf der rechten Seite ließen erkennen, dass es sich bei den Bewohnern um eine große Familie handelte. In der Garageneinfahrt des linken Nachbarhauses stand ein Kombi, ich stellte meinen Nissan direkt dahinter ab. Kaum war ich ausgestiegen, erschien die Hausfrau auf der Treppe. „Hallo, da können Sie nicht stehen bleiben. Ich muss gleich weg.“

„Hätten Sie denn einen Moment Zeit für mich?“ Noch während ich auf sie zuging, zog ich meine Karte aus der Jackentasche. „Speer, ich bin Detektiv und untersuche die Umstände, die zu der schrecklichen Tat“, ich wies mit einer Kopfbewegung zum Nachbargrundstück, „geführt haben.“

„So?“ Misstrauisch blickte sie darauf und musterte mich prüfend, sodass ich mir ebenfalls einen ersten Eindruck von ihr verschaffen konnte. „Wer hat Sie denn engagiert? Der Claas?“

Ich schätzte sie auf höchstens Mitte dreißig, etwas füllig, mit halblangem, blondem Haar und einem forschen Auftreten. Die stand garantiert mit beiden Beinen fest im Leben. „Nein, eine gute Freundin seiner Frau“, schwindelte ich. Musste eben Tante Simone dafür herhalten.

„So?“ Ihr Argwohn hatte sich nicht gelegt. „Soweit ich weiß, ist ihre Freundin letztens verstorben.“

„Es handelt sich um eine frühere Nachbarin ihrer Mutter“, fabulierte ich wild drauflos. „Sie hat Frau Rommel aufwachsen sehen und kann sich beim besten Willen nicht vorstellen, dass diese zur Mörderin ihrer eigenen Kinder geworden sein soll. Obwohl sie sie in den letzten Jahren aus den Augen verloren hat, ist sie sich sicher, dass die Kerstin zu einer derartigen Tat nicht fähig wäre."

Sie kniff die Augen zusammen. „Eine Nachbarin?"

Ich redete mich hier um Kopf und Kragen! „Eine gute Freundin der Familie, die sich jetzt schämt, dass sie den Kontakt nicht aufrechterhalten hat. Sie war bis vor kurzem im Ausland. Wenn Sie möchten, kann ich Ihnen ihren Namen und ihre Telefonnummer geben, damit Sie sehen, dass alles seine Richtigkeit hat."

Sie hob abwehrend ihre Hände. „Schon gut. Allerdings unterhalten wir uns hier draußen. Und wie gesagt, ich muss wirklich gleich weg."

„Ich werde Sie nicht lange aufhalten. Mich würde interessieren, was für einen Eindruck Sie von Frau Rommel hatten. Waren Sie gut mit ihr bekannt?"

Sie schnaufte verhalten. „Ach Gott! Es war ein gut nachbarschaftliches Verhältnis, würde ich es mal ausdrücken. Wir quatschten, wenn wir uns draußen trafen, über alles Mögliche. Fehlte mir was, lieh ich es mir von ihr und umgekehrt genauso. Im Sommer sah man sich öfter, im Winter weniger. Ihre und meine Kinder sind vom Alter her zu weit auseinander, als dass sie was gemeinsam machten."

„Private Treffen gab es nicht?"

„Nein, sie hatten ihren Freundeskreis, wir unseren."

„Wie würden Sie Frau Rommel beschreiben, wenn das alles nicht passiert wäre?"

Ihre Antwort kam prompt: „Nett, ohne große Ecken und Kanten, wenn Sie verstehen, was ich meine. Sie hatte vernünftige Ansichten und bemühte sich um ihre Kinder, und zwar um alle gleich. Sie machte da keine Unterschiede - zumindest soweit ich das einschätzen kann", schwächte sie ihre Aussage ab. „Die vier waren höflich, grüßten - es schien alles gut zu laufen."

„Gab es nie Streit?"

Sie lachte. „Doch, natürlich. Und die Zwillinge waren auch nicht ohne. Was die alles angestellt haben! Tristan ist ruhig dagegen. Und Connor war schon - lassen Sie mich eben nachrechnen -, der war schon zwölf, als wir hier eingezogen sind."

„Ein ruhiger Zwölfjähriger?" Klang für mich nicht gerade normal.

Sie lachte wieder. „Der traf sich mit seinen Freunden meist woanders. Nicht mal wilde Partys hat er später veranstaltet."

„Also die idealen Nachbarn?" Das klang viel zu schön, um wahr zu sein. Oder sie hatte weniger Einblicke nehmen können, als sie dachte.

„Ja, kann man so sagen."

„Halten Sie Frau Rommel für die Täterin?"

Sie wirkte zutiefst erstaunt. „Steht das nicht längst fest? Und um auf Ihre Frage vom Anfang zurückzukommen: Nein, eine derartige Tat hätte ich ihr nicht zugetraut. Sie erschien mir immer als Inbegriff der sorgenden Mutter. Da sehen Sie, wie sehr man sich in einem Menschen täuschen kann." Sie warf einen Blick auf ihre Armbanduhr. „Ich muss jetzt wirklich los."

„Eine letzte Frage: Wie war das Verhältnis zwischen den Eheleuten?"

„Da bin ich die falsche Ansprechpartnerin. Das kann ich wirklich nicht beurteilen. Laute Streitereien gab es jedenfalls nicht."

„Danke, für das Gespräch." Ich trat den Rückzug an. Gebracht hatte diese Unterhaltung nicht sonderlich viel. Das klang alles zu sehr nach Bilderbuchfamilie und passte so gar nicht zu dem, was passiert war. Hoffentlich hatten die Arbeitskollegen mehr zu erzählen.

7

Oliver

Die Praxis für Ernährungsberatung, in der Frau Rommel arbeitete, lag in der Innenstadt. Obwohl kurz vor der Mittagszeit, erwartete mich wie immer ein großflächiger Stau. Und wie immer wunderte ich mich darüber, dass zu den normalen Arbeitszeiten an einem Wochentag so viele Menschen unterwegs waren. Die Zahl derer, die auch tagsüber einkauften, schien von Jahr zu Jahr zu wachsen.

Das ältere Pärchen vor mir steuerte auf eine geparkte Limousine zu. Ich setzte sofort den Blinker und bremste ab - natürlich mitten auf der Spur, was meine Hintermänner zu einem wilden Hupkonzert veranlasste. Aber ich blieb stur stehen, sofort einen freien Parkplatz zu ergattern, war ein Glücksfall, den ich mir nicht entgehen lassen wollte.

Die beiden ließen sich nicht aus der Ruhe bringen. Zuerst öffnete der Mann seiner Frau die Tür und wartete, bis sie Platz genommen hatte, dann verstaute er die diversen Einkaufstüten im Kofferraum und stieg endlich umständlich selbst ein. Es dauerte geschlagene fünf Minuten, bis er den Motor anließ, dafür schaffte er es beim dritten Versuch, sein Auto aus der Parklücke zu rangieren. Endlich! Ich schoss hinein.

Kurz vor eins. Laut der Internetanzeige war von eins bis zwei Mittagspause. Ich jagte die drei Straßen entlang. Um eine Minute vor eins drückte ich die Klinke der Eingangstür hinunter und trat ein.

Die Frau an der Anmeldung schenkte mir einen bitterbösen Blick. Ich setzte mein gewinnendstes Lächeln auf und schob ihr meine Karte über den Tresen zu. „Speer. Ich ermittle in der Sache Rommel. Ich würde gern mit jemandem sprechen, der Frau Rommel gut kannte. Wäre das jetzt möglich?"

Ihr Gesicht wurde freundlicher. „Frau Krieger ist die richtige Ansprechpartnerin für Sie. Einen Moment, ich rufe sie eben." Sie nahm den Telefonhörer ab und drückte auf eines der Felder. „Monika, kommst du bitte mal? Hier ist ein Herr wegen der Kerstin." Kaum hatte sie aufgelegt, sprang sie auf. „Sie holt Sie gleich." Noch während ihrer Worte begann sie sich rückwärtsgehend zu entfernen, um nur ja keine Sekunde ihrer Pause zu verpassen. Dabei wäre sie beinahe mit der hinter ihr auftauchenden Person zusammengestoßen.

Ich verkniff mir mit Mühe ein Lachen. Sie war klein und kugelrund, die andere Frau dagegen groß und dürr. Das hätte beinahe ein Desaster gegeben: Kissen prallt auf Bohnenstange.

„Herr Speer?" Die Ernährungsberaterin war ihrer Kollegin geschickt ausgewichen und stand nun vor mir.

Ich überreichte ihr ebenfalls eine Karte und wiederholte meinen Spruch.

„Die Dame an der Anmeldung meint, Sie seien die richtige Ansprechpartnerin", setzte ich hinzu.

„Und was wollen Sie von mir?" Sie schien nicht gerade erfreut. „Ich meine, in welcher Funktion sind Sie hier?"

Jetzt konnte ich nur hoffen, dass sie Kerstin Rommel wohlgesonnen war. „Eine alte Freundin ihrer Mutter hat mich beauftragt, den Fall genauer zu untersuchen. Sie kann sich beim besten Willen nicht vorstellen, dass Ihre Kollegin zu so einer Tat fähig ist."

Sie wurde zugänglicher. „Na, dann kommen Sie mal mit in mein Büro!" Der Raum war klein, aber hell und freundlich eingerichtet. Sie nahm an ihrem Schreibtisch Platz und wies auf die Stühle davor. „Bitte, setzen Sie sich. Wie kann ich Ihnen denn helfen?", fuhr sie fort, nachdem ich ihrer Aufforderung nachgekommen war. „Es stimmt, wir waren alle entsetzt, als wir die Nachricht erhielten, Kerstin habe versucht ihre Kinder zu töten. Das ist nicht die Kollegin, die wir kennen, waren wir uns einig."

„Sind Sie schon von der Polizei vernommen worden?"

Sie schüttelte den Kopf. „Nein. Bei uns war niemand."

Klar, es schien ja auch alles ziemlich eindeutig zu sein! „Seit wann kennen Sie Frau Rommel?"

„Schon seit dem Studium", erklärte sie zu meiner Überraschung.

Dann war sie jünger, als ich gedacht hatte. Durch das hagere Gesicht traten die tiefen Falten deutlich hervor, ich hatte geschätzt, dass sie kurz vor der Rente stand. Kerstin Rommel dagegen war einundvierzig, wie ich von Tristan erfahren hatte.

Das Missverständnis klärte sich schnell. „Ich habe erst relativ spät angefangen zu studieren, da waren meine Kinder schon mit der Grundschule fertig. Kerstin wurde kurz nach dem Abschluss schwanger. Wir arbeiteten am selben Institut und hielten weiterhin sporadisch Kontakt. Mit kleinen Kindern ist das schwierig", fügte sie erklärend hinzu. „Und wenn es dann auch noch Zwillinge sind …"

„Kannten Sie ihren ersten Mann?" Vielleicht entpuppte es sich sogar als Vorteil, dass sie bereits älter war. Auf mich machte sie den Eindruck einer sachlichen, aber warmherzigen Frau, die in der Lage war, eine Person richtig einzuschätzen - vor allem wenn sie diese schon jahrelang kannte.

„Ich habe ihn ein paarmal kurz gesehen, wenn er Kerstin abholte. Und einmal war er mit zu unserer Betriebsfeier. Im Übrigen hielt die Beziehung nicht lange." Sie runzelte die Stirn und legte überlegend den Kopf schief. „Wenn ich mich richtig erinnere, waren die Zwillinge noch keine drei, als sie sich trennten. Ja, stimmt! Sie hatte sich drei Jahre freistellen lassen und konnte fast nahtlos wieder anfangen zu arbeiten."

„Wer hat sich von wem getrennt?"

Sie lachte, ein ausgesprochen sympathisches Lachen. „Beide stellten wohl recht schnell fest, dass sie überhaupt nicht zueinander passten. Sie kannten sich gerade mal fünf Monate, als Kerstin schwanger wurde. Sie trennten sich in aller Freundschaft. Roger besorgte ihr sogar die Hortplätze. Er kümmerte sich weiter regelmäßig um die Zwillinge, bis er ein so gutes Jobangebot in der Schweiz bekam, dass er nicht Nein sagen konnte. Sie besuchen ihn in den Ferien und fliegen einmal im Monat für ein Wochenende hin. Er ist ein guter Vater."

An dieser Stelle musste ich nachhaken. „Sie sagten, die beiden waren zu unterschiedlich. Wie äußerte sich das?"

„Nun, Roger ist extrovertiert und braucht Trubel um sich herum, Kerstin ist der ruhige Typ, der am liebsten zu Hause sitzt. Ich denke, daran ist die Beziehung gescheitert. Genau weiß ich es natürlich nicht. Kerstin ist sehr verschwiegen, was ihre privaten Angelegenheiten betrifft. Ich erfuhr von der beabsichtigten Scheidung erst in dem Moment, als sie mit den Kindern zu ihrer Freundin zog. Und selbst da sagte sie nur, es hätte halt nicht geklappt mit ihnen. Mehrere Wochen später traf ich Roger in der Stadt, der war etwas offener."

„Wann und wie lernte sie den Vater von Tristan kennen?"

„Das muss so circa ein halbes Jahr nach ihrer Trennung von Roger gewesen sein, und zwar in dem Institut, in dem wir damals arbeiteten. Er kam mit seinem Sohn zur Beratung, das heißt, sie kümmerte sich einen längeren Zeitraum um ihn. Claas war immer dabei. Irgendwann lud er sie zum Essen ein, sie begannen sich regelmäßig zu treffen und zogen schließlich zusammen. Sie verkürzte ihre Arbeitszeit auf halbtags und als Tristan geboren wurde, blieb sie ganz zu Hause."

„Jetzt sind Sie wieder Kolleginnen", warf ich ein.

„Ich hatte mich in der Zwischenzeit mit mehreren anderen zusammen selbstständig gemacht, Kerstin rief mich an und fragte, ob Bedarf an einer weiteren Kraft bestünde, sie passte gut ins Team, daher nahmen wir sie auf."

„Das heißt, sie arbeitet auf selbstständiger Basis und entscheidet eigenständig, wie viele Stunden sie macht, oder wie muss ich mir das vorstellen?"

„Wir sprechen uns schon ab. Vier von uns sind halbtags hier, zwei vormittags und zwei nachmittags, ich arbeite Vollzeit. Kerstin kam montags bis donnerstags von halb neun bis eins, freitags gab sie nachmittags einen Kochkurs in unserem Küchenstudio." Sie deutete mit der Hand nach unten.

„Was denken Sie, war sie mit diesem Arrangement zufrieden?"

„Sie wollte es selbst so. Mehr Stunden sind immer möglich." Sie grinste.

„Intoleranzen, Allergien und andere Verdauungsstörungen nehmen zu, ebenso das Interesse, auf gesunde Nahrungsmittel umzusteigen. Unsere Praxis blüht."

„Ist Ihnen in letzter Zeit irgendetwas aufgefallen? War Ihre Kollegin anders als sonst?" Deutlicher musste ich bei Frau Krieger nicht werden, sie wusste bestimmt, worauf ich hinauswollte.

Sie atmete tief durch. „Sie war seit einigen Wochen schon sehr nervös und angespannt. Und sah auch zunehmend schlechter aus. Irgendetwas machte ihr zu schaffen, das war nicht zu übersehen."

8

Tristan

Tante Simone hatte sofort gesagt, es sei viel zu kalt, um sich stundenlang auf der Straße rumzutreiben. Ich solle die Zeit lieber bei ihr verbringen. Das nahm ich gern an. Sie war wirklich nett und vor allem, sie nervte mich nicht. Weder unterzog sie mich einem Verhör noch erwartete sie, dass ich ihr Gesellschaft leistete. Sie zeigte mir das Wohnzimmer, die Küche und das Bad und meinte, ich solle mir aus den vielen Büchern im Schrank etwas aussuchen, das mich interessierte. Sie sei in der Küche, das Mittagessen vorbereiten.

Es gab ein riesiges Regal mit Literatur, das meiste davon allerdings uralt. Hinten in der zweiten Reihe fand ich nach längerem Suchen einige Science-Fiction-Reihen, die mir ganz interessant erschienen. Ich lümmelte mich in einen der großen, gemütlich aussehenden Sessel und schmökerte, bis sie mich zum Essen rief.

„Ich hoffe, du magst Spaghetti Bolognese?" Sie hatte bereits den Tisch gedeckt.

„Ja, gerne sogar." Ich hatte einen Riesenhunger.

„Nimm dir so viel, wie du möchtest." Sie schob mir die Nudeln zu. Ich schaufelte mir den Teller voll. Mist! Sie hatte nur eine Gabel und einen Löffel dazugelegt. „Kann ich bitte ein Messer haben?"

Sie fragte nicht mal nach, sondern holte eins aus der Schublade. Ich schnitt die Spaghetti klein, was gar nicht so einfach war, andauernd rutschten sie mir weg. Tante Simone wartete geduldig, bis ich fertig war, und schob mir den Topf mit der Soße hin. Leider goss ich mir zu viel davon darüber, sodass beim Durchmischen ein großer Berg Nudeln auf dem Tisch landete. Schnell beförderte ich alles mit dem Löffel wieder auf den Teller zurück und begann mit gesenktem Kopf zu essen.

„Hat dein Vater sich um einen Anwalt für deine Mutter gekümmert?", fragte Tante Simone, die ihre Nudeln geschickt aufrollte.

Ich nickte. „Einer seiner Kollegen hat ihm einen empfohlen."

„Was hat er dir erzählt, warum deine Mutter in Haft bleibt?"

„Die verkürzte Version ist, dass die Ermittler nur ihre Fingerabdrücke auf der Packung mit dem E605 gefunden haben und sie deshalb davon ausgehen, dass sie den Eintopf vergiftet hat, nachdem wir gegessen hatten." Mir kam eine Idee. „Hast du einen Computer?" Oma zwar auch, aber die würde mich garantiert nicht dranlassen.

„Du willst das Mittel recherchieren?"

Die war um etliches besser drauf als meine Oma! „Und ich will gucken, wie schlimm so eine Vergiftung ist." Papa ließ mich weiterhin nicht mit ins Krankenhaus, angeblich, weil die Zwillinge noch viel zu krank waren. Selbst Connor brauche viel Ruhe, deshalb beschränke er seine Besuche auf wenige Minuten.

„E 605." Tante Simone zog die Stirn kraus. „Das Mittel wurde früher zur Unkrautvernichtung eingesetzt. Soweit ich weiß, ist es schon seit Jahren verboten. Kaufen kann man es hier in Deutschland nicht mehr. Woher hat deine Mutter es?"

„Ich hab das Zeug nie gesehen." Seufzend kratzte ich die letzten Reste auf meinen Löffel. Es hatte super geschmeckt.

„Schaffst du noch einen Vanillepudding?" Sie wartete meine Antwort gar nicht ab, stand auf und holte ein gut gefülltes Schälchen aus dem Kühlschrank. „Möchtest du Schokoladensoße dazu?"

Viel besser als bei Oma! Die war unter der Woche abwechselnd in einem ihrer Läden und aß in einem Restaurant. Ihre Putzfrau, die normalerweise dreimal in der Woche kam, musste jetzt jeden Tag erscheinen, damit jemand zu Hause war, wenn ich von der „Schule" zurückkehrte. Die machte mir eine Dose warm, weil sie schließlich nicht zum Kochen angestellt sei, wie sie sagte. Das waren bisher durchweg Eintöpfe, anscheinend hatte Oma nichts anderes im Schrank.

Zum Frühstück gab es bei ihr nur Marmelade und Honig, das mochte ich beides nicht. Papa hatte versprochen, mir meine Reisflocken mitzubringen, aber er vergaß immer, daran zu denken. Netterweise gab er mir jeden Morgen fünf Euro, die ich beim Bäcker umsetzte. Das reichte, um satt zu werden.

Nach dem Essen stand ich auf, um ihr zur Hand zu gehen. Darauf hatte Mama immer bestanden. Doch sie schüttelte den Kopf: „Lass mal, darum kümmere ich mich später. Die Recherche geht vor."

Sie führte mich in einen kleineren Raum mit Schreibtisch und Laptop und schaltete Letzteren ein. E 605 (Parathion) ist eine organische Phosphorverbindung, las ich, die als Insektizid verwendet wurde. Laut Abbildung schien es sich dabei um eine Art feinen Staub zu handeln. Schon seit Januar 2002 gab es ein Verbot, sowohl für den Handel als auch für die Anwendung. Hm, mehr als seltsam. Wie sollte Mama da drangekommen sein?

Ah, jetzt wurde es interessant: Es war lange Zeit *das* Mittel für Morde und Selbstmorde! Nach der Aufnahme von Parathion kommt es dosisabhängig zu Erbrechen, Durchfall, Schweißausbrüchen, Muskelzuckungen und Kopfschmerzen, erfuhr ich. Höhere Dosen bewirken schwere Krämpfe sowie eine Atemlähmung und führen in der Folge zur Bewusstlosigkeit und zum Tod. Mir wurde eiskalt. Hatte Papa nicht Oma gegenüber erwähnt, dass Jonah sich in Krämpfen wand, als er ihn fand? Die für den Menschen tödliche Dosis lag zwischen 0,5 bis 5 mg je Kilogramm Körpergewicht. Die Behandlung erforderte eine intensivmedizinische Betreuung und musste so rasch wie möglich begonnen werden. Der Zeitraum zwischen Gifteinnahme und Todeseintritt konnte unter Umständen nur eine Stunde betragen.

„Hier steht, dass dem Parathion ein stechendes knoblauch-artiges Aroma beigefügt wurde, um Giftmorde zu verhindern. Hätten deine Brüder das nicht bemerken müssen?", fragte Tante Simone.

„Nee, guck mal da drunter" Ich war bereits in der nächsten Zeile angelangt. „Stark gewürzte Nahrungsmittel begünstigen einen Giftmord. Das Aroma kann man durch Gewürze überdecken. Unser Eintopf besteht aus Zwiebeln, Paprika, Tomaten, Zucchini, Schinkenspeck und

Reis und einer speziellen Soße. Ich glaube, Knoblauch kommt auch rein. Das schmeckt höllisch scharf. Ich mag den nicht besonders, aber die Zwillinge und auch Papa und Connor lieben ihn." Da fiel mir noch etwas ein. „Mama würzte, nachdem wir gegessen hatten, nach. Deshalb gab es dieses Gericht meist am Freitag, weil wir da vor den anderen aßen." Gut, dass ich diesen Fakt gegenüber dem Kommissar, der mich befragte, nicht erwähnt hatte. Das wäre natürlich die Gelegenheit für Mama gewesen, das Gift ins Essen zu mischen, hätte der sich gedacht.

„Wann essen dein Vater und Connor normalerweise?"

„So gegen fünf. Direkt wenn sie nach Hause kommen."

„Und wann waren die Zwillinge von ihrem Training zurück?"

Ich wusste, worauf sie hinauswollte. „So gegen sieben. Mama blieb auf der Arbeit und holte mich um halb acht von meinem Freund ab", kam ich gleich ihrer nächsten Frage zuvor.

„Damit wird immer deutlicher, dass eigentlich Connor und dein Vater im Fokus des Täters standen."

Das hatte ich doch heute Morgen schon gesagt! „Nur mein Vater", verbesserte ich sie. „Ich wette, Connor hätte sich irgendwie davor gedrückt, was zu essen."

„Du traust deinem Bruder also wirklich einen Mord zu?" Tante Simone suchte meinen Blick.

Ich bemühte mich, ihrem ein paar Sekunden standzuhalten. Sie war meine einzige Verbündete, sie musste mir einfach glauben! „Siehst du eine andere Möglichkeit, wie es gewesen sein könnte?"

9

Oliver

Kerstin Rommels Freundin war bei einem Unfall mit Fahrerflucht gestorben. Sie hatte einen Zebrastreifen überqueren wollen, als ein Auto viel zu schnell heranbrauste und sie frontal erwischte. Der Aufprall war so heftig, dass sie mehrere Meter zur Seite geschleudert wurde. Der Notarzt konnte nur noch ihren Tod feststellen.

Es war am späten Abend passiert, trotzdem hatte ein Anwohner, der zufällig am Fenster stand, das Kennzeichen erkennen können. Zwei Stunden später wurde das Auto auf dem Parkplatz eines Einkaufszentrums sichergestellt. Es war kurz vor der Tat als gestohlen gemeldet worden, im Innern fanden sich keine Hinweise auf den Fahrer.

Seit diesem Unglück vor drei Monaten war Kerstin laut Frau Krieger nervös und angespannt. „Natürlich hatte sie das mitgenommen. Die beiden kannten sich seit ihrer Kindheit. Sie standen sich sehr nahe. Die Freundin war die Patentante der Zwillinge. Die ging bei denen ein und aus. Aber ich hatte das Gefühl, es ging Kerstin in letzter Zeit statt besser eher schlechter. Ich hatte mir fest vorgenommen, mit ihr zu sprechen, aber ich wusste nicht, wie ich das anstellen sollte. Privates blieb bei ihr privat, sie ist sehr verschlossen, was das betrifft."

Viel mehr hatte mir Frau Krieger nicht sagen können. Trotzdem war ihre Mittagspause fast vorbei, als wir uns trennten. Statt zu meinem Auto - ich hatte einen Parkschein für zwei Stunden gezogen - ging ich hinüber in die Bäckerei, bestellte mir einen Kaffee und ein belegtes Brötchen und suchte mir einen Tisch abseits der Theke. Im Endeffekt war ich nicht viel schlauer als zuvor. Die Nachbarin beschrieb Kerstin Rommel als nett und freundlich - wobei nett ein ausnehmend nichtssagendes

Wort ist -, ihre Kollegin gab immerhin zu, dass sie in letzter Zeit Probleme gehabt hatte. Andererseits war sie sich sicher, dass Kerstin niemals zu einer Mörderin werden könnte - außer vielleicht in einer absoluten Ausnahmesituation. Was vermutlich heißen sollte: Im Endeffekt kann man für niemanden die Hand ins Feuer legen.

„Ist hier noch frei?" Eine korpulente Frau bepackt mit Tüten und Taschen ließ sich bereits schnaufend auf den Stuhl mir gegenüber fallen und beendete so meine Überlegungen. Ich trank meinen letzten Schluck Kaffee, griff nach meinem halb aufgegessenen Brötchen und suchte das Weite.

Was jetzt? Ich wog meine zwei verbliebenen Optionen gegeneinander ab. Von dem Ex würde ich vermutlich nichts Wesentliches erfahren, also musste ich hoffen, dass mir meine Quelle direkt vor Ort weiterhelfen konnte. Zweimal war ich bereits in meinem einen Jahr der Selbstständigkeit auf die Kommissarin Körber getroffen, beide Male hatte ich ihr geholfen, die Verbrechen aufzuklären. So gesehen stand sie in meiner Schuld. Ob sie das allerdings auch so wahrnahm, würde sich gleich herausstellen.

Ich lief zurück zu meinem Auto, kontrollierte meinen Parkschein - zehn Minuten hatte ich noch -, nahm mein Handy und suchte ihre Nummer aus meinen Kontaktdaten.

„Körber?"

„Speer hier, hallo, Frau Kommissarin!"

„Sagen Sie bloß nicht, Sie arbeiten schon wieder an einem Mordfall!"

Das klang eher nach Vorwurf statt nach Begeisterung. „Es geht um die Geschichte mit den Rommels", begann ich vorsichtig. „Sind Sie zufällig informiert?"

„Wer hat Sie denn engagiert? Oder arbeiten Sie auf eigene Kappe?"

„Ich wurde gebeten zu recherchieren", versicherte ich eilig. „Nur ergibt sich für mich kein klares Bild. Die Frau wird als zurückhaltend, aber nett beschrieben. Keiner, mit dem ich bisher gesprochen habe, kann sich vorstellen, dass sie zu einer derartigen Tat fähig ist." Hoffentlich fragte sie nicht nach. Zwei Meinungen waren viel zu wenig, als dass ich mir ein vernünftiges Bild hätte machen können.

Stattdessen seufzte sie. „Hier können selbst Sie nichts ausrichten, Herr Speer. Frau Rommel ist eindeutig schuldig. Nicht nur dass ihre Fingerabdrücke die einzigen auf der Giftpackung waren, auf dem Schrank eines ihrer Kinder versteckt fanden sich mehrere handschriftliche Blätter, auf denen sie schwerwiegende Vorwürfe gegen ihren Stiefsohn erhebt. Sie muss sich in ihre Angst regelrecht hineingesteigert haben, das war wohl der Grund für den Mordversuch."

Hatte ich mit meiner Einschätzung doch richtig gelegen!

„Noch haben wir diese Ermittlungsergebnisse nicht an die Öffentlichkeit gegeben. Ich kann mich hoffentlich auf Sie verlassen, dass ich Ihnen dies im Vertrauen erzählt habe."

„Natürlich." Ich gab mich empört. „Das wissen Sie doch!"

Ich hörte ihr Grinsen durch die Leitung. „Gut, ich war Ihnen ja noch was schuldig."

Das hieß vermutlich, damit waren wir quitt. Trotzdem musste ich nachhaken. „Und deshalb bringt sie ihren Mann gleich mit um?"

„Gut kombiniert! Auch wir denken, die Zwillinge waren Zufallsopfer und sie wollte eigentlich ihren Stiefsohn treffen. Psychisch Kranke reagieren nicht unbedingt logisch."

Aha, die Ermittler dachten also, Kerstin Rommel habe in geistiger Umnachtung gehandelt. Armer Tristan, diese Nachricht würde ihn mindestens genauso treffen wie der vorherige Mordverdacht.

Ich weiß wirklich nicht, welcher Teufel mich ritt, statt mich mit der Auskunft zufriedenzugeben, fragte ich: „Wieso sind Sie so sicher, dass diese Anschuldigungen nicht der Wahrheit entsprechen?"

Dieses Mal seufzte sie über meine Hartnäckigkeit. „Weil es haltlose Anklagen sind, die innerhalb kürzester Zeit widerlegt werden konnten. Frau Rommel ist bereits in die Forensik verlegt worden."

Länger wollte ich ihre Gutmütigkeit nicht ausnutzen. Es war schon ein Wunder, dass sie mir überhaupt so viele Details mitgeteilt hatte. „Danke, Frau Körber. Sie haben mir sehr geholfen."

„Halten Sie sich ab jetzt besser raus. Dieser Fall wird Ihnen nur Ärger machen!", gab sie mir zum Abschied noch mit.

Aus den Augenwinkeln sah ich eine Politesse die Reihe der geparkten Autos ablaufen. Ich startete den Motor und reihte mich in die Schlange vor der nächsten Ampel ein. Eigentlich hätte ich nun direkt nach Hause fahren können. Gegen diese Fakten kam Tante Simone auch nicht an. Musste sie eben Tristan die Wahrheit beibringen!

Oder wir überlassen es seinem Vater, dachte ich mit schlechtem Gewissen. In ein, spätestens zwei Tagen musste er ihn aufklären - bevor es die Medien taten. Trotzdem tat mir der Junge leid. Er war so fest von der Unschuld seiner Mutter überzeugt. Für ihn würde eine Welt zusammenbrechen.

Ob er sich noch bei uns zu Hause aufhielt? Blöderweise wusste ich nicht, wie lange er bleiben sollte. Und ihm nach dem, was ich erfahren hatte, unter die Augen treten zu müssen, war nicht meins. Da legte ich lieber einen Zwischenstopp bei Kerstin Rommels Ex ein.

Nachdem ich mich aus dem Gewühl der Innenstadt gerettet hatte, fuhr ich rechts ran und rief Tante Simone an. „Weiß Tristan, in welchem Hotel der Vater der Zwillinge abgestiegen ist?"

„Einen Moment, ich frage ihn eben."

Es klang, als säße sie im Auto. Wahrscheinlich brachte sie den Jungen gerade nach Hause.

„Im Excelsior. Er heißt Roger Mangold."

„Ich fahre gleich bei ihm vorbei." Jetzt zu kneifen, wäre unprofessionell gewesen. Und es würde ja eh meine letzte Tat in diesem Fall werden.

„Anschließend muss ich noch einkaufen", informierte ich sie. „Es wird spät, bis ich zurückkomme."

„Melde dich bei mir! Ich habe wichtige Neuigkeiten für dich."

Das klang richtiggehend euphorisch! Umso stärker würde die Enttäuschung sein.

10

Tristan

Tante Simone war so lieb, mich mit dem Auto bis zu dem Einkaufs-
markt in unserer Nähe zu bringen. Von dem Geld, das Papa mir jeden
Morgen gab, hatte ich so viel gespart, dass ich mir davon endlich meine
geliebten Frühstücksflocken kaufen wollte.

„Oliver fährt direkt zu deinem Stiefvater", sagte sie, nachdem sie das
Telefonat mit ihm beendet hatte. „Vielleicht erfährt er von ihm nähere
Einzelheiten zu dem Gesundheitszustand deiner Brüder."

Den kannte ich! Papa war Oma gegenüber offen gewesen. „Kommt er
danach zurück?"

„Nein, er will noch weitere Nachforschungen betreiben. Es wird sicher
wieder spät."

Ich sah auf die Uhr, es wurde langsam Zeit für mich auszusteigen. Omas
Putzfrau hatte ich erzählt, ich käme immer erst gegen vier von der
Schule zurück, allzu sehr verspäten sollte ich mich besser nicht.

Mama hatte mich oft genug zum Einkaufen mitgenommen, sodass ich
wusste, wo meine Flocken standen. Ich nahm gleich die große Packung,
das Geld reichte sogar noch für eine Tüte Orangensaft. Damit war wenigstens ein vernünftiges Frühstück, wie ich es von zu Hause kannte,
sichergestellt.

Frau Krause kniff anerkennend ein Auge zu, als ich schellte. „Du hast
dich ja richtig beeilt! Zehn Minuten nach vier!"

„Morgen und übermorgen brauchen Sie nicht auf mich zu warten", sagte
ich schnell, da sie Anstalten machte, an mir vorbei das Haus zu verlassen. „Den Donnerstag- und Freitagnachmittag verbringe ich immer bei
Freunden."

„Das hat mir niemand gesagt."

„Ist aber so. Sie können gern meinen Vater anrufen." Ich kramte in meiner Jackentasche nach meinem Handy.

„Schon gut, ich glaube dir. In der Küche steht dein Mittagessen." Sie wandte sich endgültig zur Tür.

Gemüseeintopf aus der Dose! Ich kippte den Inhalt des Tellers in die Spüle und ließ Wasser darüber laufen. Die Reste quetsche ich durch den Abfluss. Das ging prima, viel besser als mit den Nudeln. Die hatte ich herausfischen müssen und in ein Stück alte Zeitung verpackt draußen in der Mülltonne entsorgt. Hoffentlich kochte Tante Simone morgen wieder für mich mit.

Am liebsten hätte ich Papa gebeten, dass er mich zu ihr ziehen ließ, bis wir zurück in unser Haus konnten. Doch dann hätte ich ihm erklären müssen, wann und wie ich ihre Bekanntschaft gemacht hatte. Das würde er bestimmt nicht verstehen, dass ich eigene Nachforschungen anstellte. Am Montagabend hatte ich richtig auf seine Rückkehr gelauert. Da war ich mir noch sicher gewesen, dass sich alles schnell aufklären würde. Mama war keine Mörderin! Das konnte jeder erkennen. Insgeheim hatte ich sogar gehofft, er brächte sie gleich mit. Was war ich enttäuscht, als er allein hereinkam und mich mit ein paar nichtssagenden Phrasen abspeiste, so nach dem Motto: Es dauert halt alles seine Zeit. Deshalb machte ich wiederum das, was ich Mama hoch und heilig versprochen hatte, nicht mehr zu tun: Ich lauschte an der Tür.

Irgendwie habe ich von Natur aus ein besseres Gehör als andere. Ich kann Geräusche hören, die kein anderer hört. Deshalb kann ich auch bei geschlossener Tür fast alles verstehen, was gesprochen wird. Zwar hatte mir Mama früher oft erklärt, dass Lauschen gemein wäre, weil ich dadurch Geheimnisse erfahre, die man mir eben nicht sagen wolle. Aber das jetzt war etwas anderes. Papa und Oma schlossen mich aus bei Dingen, die mich genauso viel angingen, ja, lebenswichtig für mich waren. Ohne Mama konnte ich nicht existieren. Ich brauchte sie wie die Luft zum Atmen. Sie war die Einzige, die mich verstand.

Er überzeugte sich tatsächlich, ob ich im Bett lag, bevor er sich zu Oma ins Wohnzimmer gesellte und die Tür nachdrücklich hinter sich schloss.

Ich wartete genau drei Minuten, bevor ich die Treppe hinunterschlich und mein Ohr gegen das Holz presste.

„… dich schön grüßen", sagte mein Vater gerade. „Dass du ihn besuchen kommst, wäre nicht nötig, du hättest schließlich genug Arbeit."

Klar, als Erstes ging es um Connor, was sonst?

„Hast du mit dem Arzt gesprochen?"

„Wenn nichts dazwischenkommt, kann er Ende nächster Woche schon wieder nach Hause."

„Warst du noch mal bei der Polizei?"

„Ja, nachdem ich bei den Zwillingen reingeschaut habe. Roger war bei Jonah, deshalb bin ich nur kurz geblieben. Bei Jannis sieht es weiterhin schlecht aus. Er hat einfach zu viel von dem Gift zu sich genommen. Sie wissen immer noch nicht, ob er ohne Schäden überlebt."

„Steht Kerstin als Täterin fest?"

Oma zeigte kein Mitleid. Ihretwegen hätten die Zwillinge ruhig sterben können.

„So gut wie. Auf der Packung mit dem Gift fanden sich haufenweise Fingerabdrücke von ihr - und nur von ihr. Sie haben das Zeug im Keller gefunden, versteckt hinter einigen Farbdosen. Ich verstehe das nicht! Warum hat sie das getan? Wieso wollte sie Connor und mich umbringen? Dass die Zwillinge früher nach Hause kamen, konnte ja keiner wissen. Also galt der Anschlag uns beiden. Was hat sie dazu getrieben? Wieso hat sie das gemacht?"

„Es war Connor, der dich darauf brachte?"

„Als die Polizisten eintrafen und die uns baten, von Anfang an zu erzählen, wurde Connor plötzlich ganz blass und sackte zusammen. Ich dachte zuerst, er würde umkippen, weil … du kannst dir das nicht vorstellen, Jonah und Jannis hatten sich in Krämpfen auf dem Boden gewunden, dann setzte bei Jannis die Atmung aus, sodass der Notarzt ihn wiederbeleben musste … es war schlimm, schlimmer als alles, was je …"

Er schluchzte auf. „In einem Moment ist man eine heile Familie, in der alles gut läuft, im nächsten bricht das Chaos aus."

Meine Beine wurden so wackelig, dass ich mich hinsetzen musste. Den genauen Ablauf zu erfahren und Papas Ausbruch mitzukriegen, war echt heftig.

„Connor war klar geworden, dass der Anschlag euch beiden gegolten hatte." Omas Stimme war keine Regung anzuhören.

„Ja, es sprudelte geradezu aus ihm heraus. Das war, kurz nachdem Kerstin gekommen ist."

Meine Gedanken überschlugen sich. Doch bevor ich vernünftig darüber nachdenken konnte, sagte mein Vater: „Warte, ich hole mir eben ein Bier aus dem Kühlschrank. Meine Nerven liegen blank."

Ich huschte die Treppe hoch und drückte mich oben gegen die Wand. Tatsächlich, Papa blieb kurz stehen und horchte in meine Richtung. Ich hielt die Luft an, damit ich mich ja nicht verriet. Kurz bevor ich platzte, wandte er sich endlich Richtung Küche.

Am nächsten Morgen stand mein Plan. Bei meinem Rundgang am Samstag hatte ich in einer der mir vorher unbekannten Seitenstraßen das Schild an einem Haus gesehen, das auf eine Detektei hinwies. Dort würde ich heute hingehen.

Die Frau, die mir öffnete, kochte mir gleich einen heißen Kakao, weil ich so durchfroren aussah. Ich solle ihr schon mal das Wichtigste erzählen, ihr Neffe, der Detektiv, sei noch in einem Fall unterwegs. Sie wäre diejenige, die das Erstgespräch führte, erklärte sie mir auf meine Nachfrage. Wahrscheinlich sortierte sie gleich die langweiligen Fälle aus. Ich hoffte inbrünstig, dass meiner sie interessieren würde.

Sie quetsche mich aus wie eine Zitrone - bisher hatte ich mit dem Begriff nichts anfangen können, jetzt wusste ich endlich, was damit gemeint war. Als ich das Haus verließ, fühlte ich mich innerlich leer, aber auch erleichtert. Sie hatte mir gleich einen Termin für den nächsten Tag gegeben und mir zugesichert, dass ihr Neffe mir helfen würde.

11

Oliver

Herr Mangold war nicht im Hotel - hätte ich mir eigentlich denken können. Der saß bestimmt von morgens bis abends am Bett seiner Kinder.
Also verlegte ich das Einkaufen vor beziehungsweise fuhr in das große
Einkaufszentrum außerhalb. Dort konnte ich gleich nach neuen Stiefeln
schauen, etwas, das ich meist erst auf den letzten Drücker erledigte, ich
hasste dieses endlose Anprobieren.

Immerhin musste ich nun in den nächsten Wochen allerhöchstens irgendwelchen Kleinkram besorgen, dachte ich zufrieden, während ich
den Kofferraum füllte. Und habe - ein Blick auf die Uhr - gute zwei
Stunden totgeschlagen. Jetzt noch schnell eine Currywurst und dann zurück zum Hotel.

Anstatt mich an die Imbissbude zu stellen, setzte ich mich doch lieber
bei Burger King ins Warme. Durch den schneidenden Wind hatte ich
das Gefühl, die Temperaturen seien schon in den zweistelligen Minus-
bereich gefallen. Dabei zeigte das Thermometer an der Infosäule gerade
mal minus zwei Grad an. Nur gut, dass ich im Moment keinen Beschat-
tungsauftrag hatte, der Nissan zickte in letzter Zeit rum, statt an eine
neue Batterie sollte ich lieber langsam an einen anderen fahrbaren Untersatz denken.

Ich orderte einen Big King und einen Kaffee und ergatterte den letzten
freien Tisch. Offenbar war es mittlerweile Usus, sich nach dem Einkaufen zu stärken. Selbst Rentner saßen vergnügt vor ihrem Menü.

Nach dem ersten Bissen angelte ich mein Handy hervor, um Pascal zu
informieren, dass es mit dem Sport heute wieder nichts wurde.

Dementsprechend angefressen klang seine Stimme. „Du bist schon dreimal nicht da gewesen!"

„Weiß ich selbst. Der Laden brummt eben." So ganz konnte ich den Stolz nicht aus meiner Stimme heraushalten. Pascal war sowohl Freund als auch früherer Arbeitskollege. Er hatte mich gewarnt und meinen Sprung in die Selbstständigkeit als großes Wagnis bezeichnet. Dass ich durchaus mein Auskommen hatte - sogar besser als zuvor -, nagte sichtlich an ihm.

„Wie wäre es mit einem tüchtigen Angestellten?", fragte er jetzt.

„Ich kann mir nicht mal eine Bürohilfe leisten." Das stimmte sogar. Tante Simone unterstützte mich unentgeltlich. Ihr mache die Arbeit Spaß und sie habe die Zeit, sagte sie immer. Außerdem hätte ich beim Hausumbau ebenfalls umsonst geholfen. Das eine wog das andere mitnichten auf, weshalb ich ständig ein schlechtes Gewissen mit mir rumschleppte. Diese Sache mit Tristan - normalerweise hätte ich den Fall rundweg abgelehnt. Nur ihr zuliebe, weil ich merkte, dass ihr der Kleine sehr am Herzen lag, hatte ich mich zu den Ermittlungen bewegen lassen.

„Dann will ich mal los."

„Wir sehen uns." Ich trank meinen letzten Schluck Kaffee und machte Platz für den nächsten Wartenden.

Kaum saß ich im eiskalten Auto, war das angenehme Gefühl der Wärme schon wieder verflogen. Dafür sprang der Motor gleich beim ersten Anlauf an. Ich kurvte aus der Parklücke und fuhr direkt zum Hotel.

Wieder war mir das Glück hold. Ich ergatterte ganz in der Nähe einen Parkplatz.

„Herr Mangold ist noch nicht im Haus", verkündete der Hotelangestellte. „Sie können gern in der Lobby auf ihn warten."

Ich nickte zustimmend und steuerte die kleinen Sitzgruppen an. Viel los war hier momentan nicht. Im hinteren Bereich saßen zwei alte Damen und unterhielten sich angeregt, ansonsten hatte ich die freie Auswahl. Ich ließ mich gleich auf das erste Sofa fallen, von dem aus ich einen guten Ausblick auf die Rezeption hatte. Nach Tristans Beschreibung war Herr Mangold groß, blond und Brillenträger, ich würde ihn hoffentlich erkennen.

Meine Sorge war gar nicht nötig gewesen, der Hotelangestellte wies den Mann auf mich hin, bevor ich mich erhoben hatte.

„Herr Speer?" Er musterte mich gründlich und streckte mir dann seine Hand entgegen. „Tristan hat mich angerufen und gebeten, mit Ihnen zu sprechen."

Ich grinste in mich hinein. Ganz schön clever, der Kleine!

Roger Mangold deutete auf die Sitzecke hinter mir. „Wollen wir hier reden oder rüber ins Restaurant gehen?"

„Gerne direkt hier." Ich nahm auf sein Nicken hin wieder Platz.

„Der Junge hat sie engagiert?" Sein: Und Sie haben sich darauf eingelassen, war nicht zu überhören.

„Meine Tante will ihm unbedingt helfen zu verstehen. Er scheint nicht viel Feedback von seiner Oma und seinem Vater zu bekommen."

Mein Gegenüber verzog abschätzig das Gesicht. „Die Alte ist das Letzte. Nur auf Connor fixiert, die anderen Kinder sind ihr egal. Claas, na ja, der hat wahrscheinlich selbst genug zu kämpfen, damit klarzukommen."

„Wie geht es Ihren beiden?", fiel es mir siedend heiß ein nachzufragen.

„Jonah ist von der Intensiv runter und auch Jannis macht endlich Fortschritte. Sobald die Ärzte grünes Licht geben, lasse ich sie in eine Klinik in der Schweiz verlegen."

„Glauben Sie, dass Ihre ehemalige Frau hinter diesem Giftanschlag steckt?"

Er überlegte gründlich, bevor er antwortete: „Spontan hätte ich Nein gesagt. Jonah sieht es ebenso. Nur hat die Polizei anscheinend eindeutige Beweise gefunden, die keinen anderen Schluss zulassen. Angeblich soll sie in einer Art Wahn gehandelt haben." Er sah mich prüfend an, ob ich diese Information kannte.

„Sie ist bereits in die Forensik verlegt worden", nickte ich. „Allerdings weiß Tristan noch nichts davon."

„Der arme Kleine! Seine Mutter ist sein Ein und Alles. Ohne sie …" Er schüttelte langsam den Kopf.

Er wird es überleben müssen, dachte ich bei mir, so, wie etliche Kinder auf ähnliche Art vor ihm. „Haben sich denn im Vorfeld irgendwelche Anzeichen für eine geistige Störung gezeigt?"

Er kratzte sich nachdenklich am Kopf. „Ich hatte kaum Kontakt zu ihr, höchstens mal übers Telefon, und dabei ist mir nichts aufgefallen. Ich könnte es mir nur so erklären, dass diese zwei Schicksalsschläge sie schlimmer aus der Bahn warfen als gedacht." Wieder wartete er ab, wie ich reagierte.

„Der Tod ihrer Mutter und das plötzliche Ableben ihrer Freundin durch einen Unfall?"

„Auch die Mutter starb unverhofft. Sie kam bei einem unglücklichen Sturz in der eigenen Wohnung ums Leben. Sie und Kerstin standen sich sehr nahe. Da gab es noch die Freundin, die sie tröstete. Danach …" Er zuckte die Schultern. „Kerstin hatte nie viele Bekannte, Freunde schon gar nicht. Sie ist ein Typ, der gut mit sich allein klarkommt. Und die Familie stand immer an erster Stelle. Da blieb wenig Zeit für andere Dinge."

Damit war ich mit meinem Latein am Ende. Außerdem strömten jetzt Massen an japanischen Touristen herein, die plaudernd vor der Rezeption Aufstellung nahmen. Die relativ kleine Lobby war plötzlich am Rande ihrer Kapazität. Ich erhob mich. „Danke, für das Gespräch. Ich wünsche Ihnen und Ihren Kindern alles Gute."

Roger Mangold stand ebenfalls auf. „Falls sich weitere Fragen ergeben, Tristan hat meine Handynummer."

Fast synchron wandten wir uns ab, er schritt Richtung Aufzug, ich Richtung Ausgang. Nur gut, dass ich zuerst mit Tante Simone allein das Resümee ziehen würde. Hoffentlich übernahm sie es, Tristan das Ergebnis mitzuteilen.

12

Oliver

Sie schien am Fenster auf mich gelauert zu haben, denn kaum hatte ich das Tor hinter mir geschlossen, kam Tante Simone auf mich zu.

„Ich muss erst die Gefriersachen verstauen", wehrte ich ab, bevor sie mit ihrer Fragerei loslegen konnte. Bestimmt war es besser, wenn wir gemütlich bei einer Tasse Cappuccino über alles sprachen. Milch hatte ich gekauft.

„Warst du etwa erst einkaufen?" Sie griff sich zwei Tüten aus dem Kofferraum.

„Bei dem Wetter kein Problem." Ich hatte vor dem Losfahren sogar die Scheibe frei kratzen müssen.

Trotzdem sah sie mich vorwurfsvoll an, während sie nach einer weiteren Tüte langte. Meine Tante gehört noch zu denen, die denken, dass ein bisschen Auftauen unterwegs den Lebensmitteln schadet. Dabei hatte ich ihr mehrere Artikel ausgedruckt, die das Gegenteil aussagten - sogar mit entsprechenden Experimenten dazu!

Zweimal laufen und wir hatten alles im Haus. Gemeinsam verstauten wir die Lebensmittel und anderen Utensilien, bevor ich meine Espressomaschine zum Leben erweckte. Das war der einzige Luxus, den ich mir bisher gegönnt hatte, ansonsten hielt ich mein Geld zusammen, wie Tante Simone es nannte. Noch musste ich sehen, dass ich mir eine vernünftige Rücklage für maue Zeiten anlegte - und das Nächste, was unbedingt angeschafft werden musste, stand ja schon fest - ein neues Auto. Das würde ein großes Loch in meine Ersparnisse reißen. Deshalb behielt ich lieber weiterhin die alten Möbel, die ich von meinem Vorgänger übernommen hatte.

„Ich habe dir ein paar Ausdrucke auf den Tisch gelegt", Tante Simone zeigte auf mehrere Blätter. „Tristan und ich wollten dir helfen und haben dieses Gift E605 gegoogelt."

Nett von ihr, aber vollkommen überflüssig. „Ich bin bei der Nachbarin gewesen und bei Frau Rommel auf der Arbeit", begann ich, anstatt gleich mit der schlechten Nachricht anzufangen. Ich berichtete ihr fast wortwörtlich, was die beiden Frauen mir erzählt hatten. „Anschließend rief ich bei der Polizei an. Frau Körber war mir noch einen Gefallen schuldig ..."

Sie schüttelte entsetzt den Kopf, nachdem ich geendet hatte. „Das kann ich einfach nicht glauben. Das hätte man doch merken müssen! Ich meine, Kerstin Rommel hätte sich im Vorfeld anders benehmen müssen, sodass zumindest die engsten Familienmitglieder Verdacht hätten schöpfen müssen", setzte sie hinzu. „Man wird nicht von einen Tag auf den anderen psychisch krank."

„Tristan ist nicht unbedingt der Richtige, so etwas zu erkennen", gab ich zu bedenken. Der Junge war irgendwie seltsam, einerseits im Denken und in der Art, wie er sich artikulierte, weit seinem wahren Alter voraus, andererseits wirkte er gehemmt und ... ach, irgendwie seltsam halt. Ich hatte bisher erst einmal mit ihm gesprochen, trotzdem war irgendetwas an seinem Verhalten anders als bei anderen Kindern. Bei aller Sorge um seine Mutter wirkte er unbeteiligt, seine Gesichtszüge zeigten keinerlei Emotionen.

Meine Tante nickte. „Er leidet am Asperger-Syndrom. Das ist eine Form von Autismus." Sie deutete auf den Blätterstapel. „Ich habe dir alles Wissenswerte dazu ausgedruckt."

„Gib mir einen kurzen Abriss!"

„Menschen mit Asperger-Syndrom haben Defizite hinsichtlich der Fähigkeit, Gefühle und Gedanken anderer Personen und sich selbst zuzuschreiben und den emotionalen Ausdruck von Gesichtern zu verstehen und zu differenzieren."

Hm, das war mir zu hochgestochen. „Erklär mal für schlichte Geister!"

Sie grinste: „Vereinfacht ausgedrückt verarbeiten sie den Ausdruck menschlicher Gesichter dort, wo Gesunde Objekte verarbeiten. Sie betrachten also den emotionalen Gesichtsausdruck wie ein Objekt. Dazu passt ihre mangelnde Einfühlfähigkeit und ihr Unverständnis für zwischenmenschliche Interaktionen und Situationen."

Deshalb wirkte Tristan bei allem so unbeteiligt. „Was ist mit der Intelligenz?"

„Normal bis überdurchschnittlich. Oft haben die betreffenden Kinder eine Art Inselbegabung, also eine spezielle Begabung für einen bestimmten Bereich."

„Tristan auch?"

Ihr Grinsen vertiefte sich. „Er scheint ein Ass in Mathe zu sein. Der Vater ist Dozent für Physik an der hiesigen Uni. War niemand da, der auf den Jungen aufpassen konnte, nahm er ihn mit zur Arbeit. Dort kristallisierte sich seine Begabung schnell heraus. Mittlerweile ist er gern gesehener Gast."

„Geht er auf eine Spezialschule?"

„Nein, in allen anderen Fächern ist er Durchschnitt."

„Er spricht nicht wie ein Zehnjähriger."

„Er wird in zwei Monaten zwölf", korrigierte sie mich. „Seine Ausdrucksfähigkeit ist beachtlich, da muss ich dir recht geben. Das kann aber auch daran liegen, dass er mit drei älteren Brüdern aufwächst und das familiäre Umfeld eher gehoben ist."

Jetzt fing sie auch schon an, sich so „gehoben" auszudrücken! „Also ist Tristan emotional ein Krüppel", verdeutlichte ich extra grob. „Wie soll der denn seine Mutter einschätzen oder erkennen können, ob die langsam durchdrehte?"

Sie seufzte schwer. „Ich hatte gehofft, du würdest andere Menschen finden, die seine Auffassung teilen."

„Im Endeffekt weiß keiner Genaueres", musste ich zugeben. „Herr Mangold hatte nur telefonisch Kontakt mit ihr, an den Vater und die Jungen, die Einzigen, die vielleicht eine Änderung in ihrem Verhalten bemerkt haben können, komme ich nicht heran."

„Wie geht es den Zwillingen?" Ihre Augen funkelten. Ich ahnte, dass ihr bereits eine Idee gekommen war.

„Es sieht so aus, als sei Jannis endlich auf dem Weg der Besserung." Sie erwartete doch wohl nicht von mir, dass ich …

„Und Jonah?"

„Der ist von der Intensiv runter", gestand ich widerwillig.

„Meinst du, du könntest Herrn Mangold darum bitten, einmal selbst mit Jonah zu sprechen? Als Abschluss sozusagen", fügte sie besänftigend hinzu. „Am besten wäre es, du nimmst Tristan dazu mit."

Genau wie ich es mir gedacht hatte. „Nein! Das ist völlig ausgeschlossen. Der Junge ist schwer krank."

„Überlege es dir bis morgen." Sie erhob sich und klopfte zum Abschied auf die Unterlagen. „Ich hole Tristan um acht ab. Es wäre nett, wenn du so ab halb neun für uns Zeit hättest."

Na toll! Das hieß, sie würde ihn nicht auf die niederschmetternde Nachricht vorbereiten, sondern es mir überlassen, ihn zu informieren.

Eigentlich hatte ich überhaupt keine Lust mehr, mich mit den ausgedruckten Unterlagen zu beschäftigen. Lustlos zog ich die Blätter mit den Informationen über das E605 zu mir heran. Ach, das war ja interessant! Früher wurden Leute häufiger damit umgebracht. Ob es wohl in erster Linie deshalb verboten wurde?

Die Wirkungsweise war allerdings heftig und bestimmt schmerzhaft. Und die Überlebenschancen gering. Ganz am Ende hatte Tante Simone einen Artikel beigefügt, in dem die Behandlung eines Überlebenden vorgestellt wurde, der Mann war allerdings schon fünfzehn Minuten nach der Einnahme ins Krankenhaus eingeliefert worden. Demnach hatten die Zwillinge enormes Glück gehabt, dass sie mit dem Leben davongekommen waren. Ob und was für Schäden zurückblieben, fand ich dagegen nirgendwo.

13

Donnerstag

Tristan

Tante Simone wartete schon auf mich. „Wir besuchen heute Morgen Oliver", teilte sie mir mit. „Er will seine Ergebnisse mit dir besprechen." Ich konnte mir schon denken, was er mir sagen wollte!

Sie parkte vor der Detektei. Oliver schien noch nicht da zu sein, sämtliche Rollläden waren heruntergelassen.

„Er ist bestimmt noch beim Frühstück." Sie deutete auf das kleine Häuschen rechts von der Einfahrt und marschierte los.

Die Tür öffnete sich und der Detektiv steckte den Kopf heraus. „Hab verschlafen", brummte er. „Setzt euch in die Küche. Ich komme gleich." Hier sah es aus wie bei Oma! Nicht die, bei der ich gerade wohnte, sondern die, die gestorben war. Die hatte auch so alte Möbel gehabt. Ob er auf so was stand? Im Wohnzimmer lagen mehrere Hanteln auf dem Boden, ähnlich denen, die Jonah benutzte. Nur sahen die hier viel schwerer aus. Anscheinend arbeitete der Detektiv doch regelmäßig an seiner Fitness.

„Tristan, möchtest du einen Kakao?", rief Tante Simone aus der Küche. Die sah genauso aus wie der Rest der Wohnung, wie ich nun selbst feststellen konnte. „Gern." Ihrer schmeckte genauso gut wie Mamas.

„Setz dich." Sie selbst machte sich an der Espressomaschine zu schaffen, nahm Milch aus dem Kühlschrank und erwärmte sie in der Mikrowelle. „Soll ich dir den Kakao reinrühren?"

Ich nickte und lauschte gleichzeitig auf die Geräusche, die aus einem der hinteren Räume kamen. Unterdrücktes Fluchen war zu hören, dann Schritte, die sich näherten. Oliver trat direkt zum Kühlschrank und holte alles, was er für sein Frühstück benötigte, heraus. Er hielt mir die Brötchentüte hin. „Möchtest du auch?"

Wieder nickte ich. Heute Morgen hatte ich kaum was runterbekommen. Das belauschte Gespräch lag mir zu schwer im Magen.

Ich wartete, bis alle am Tisch saßen und der Detektiv sein und mein Brötchen aufgeschnitten hatte. „Wir können wieder nach Hause. Direkt in der Früh ist Omas Putzfrau rein, Papa fährt abends mit mir hin."

„Hat er dir gesagt, warum die Polizei das Haus freigegeben hat?"

Ich nickte stumm. Blöderweise traten mir sogar Tränen in die Augen.

„Du weißt, dass deine Mutter in der Psychiatrie ist?", übernahm Tante Simone.

„Forensik", verbesserte ich sie. Dann versagte meine Stimme und ich fing an zu weinen.

Sie ließen mich in Ruhe, bis ich mich wieder gefangen hatte.

„Hast du deine Oma und deinen Vater gestern belauscht?", fragte Tante Simone.

„Woher wisst ihr davon?", stellte ich die Gegenfrage. In der Zeitung wurde nicht darüber berichtet, das hatte ich überprüft.

„Ich habe gestern mit jemandem von der Polizei gesprochen, der mir noch einen Gefallen schuldete", gab der Detektiv offen zu.

„Hat derjenige Ihnen von Mamas Notizen erzählt, die auf meinem Schrank lagen?"

Er ließ sein Brötchen sinken. „Kennst du den Inhalt? Hast du es selbst gelesen?"

Ich schüttelte den Kopf. „Sie lagen unter meinen Kisten, die sind voll mit Kram, den ich eigentlich nicht mehr brauche. Sie muss sie irgendwann dort versteckt haben, als ich in der Schule war. Aber ich weiß, was darin steht", setzte ich mit Nachdruck hinzu. „Sie verdächtigt Connor, schuld am Tod von Oma und Tante Charlotte zu sein. Sie hatte Angst vor ihm, Angst, dass er auch ihr was antun würde." So, jetzt war es raus. Jetzt musste er reagieren!

Er schüttelte langsam den Kopf. „Dem ist die Polizei bereits nachgegangen. Er kann es nicht gewesen sein. Unabhängige Zeugen bestätigen seine Alibis."

Meine Mutter irrte nicht! Dass sie ihren Verdacht aufgeschrieben hatte, bestärkte mich in meiner Meinung. Das war ihre Absicherung, falls wirklich etwas passierte. Und trotzdem hatte Connor es geschafft. Was er ihr angetan hatte, war viel schlimmer, als wenn er sie tatsächlich umgebracht hätte. Nur dass es zudem noch die Falschen getroffen … „Mein Vater! Ist er nicht in Gefahr? Connor kommt schon nächste Woche aus dem Krankenhaus raus."

„Er wird sich hüten." Tante Simone tätschelte kurz meinen Arm. „Dann würde der Verdacht automatisch auf ihn fallen. Oder, falls er super geschickt vorgeht, wäre zumindest deine Mutter dadurch entlastet. Die Polizei würde denken, ein Außenstehender hätte es auf euch abgesehen. Das will er garantiert nicht."

Der Detektiv nickte zustimmend. „Sehe ich genauso."

Ich beugte mich vor und starrte ihm direkt in die Augen. „Was können Sie unternehmen?"

Statt auf meine Frage einzugehen, begann er zu erzählen, was seine Befragungen ergeben hatten. Sein Bericht dauerte fast eine halbe Stunde, trotzdem war mir relativ schnell klar, dass wir keine relevanten Ergebnisse vorweisen konnten. Ja, jeder war entsetzt, keiner hätte mit einer derartigen Tat gerechnet, doch alle nahmen als gegeben hin, dass es so war, wie die Polizei vermutete.

„Wie schätzt du denn Connor ein?", fragte Tante Simone anschließend.

„Er ist acht Jahre älter als ich. Viel miteinander zu tun hatten wir nicht."

Blöde Antwort, aber ich konnte nun mal keine Menschen beurteilen. Außer meine Mutter, niemals hätte sie einem von uns was antun können!

„Gab es oft Streit bei euch? Wie vertrug er sich mit den Zwillingen? Wie mit deiner Mutter?", half sie mir auf die Sprünge.

„Alles war völlig normal. Er tat das, was meine Mutter von ihm verlangte. Mit Jonah und Jannis gab es keine Gemeinsamkeiten. Die hatten ihren, er seinen Freundeskreis."

„Wie alt sind die Zwillinge?"

„Fünfzehn, sie werden im Mai sechzehn."

Tante Simone stieß ihren Neffen auffordernd an. „Was meinst du?"

„Hast du einen eigenen Haustürschlüssel?"

Häh? Wie kam er jetzt darauf?

„Wie soll das laufen? Gehst du nach der Schule nach Hause oder musst du bei der Oma warten, bis dein Vater von der Arbeit kommt?", fragte er geduldig nach.

„Er holt mich direkt nach Unterrichtsschluss ab und nimmt mich mit zur Uni. Zumindest so lange, bis Connor aus dem Krankenhaus zurück ist."

„Also hast du keinen eigenen Schlüssel?"

Natürlich hatte ich, ich war ja kein kleines Kind mehr! Ich zog ihn aus der Hosentasche und legte ihn auf den Tisch.

„Wir statten eurem Haus nachher einen Besuch ab. Wann wird die Putzfrau fertig sein?"

Mir wurde ganz schwach vor Erleichterung. Er würde nicht aufgeben, er glaubte mir. „Ich habe heute einen Termin bei meinem Therapeuten", musste ich leider gestehen. „Den kann ich nicht absagen. Das würde mein Vater erfahren. Ich bin erst gegen vier fertig."

„Wann wollt dein Vater und du euch treffen?"

„Um sechs."

„Wir ziehen es trotzdem durch." Oliver stand auf. „Ich muss noch einmal weg, ein wichtiger Termin. Gib meiner Tante die Adresse deines Therapeuten, ich bin pünktlich da."

Kaum war er aus der Tür, zwinkerte Tante Simone mir zu. „So schnell gibt Oliver nicht auf." Netter Versuch! Sie war genauso erstaunt und erleichtert wie ich, das blieb selbst mir nicht verborgen.

14

Oliver

Wenn Tristan gewusst hätte, aus welchem Grund ich diesen Vorschlag gemacht hatte, wäre seine Begeisterung in Enttäuschung umgeschlagen. Deshalb hatte ich ihn in dem Glauben gelassen, wir würden nach Beweisen für Connors Schuld suchen. Doch zuerst stand ein Termin mit Deniz' Freundin auf dem Plan. Direkt nach dem Aufwachen war mir eingefallen, dass diese mir vielleicht in meiner Einschätzung der Situation weiterhelfen konnte. Ein kurzer Anruf hatte genügt. Sie wollte mich zwischen zwei Patienten einschieben.

Ja, klar, eigentlich hatte ich nicht vorgehabt, überhaupt noch einen Handschlag in diesem Fall zu machen. Andererseits - es lag kein neuer an. Und als ich Tristan so vor mir sah, hatte ich es nicht übers Herz gebracht, ihm zu erklären, dass meine Arbeit bereits beendet sei.

Schon auf dem Gang zu Brittas Praxis begegnete mir ein jüngerer Mann, dabei war ich fünf Minuten vor der Zeit. Ob sie extra wegen mir früher Schluss gemacht hatte?

Ich klingelte und sie öffnete mir persönlich die Tür. „Du kannst gleich mit durchkommen. Dieser Patient erscheint immer mindestens zehn Minuten vor seinem Termin, das habe ich dieses Mal ausgenutzt, um ein paar zusätzliche Minuten für dich rauszuschinden."

Auf dem Weg durch den kurzen Korridor sah ich mich neugierig um. Links ging ein kleines Wartezimmer ab, in dem eine ältere Frau saß und vor sich hinstarrte. Sie blickte nicht mal auf, als wir vorbeigingen. Die erste Tür auf der rechten Seite war geschlossen, Britta steuerte die schräg gegenüber an. „Das ist mein Reich."

Wie beim Rest der Praxis dominierten auch hier helle Farben in zarten Gelbtönen, an den Wänden hingen wie im Flur fröhliche Blumenbilder, auf dem weißen Schreibtisch stand ein geschmackvolles Kerzenarrangement in Orange. Die halbrunde Couch auf der anderen Seite des Zimmers war dagegen in dunkelbraun gehalten, auf dem viereckigen Tischchen davor lag eine orangene Decke.

Dass Britta Geschmack hatte, war mir seit längerem bekannt. Kaum bei Deniz eingezogen, hatte sie in kürzester Zeit seine Wohnung umgemodelt und das auf eine Art, dass es ihm kaum auffiel. Hier ein paar kleine Accessoires, da ein paar nette Bilder, dazu echte Pflanzen auf den Fensterbänken - es sah alles gleich viel wohnlicher und gemütlicher aus, ohne dass sie seinen normalen Kram angerührt hätte.

Trotzdem war ich von der Praxis beeindruckt. Wohlfühlatmosphäre, das traf es wohl am besten. „Toll", sagte ich denn auch, nachdem ich Platz genommen hatte.

Sie lächelte und setzte sich neben mich. „Danke, meine Kollegin und ich haben das meiste selbst gemacht oder wenigstens bestimmt, wie es aussehen soll. Uns gefällt das Ergebnis ebenfalls." Sie wurde ernst. „Wie kann ich dir helfen?"

Ich gab ihr einen groben Abriss von dem, was sich ereignet hatte. Da waren meine ersten fünf Minuten bereits um. „Wenn jemand so reagiert, müsste man nicht im Vorfeld merken, dass die Person kurz vor dem Durchdrehen ist?", fragte ich daher ziemlich direkt.

Sie wiegte den Kopf hin und her. „Schwer zu sagen. Ich denke, die Ermittler vermuten eine paranoide Schizophrenie bei dieser Frau. Sie hat sich über einen längeren Zeitraum eingeredet, ihr Stiefsohn sei ein Mörder, und sah sich als sein nächstes Opfer. Das würde gut in das Krankheitsbild passen, auch dass sie mit dem Messer auf ihn losgegangen ist, als spontane Reaktion. Aber dass sie die Lösung wählte, ihren Mann und ihn zusammen zu vergiften, passt eigentlich nicht richtig ins Bild. Es sei denn, sie glaubt an eine Verschwörung der beiden. Ist in diese Richtung etwas bekannt?"

„Mein einziger Kontakt zu der Familie ist ein Zwölfjähriger mit Asperger."

Ihr Gesichtsausdruck sagte alles. „Oh, je! Um auf deine eigentliche Frage zurückzukommen, normalerweise gibt es immer Frühwarnzeichen, nur werden sie oft nicht bemerkt."

„Nicht mal von der Familie?"

„Manchmal muss man schon sehr genau hinsehen", schwächte sie ihre Aussage ab. „Oder es ist wie in deinem Fall, dass tatsächlich irgendein Ereignis wie hier der plötzliche Tod der Mutter und der Unfall der Freundin das veränderte Verhalten erklären. Ich würde dir raten, mit dem Vater des Jungen zu sprechen."

„Ich weiß nicht, ob ich das zum jetzigen Zeitpunkt überhaupt versuchen soll. Ich tendiere nämlich dazu, der Polizeiversion zu glauben", gab ich zu.

„Was ist mit den älteren Söhnen, den Zwillingen?"

Meinte sie das ernst? Sie hörte sich ja fast schon an wie Tante Simone! Eigentlich hatte ich mir von ihr eine Bestätigung erwartet, dass an Tristans Verdacht nichts dran war.

Sie sah mir meinen Unglauben offensichtlich an. „Natürlich ist das schwerer Tobak, was der Junge behauptet. Trotzdem, was weißt du über diesen Connor?"

„Du meinst, ich soll tiefer graben?"

Sie warf einen Blick auf die Uhr. „Ja, das würde ich an deiner Stelle tun. Für mich stehen die Chancen, nach dem, was ich von dir gehört habe, fünfzig zu fünfzig. Sowohl die eine Version als auch die andere könnte stimmen."

„Aber der Junge hat für beide Todesfälle ein Alibi. Und zumindest bei der Mutter handelte es sich um einen Unglücksfall", protestierte ich.

Sie seufzte und erhob sich. „Ich kann dir nicht vorschreiben, wie du deine Arbeit machen sollst. Wäre ich dein Klient, würde ich darauf bestehen, dass du diese Geschichte gründlich untersuchst. Solltest du zu dem Ergebnis kommen, dass die Mutter die Schuldige ist, bin ich gern bereit, dir zu helfen, es dem Jungen beizubringen."

Ich stand ebenfalls auf und wandte mich zur Tür. „Da sind vermutlich die Psychiater in der Forensik schneller."

Sie wiegte wieder den Kopf. „Ist sie unschuldig, wird sie rasende Schuldgefühle empfinden und vermutlich noch vehementer darauf bestehen, dass ihr Stiefsohn eingehend unter die Lupe genommen werden sollte. Das könnte das Bild verfälschen."

Weiteres Diskutieren brachte nichts, außerdem stand sie unter Zeitdruck. „Danke, Britta", sagte ich abschließend. „Ich werde mir gründlich überlegen, wie ich weiter vorgehe." Mit einem Gefühl der Frustration verließ ich das Zimmer. Genau das Gegenteil von dem, was ich hatte erreichen wollen, war eingetreten. Statt mich in meiner Meinung zu bestärken, hatte sie es geschafft, mich zu verunsichern.

„Ich an deiner Stelle würde mir eine Kopie ihrer Aufzeichnungen besorgen!", rief sie hinter mir her.

Ich drehte mich um und formte mit Daumen und Zeigefinger das Okay-Zeichen. Die Frage, wie ich denn bitte schön da rankommen sollte, verkniff ich mir lieber.

Das Auto hatte ich auf dem Patientenparkplatz am Haus abgestellt, es war nicht mal richtig kalt geworden in dem kurzen Moment. Ich setzte mich hinein und starrte durch die Windschutzscheibe auf die Plakatwand vor mir, die Werbung für Bier machte. Das wäre es! Mich richtig abschießen und nicht mehr über diesen blöden Fall nachdenken müssen! Du hast es völlig falsch angefangen, machte ich mir selbst Vorwürfe: keine vernünftige Hintergrundrecherche zu den Betreffenden, zu der gesamten Familienkonstellation. Im Grunde bist du nicht besser als die Polizei, du nimmst als gegeben hin, dass Frau Rommel schuldig ist, weil alle Beweise auf sie hindeuten. Auch wenn dein Klient nur ein kleiner Junge ist, er hat es verdient, dass du dich um sein Anliegen vernünftig kümmerst - genauso wie seine Fürsprecherin, die so viel für dich getan hat.

Ich griff zum Handy und rief Tante Simone an. „Gib mir bitte Tristans Handynummer, damit ich mich selbst mit ihm in Verbindung setzen kann, und auch die von Herrn Mangold, falls du sie hast. Ich habe ein, zwei weitere kurze Fragen an ihn."

Sie schien erfreut, dass ich mich weiter bemühte, und diktierte mir die Nummern. Kaum hatte ich das Gespräch beendet, nahm ich mit dem Vater der Zwillinge Kontakt auf. Dieses Mal erreichte ich ihn sofort.

„Natürlich habe ich nichts dagegen, dass Sie mit Jonah direkt sprechen. Allerdings können wir erst um zwei Uhr zu ihm. Er wird heute einer Reihe von Untersuchungen unterzogen."

Wir verabredeten, uns auf dem Parkplatz zu treffen und gemeinsam hochzugehen.

Ich startete den Motor und rollte aus der Parkbox. Bloß nicht zurück zu Tante Simone und Tristan. Lieber bei Deniz abhängen, der würde sich über einen Besuch von mir sicherlich freuen.

15

Oliver

Mein Gedanke war richtig gewesen. Deniz war es gelungen, mich aufzumuntern, obwohl er natürlich auch alles, was mit meinem Fall zusammenhing, genauestens wissen wollte.

„Und das alles nur Tante Simone zuliebe!" Er lachte aus vollem Hals. „Echt Pech, Alter."

Im Gegensatz zu Britta vertrat er eher meine Sichtweise, gab aber ehrlich zu, dass sie in diesem Bereich die bessere Ansprechpartnerin war. Dann legten wir das Thema zur Seite und unterhielten uns über alltäglichen Kram. Mit Deniz konnte man herrlich herumblödeln und genauso gut über ernste Themen reden. Die Zeit verging wie im Flug.

Nachdem wir uns einen Döner gegönnt hatten, musste ich aufbrechen.

„Denk dran, brauchst du meine Hilfe, genügt ein Anruf. Auch bei mir hat deine Tante noch was gut", verabschiedete er sich von mir.

Tante Simone hatte sich damals, nachdem wir als Jugendliche mehrfach auffällig geworden waren, auch für Deniz eingesetzt und ihre beziehungsweise die Kontakte meines Onkels spielen lassen, um ihm eine vernünftige Ausbildung zu ermöglichen. Das hatte er ihr nie vergessen. Dabei erwartete sie nichts von ihm. Sie fand es völlig normal, dem besten Freund genauso aus der Patsche zu helfen wie ihrem Neffen.

Im Parkhaus des Krankenhauses gab es noch reichlich freie Plätze. Ich nahm in aller Ruhe den Aufzug nach unten und trabte in Richtung Eingang. Herr Mangold stieg im selben Moment, als ich ihn erreichte, aus einem Taxi. „Perfektes Timing!", freute er sich. „Das Wetter lädt nicht gerade zu einem längeren Aufenthalt im Freien ein."

Weiterhin über Belanglosigkeiten plaudernd führte er mich zum Aufzug, bis wir das Zimmer seines Sohnes erreichten, kam es zu keiner Pause im Gespräch. Er klopfte kurz an und wir traten hintereinander ein. Glücklicherweise lag Jonah in einem Einzelzimmer, wie ich bereits von seinem Vater erfahren hatte. Der schien über genügend Geld zu verfügen und dies auch für seine Kinder springen zu lassen. Kaum eingetreten zauberte er einen nagelneuen MP6-Player aus seiner Tasche und warf ihn aufs Bett. „Sind schon Spiele, deine Lieblingsmusik und drei neue Filme drauf."

Der Junge sah exakt aus wie eine jüngere Kopie seines Vaters: blonde, in einem Surfer-Style geschnittene Haare, blaue Augen hinter einer Stahlrahmenbrille und ein schmales Gesicht mit erstem Bartflaum. Allerdings zeugten die tiefen Schatten unter seinen Augen noch von der gerade überstandenen Vergiftung und seine Haut war fast so weiß wie das Bettzeug.

Er musterte mich neugierig, anstatt nach dem Geschenk zu greifen.

„Das ist Herr Speer, ein Privatdetektiv", stellte Herr Mangold mich vor. „Tristan hat ihn engagiert."

Ein Lächeln glitt über Jonahs Gesicht. „Das hätte ich mir eigentlich denken können, dass der keine Ruhe gibt."

„Setzen Sie sich!" Herr Mangold zog einen Stuhl heran. „Ich gehe eben bei Jannis vorbei. Ist wahrscheinlich besser, ihr unterhaltet euch allein."

„Bestell ihm schöne Grüße! Spätestens morgen darf ich ihn selbst besuchen", rief der Junge ihm nach.

Wir warteten schweigend, bis der Vater das Zimmer verlassen hatte.

„Tristan glaubt nicht daran, dass Mama dahintersteckt, richtig?" Jonah blickte mich aufmerksam an.

„Er sagt, dazu wäre sie nie fähig", nickte ich.

„Und Sie recherchieren tatsächlich für ihn?"

Ich legte den Finger an die Lippen. „Das bleibt bitte unser Geheimnis. Normalerweise sage ich, ich arbeite im Auftrag einer guten Freundin von der Mutter deiner Mutter."

„Kann ich verstehen, ist ja auch schwer zu erklären. Ich finde es gut, dass Sie das tun. Und ich finde es toll von Tris, dass er sich das getraut hat. Aber er hat recht, Mama würde so was nie machen."

„Hat man dir gesagt, dass vermutlich dein Vater und dein Bruder Connor die Opfer sein sollten?", tastete ich mich vorsichtig vor. Die näheren Einzelheiten hätte ich besser erst mal mit Herrn Mangold abklären sollen. Wusste Jonah überhaupt, dass man vermutete, seine Mutter habe aus einer psychischen Verwirrung heraus gehandelt?

„Das ist Quatsch. Die liebt ihren Mann. Wenn sie wirklich Connor umbringen wollte, hätte sie das anders angefangen."

Jetzt musste ich doch nachfragen. „Deine Mutter ist …" Mist! Wie sollte ich das hinbiegen?

„… zurzeit in der Forensik, ich weiß. Claas hat es mir gesagt, der war gestern Abend kurz da. Connor weiß auch Bescheid, der hat mich heute Morgen gleich nach dem Frühstück besucht."

Wie? Der konnte schon wieder herumlaufen? Dann konnte seine Verletzung nicht sonderlich schwer sein. „Was denkst du, was passiert ist?"

„Keine Ahnung. Mama war es jedenfalls nicht."

Ich holte tief Luft. „Könnte an ihrem Verdacht was dran sein?"

„Sie meinen, dass Connor es war?" Ich nickte, er zögerte mit der Antwort. „Auf jeden Fall ist er ein Arsch", sagte er dann mit Nachdruck. „Der liebt nur sich. Tris, Jannis und ich sind ihm egal, bei Claas ist er vorsichtiger, Oma hofiert er. Mama? Ich glaube, ihm ist klar, dass sie ihn durchschaut hat."

Ich merkte auf. „Wie meinst du das?"

Wieder dachte er ausgiebig nach, bevor er sagte: „Nach außen hin ist Connor ein smarter Typ, intelligent, charmant, hilfsbereit. Aber das ist alles nur Fassade. Mittlerweile haben wir kaum noch was miteinander zu tun, Jannis und ich ziehen unser Ding durch, er seins. Auf Familienevents herrscht Friede, Freude, Eierkuchen. Claas macht echt keinen Unterschied zwischen Tristan und Connor und Jannis und mir, und Mama sowieso nicht." Er merkte, dass ich den Kern seiner Aussage nicht verstanden hatte und präzisierte: „Früher, als wir kleiner waren, mussten wir tun, was Connor befahl, sonst rächte er sich. Nicht so, dass es auffiel, also keine direkte Konfrontation oder Schläge oder so. Mal war eines unserer Lieblingsspielzeuge kaputt, mal hatte eines unserer Lieblings-T-Shirts Flecken, die nicht mehr rausgingen, mal ging irgendwas Schönes der Eltern kaputt und alles deutete auf uns hin. Erwischt haben sie ihn nie. Aber natürlich wussten Jannis und ich, dass er es gewesen sein musste. Das meine ich."

„Später nicht mehr?"

Er lachte. „Nee, irgendwann wirst du vorsichtig. Entweder haben wir das gemacht, was er wollte, oder sind ihm aus dem Weg gegangen - meistens Letzteres."

„Und Tristan?"

Auch diese Frage schien ihn zu amüsieren. „Sein Glück war diese Asperger-Diagnose. Dadurch sah Connor ihn nicht als Konkurrenten auf seinen Thron."

Dieser Junge hatte eine Art sich auszudrücken! „War er Papas Liebling?"

„Omas, Claas war eigentlich immer gerecht. Nur gab er Connor lange einen zu, wegen der Geschichte mit seiner Mutter."

Langsam wurde mir klar, dass ich bisher wirklich gerade mal die Oberfläche angekratzt hatte. Die Sachlage war komplexer, als ich erwartet hatte. „Sie ist gestorben, das hat Tristan mir erzählt. Danach nahm sein Vater ihn zu sich."

Jonah hob bedeutungsvoll die Augenbrauen. „Connors Mutter hat Claas kurz nach der Geburt des Babys verlassen und ist zu dem Typen zurück, den sie davor hatte. Als er nach ihr suchte, war sie unauffindbar. Vier Jahre später kriegte er einen Anruf von der Polizei, dass sein Sohn neben der Leiche seiner Ex aufgefunden wurde. Ziemlich verstörend, oder?"

16

Tristan

Tante Simone fuhr mich in die Stadt und setzte mich vor der Praxis ab. Nach einem Moment im Wartezimmer kam Herr Petersen und holte mich ab.

„Wie geht es dir?", fragte er, nachdem ich mich wie immer auf der Couch niedergelassen und er sich seinen Sessel herangezogen hatte.

„Ich weiß nicht." Wie ich diese Frage hasste!

„Was hast du gedacht, als du von der Geschichte mit deinen Brüdern und deiner Mutter erfahren hast?"

„Niemals war sie es!"

„Hattest du Angst?", half er mir weiter. „Oder warst du zornig?"

„Ich fand es total blöd, dass wir nicht in unser Haus zurückkonnten, sondern bei Oma schlafen mussten. - Und ich hatte Angst, dass die Zwillinge sterben würden", setzte ich nach einer längeren Pause, in der er mich nur ansah, hinzu.

„Und um deine Mutter hast du dir keine Sorgen gemacht?"

„Nee, ich war mir da noch sicher, dass sie spätestens am nächsten Tag wieder zurück ist."

„Und jetzt?"

„Ich habe einen Privatdetektiv engagiert, der wird klären, wer wirklich dahintersteckt." Ich hütete mich davor, meinen Verdacht gegen Connor auszusprechen. Herr Petersen hatte mir echt geholfen, meine sozialen Fähigkeiten zu verbessern, wobei mir mein logischer Verstand zugutegekommen war, wie er es ausdrückte. Gesichtsausdrücke und die dazugehörigen Emotionen kann man nämlich lernen, das ist so ungefähr wie das Büffeln von Vokabeln. Also er war schon ein Experte auf seinem

Gebiet. Dass er meine Schlussfolgerungen nachvollziehen konnte, glaubte ich hingegen nicht. Er hatte nicht genug Fantasie, um an so etwas überhaupt zu denken.

„Einen Detektiv?", echote er auch prompt.

Es war besser, Herrn Speers Schwindelei zu übernehmen. „Ich habe eine Freundin von Oma ausfindig gemacht, der, die tot ist. Die hat mir geholfen."

„Ach, so. Ich verstehe. Und? Hat er schon eine Spur?"

„Er steht noch am Anfang." Mehr würde ich zu diesem Thema nicht sagen.

Zum Glück wechselte er sofort in seinen üblichen Modus. „Beschreibe mir die beiden mal!"

„Der Detektiv ist um die Dreißig", ich hatte einfach Tante Simone gefragt, er war neunundzwanzig, „ungefähr einen Meter achtzig groß, hat kurze, dunkelblonde Haare und braune Augen. Eigentlich sieht er ein bisschen unscheinbar aus", beinahe hätte ich hinzugefügt: normal eben, „ist schlank und trägt meist Jeans und Sweatshirt."

„Wie schätzt du ihn ein?"

Mit nett durfte ich ihm nicht kommen, weil das in seinen Augen keine vernünftige Charakterisierung war. Ich musste mich schon ein bisschen mehr anstrengen. „Er behandelt mich nicht wie ein Kind, sondern wie einen Gleichberechtigten." Puh, das war schwerer als gedacht. „Er kniet sich richtig in den Fall rein." Das reichte hoffentlich.

„Ist er eher humorvoll oder ernst, ein brummiger Typ oder freundlich, entspannt oder verbissen?" Herr Petersen sah mich erwartungsvoll an.

Gut, er würde ihn ja nie kennenlernen. „Er hat eine ruhige, freundliche Art, ist bemüht zu helfen und hat tolle Ideen, wie er vorgehen will."

Das ließ er mir durchgehen. „Und die Freundin deiner Oma?"

„Seine ... äh, meine Bekannte", beinahe hätte ich mich verhaspelt. „Also sie kannte ihn, sie hat empfohlen, dass wir ihn nehmen", rettete ich mich. „Hm, wie sieht sie aus?" Wie eine normale ältere Frau eben. „Sie ist ungefähr so groß wie Mama, also einen Meter fünfundsechzig, hat dunkelbraune Locken und trägt Stoffhosen und weite Pullover. Sie bemuttert mich auf eine total liebe Weise." Was noch? Ah, ja, das passte gut! „Wenn sie sich was in den Kopf gesetzt hat, ist sie sehr hartnäckig. Ich denke, sie kriegt immer das, was sie will."

Hurra! Er gab sich mit dieser Beschreibung zufrieden. Wir wandten uns der ersten unserer üblichen Übungen zu, das hieß, er legte mir Kärtchen mit bestimmten Gesichtsausdrücken vor und ich musste erkennen, was sie ausdrückten. Leider war ich heute nicht ganz bei der Sache, ich machte viele Fehler. Wie sollte man sich auch darauf konzentrieren, wenn man vor lauter Aufregung viel zu hibbelig war?

Netterweise dachte er sich wohl seinen Teil und ließ die restlichen Übungen aus. Mit den meisten stand ich sowieso auf Kriegsfuß. Dass wir lange Gespräche führten, wie man sich in andere hineinfühlen konnte und ich mich genauso bemühen musste, meine eigenen Emotionen rüberzubringen, war zwar schwer umzusetzen, aber zu verstehen. Wollte man in dieser Welt einigermaßen vernünftig teilhaben, musste man sich anpassen. Der Punkt, der mich am meisten störte, war jedoch, dass er tatsächlich von mir erwartete, dass ich mich vor den Spiegel stellte und meine Gestik, Mimik und Körperhaltung einübte - nicht nur zu Hause, sondern auch hier in der Praxis.

Heute hatte er Mitleid mit mir und bemühte sich lieber, mir weitere Finessen im Bereich Small Talk beizubringen. Die Anfänge hatte ich gut verinnerlicht, mir war bewusst, dass diese Gespräche sich ums Wetter drehten oder um andere Kleinigkeiten, nichts Wichtiges halt. Dass die meisten Menschen solche Unterhaltungen gern führten und ich mir meinen Unwillen nicht anmerken lassen sollte. Dass zur Höflichkeit gehörte, nicht lauthals mit seiner Meinung herauszuplatzen, besonders nicht, wenn sie nicht den üblichen Maßstäben entsprach. Und vor allem hatte ich gelernt, in den Augen der Normalen beleidigende Äußerungen zu vermeiden, selbst wenn sie der Wahrheit entsprachen und die neuen Klamotten oder der neue Haarschnitt einfach grauenhaft aussahen. Das waren dann keine Lügen, sondern nannte sich Netiquette.

Ich schlug mich wacker, zumindest lobte er mich zum Ende der Stunde. „Wie kommst du mit den vielen neuen Faktoren zurecht?", fragte er abschließend. Er meinte damit meine vollkommen aus dem Ruder gelaufene Lebenssituation. Ein Asperger hat ein starkes Bedürfnis nach

Beständigkeit, er möchte normalerweise, dass jeder Tag nach demselben Muster verläuft und tut sich schwer mit Veränderungen.

„Erstaunlich gut." Und das war nicht mal gelogen. Noch vor einem Jahr hätte ich nicht aufgehört, Zeter und Mordio zu schreien, wenn mein Leben derart durcheinandergebracht worden wäre. Jetzt handelte ich anstatt zu verzweifeln. „Bis nächste Woche!"

Herr Speer wartete auf mich exakt an der Stelle, an der seine Tante mich rausgelassen hatte. Kaum hörte er meinen Gurt einrasten, brauste er los.

„Wir müssen uns beeilen, es bleibt nicht mehr lange hell."

Das waren die einzigen Worte, die er während der Fahrt von sich gab. Ich beobachtete ihn heimlich. Er kam mir total angefressen vor, so, als hätte er haufenweise schlechte Nachrichten gekriegt. Aber wenn er nicht darüber reden wollte, musste ich halt abwarten.

Statt vor unserem Haus zu halten, fuhr er weiter und bog um die Ecke.

„Wie kommen wir ungesehen rein?"

„Direkt durch die Haustür. Die eine Nachbarin hat Kinder, mit denen ist sie fast jeden Nachmittag unterwegs." Das Auto hatte nicht in der Garageneinfahrt gestanden. „Die anderen sind schon alt und sitzen längst vor dem Fernseher. Und die von gegenüber arbeiten um diese Zeit noch."

Trotzdem bestand er darauf, dass ich eine Jacke von ihm anzog und mir die Kapuze über den Kopf stülpte, damit mich auch ja keiner erkannte. Ich folgte ohne Widerspruch - Mama wäre stolz auf mich gewesen - und wir marschierten los.

17

Oliver

Wir kamen ungesehen ins Haus. Die Putzfrau war sogar so lieb gewesen, die Rollläden im Parterre herunterzulassen, sodass wir in allen Räumen Licht anschalten konnten.

Die Diele war ein großer quadratischer Raum mit dunklen Fliesen und beigefarbenen Wänden. An der Garderobe hing an jedem Haken eine Jacke, in dem hohen Schuhregal an der gegenüberliegenden Wand war fast jedes Brett gefüllt. Wer eintrat, konnte sofort erkennen, dass hier eine Großfamilie lebte.

Die ersten Türen links und rechts führten in ein kleines Gäste-WC beziehungsweise in die Küche. Der Tatort! Neugierig trat ich gefolgt von Tristan näher.

Die Putzfrau hatte gute Arbeit geleistet. Es blitzte und blinkte vor Sauberkeit, die sechs Stühle standen geordnet um den rechteckigen Holztisch.

„Jonah sitzt da und Jannis da." Tristan zeigte auf die nebeneinanderstehenden hinteren Stühle. „Connor sitzt rechts vor Kopf, Papa links, an der Vorderseite Mama und ich. Wenn die Zwillinge allein aßen, nahmen sie meist unsere Stühle. Das ist bequemer."

Saßen sie auf ihrem angestammten Platz, mussten sie erst um den Tisch herumlaufen, um sich Essen oder Getränke zu holen. Das hätte ich mir auch erspart. „Siehst du irgendetwas, das anders ist als sonst?"

Tristan schüttelte den Kopf. „Alles wie immer."

„Habt ihr keine Putzfrau?" Schon direkt nach meiner Frage war mir die Antwort klar. Dann hätte nicht die der Oma das entstandene Chaos beseitigt.

„Nein, das hat Mama allein gemacht. Wir waren für den Garten zuständig und fürs Laubfegen und Schneeräumen. Connor und die Zwillinge mussten ihre Zimmer selbst in Ordnung bringen, mir hat Mama geholfen."

Wir wechselten zurück in die Diele. Die nächste Tür auf der rechten Seite führte ins Wohnzimmer, der riesige Raum war ebenso sauber und aufgeräumt wie die Küche. „Sieht es bei euch immer so ordentlich aus?", konnte ich mir nicht mehr länger verkneifen zu fragen.

„Wieso? Es liegt doch was rum, da und da und da." Er zeigte auf ein Buch und eine halb aufgeschlagene Fernsehzeitung auf dem Tisch und eine Tragetasche vor der Schrankwand, in der mehrere Akten steckten. „Und die Decke auf der Couch liegt sonst zusammengeknüllt in der linken Ecke, weil Mama sich im Winter immer zudeckt, wenn sie Fernsehen guckt."

Ich drehte mich um, damit er mein Grinsen nicht sah. Manchmal sprach er wie ein Erwachsener und man vergaß völlig, dass man es mit einem Kind zu tun hatte. Kam dann so ein Spruch, wäre man am liebsten herausgeplatzt.

Nach einem kurzen Blick in die Schrankwand und die Kommode wandte ich mich zur Tür.

„Wollen Sie nicht alles durchsuchen?"

„Erstens hat das die Polizei bestimmt schon akribisch gemacht und zweitens denke ich nicht, dass wir hier etwas Relevantes finden."

Auf der linken Seite führte die nächste Tür in ein kleines Arbeitszimmer, in dem zwei Schreibtische mit dem dazugehörigen Computerequipment standen.

„Das teilen sich Mama und Papa", erklärte Tristan.

Ein flüchtiger Blick reichte mir. Alles wie gehabt, die Papiere sauber gestapelt, die Ordner im Regal in Reih und Glied. Kein Zeichen von Unordnung.

„Die führt in den Keller", Tristan zeigte auf die Tür unter der Treppe und sah mich fragend an. „Wollen Sie da runter?"

Ich zögerte. Das wäre vermutlich interessant, doch ich wollte mir lieber einen ersten Gesamteindruck verschaffen. „Nein, wir gehen nach oben."

Vier große Zimmer und ein ebenso großzügig gestaltetes Bad, die einzigen Räume, die aus dem Rahmen fielen, waren die der Zwillinge. Interessanterweise standen in dem einen zwei Betten, in dem anderen zwei Computertische und eine gemütliche Sitzecke. Und es sah aus, als hätte eine Bombe eingeschlagen, ich begnügte mich mit einem kurzen Blick, hinein wagte ich mich nicht.

„Mama sagt, das ist die Pubertät", bemerkte Tristan altklug. „Die müssen in dem Chaos leben, nicht wir."

„Connor wohnt im Obergeschoss?"

„Er soll seinen Freiraum haben."

Da sprach bestimmt der Vater aus ihm.

Die Tür war abgeschlossen! Wahrscheinlich wegen der Putzfrau, denn die Polizei hatte garantiert auch in dieses Zimmer geschaut.

Tristan hob hilflos die Schultern. „Ich weiß nicht, wo der Schlüssel ist. Mama ging überhaupt nicht mehr rauf. Sie legte ihm die Wäsche oder das, was sie ihm mitgebracht hat, auf die Treppe."

„Und wenn er krank war?"

„War er nicht. Also nie so krank, dass er nicht mehr laufen konnte."

Ich begutachtete das Schloss. Kein Problem!

Tristan pfiff beeindruckt durch die Zähne, als ich mit meinem Dietrich hantierte. „Hinterlassen Sie auch keine Spuren?"

„Gelernt ist gelernt." Bevor er nachfragen konnte, klickte es und ich drückte die Klinke hinunter.

Was auch immer ich erwartet hatte, das auf jeden Fall nicht. Ich erblickte ein behaglich eingerichtetes Zimmer, das penibel sauber und aufgeräumt war - und dieses Mal konnte ich mir sicher sein, dass es nicht an der Putzfrau lag. Unter der Schräge stand das Bett, daneben eine große Truhe. Der Einbau-Kleiderschrank war der Dachneigung angepasst, ebenso die Regale, in denen sich Bücher, DVDs und Computerspiele befanden, auf dem Schreibtisch lagen bloß ein Kuli und ein Schreibblock mit hastig hingeworfenen Notizen.

74

Mittlerweile hatte die Dämmerung eingesetzt, sodass ich die Buchstaben nicht mehr entziffern konnte. Ich schaltete die Taschenlampenfunktion an meinem Handy ein und ließ den Strahl auf das Blatt fallen. Bloß Anmerkungen zu irgendeinem Computerspiel! Trotzdem blätterte ich den Block durch und durchsuchte anschließend die Schubladen des Schreibtisches. Das einzig Interessante war die Geldkassette mit fast vierhundert Euro Inhalt. Woher hatte ein Schüler so viel Geld?

„Das kriegt er von Oma", beantwortete Tristan meine unausgesprochene Frage. „Sie will, dass er sich einarbeitet, also fährt er in den Ferien mit ihr zusammen in die Geschäfte, manchmal auch an Samstagen."

Ich kniete mich vor das Bücherregal und zog nacheinander ein paar der Bücher und DVDs hervor. Um alles zu kontrollieren, fehlte mir die Zeit. Ich konnte nur ein paar Stichproben machen.

Wieder nichts! Zum Abschluss ließ ich meinen Blick noch einmal umherschweifen. Wände und Decke waren getäfelt, auf dem Boden lag Laminat, es gab kein Geheimversteck in diesem Raum.

Tristan war wesentlich enttäuschter als ich. Er hockte sich auf die Treppe und versuchte, sich nichts anmerken zu lassen, während ich die Tür wieder abschloss. „Das will nichts …"

„Pscht!" Er wedelte mit der Hand.

Ich lauschte. Nein, da war nichts.

„Komm schnell!" In seiner Aufregung verfiel Tristan ins Du. Er packte meine Hand und zerrte mich die Treppe hinunter. Hastig knipste er das Licht in der Diele aus, bevor er mich zu den nächsten Stufen zog.

Jetzt hörte ich es auch. Ein Auto näherte sich dem Haus und bremste.

„Papa!" Tristan ließ mich los und rannte vor, um die letzten Lampen zu löschen.

„In den Keller", befahl ich. Mittlerweile waren die Schritte direkt vor der Haustür angelangt. Gleichzeitig mit ihrem Öffnen, tasteten wir uns in die Dunkelheit vor.

„Es sind zehn Stufen", wisperte Tristan mir zu. „Die dritte knarrt."

Eins, zwei, ein Riesenschritt, es gelang mir, sie zu umgehen. Kaum unten angekommen zog der Junge mich weiter. „Es hört sich so an, als hätte

Papa eingekauft. Dann kommt er auch hier runter, da vorn steht die Gefriertruhe."

Wie Tristan das mitbekommen haben sollte, war mir ein Rätsel. Aber er war dermaßen außer sich, dass ich seinem Gezerre nachgab und ihm tiefer in den Keller hinein folgte.

18

Tristan

Warum kam Papa ohne mich hierher? Und wieso um diese Zeit? Auf keinen Fall durfte er mitkriegen, dass ich eigene Nachforschungen betrieb und dazu einen ihm fremden Mann mit ins Haus gebracht hatte. Ich zog den Detektiv hinter mir her in den hintersten Raum, in dem wir unsere Gartenmöbel lagerten. Nur gut, dass die Zwillinge so oft Verstecken im Dunkeln mit mir gespielt hatten, wobei ich meist nicht freiwillig dabei gewesen war. Mir grauste vor dieser nicht zu durchdringenden Schwärze, meine Fantasie gaukelte mir die schlimmsten Szenarien vor, die mich hier erwarteten. Mein Geschrei wurde jedoch selbst von Mama ignoriert, die meinte, ich solle lieber froh sein, dass meine Brüder mit mir spielen wollten. Sonst hatte ich ja damals keine Freunde. Und immerhin war ich ja schon acht, also kein Baby mehr.

Das Licht flammte auf und ich zuckte zusammen. Beruhigend legte mir der Detektiv die Hand auf den Arm. Wie erwartet hörten wir Papa an der Gefriertruhe rumoren. Die Klappe schlug mit einem dumpfen Geräusch zu. Doch anstatt sich auf den Rückweg zu machen, näherten sich seine Schritte unserem Versteck. Ich hielt den Atem an und blieb stocksteif stehen. Jeden Moment würde er uns finden.

Als sein Handy klingelte, hätte ich vor Schreck fast geschrien. Herr Speer fasste mich grob an der Schulter, das reichte, ich kam wieder zu mir.

„Ach, Herr Lanius", hörte ich die Stimme meines Vaters. „Gibt es Neuigkeiten?" Zumindest war er stehen geblieben.

„Das klingt nicht gut. Ich …"

Er lauschte längere Zeit seinem Gesprächspartner.

„Moment, ich bin gerade im Keller. Ich setze mich schnell vor den Computer."

Ich hörte, wie er sich entfernte und atmete ein paarmal so schnell ein und aus, dass mir schwindelig wurde.

„Du wartest, ich schaue, ob ich was verstehen kann." Bevor ich antworten konnte, war der Detektiv verschwunden.

Nein, da hatte ich bessere Chancen! Da mein Vater in seiner Eile vergessen hatte, das Licht auszuschalten, war der Weg ein Klacks für mich. Herr Speer stand auf der obersten Stufe und hielt die Tür einen Spalt auf. Ich stellte mich dicht hinter ihn, ignorierte sein wildes Kopfschütteln und lauschte angespannt.

„Ja, ich habe seinen Werdegang vor mir", sagte mein Vater gerade. „Er scheint eine anerkannte Kapazität zu sein."

Eine längere Pause entstand.

„Wenn Sie das empfehlen, sicher, geben Sie ihm den Auftrag, egal was es kostet. Wie lange wird es dauern, bis er das Gutachten fertig hat?"

Die Antwort schien ihm nicht zu gefallen. „So lange? Ich …"

Der Detektiv stupste mich an und deutete auf seine Armbanduhr. Mist! Es würde total blöd aussehen, wenn ich erst nach Papa bei Oma ankam. Ich nickte und zog ihn die Treppe hinunter. In dem Raum, in dem wir uns versteckt hatten, gab es einen Ausgang nach draußen in den Garten. Er leuchtete uns den Weg mit seinem Handy und ich schob so leise wie möglich die Riegel zurück. Bloß nachher dran denken, sie wieder vorzulegen! „Lassen Sie mich vorgehen! Wir müssen aufpassen, dass wir die Bewegungsmelder nicht auslösen."

Dem Verstecken spielen im Dunkeln sei Dank! Und natürlich meinem Gedächtnis. Wir schafften die Strecke, ohne dass eines der Lichter anging. Den Weg zu seinem Auto legten wir im Dauerlauf zurück.

„Wir reden morgen früh", japste der Detektiv, während er bereits den Motor startete. „Es gibt eine Menge Dinge, die wir abklären müssen."

„Papa wird mich morgen mit zur Uni nehmen. Wir ziehen ja heute Abend noch zurück ins Haus. Allein lässt er mich nicht."

Er warf mir einen schnellen Seitenblick zu. „Was denkt er denn, was du die Woche über gemacht hast?"

„Dass ich mich bei einer Freundin von Mama aufhalte."

„Und deine Oma?"

„Dass ich in der Schule gewesen bin. Deshalb kam die Putzfrau immer erst später, um mich reinzulassen."

„Und das hat funktioniert?" Völliges Unverständnis sprach aus seiner Stimme.

Entweder wurde ich wirklich besser oder seine Emotionen waren einfacher zu lesen als die der anderen. „Ja", versicherte ich ihm. „Keiner hat was gemerkt. Die hatten gar keine Zeit, über mich und was ich so den ganzen Tag getrieben habe, zu reden."

„Damit wärest du bei meiner Tante nie und nimmer durchgekommen."

„Was meinst du? Worum ging es in dem Telefongespräch?", wechselte ich das Thema. Erst dann merkte ich, dass ich ihn geduzt hatte, schon das zweite Mal. „Entschuldigung, Sie natürlich."

„Nach dem, was wir zusammen durchgemacht haben, kannst du ruhig Oliver und du zu mir sagen. Für mich hörte es sich an, als würde euer Rechtsanwalt ein neues psychiatrisches Gutachten empfehlen. Das klingt nicht unbedingt positiv", setzte er nach kurzem Zögern hinzu.

Mir wurde eiskalt. Hoffentlich sprach Papa darüber mit Oma, bevor wir nach Hause fuhren. Mir würde er, selbst wenn ich gezielt nachfragte, nichts sagen.

Oliver hielt an der Straßenecke. „Wann sehen wir uns morgen?"

„Das ist kompliziert. Freitags treffe ich mich immer mit meinem Freund Linus. Was soll ich vorschieben? Bisher war das der wichtigste Termin der Woche für mich."

Wir verabredeten, irgendwann im Vormittagsbereich zu telefonieren. Ich beeilte mich, ins Haus zu kommen.

Oma musterte mich skeptisch: „Wo warst du so lange?"

„Erst bei meinem Therapeuten, dann bei einem Freund. Ich habe deiner Putzfrau extra Bescheid gesagt." Ich quetschte mich an ihr vorbei und nahm die Treppe nach oben.

„Hast du deinen Kram zusammengepackt?", rief sie hinter mir her.

„Fast fertig", schwindelte ich. Die paar Dinge hatte ich schnell verstaut.

Ich war tatsächlich abfahrbereit, als mein Vater hereinkam. Im Gegensatz zu mir hatte er natürlich einen Schlüssel. Leider kam er sofort hoch und griff nach seiner Tasche. „Können wir?"

Oma stand neben der Tür und sah schweigend unserem Auszug zu. „Melde dich regelmäßig!", war das Einzige, was sie uns, an ihren Sohn gewandt, mit auf den Weg gab.

„Endlich zurück ins eigene Heim!" Mein Vater warf unsere Sachen auf den Rücksitz und nahm hinter dem Lenkrad Platz. „Ein Lichtblick. Und alles andere wird sich auch regeln, du wirst sehen!"

Obwohl ich ihn mehrfach nach Mama fragte, wich er mir aus. Ihr gehe es den Umständen entsprechend gut. Sie sei erleichtert, dass die Zwillinge das Schlimmste überstanden hätten und auch Connor keinen bleibenden Schaden zurückbehalte. Der würde übrigens am Dienstag entlassen. Und Roger hätte die morgige Verlegung von Jonah und Jannis in die Schweiz durchgesetzt.

So ein Mist! „Morgen schon? Kann ich mich wenigstens von ihnen verabschieden?"

Komischerweise gab er sofort nach und versprach, mich direkt um acht vor der Klinik abzusetzen.

Kaum zurück in meinem eigenen Zimmer schickte ich Oliver eine Sprachnachricht, um ihm die Neuigkeiten mitzuteilen. Er schrieb umgehend zurück: Bin dann ebenfalls da.

Jetzt musste ich nur noch ungesehen in den Keller kommen. Papa schien sich im Schlafzimmer aufzuhalten, ich schlich an seiner halb offenen Tür vorbei und raste die Treppe hinunter. Ha! Er hatte sogar vergessen, das Licht auszuschalten. Ich ging schnurstracks in den letzten Raum und schob den Riegel vor. So, erledigt!

Dann fiel mein Blick auf das Regal mit alldem, was Mama im Frühjahr zum Anziehen der Jungpflanzen verwendete. Ob hier auch das E605 gestanden hatte?

„Was machst du da?"

Ehrlich, ich erlitt den Schock meines Lebens, dabei war es nur Papa, der im Türrahmen aufgetaucht war.

19

Donnerstag/Freitag

Oliver

Ich ging mit meiner Tante sämtliche Fakten durch. Auch wenn Tristan und Jonah ihre Mutter nicht für fähig hielten, diese Tat begangen zu haben, deutete in meinen Augen immer noch mehr darauf hin, dass sie die Schuldige war, als dass wir entlastendes Material gefunden hatten, das das Gegenteil bewies.

„Die Psychologen in der Forensik sind sich anscheinend sicher, dass sie geistig verwirrt ist oder zumindest zum Tatzeitpunkt war. Sonst würde der Rechtsanwalt kein Gegengutachten in Erwägung ziehen."

„Wenn du wenigstens mit Herrn Rommel sprechen könntest!"

Gut, dass Tristan den nächsten Satz des Telefonats nicht gehört hatte. Er war bereits die Treppe hinunter und auf dem Weg zum Ausgang, während ich noch kurz verharrte. „Das hat doch alles keinen Zweck", hatte sein Vater gesagt. „Wir müssen uns wohl oder übel mit den Tatsachen abfinden."

Selbst Jonah hatte bei meiner hartnäckigen Befragung zugegeben, dass seine Mutter in letzter Zeit ziemlich nervös wirkte - obwohl er weiterhin darauf beharrte, sie sei unschuldig. Seiner Erinnerung nach dauerte dieser Zustand schon mehrere Wochen an. Sie hätte ständig ausgesehen, als wäre sie mit ihren Gedanken woanders. Früher sei sie immer gut drauf gewesen, hätte gescherzt und gelacht. Irgendetwas quälte sie, so kam es ihm vor. Sie sei auch ziemlich schreckhaft geworden, ein lautes

Geräusch, das sie sonst nicht mal beachtet habe, hätte ausgereicht, sie zusammenzucken zu lassen.

Andererseits sei sie bemüht gewesen, sich nichts anmerken zu lassen. Nein, sie wäre weder laut geworden noch jemals grundlos aggressiv. Sie habe sich weiterhin um sämtliche anliegenden Probleme gekümmert, auch der Haushalt wäre weitergelaufen wie immer.

Auf meine erneute Nachfrage hatte er angegeben, ihm sei allerdings aufgefallen, dass sie anscheinend schlecht schlafe, weil sie morgens tiefe Ringe unter den Augen gehabt hätte. Außerdem habe sie definitiv abgenommen.

„Alles sehr verworren und unklar", meinte denn auch Tante Simone. „Andererseits, hat nicht sogar Britta angeregt, du solltest tiefer graben?" Als die beiden mich letztens besuchten, war sie von Deniz' Freundin sehr angetan. Sie hatte hinterher regelrecht von ihr geschwärmt und es nicht an dezenten Hinweisen mangeln lassen, ich solle dem Beispiel meines Freundes folgen und eine echte Beziehung eingehen. Dass man dazu erst einmal die richtige Partnerin finden musste, schien sie auszublenden. Bisher hatten meine Versuche in diese Richtung kein gutes Ende genommen. Im Moment war ich mit meinem Solodasein durchaus zufrieden.

Und Britta? Ich hatte mir mehr von diesem Gespräch versprochen. Mehr als ein vages „Könnte sein, Vielleicht, Eventuell" war nicht dabei herausgekommen. „Genau das mache ich zurzeit", giftete ich meine Tante an. „Nur sehe ich langsam nichts mehr, wo ich ansetzen sollte."

„Erforsche Connors Vergangenheit", schlug sie vor. „Oder befrage seine Mitschüler und die Lehrer. Damit du eine Ahnung davon bekommst, wie er tickt."

„Und das Ganze bitte schön möglichst unauffällig", stichelte ich. Hatte sie überhaupt eine Ahnung davon, wie schwer das war und wie leicht man sich dabei in die Nesseln setzen konnte? Und vor allem, wie lange sollte ich diese Pro Bono-Arbeit machen? Noch war mein Polster nicht so groß, dass ich endlos auf zahlungskräftige Aufträge verzichten konnte.

„Ich werde dir deinen Ausfall ersetzen", sagte sie, als hätte sie meine Gedanken erraten. „Bitte, Oliver! Ich möchte, dass alles getan wird, um diese Geschichte vernünftig aufzuklären."

Prompt meldete sich mein schlechtes Gewissen. Sie hatte mich damals gegen den Willen ihres Ehemannes zu sich genommen, hatte mir ein stabiles, liebevolles Heim gegeben, war mir mehr Mutter gewesen als meine eigene. Nur ihr hatte ich es zu verdanken, dass ich auf den rechten Weg zurückgefunden und später den Mut aufgebracht hatte, meine eigene Detektei zu gründen. Selbst jetzt noch unterstützte sie mich in jeder nur möglichen Weise. „Ist nicht nötig", erklärte ich daher. „Ich hänge mich weiter rein."

„Und dann taucht Papa auf, zum Glück erst, nachdem ich den Riegel vorgelegt hatte", sprudelte es aus Tristan heraus. „Ich habe mich darauf rausgezogen, dass ich mal gucken wollte, wo das E605 wohl gestanden hat. Er hat mir geglaubt, wusste es aber selbst nicht. Kannst du dir vorstellen, dass es niemandem aufgefallen war?"

„Wenn es gut genug versteckt wurde", brummte ich. Wir hatten uns in der Eingangshalle des Krankenhauses getroffen, es war gerade mal halb neun und ich nicht unbedingt bester Laune. Die halbe Nacht hatte ich mir den Kopf zerbrochen, wie ich weiter vorgehen sollte. Viel war nicht dabei herausgekommen, außer dass ich mich todmüde und wie zerschlagen fühlte.

„Hat dein Vater dir was über sein Telefongespräch erzählt?", fragte ich, in erster Linie, um seinen Redefluss zu unterbrechen.

„Nein." Bekümmert sah er mich an. Alle Freude war aus seinem Gesicht gewichen.

Ich Arsch! „Zumindest versucht er alles, um sie zu retten", versuchte ich ihn zu trösten. „Er hält weiterhin zu deiner Mutter, wetten?"

Der Aufzug kam und mit uns stiegen fünf weitere Personen ein, deshalb nickte er nur stumm. Ich drückte auf die Drei. Wir waren die Einzigen, die ausstiegen.

„Gleich hier vorn." Ich deutete auf das erste Zimmer hinter der Stationstür.

Tristan zockelte ohne ein weiteres Wort neben mir her, überließ es mir anzuklopfen, und trat hinter mir ein.

„Tris!" Jonah saß angezogen auf dem Bett und strahlte, als er seinen Bruder entdeckte.

Der wurde endlich wieder lebendiger und ließ sich in eine kurze Umarmung ziehen. „Wann fahrt ihr?"

„Fahren? Wir fliegen! Papa hat schon alles organisiert. In einer Stunde geht es los. Das ist alles so plötzlich gekommen, dass wir noch vor dem Wochenende wegdürfen." Ein Schatten legte sich über Jonahs Züge. „Am liebsten würde ich dich mitnehmen."

„Nein!" Tristan schüttelte wild den Kopf. „Einer muss sich um Mama kümmern."

„He! Ich will ihr auch helfen. Ich ..." Er stutzte, als habe er mich jetzt erst entdeckt. „Hallo, Oliver. Papa will mit dir sprechen. Kannst du kurz warten?"

„Sicher." Während Jonah auf seinen Bruder einredete und ihm fast jedes Wort aus der Nase ziehen musste, setzte ich mich auf den Stuhl am Fenster. Heute waren die Temperaturen etwas angestiegen, dafür ballten sich am Himmel tief hängende Wolken. Zum Abend hin, so hatte der Wetterbericht gewarnt, würde es beginnen zu schneien. Normalität für Mitte Januar, meiner Meinung nach. Trotzdem machten die Medien einen Hype, als wäre dies der erste richtige Winter seit Jahren. Nun, meine eigene Kindheit lag noch nicht so lange zurück, ich konnte mich gut daran erinnern, wie wir uns immer über den Schnee gefreut hatten, der uns oft erst nach den Weihnachtsferien beglückte. Wir waren ...

„Oliver!"

Ich schreckte aus meinen Gedanken hoch.

„Das geht doch nicht, dass Tris mit Connor allein bleiben muss!" Jonah sah mich richtig verzweifelt an.

„Was soll ich dagegen tun?" Eigentlich ahnte ich bereits, was kommen würde.

„Kann er nicht bei deiner Tante ..." Er verstummte abrupt, weil sich die Tür öffnete.

20

Tristan

„Hallo, Connor." Mir blieben fast die Worte im Hals stecken.

„Tris! Und du hast noch jemand mitgebracht! Ich dachte, ich wäre der Erste." Er sah auffordernd in Olivers Richtung. „Willst du mich deinem Begleiter nicht vorstellen?"

„Herr Speer, Connor - Connor, Herr Speer."

„Meine Tante kümmert sich um ihn", ergänzte Oliver. „Wie geht es Ihnen?"

„Es schmerzt nur noch, wenn ich lache oder mich zu schnell bewege." Demonstrativ legte Connor eine Hand auf seinen Bauch. Noch eine Bemerkung und er würde seine Jogginghose herunterziehen und uns seine Narbe zeigen.

„Wolltest du dich von mir verabschieden?", übernahm Jonah.

„Ich habe gehört, euch zieht es in die Schweiz. Bleibt ihr dann da?" Connor lehnte sich an die Wand und steckte seine Hände in die Hosentaschen.

„Zumindest bis alles geklärt ist." Jonah warf einen Blick in meine Richtung, wahrscheinlich um anzudeuten, dass er nicht weiter über dieses Thema reden wollte.

Connor schien das egal. „Weißt du, dass sie in die …"

Wieder ging die Tür auf und Roger erschien. Er stutzte kurz und lachte dann. „Was für eine Versammlung! Ich muss euch leider rauswerfen." Er wedelte mit einem Haufen Papiere. „Wir haben freie Fahrt, der Krankwagen wartet schon auf uns, Jannis ist bereits auf dem Weg. Verabschiedet euch noch schnell von eurem Bruder. Bist du abreisebereit?", wandte er sich an Jonah.

Der nickte. „Je eher, desto besser." Er breitete die Arme aus. „Los, Tris. Eine letzte Umarmung!"

Ich legte ebenfalls meine Arme um ihn. So sehr ich das normalerweise hasste, mit ihm war das was anderes. Bei ihm hatte ich mich stets beschützt gefühlt.

Schließlich schob er mich von sich. „Ich bin nicht aus der Welt. Wir können jeden Tag skypen, okay?"

Ich nickte stumm und trat zurück, bis ich Oliver neben mir spürte. Ich hätte im Moment auch gar nichts sagen können, ohne in Tränen auszubrechen.

„Tschüss, Jonah." Connor klopfte ihm auf die Schulter. „Melde dich mal. Ich komme am Dienstag raus."

Nacheinander verließen wir das Zimmer. Kaum auf dem Flur fiel mir ein, dass Roger mit Oliver hatte reden wollen. Es musste mit Jonahs Bemerkung zusammenhängen, wegen Mama. Sollten wir nicht lieber zurückgehen?

Olivers fester Griff zog mich Richtung Fahrstuhl. „Auch Ihnen alles Gute", sagte er in Richtung Connor.

„Ich fahre mit runter. Ein bisschen Bewegung tut mir gut." Er blieb neben uns.

Ich warf Oliver einen hilfesuchenden Blick zu. Ob er mich verstand? Er reagierte nicht, sondern begann eine Unterhaltung mit meinem Bruder. Sie plauderten über Belanglosigkeiten, wie lange Connor wohl dem Unterricht fernbleiben müsse, wer ihn mit dem nötigen Schulstoff versorge, wo er schließlich kurz vor dem Abitur stünde, was er danach vorhabe. Ich versuchte abzuschalten und mir meinen in mir brodelnden Zorn nicht anmerken zu lassen. Was sollte das?

Connor brachte uns bis zur Tür nach draußen. „Tschüss, Tris. Bis Dienstag!"

Ich quetschte mir ein „bis dann" ab. Kaum liefen wir den Plattenweg zum Parkplatz hinab, wollte ich Oliver stoppen. „Wir müssen zurück! Roger wollte mit dir sprechen."

Er zog mich weiter. „Nicht umschauen! Ich wette, dein Bruder sieht uns nach. Wir marschieren brav zum Auto und fahren los. Ich rufe ihn gleich an."

Natürlich juckte es mich nachzuschauen, ob er recht hatte. Es fiel mir mit jedem Schritt schwerer. Kurz vor dem Einsteigen hielt ich es nicht mehr aus und wandte den Kopf. Leider war auf die Entfernung nichts Genaues zu erkennen. Jemand stand hinter der Glasscheibe. War es tatsächlich Connor?

„Besser, er weiß nicht, inwieweit wir den Fall weiterverfolgen", erklärte Oliver und ließ den Motor an.

Ich zappelte auf dem Beifahrersitz herum, bis er endlich an der nächsten Ecke anhielt und nach seinem Handy griff. „Herr Mangold? Jonah meinte, Sie wollten etwas Wichtiges mit mir besprechen ... Was? Nein, das kann ich nicht annehmen, ich …"

Herr Mangold hielt ihm einen langen Vortrag. Blöderweise presste Oliver das Telefon dicht an sein Ohr, ich verstand kein Wort.

„Gut, ich gebe mich geschlagen. Wohin soll ich den Vertrag schicken?" Er beugte sich vor, öffnete die seitliche Ablage und begann darin zu kramen. „Ah, gut. Können wir machen." Er richtete sich wieder auf und hatte einen Zettel und einen Kugelschreiber in der Hand. „Legen Sie los!" Er notierte sich die genaue Anschrift und die Telefonnummer von Rogers Schweizer Haus, wie ich sehen konnte. „Ich melde mich dann jeweils, wenn es wichtige Neuigkeiten gibt", sagte er zum Abschied.

Dann holte er tief Luft und reckte die geballte Faust in die Luft. „Yeah!" Er grinste mich an. „Jonah und Jannis wollen, dass er mich offiziell als Detektiv engagiert. Weißt du, was das heißt?"

Das ich raus war? Weil Roger reich genug war, ihn sofort zu bezahlen?

„Ich kann jetzt offiziell ermitteln, deinen Vater befragen, eure Nachbarn, die Lehrer und Mitschüler. Jeder wird verstehen, dass er seinen Kindern zuliebe die näheren Umstände ganz genau abgeklärt haben will."

Ach, und was war vorher anders gewesen?

„Du und ich arbeiten natürlich weiterhin zusammen. Ich brauche dich."

Und wofür? Bisher hatte ich ihm kaum helfen können, daran würde sich bestimmt nichts ändern.

„He! Nicht sauer sein!", sagte er, weil ich stumm blieb. „In erster Linie zählt doch, dass wir deiner Mutter helfen, oder nicht?"

Zögernd nickte ich.

„Auch wenn es dir nicht passt, es ist nun mal was anderes, wenn ein gestandener Mann kommt und sagt: Ich will eine vernünftige Abklärung. Bei dir als Auftraggeber denkt jeder, der Junge will es einfach nicht wahrhaben. - Und deinen Vater hätten wir ganz außen vor lassen müssen. Es ist besser, er ist sauer auf Roger als auf dich."

Was hätte ich darauf sagen sollen? Er hatte ja recht. „Was willst du jetzt machen?"

„Ich überlege noch. Auf jeden Fall eine gründliche Hintergrundrecherche zu Connor."

„Was für einen Eindruck hast du von ihm?"

Bevor er antwortete, hielt Oliver auf dem Parkplatz der Uni. Dann wandte er sich mir zu und grinste breit. „Charmant, selbstbewusst, mitfühlend - der ideale Bruder."

„Also bist du auch auf ihn reingefallen!" Ich war schwer enttäuscht. Eigentlich hatte ich ihn anders eingeschätzt.

„He! Das war Ironie! Er selbst stellt sich so dar. Und ich denke, dass nicht wenige ihm das abnehmen. Er ist mir zu glatt, zu sehr auf seine Wirkung bedacht."

Ich musste unbedingt bei meinem nächsten Besuch Herrn Petersen darum bitten, mir beizubringen, wie ich Ironie erkennen konnte. Damit tat ich mich anscheinend immer noch schwer. Ich tastete nach dem Türgriff. „Wann meldest du dich bei mir?"

„Heute Abend?"

„Ich bin ab acht Uhr zu Hause." Ja, und wenn alles klappte, hatte ich ebenfalls Informationen für ihn.

21

Oliver

Ich vergaß immer wieder, dass der Junge noch ein Kind war - dazu eines mit einer Behinderung. Heute Abend musste ich mich unbedingt in die Blätter einlesen, die Tante Simone mir ausgedruckt hatte. Dieses Versäumnis rächte sich bereits.

Statt loszufahren, griff ich zu meinem Handy. Ich kam nicht umhin, Deniz zu aktivieren, und das so schnell wie möglich. Wollte ich Ergebnisse, musste er gleich loslegen. An einem Freitag waren die meisten Ämter nur bis mittags erreichbar.

Die Tätigkeit meines Freundes zu beschreiben, ist schwierig. Offiziell führt er ein Geschäft für Elektronikbedarf mit Spezialisierung auf Alarmanlagen und Überwachungen allgemein. Für mich und einige andere ausgewählte Leute hatte er schon öfter Letzteres selbst durchgeführt. Er besitzt ein teures Equipment, unter anderem an Peilsendern und um Gespräche abzuhören. Außerdem ist er in der Hackerszene ein gern gesehener Auftraggeber. Davon hat meine Tante natürlich keine Ahnung.

Wie Britta damit klarkam beziehungsweise ob sie eingeweiht war, wusste ich nicht. Bisher hatte ich es vermieden, in ihrem Beisein darüber zu reden. Normalerweise hatten wir andere Gesprächsthemen, wenn wir uns trafen.

„Deniz, ich habe einen dringenden Auftrag für dich. Ich müsste möglichst alles über einen Connor Rommel erfahren." Ich gab ihm einen kurzen Abriss.

„Wie hieß die Mutter? Waren die Eltern verheiratet?"

„Von ihr habe ich nur den Vornamen, Corinna. Angeblich haben die beiden ohne Trauschein zusammengelebt. Hundertprozentig sicher ist das aber nicht."

„Bisschen wenig. Wenn eine Akte beim Jugendamt existiert, läuft sie garantiert auf den Namen der Mutter."

„Ich dachte, der Fall an sich wäre prägnant genug. Immerhin wurde der Junge neben ihr gefunden", verteidigte ich mich.

„Kontakte dorthin habe ich nicht. Ich muss auf die altbewährte Art an die Infos kommen." Deutlicher würde er am Telefon nicht werden.

„Oder vielleicht über die Polizei? Die haben doch bestimmt ermittelt, ob es sich um ein Tötungsdelikt handelt." Der Einzige, der meine Wissenslücken füllen konnte, war Tristans Vater. Den wollte ich jedoch nicht unbedingt mit der Nase darauf stoßen, in welche Richtungen meine Ermittlungen liefen. Leider hatte der Junge mir nicht weiterhelfen können. Es gab niemanden aus Connors früherem Leben, mit dem dieser in Kontakt stand.

Seltsam eigentlich. Selbst wenn die Mutter tot war, es musste doch andere Verwandte geben. Warum hatte nie jemand Interesse gezeigt?

„Und wo hat sich das Ganze abgespielt?"

„Keine Ahnung", musste ich zugeben.

Er seufzte. „Wer bin ich eigentlich? Dein privater Rechercheur?"

Darauf ging ich besser gar nicht ein. „Wenn du ihren Namen rausgefunden hast, erweitere die Suche und guck mal, ob es irgendwelche Familienangehörigen gibt."

„Das wird dauern."

„Ich verlasse mich trotzdem auf dich."

Er lachte. „Gib dir selbst Mühe, Detektiv!"

Anschließend telefonierte ich mit Tante Simone und teilte ihr die freudige Neuigkeit mit, dass wir jetzt einen echten Auftraggeber hatten und ich die Ermittlungen daher viel offensiver betreiben konnte. Anschließend bat ich sie, die Zeitungen von 2003 zu durchforsten. Die Tat hatte damals mit Sicherheit Aufsehen erregt. Ich wollte alles darüber lesen, was zu finden war. Falls noch Zeit bliebe, konnte sie sich anschließend um Tristans Oma und die Freundin seiner Mutter kümmern. Dazu hatte ich von Tristan genaue Daten bekommen - ein Gedächtnis hatte der Junge! Ein tödlicher Unfall mit Fahrerflucht würde garantiert zumindest einen kurzen Artikel im Lokalteil geben, ein Unfall im eigenen Heim mit tödlichem Ausgang vielleicht genauso.

Danach startete ich den Motor und fuhr los. Als Erstes würde ich die Nachbarn zur rechten Seite befragen und wenn möglich weitere in der Nähe.

Den ersten Besuch hätte ich mir schenken können. Die beiden alten Leutchen waren über achtzig und an dem, was sich in der Straße abspielte, nicht interessiert. Ja, die Frau Rommel sei sehr nett, die bringe ihnen, wenn die eigenen Kinder keine Zeit hätten, Lebensmittel mit und wäre auch schon ein-, zweimal mit dem Mann zum Arzt gefahren. Die Jungen? Ja, früher hätten sie die im Garten spielen sehen, natürlich mit viel Geschrei, so wie Kinder nun mal wären. Aber näheren Kontakt gäbe es nicht.

Gegenüber war niemand zu Hause, in allen drei Häusern nicht, die ich abklapperte. Also nahm ich mir die Nachbarn neben den älteren Herrschaften vor.

Ein Mann mit kurz geschorenen grauen Haaren öffnete mir die Tür. Er musterte mich misstrauisch. Ich zückte meine Karte, stellte mich vor und betonte dabei deutlich, dass ich im Auftrag des Ex-Mannes Nachforschungen anstellte, der sich einfach nicht vorstellen könne, dass Kerstin Rommel zu einer derartigen Tat fähig sei.

Sein Gesichtsausdruck wurde freundlicher und er bat mich herein. „Das geht meiner Frau und mir ähnlich. Bitte, nehmen Sie Platz!"

Er hatte mich in die Küche geführt, weil er das Essen regelmäßig umrühren müsse, wie er schulterzuckend erklärte. Kaum saß ich am Tisch, goss er mir ungefragt eine Tasse Kaffee ein und griff nach seiner eigenen. „Ich bin Rentner, meine Frau arbeitet noch, also kümmere ich mich um den Haushaltskram."

„Was können Sie mir über die Familie Rommel sagen?", fragte ich, nachdem ich pflichtschuldigst einen Schluck Kaffee getrunken hatte. Igitt! Was für eine Brühe! Den Rest würde ich stehen lassen.

91

„Die sind vor elf Jahren hierhergezogen. War eine ganz schöne Umstellung." Er lächelte zu seinen Worten, um ihnen die Schärfe zu nehmen. „Drei lebhafte Jungen und ein Baby, das viel schrie - das war schon heftig. Wir anderen wohnen alle schon urlange hier", fügte er erklärend hinzu. „Die Kinder sind zusammen aufgewachsen, jetzt längst aus dem Haus und hier in der Straße war Ruhe eingekehrt. Wir genossen unseren friedlichen Vorruhestand."

Oh weh! Die armen Rommels!

„Nicht dass wir uns beschwert hätten! Kinder sind nun mal lebhaft und laut. Aber es war eben eine ganz andere Generation. Wir hatten nicht viele Berührungspunkte. Ein paar Jahre später sind dann die Gresslers nebenan eingezogen und haben auch Kinder bekommen. Und demnächst wird das Haus zur anderen Seite wohl frei." Er deutete auf das der alten Leutchen. „Es ist ein ständiger Kreislauf. Irgendwann sind wir Rentner in der Minderzahl."

Zog denn hier jeder sein eigenes Ding durch? Gab es diese neugierigen Nachbarn von früher, die ganz genau beobachteten, was sich bei den anderen tat, nicht mehr? „Also ist Ihnen nichts aufgefallen? Weder am Verhalten von Frau Rommel noch an dem der Kinder?"

„Keiner geht zu Fuß", belehrte er mich. „Wer hier wohnt, muss ein Auto vor der Tür haben. Geschäfte in der Nähe gibt es nicht. Früher hat sie meist die Kinder in die Schule gefahren, später haben die das Fahrrad genommen. Sie grüßten höflich, das war es auch schon." Er deutete auf meine Tasse. „Schmeckt Ihnen der Kaffee nicht? Ist entkoffeiniert. Der ist gesünder für Herz und Kreislauf."

Ich zwang mich dazu, wenigstens zu nippen. „Also haben Sie vermutlich keine Fremden herumlungern sehen?"

„Ich habe Besseres zu tun, als ständig aus dem Fenster zu schauen." Er schien echt beleidigt. „So ein Haushalt macht eine Menge Arbeit. Und ich bin schließlich nicht mehr der Jüngste."

Nachdem ich ihm versichert hatte, dass ich niemals darauf gekommen wäre, er sei schon im Rentenalter, übersah er gnädig, dass ich ein letztes Mal an meinem Kaffee nippte, mich bedankte und mich, ohne diesen ausgetrunken zu haben, verabschiedete.

„Wissen Sie zufällig, wo die Familie Rommel vorher gewohnt hat?", fragte ich ohne große Hoffnung.

Nein, er hatte keine Ahnung.

Nach Hause, zu Mittag essen und sehen, ob meine Tante schon was Relevantes ausgegraben hat, entschied ich und stieg in mein Auto.

22

Oliver

„Ich bin nicht zum Kochen gekommen", empfing mich Tante Simone. „Magst du eine Tiefkühlpizza?"

„Hast du was rausgefunden?" Dann doch lieber meine eigene Sorte.

„Jede Menge. Ich drucke es eben aus, kümmerst du dich um das Essen?" Ich trabte hinüber zu meinem Häuschen und holte gleich zweimal Pizza aus der Truhe. An die Lieblingssorte meiner Tante hatte ich bei meinem letzten Einkauf natürlich auch gedacht. Während sie auf Pizza Funghi stand, bevorzugte ich die schärferen Varianten. Und da es aufgrund meiner Arbeit des Öfteren vorkam, dass wir auf Fertiggerichte zurückgriffen, sorgten wir beide dafür, dass immer genügend Nachschub vorhanden war.

Der Drucker surrte bereits eifrig. Kaum hatte ich die Bleche in den Ofen geschoben und ihn eingeschaltet, kam meine Tante mit einem Stapel Papier herein. „Die hat nicht hier vor Ort gewohnt, sonst hätte ich mich bestimmt daran erinnert. Lies selbst!"

„Vierjähriger neben Leiche seiner Mutter aufgefunden", lautete die Überschrift. Nachbarn hatten die Polizei gerufen, weil die Frau nicht auf Klopfen und Klingeln reagierte. Am Abend zuvor wäre es wieder einmal ziemlich laut hergegangen in der Wohnung, so ein Zeuge vor Ort. Das sei längst Normalität gewesen. Anfangs habe man regelmäßig den Notruf gewählt, später nicht mehr. Es sei ja sowieso nie was passiert. Und die Frau habe eher wütend statt dankbar reagiert. Aber trotz Sonnenscheins habe das Licht in der Wohnung gebrannt und der Fernseher sei unverändert laut zu hören gewesen. Deshalb wäre man aufmerksam geworden.

Der Tod von Corinna A., würde näher untersucht, weil ein Tötungsdelikt nicht auszuschließen sei.

Ich griff zum nächsten Artikel: „Lebensgefährte hat Alibi". Laut dem Obduktionsbefund sei Corinna A. an den Folgen eines Sturzes gestorben. Allerdings legten weitere Verletzungen nahe, dass dieser nicht zufällig geschehen, sondern womöglich mit Absicht herbeigeführt worden sei. Der Lebensgefährte habe sich allerdings an diesem Tag überhaupt nicht in der Wohnung aufgehalten, seine neue Freundin gab an, er sei durchgängig bei ihr gewesen. Der Junge, der womöglich die Tat mitangesehen habe, schweige weiterhin.

„Wenn mich nicht alles täuscht, gab es damals einen Bericht im Lokalteil darüber." Meine Tante hatte mich beim Lesen beobachtet. „Der stumme Junge, hieß die. Da habe ich zum ersten Mal erfahren, dass ein Trauma zum Sprachverlust führen kann."

Ich nickte nur und blätterte die restlichen Seiten durch. Der Duft der Pizza erfüllte die Küche und mein Magen verlangte heftig nach Nahrung. Schnell noch den Rest, dann musste das Essen fertig sein.

Tante Simone hatte Artikel aus sämtlichen Zeitungen zusammengetragen. Etwas Neues ergab sich nicht. Keinem der Nachbarn war ein Fremder aufgefallen, bei dem Streit sei fast nur Frau A. zu hören gewesen, niemand habe die leisere Stimme ihres Streitpartners eindeutig als die ihres Lebensgefährten identifizieren können. Dieser sagte aus, sich exakt zwei Tage zuvor von der Frau getrennt zu haben, was ein Freund von ihm bestätigte. Auch der direkte Wohnungsnachbar von Frau A. erklärte, die beiden Männer beobachtet zu haben, wie sie einige Gegenstände aus der Wohnung gegenüber trugen. Zu diesem Zeitpunkt sei Frau A. nicht anwesend gewesen.

„Steht irgendwo, was mit dem Jungen passiert ist?"

„Nein, danach wird das Thema gar nicht mehr aufgegriffen." Tante Simone öffnete den Backofen und nickte zufrieden: „Fertig."

Wir aßen in aller Ruhe und ließen das Thema dabei außen vor. Wie immer war ich viel schneller fertig als sie. Sie hatte nicht mal die Hälfte geschafft. Trotzdem schob sie den Teller von sich und behauptete, satt zu sein. Wahrscheinlich sah sie, dass ich darauf brannte, weiterzumachen.

Hm, wie sollte ich vorgehen? Netterweise hatte eine Zeitung vor Ort ein gutes Bild vom Haus selbst geschossen, auf dem sogar die Hausnummer zu erkennen war. Und Tante Simone hatte sich die Mühe gemacht, den gesamten Stadtteil im Internet zu durchforsten - Google Earth sei Dank -, bis sie es fand. Das wäre ein guter Ansatzpunkt. Bestimmt gab es noch Hausbewohner, die schon damals dort gewohnt hatten.

Andererseits musste ich unbedingt mit Tristans Vater sprechen. Dummerweise hatte ich mich im Krankenhaus Connor gegenüber verplappert. Wetten, dass der nichts Eiligeres zu tun hatte, als seinen Vater aufzuklären? Außerdem wurde es tatsächlich langsam Zeit, ihn wissen zu lassen, dass sein Vorgänger einen Privatdetektiv eingeschaltet hatte. Vielleicht sah er sogar Sinn darin und half uns weiter.

„Du schickst bitte als Erstes einen Vertrag an Herrn Mangold." Ich schob meiner Tante den Zettel mit den genauen Daten zu. „Ist doch echt super für uns, findest du nicht?"

„Vergiss den Kleinen nicht darüber." Sie maß mich mit einem sorgenvollen Blick. „Ohne ihn wäre nichts passiert. Lass ihn nicht außen vor, beschäftige ihn."

Genau das, was ich von ihr erwartet hatte. „Und wie, bitte schön?"

Sie verdrehte gut sichtbar die Augen. „Dir wird schon was einfallen."

„Zuerst mache ich endlich einen Termin mit seinem Vater." Ich zog mein Handy aus der Tasche. „Danach sehen wir weiter."

Sie verzog unzufrieden das Gesicht, kam jedoch nicht mehr dazu, etwas zu sagen, da Herr Rommel sich meldete.

„Speer, der Ex-Mann Ihrer Frau hat mich engagiert, um weitere Informationen zu sammeln, wie es zu dem Unglück kommen konnte", begann ich vorsichtig.

„Waren Sie heute Morgen bei Jonah im Krankenhaus?" Noch klang seine Stimme relativ neutral.

„Ja, er wollte mich sehen."

„Und woher kennen Sie Tristan?"

Was für ein Scheißer! Connor hatte nichts Besseres zu tun gehabt, als gleich seinen Vater zu informieren. „Das würde ich Ihnen lieber in einem persönlichen Gespräch erklären." Und dabei gleich alle weiteren Fragen abklären. „Wären Sie bereit, mit mir zu sprechen?"

Statt ärgerlich klang sein Seufzer müde. „Heute Abend gegen acht? Wenn Ihnen das nicht zu spät ist."

„Nein, ich komme", beeilte ich mich zu versichern. Nicht dass er es sich noch anders überlegte!

„Die Adresse ist Ihnen sicherlich bekannt." Er legte unvermittelt auf.

Tristan musste vorgewarnt werden beziehungsweise wir sollten uns auf eine gemeinsame Ausrede einigen. Sonst würde ich vermutlich hochkant rausfliegen oder erst gar nicht eingelassen. Das konnte ich gut auf der anstehenden Fahrt erledigen. Genügend Zeit blieb mir ja.

Wie nicht anders zu erwarten an einem Freitagnachmittag, staute ich mich zu meinem Ziel durch. Fast jeder hatte es unheimlich eilig, endlich ins Wochenende zu starten, es wurde gehupt und geblinkt, im letzten Moment dreist die Spur gewechselt, jede Lücke genutzt, um schneller voranzukommen. Ich hielt mich zurück. Einen festen Termin hatte ich nicht, was brachte es da, mir die Nerven zu ruinieren?

Fast eine Stunde benötigte ich für die Strecke, die ich bei freier Bahn locker in der Hälfte hätte schaffen können. Dafür fand ich direkt in der Nähe einen Parkplatz, was bei dem schneidenden Wind ein unverhofftes Plus war. Als ich ausstieg, begannen die ersten dicken Flocken zu fallen. Schnee! Der hatte mir noch gefehlt!

Statt mich ausgiebig umzusehen, eilte ich auf den Eingang des Acht-Familienhauses zu und drückte auf die unterste Klingel.

„Ja, bitte?"

Wenn mich nicht alles täuschte, gehörte die krächzende Stimme zu einem alten Mann. Mit etwas Glück wohnte er bereits seit längerem hier.

„Speer, privater Ermittler!", rief ich in die Gegensprechanlage. Das kam bei den Älteren immer besser an als Detektiv. Ermittler klang irgendwie seriöser.

Und richtig. Der Summer ertönte und ich wurde eingelassen.

23

Tristan

Also mich einfach absägen, das würde ich nicht zulassen. Und ich hatte auch schon einen Plan, wie ich mich einbringen konnte.

Papa ließ mich durch einen seiner Mitarbeiter pünktlich zu Linus' Haus bringen. Wie jedes Mal öffnete mir Anja, ich legte Jacke und Stiefel ab und nahm die Treppe nach oben.

Im Gegensatz zu mir ist Linus nicht so gut weggekommen. Er ist wesentlich eingeschränkter als ich. Er findet andere Menschen - mit Ausnahme seiner Eltern und mir - unvorhersehbar und verwirrend. Weil er Angst vor ihnen hat, versucht er sie, so gut es geht, zu ignorieren. Das wiederum empfinden diese als unhöflich und lassen ihn das auch deutlich spüren. Es ist ein Teufelskreis, er versteht sie nicht und sie ihn nicht. Dabei ist es bei ihm so, dass ihm einfach schon zu viele schlimme Dinge passiert sind in Kindergarten und Grundschule und ihm deshalb die Lust fehlt, vernünftig an sich zu arbeiten. Natürlich ist es auch für mich immer noch schwierig, die Gedanken, Gefühle und Handlungen anderer einzuschätzen oder richtig zu interpretieren. Aber ich bemühe mich, weil mir klar ist, dass ich so viel wie möglich lernen muss, wenn ich irgendwann mal ein eigenständiges Leben führen will.

Linus ist ziemlich heftig gemobbt worden. Deshalb wird er momentan zu Hause unterrichtet, über eine Fernschule. Anfangs war ich echt neidisch, bis meine Mutter mir erklärt hat, dass dies nur für den Übergang gilt, bis Linus in der Lage ist, mit anderen besser klarzukommen. Als Dauereinrichtung gibt es so was in Deutschland wohl gar nicht.

Kennengelernt haben wir uns in dem Institut, das die Testung für die Diagnose durchführte. Anschließend sind wir nämlich beide in dasselbe

Zusatzprogramm gekommen: alle zwei Wochen mit einigen Therapeuten zusammen kochen. Es hat eine Weile gedauert, bis wir warm wurden, mittlerweile sind wir richtig gute Freunde. Das einzige Problem ist, ich muss immer zu ihm kommen. Bei uns ist es ihm zu hektisch, sagt er. Dass er mir nicht entgegenkommt und mich auch später nicht runterbringt, ist bei ihm normal. Wie gesagt, im Gegensatz zu ihm bin ich wesentlich weiter. Trotzdem verstehen wir uns super und dieser Freitagnachmittag ist eine feste Einrichtung geworden. Beide bemühen wir uns darum, diese Verabredung einzuhalten.

Wie immer sah er nicht auf, als ich das Zimmer betrat. Darum setzte ich mich in den Sessel neben ihn und schaute ihm bei seinem Computerspiel zu. Als Stratege ist Linus einer der Besten. Bei Gruppenspielen reißen sich die anderen um ihn. Ich gebe neidlos zu, dass selbst ich ihm nicht das Wasser reichen kann.

„Ganz schön was los bei dir", bemerkte er, während er weiter seinen Gegner niedermachte. „Was ist mit deiner Mutter?"

„Die sitzt in der Forensik. Die Polizei glaubt, dass sie das Gift ins Essen getan hat."

„Erzähl!"

Ich ließ nichts aus, auch nicht, dass ich auf die Idee gekommen war, einen Detektiv zu beauftragen.

„Du willst ihn nicht allein ermitteln lassen."

Das war keine Frage, sondern eine Feststellung. In der Beziehung waren wir uns einig: Wir hegten beide ein Misstrauen, ob sich jemand richtig für uns einsetzen würde. Bei Linus kam hinzu, dass er ein Rätselfreak war, wozu auch ungeklärte Kriminalfälle gehörten. Im Gegensatz zu mir sah er sich möglichst jede Sendung darüber im Fernsehen an. Später wollte er entweder Forensiker oder Pathologe werden, so ganz hatte er sich noch nicht festgelegt.

„Ich mag Connor nicht", stellte er abschließend fest.

Das hatte nichts zu sagen, er kam auch mit Jannis und Jonah und meinem Vater nicht klar. Die Einzige, die er tatsächlich akzeptierte, war meine Mutter.

Er lieferte sich einen heftigen Endkampf, dann loggte er sich aus dem Spiel aus. „Wie war das mit deiner Oma?", fragte er mit Blick auf den Monitor.

Was sollte das denn jetzt? Trotzdem antwortete ich. Linus folgt stur seinem Konzept, Gegenrede bringt erfahrungsgemäß nichts. „Die ist mit ihren Krücken gestürzt und dabei mit dem Kopf an den Tisch geschlagen. Es war eindeutig ein Unfall."

Da klingelte mein Handy. Linus fuhr erbost mit seinem Stuhl herum, schon auf dem Sprung, sich auf mich zu stürzen. Auf unerwartete Ablenkungen reagierte er immer noch extrem, obwohl er mittlerweile auch bei Herrn Petersen in Behandlung war. „Der Detektiv, es könnte wichtig sein." Ohne ihn weiter zu beachten, nahm ich das Gespräch an.

„Deine Mutter denkt, es steckt Absicht dahinter", sagte er anschließend, ohne sich dafür zu interessieren, was Oliver Speer gewollt haben könnte. Ich verspürte einen kurzen Stich im Bauch. Bestimmt hatte ich wieder zu hastig gegessen. „Hätte das die Polizei nicht feststellen müssen?" Ihm meine Einwände gegen ihren Verdacht zu erklären - nein, besser nicht.

„Wenn man es geschickt genug anstellt, kann man die austricksen." Für ihn schien das eine Selbstverständlichkeit zu sein.

Klar, wenn man sich jeden Tag die entsprechenden Sendungen reinzog, in denen immer alles anders war als gedacht, witterte man hinter allem und jedem eine Verschwörung. „Wie denn?"

Er nahm sich ein Blatt Papier. „Gib mir mal die genauen Fakten."

„Oma ist kurz zuvor gestürzt und musste am Knöchel operiert werden. Danach durfte sie mit dem Fuß nicht auftreten und hat Krücken gekriegt. Und weil sie mit denen nicht gut umgehen konnte, sind wir, das heißt, Jonah, Jannis, Connor und Mama abwechselnd für sie einkaufen gegangen. An dem Tag war Connor dran. Er hat für sie Wasser geholt und ihr auch gleich die Post raufgebracht. Die lag geöffnet auf dem Wohnzimmertisch. Er hat das in seiner Mittagspause erledigt, weil er zusätzlich eine Freistunde hatte. Oma soll am frühen Abend gestorben sein. Sie ist beim Tischdecken gefallen und kurz danach gestorben. Gefunden wurde sie am nächsten Morgen, weil da der Nachbar mit ihr zum

Arzt fahren wollte. Der hatte einen Schlüssel, ist in die Wohnung rein und da lag sie."

„Lief die Heizung?"

„Woher soll ich das wissen!"

„Da gab es mal so einen Fall, wo es auch nicht klar war ob Unfall oder Mord. Man verdächtigte den Ehemann, die Heizung extra hochgedreht zu haben, um den Todeszeitpunkt zu verschleiern. Das wäre immerhin eine Möglichkeit."

„Und das funktioniert?" Bei dieser Geschichte, die er erwähnte, war es schließlich auch aufgefallen.

„Warum nicht? Wenn gar nicht erst der Verdacht aufkommt, jemand hätte dran gedreht? Bei deiner Oma war kein direktes Motiv erkennbar."

Genau, was hätte Connor von ihrem Tod gehabt? Nur - brächte ich mein Argument jetzt vor, wäre Linus totbeleidigt.

„Wie war das mit der Freundin deiner Mutter? Die ist überfahren worden und der Typ ist abgehauen", wechselte Linus zum nächsten Opfer.

„Connor hat doch schon lange den Führerschein, oder?"

„Wir waren zu dem Zeitpunkt alle zusammen im Kino", musste ich ihn leider aufklären. „Er kann es gar nicht gewesen sein."

Oh weh! Linus' schöne Theorie war damit zerstört. Und mit Niederlagen konnte er noch nie gut umgehen.

24

Oliver

Der alte Mann, der in seiner halb geöffneten Tür stand, blickte mir neugierig entgegen. „Worum geht es denn?" Er machte keine Anstalten, mich einzulassen.

Ich hielt ihm zuerst meine Karte hin, die er genauestens betrachtete.

„Aha", meinte er unschlüssig.

Ich zog meinen Ausweis. „Damit Sie wissen, dass ich der bin, für den ich mich ausgebe."

Entweder waren seine Augen besser als bei dieser dicken Brille erwartet oder ich hatte es geschafft, ihn von meiner Harmlosigkeit zu überzeugen. Er trat zurück und machte eine einladende Handbewegung. „Dann kommen Sie mal rein."

Er führte mich durch einen geräumigen Flur in das altmodisch eingerichtete Wohnzimmer, alt, aber durchaus sauber und ordentlich, und wies auf die Couch. Er selbst setzte sich in einen Fernsehsessel mit allen Schikanen, das einzige relativ neuwertige Möbelstück.

„Den haben mir meine Kinder geschenkt", grinste er. „Wollte ich zuerst gar nicht annehmen. Hab mich jedoch schnell an die Vorzüge gewöhnt. Der hat sogar eine Schlaffunktion." Dankenswerterweise unterließ er es, sie mir vorzuführen. „Wie kann ich Ihnen helfen?"

„Wohnen Sie schon lange hier?", fragte ich zurück.

Er runzelte die Stirn. „Tja, fast sechs Jahre müssten es jetzt sein. Genau, Herr Wolters wechselte ins Altenheim und bot mir seine Wohnung an."

So ein Mist! Damit war er raus. „Können Sie sich an diese Geschichte erinnern oder hat man Ihnen etwas darüber erzählt, die sich vor sechzehn Jahren abspielte? Als eine junge Mutter starb und man ihren Sohn bei der Leiche fand?", versuchte ich es trotzdem.

Offensichtlich erstaunt hob er die buschigen Augenbrauen und strich sich über seinen spärlichen Haarkranz. „Wegen dieser ollen Kamelle sind Sie gekommen? Das ist schon so lange her. Also gekannt habe ich die Frau nicht", fuhr er nach meinem bestätigenden Nicken fort. „Und das Kind auch nicht. Wir wohnten damals schräg gegenüber, meine Frau und ich. Aber natürlich haben wir den Aufruhr mitgekriegt: Krankenwagen und Notarzt und Polizei und Anwohnerbefragung." Er kicherte. „Hinterher stellte sich raus, dass es ein simpler Unfall gewesen war." Ich beugte mich vor. „Tatsächlich?"

Er nickte heftig. „Ja, sie ist unglücklich gestürzt. War wohl sofort tot. Schlimm nur, dass das Kind das mit ansehen musste."

„Hatte Sie getrunken?"

„Da fragen Sie besser bei der Polizei nach. So was erfährt man nicht." Leider kannte er weder ihren Nachnamen noch den des Lebensgefährten. Aber vielleicht trieb ich ja noch jemanden auf, der zu diesem Zeitpunkt schon hier gewohnt hatte.

Tja, sämtliche Hausbewohner hatten mittlerweile gewechselt, teilte er mir mit. Er selbst gehörte zu denen, die am Längsten hier wohnten. Also wieder eine Sackgasse.

Moment! „Was ist mit Herrn Wolters, von dem Sie die Wohnung übernahmen?" Den Nachsatz: Lebt er noch, verkniff ich mir lieber. Alte Menschen fühlten sich in der Beziehung ziemlich schnell auf den Schlips getreten.

Ein strahlendes Lächeln glitt über sein Gesicht. „Ja, klar. Warum bin ich nicht selbst darauf gekommen? Der müsste sich noch gut an die Zeit erinnern. Der hat bestimmt dreißig, vierzig Jahre hier gelebt. Und fit im Kopf ist er. Ich besuche ihn einmal in der Woche. Es sind die körperlichen Gebrechen, die den Umzug nötig machten."

Fünf Minuten später verließ ich mit einer ausführlichen Wegbeschreibung ausgestattet das Haus.

Der Schnee fiel immer noch in dicken Flocken, Straße und Bürgersteig lagen bereits unter einer dünnen weißen Schicht. Ich setzte mich ins

Auto und ließ den Motor an. Zweimal Wischen und die beiden Scheiben waren frei. Ein Blick auf die Uhr: Ein kurzes Gespräch mit Herrn Wolters war durchaus noch zu schaffen. Also machte ich mich auf den Weg. Ich weiß nicht, was der gemeine Autofahrer für ein Problem hat. Jeden Winter das Gleiche: Fällt der erste Schnee, ist absolute Vorsicht angesagt. Dass man aufmerksamer sein und sein Fahrverhalten den Straßenverhältnissen anpassen sollte, das ist für mich keine Frage. Aber ist es wirklich notwendig, auf der Landstraße mit knapp fünfzig dahin zu schleichen? Zehn Minuten Fahrtzeit, hatte mein freundlicher Informant gemeint, ich brauchte eine geschlagene halbe Stunde.

Die Dame an der Anmeldung wirkte nicht erfreut über mein Auftauchen. Wie es aussah, versammelten sich die Heimbewohner schon zum Abendessen.

„Ich werde ihn nicht lange aufhalten", beschwor ich sie. „Sein ehemaliger Nachbar schickt mich, ihm Lesenachschub bringen. Angesichts des Wetterumschwungs wird er selbst wohl nicht so bald kommen können."

In diesem Fall war der einsetzende Schneefall mein Glück. Die beiden abonnierten jeweils unterschiedliche Fachmagazine und tauschten diese aus - auch eine Art, sein Geld zu sparen.

„Herr Wolters?" Sie befragte ihren Computer. „Nein, tut mir leid. Der liegt mit einem schweren Infekt im Krankenhaus. Er wurde gestern dorthin überwiesen."

Auf meine Nachfrage gab sie mir immerhin die genaue Adresse, meinte aber, ich solle dort von einem Besuch absehen. Soweit sie wisse, liege er auf der Intensivstation.

Gut, angesichts der gerade erlebten Fahrt war es sowieso besser, gleich die Richtung zum Wohnhaus der Rommels einzuschlagen. Wahrscheinlich erwartete mich unterwegs das übliche Verkehrschaos.

Eher musste ich hoffen, überhaupt noch pünktlich anzukommen. Auf der Autobahn ging schon bald nichts mehr, Schritttempo war angesagt. Dazu wurde der Schneefall immer dichter.

Das Handy klingelte und ich schaltete die Freisprechfunktion ein.

„Hallo, Oliver. Wir haben eine gute Ausrede gefunden."

Tristan und seinem Freund war es gelungen, sich eine wirklich passable Erklärung auszudenken.

„Ich wette, Papa spricht mich gleich auf der Rückfahrt darauf an. Ich werde ihm das schon verklickern."

„Danke, für deinen Anruf." Die Schlange vor mir nahm langsam Geschwindigkeit auf, der Stau schien sich aufzulösen.

„Ich chatte heute Abend mit Jonah. Hast du noch Fragen an ihn?"

Gute Idee! „Er soll bitte bei seinem Vater die genaue Adresse erfragen, wo sie vorher gewohnt haben, bevor du geboren wurdest."

„Das kann ich dir doch auch sagen!"

Damit hatte ich echt nicht gerechnet.

„Mama hatte sich mit dem Ehepaar neben ihnen angefreundet und ist sie ab und zu besuchen gefahren. Ich musste früher immer mit."

„Schick mir deren Namen und Adresse bitte aufs Handy." Ich passierte gerade die Unfallstelle, ein harmloser Auffahrunfall, die Beteiligten standen diskutierend hinter den Leitplanken. Dann war der Stau bereits in Auflösung begriffen und ich konnte endlich Gas geben. Angesichts der nun geforderten erhöhten Aufmerksamkeit beendete ich das Gespräch lieber und konzentrierte mich auf den Verkehr. Immerhin würde ich mein Ziel aller Voraussicht nach pünktlich erreichen.

25

Tristan

Im selben Moment, als ich die Treppe hinunterstieg, klingelte es. Gutes Timing von Papa. So entging er einem Gespräch mit Anja, die sicherlich darauf lauerte, die Geschichte aus erster Hand zu erfahren. Mich zu fragen, hatte sie sich nicht getraut. Sie wusste, dass Mama mein Ein und Alles war.

„Schnell, Tris! Bevor der Wagen zuschneit!" Er blieb gleich im Eingang stehen.

Ich schlüpfte in meine Jacke und meine Stiefel und verabschiedete mich von Anja. Draußen bekam ich einen richtigen Schock. Ohne dass ich es bemerkte, hatte sich die Welt draußen in ein Wintermärchen verwandelt. Und noch immer fielen dicke weiße Flocken.

Normalerweise liebe ich keine Überraschungen, ich will meine Tage vorhersehbar und wenn möglich immer nach dem gleichen Muster ablaufend. Es gibt nur wenige Ausnahmen, die ich als angenehm empfinde, Geburtstage zum Beispiel, oder eben Schnee. Durch die Zwillinge habe ich gelernt, wie schön es ist, gemeinsam darin herumzutoben. Am liebsten hätte ich Papa an die Hand genommen und wäre einfach eine Weile herumgelaufen. Noch waren die Bürgersteige und Straßen unberührt von menschlicher Aufräumwut - eine weiße Fläche, soweit das Auge reichte.

Aber Papa hatte überhaupt keinen Blick für diese Schönheit. Er wollte so schnell wie möglich nach Hause. „Dein Detektiv hat sich angekündigt", erklärte er, kaum dass er den Motor gestartet hatte.

„Er ist nicht mein Detektiv. Roger hat ihn engagiert." Zu einfach sollte es nicht werden.

„Ach, und wie ist er ausgerechnet auf ihn gekommen?"

„Ich hab Jonah von ihm erzählt. Seine Tante ist eine Freundin von Oma gewesen. Sie hat mich erkannt, als ich zu unserem Haus wollte, und angesprochen. Sie wohnt ganz in unserer Nähe. Da habe ich das Schild gesehen."

„Wann wolltest du ins Haus?"

Seltsam, ich hatte gedacht, er würde sofort mehr über die Tante wissen wollen. „Am Samstag. Ich dachte, wenn ich mit den Polizisten rede, dürfte ich mir vielleicht ein paar Sachen holen."

„Und?"

„Ich habe mich nicht getraut. Tante Simone meinte, die lassen mich nicht rein, ich bräuchte es gar nicht erst versuchen."

„Bist du viel bei ihr gewesen?"

„Das mit Mamas Freundin war geflunkert", gab ich zu. „Sie hat mir angeboten, sich so lange um mich zu kümmern, bis ich wieder zur Schule gehe. Das war besser, als allein bei Oma im Haus abzuhängen. Sie ist echt nett."

„Tris, du kannst nicht einfach …" Er hörte mitten im Satz auf zu sprechen und schüttelte den Kopf.

„Ich hatte sie doch bei Oma gesehen, sie war für mich keine Unbekannte", protestierte ich. „Papa, ich bin nicht blöd. Ich weiß, wem ich trauen kann."

Er beließ es dabei, dafür fragte ich auch nicht nach, ob Connor mal wieder gepetzt hatte. Er bat mich nur darum, ihn mit dem Detektiv allein sprechen zu lassen und ihn bitte nicht zu stören.

Damit hatte ich kein Problem, so konnte ich mich in aller Ruhe mit Jonah austauschen. Ich verkrümelte mich, sobald wir zu Hause waren, nach oben und schaltete den Computer an. Bei Skype erwartete mich schon die übliche Anfrage, ob ich den neuen Kontakt hinzufügen wolle. Natürlich wollte ich. Zwei Minuten später tauchte mein Bruder breit grinsend vor mir auf. „Na, Claas schon auf hundert?"

„Woher weißt du?"

„Weil er gleich nach Connors Petzerei bei Papa anrief."

Darüber zu reden, hatte ich keine Lust. „Du musstest nicht mehr ins Krankenhaus?"

„Nee, alles wieder paletti. Jannis soll noch eine Woche drinbleiben. Ist der Komplettcheck danach in Ordnung, hat er es auch überstanden. Aber jetzt erzähl erst mal: Was läuft bei euch?"

„Oliver durchwühlt Connors Vergangenheit, Linus und ich sind heute die beiden Todesfälle durchgegangen, also Omas und Tante Charlottes. Linus meint, dass Oma nicht unbedingt so gestorben ist, wie es aussah. Man kann wohl über die Manipulation der Heizung den Todeszeitpunkt verschleiern." Mal sehen, wie er sich dazu stellte.

„Gute Idee! Werde ich später gleich mal nachrecherchieren. Dein Freund hat's drauf", anerkennend hob er den Daumen.

„Bleibt trotzdem der Fakt, dass wir alle im Kino waren, als Tante Charlotte starb." Der Punkt war Linus natürlich sauer aufgestoßen. Er hatte sich regelrecht darin verbissen, alles x-mal durchgerechnet, denn eigentlich waren wir eher schon auf der Heimfahrt gewesen. Trotzdem hatte er einsehen müssen, dass Connor unmöglich der Täter sein konnte. Um nicht zuzugeben, dass seine Vermutung falsch war, hatte er sich zuletzt in eine noch abstrusere Theorie verstiegen, es gäbe einen Komplizen, jemand, mit dem Connor zusammenarbeite, und der ihm so ein Alibi verschaffte.

Ich hatte mich wohlweislich gehütet, ihm zu widersprechen, sondern genickt und gesagt, ich würde alles genau so an den Detektiv weitergeben. Linus konnte sich furchtbar aufregen, wenn er das Gefühl hatte, man würde seine Ideen nicht ernstnehmen.

„Du hast recht, daran hatte ich gar nicht mehr gedacht. Schade." Jonah seufzte. „Es hätte so schön gepasst."

„Glaubst du denn, dass Mama die Aufzeichnungen, die die Polizisten gefunden haben, die, in denen sie Connor beschuldigt, wirklich geschrieben hat?" Er war der Einzige, bei dem ich mich traute, gezielt nachzufragen. „Hatte sie echt Angst vor ihm?"

„Ach, Tris. Ich fühle mich ebenso konfus wie du", erwiderte er zu meinem Erstaunen. „Ich weiß nicht, was ich glauben soll."

„Aber Mama ist unschuldig! Die würde nie auf die Idee kommen, Gift ins Essen zu mischen."

Statt mir vehement beizupflichten, blieb er eine Weile still. „Auch nicht, wenn sie sich derart in die Enge getrieben fühlt, dass sie keinen anderen Ausweg mehr sieht?"

„Jonah!" Wie kam er denn auf so was?

„Ich bin vor ungefähr drei Wochen in ein Gespräch zwischen ihr und Claas reingeplatzt. Sie wollte, dass Connor zur Oma zieht. Er würde ihr das Leben zur Hölle machen, sagte sie wortwörtlich. Bevor Claas antworten konnte, entdeckten sie mich. Nun, du kennst ihn. Er sucht für jeden von uns Entschuldigungsgründe und will keinen vor den Kopf stoßen. Der und sich durchsetzen?" Er lachte bitter. „Ich liebe ihn, keine Frage, deshalb weiß ich auch, dass er sich bestimmt mit Händen und Füßen gewehrt hat, seinen Sohn rauszuwerfen."

Am liebsten hätte ich laut geschrien, mich in einen dieser endlosen Tobsuchtsanfälle gestürzt, so wie früher. Selbst dazu war ich nicht fähig. Ich fühlte … nichts.

Gut, ich bin sowieso nicht der, der auf seine oder die Gefühle anderer achtet. Herr Petersen hat mir über Wochen immer dieselbe Aufgabe mit auf den Weg gegeben: Schreib auf, wie du dich fühlst - jeden Morgen, jeden Mittag, jeden Abend! Horch in dich hinein! Das war eine richtige Herausforderung für mich. So richtig zufrieden habe ich ihn nie stellen können. Für mich allerdings merkte ich schon einen Unterschied. Wenn ich mich richtig anstrenge, sind Gefühle keine sieben Siegel mehr für mich.

Heute half mir all mein Training nicht weiter. Ich war innerlich erstarrt. Das Gespräch mit Jonah, auf das ich mich so gefreut hatte, wurde mir zu viel. Ich wollte nichts mehr hören und sehen. Um es zu beenden, behauptete ich, Papa würde nach mir rufen. Kaum war der Computer aus, warf ich mich aufs Bett und zog mir die Decke über den Kopf. Eine dunkle Höhle, ganz für mich allein - nichts mehr sehen, nichts mehr hören und am besten auch nicht mehr denken.

26

Oliver

Herr Rommel öffnete die Tür, kaum dass ich geklingelt hatte.

„Speer, ich ..."

„Bitte, kommen Sie herein!" Ohne weiter auf mich zu achten, drehte er sich um und stakste vor mir her. Vor der Garderobe wartete er, bis ich meine Jacke mühsam zwischen den dort hängenden untergebracht hatte und führte mich genauso wortlos ins Wohnzimmer. Er nickte zur Couch hinüber und setzte sich selbst in einen der Sessel.

Da er weiterhin schwieg, musterte ich ihn gründlich. Tristan hatte überhaupt nichts von ihm, war mein erster Eindruck. Claas Rommel sah man den Intellektuellen deutlich an: Hoch aufgeschossen und hager, markante Stirn und forschend blickende Augen hinter einer Hornbrille, eine, ich weiß gar nicht, wie ich es beschreiben soll, deutlich erkennbare kultivierte Art - wie er sich bewegte, wie er dasaß, wie er mich seinerseits ansah - als würde er jedes Wort, das ich von mir gab, bis ins Kleinste sezieren wollen.

„Herr Mangold ist der Meinung, seine Ex-Frau sei zu so einer Tat nicht fähig", begann ich deshalb sehr vorsichtig. „Aus diesem Grund hat er mich engagiert. Ich soll noch einmal sämtliche Fakten prüfen."

Er schüttelte müde den Kopf. „Ich weiß nicht, was er sich davon erhofft. An den Tatsachen ist nicht zu rütteln."

„Es ist nicht immer so, wie es aussieht", gab ich zu bedenken. „Und ich denke, vor allem für die Kinder kann so etwas wichtig sein. Damit sie irgendwann besser verstehen, was passiert ist."

Er öffnete den Mund, um mir zu widersprechen, besann sich aber und holte nur tief Luft.

„Tristan hat mir erzählt, Sie und Ihr Sohn Connor haben die Zwillinge gefunden. Könnten Sie mir bitte einen Abriss geben, wie das genau ablief?"

Er ließ sich tatsächlich darauf ein, mir akribisch Bericht zu erstatten. Hier zeigte sich dann gleich seine wissenschaftliche Ader, er ließ nicht das kleinste Detail aus. Trotzdem erfuhr ich nicht viel Neues. Seine Frau hatte nach der Mitteilung, dass die Zwillinge wegen einer schweren Vergiftung ins Krankenhaus gebracht worden waren, umgehend zur Tatwaffe - das größte Messer aus dem Block, der netterweise direkt neben ihr stand - gegriffen und zugestochen, bevor jemand eingreifen konnte. Nein, er hatte ihr, als er sie auf der Arbeit anrief, keine Einzelheiten mitgeteilt, sondern nur gesagt, die Zwillinge seien plötzlich krank geworden und sie müsse umgehend nach Hause kommen. So war sie vollkommen unvorbereitet, als sie eintraf.

„War sie denn nicht erstaunt, als Sie sie anriefen?", warf ich ein.

Seine Augenbrauen schnellten in die Höhe. Er hatte sofort erfasst, worauf ich hinauswollte. „Sie haben recht! Sie reagierte völlig normal, halt wie jede Mutter, die erfährt, dass ihre Kinder so krank sind, dass sie kommen soll. Jede Menge Nachfragen, was denn genau los sei, aber keine Überraschung, dass ich am Telefon war. Wieso ist mir das nicht aufgefallen?"

Er schien tatsächlich neue Hoffnung zu schöpfen. Jedenfalls bemühte er sich anschließend, jede meiner Fragen zu beantworten. Auch meine Bitte, den Anwalt persönlich kontaktieren zu dürfen, wurde gewährt. Er wollte ihn gleich morgen früh anrufen.

Nachdem wir das meiste geklärt hatten, lenkte ich auf die ungewöhnliche Familienkonstellation über. Klar, Patchworkfamilien sind heutzutage ja Normalität, nur wies diese gleich mehrere Besonderheiten auf: die Mutter des Ältesten tot, ein anscheinend super gutes Verhältnis zum Vater der Zwillinge, ein behinderter gemeinsamer Sohn, beide Eltern berufstätig. Den Punkt mit der Großmutter, die Connor wohl deutlich bevorzugte, ließ ich aus, genauso wie mein Wissen darüber, wie sich die Erwachsenen kennengelernt hatten und wieso sein ältester Sohn bei ihm wohnte.

Er hatte tatsächlich beschlossen, mir zu vertrauen, und gab mir einen kurzen Abriss. Connors Mutter hatte er bei einer Party auf der Uni kennengelernt. Nein, sie sei keine Studentin gewesen, nur eine Begleiterin. Sie habe ihn angesprochen, sie hätten sich gut verstanden und seien zusammengekommen.

Zwei Jahre hielt die Beziehung, dann verliebte sich Corinna heftig in einen anderen und verließ ihn. Er litt lange unter der Trennung. Umso glücklicher war er, als sie eines Tages plötzlich vor seiner Tür stand, völlig abgerissen und down. Sie hatte gerade eine unglückselige Beziehung beendet und wusste nicht, wohin. Er nahm sie auf, sie wurden innerhalb weniger Tage wieder ein Paar. Drei Monate später teilte sie ihm mit, dass sie schwanger sei. Natürlich wäre es ihm lieber gewesen, nicht so schnell mit dem Ergebnis ihrer wiedererwachten Liebe konfrontiert zu werden, aber er trug schließlich genauso viel Schuld daran wie sie. Nachdem der erste Schock verklungen war, begann er sich auf das Kind zu freuen.

Die Schwangerschaft war nicht einfach, Corinna durfte sich ab dem vierten Monat nicht mehr anstrengen und musste viel ruhen. Das machte sich bald bemerkbar, sie wurde mürrisch und gereizt. Beide sehnten die Geburt des Sohnes herbei.

Doch auch danach besserte sich ihr Zustand nicht wesentlich. Meist lag sie herum und grübelte vor sich hin. Er kam nicht mehr an sie heran. Acht Wochen nach der Geburt verschwanden sie und das Kind spurlos. Nach reiflicher Überlegung habe sie den Entschluss gefasst, sich von ihm zu trennen, stand in dem Brief, den sie ihm hinterließ. Das war alles, keine neue Adresse, keine Telefonnummer, nichts. Eltern, Geschwister, Freunde von ihr kannte er nicht. So brachte seine Suche nach den beiden keinen Erfolg.

Vier Jahre später erhielt er einen Anruf von der Polizei, dass sein Sohn neben der Leiche seiner Mutter aufgefunden worden sei. Es war für ihn sofort klar, dass er ihn zu sich holen würde. Er stellte eine ausgebildete Erzieherin ein, die sich um den kleinen traumatisierten Connor bemühte. Trotzdem dauerte es ziemlich lange, bis er begann zu vergessen. Da der Sohn unter einer Essstörung litt, tauchte er irgendwann in dieser Ernährungspraxis auf, ein Tipp eines Kollegen. Kerstin gelang es schnell, Kontakt zu seinem Sohn aufzubauen. Auch er fand sie nach jedem Besuch dort sympathischer. Irgendwann traf man sich, zuerst allein, später mit allen Kindern. Zwar war Connor immer noch sozial eingeschränkt, aber weder Kerstin noch er sahen dies als großes Hindernis. Beide gaben ihr Bestes, als Familie zusammenzuwachsen.

Tristan war nicht so schnell geplant gewesen. Kerstin hörte auf zu arbeiten, um sich um die Kinder zu kümmern, damit keins das Gefühl hatte, zu kurz zu kommen. Dann stellte sich diese Behinderung heraus, was wiederum Kerstin zu verdanken war, die alles daransetzte, die Diagnose zu sichern. Tristan sei nicht stark betroffen, erklärte mir Herr Rommel, nur eben eingeschränkt in seiner sozialen Kompetenz. Trotzdem müsse man daran gezielt arbeiten, vor allem wegen der deutlich sichtbaren Intelligenz des Jungen. Er habe eine Inselbegabung im Bereich der Mathematik, da könne er durchaus jetzt schon mit jedem Studenten mithalten.

Es gehe hierbei nicht um Erfolge, sondern um eine vernünftige Teilhabe am Leben, verdeutlichte er mir. Er selbst sei ebenfalls eingeschränkt. Das sei ihm jedoch erst durch die Testung und nachfolgende Behandlung seines Sohnes bewusst geworden. Nicht so sehr wie Tristan, aber es reiche aus, dass er sehe, wie wichtig es sei, in den Augen der anderen normal zu wirken. Im Prinzip lägen ihm all seine Kinder am Herzen, zu denen er auch die Zwillinge zähle. Jeder für sich sei etwas Besonderes und müsse seinen Möglichkeiten nach gefördert werden.

Das Verhältnis zu Roger Mangold sei von Anfang an gut gewesen. Er stehe zu seinen Vaterpflichten, mische sich andererseits jedoch nicht in das normale Leben ein. Der sei Single geblieben, mit regelmäßig wechselnden Bekanntschaften. Über alles, was die Kinder beträfe, spräche man sich regelmäßig ab. Ja, man könne sagen, er gehöre zur Familie dazu.

Fast zweieinhalb Stunden hatte unser Gespräch gedauert. Ich verabschiedete mich mit der Versicherung, ihn über jede neue Erkenntnis sofort zu informieren.

27

Freitag/Samstag

Oliver

Der Schnee hatte nachgelassen, nur noch vereinzelt fielen dünne Flocken vom Himmel. Dafür war es merklich kälter geworden, ein knirschendes Geräusch begleitete jeden meiner Schritte.

Auf der Hauptstraße waren mir bei der Hinfahrt mehrere Streufahrzeuge begegnet, bis in unser Viertel drangen sie natürlich nicht vor. Hier blieb alles ursprünglich. Die eingefahrenen Spuren glänzten bereits im Scheinwerferlicht, was mir verriet, dass die eisige Pracht uns wohl eine Weile erhalten bleiben würde. Langsam und vorsichtig fuhr ich bis zu unserer Einfahrt. Wie nicht anders zu erwarten, hatte Tante Simone mit Nachlassen der Niederschläge zum Schneeschieber gegriffen und die befreite Fläche vorbildlich abgestreut. In dieser Beziehung war sie übervorsichtig. Lieber einmal zu viel als zu wenig, lautete ihr Motto.

Als ob es bei uns überhaupt Fußgänger gab! Ich kannte keinen, der weiter als bis zu seinem Auto lief. Außerdem war das Ganze eine Farce. Selbst wenn jeder Hausbesitzer seine Fläche säuberte, stand dem zu Fuß Gehenden bei jeder Straßenüberquerung eine Schlinderpartie bevor, genau wie an jeder Straßeneinmündung. Von einem gefahrlosen Vorwärtskommen war das meilenweit entfernt.

Sich darauf zu berufen, bringe nichts, meinte meine Tante lapidar. Wenn überhaupt, würden höchstens die Hausbesitzer erneut zur Verantwortung gezogen, die Stadt hielte sich fein aus allem raus. Spätestens wenn sich genügend Menschen über diese seltsamen Verhältnisse lauthals wunderten, käme der nächste Erlass, der Besitzern von Eckgrundstücken die Pflicht auferlegte, für eine eisfreie Straßenüberquerung zu sorgen. Die, denen man eine Bushaltestelle direkt vor die Tür gesetzt hatte, wären schließlich auch gezwungen, sich darum zu kümmern.

Seltsame Welt, dachte ich, während ich mein Auto abschloss und in Richtung meines Häuschens stapfte, die Abgaben wurden immer höher und trotzdem hatte man nicht das Gefühl, dass sich für die Bewohner der Städte irgendetwas verbesserte. Im Gegenteil, überall verkamen die Straßen zu Holperstrecken, Wohnungen zu erschwinglichen Mietpreisen gab es nur noch in den Gegenden, die man lieber mied, die öffentlichen Flächen ließen die früher übliche Sauberkeit vermissen, nicht nur meine Tante hatte ihre regelmäßigen abendlichen Essen in der Stadt mit ihren Freundinnen längst an übersichtlichere Orte mit direktem Parkplatz davor verlegt, wie viele ältere Frauen mied sie den Bahnhofsbereich - nur für die beliebten Leuchtturmprojekte mangelte es anscheinend nie an Geld. Was die Politiker sich so alles ausdachten, um sich ein persönliches Denkmal zu setzen! Angeblich, um mehr Touristen, mehr Investoren anzuziehen. Guckten diese denn nicht auf das normale Ambiente?

„Morgen früh bitte bei mir melden!", stand in dicken Buchstaben auf dem Zettel mitten auf dem Küchentisch. Wahrscheinlich hatte Tante Simone gehofft, mich dadurch locken zu können, sofort nach meiner Rückkehr bei ihr anzurufen.

Nein, für heute hatte ich genug von Familie Rommel und Co. Ein paar Stunden Feierabend hatte ich mir redlich verdient.

Sie platzte in mein geruhsames Frühstück und wirkte frisch und ausgeruht und tatendurstig. Ich stellte ihr die obligatorische Tasse Cappuccino vor die Nase und sie ließ mich in Ruhe die Zeitung zu Ende lesen.

„Ich habe gestern Abend noch mit Deniz telefoniert", verkündete sie, nachdem ich den letzten Bissen hinuntergeschluckt hatte. „Das, was ich rausgefunden hatte, wusste er auch schon. Nur der vollständige Name der Frau fehlt noch. Du wirst dich gedulden müssen, bis seine Kontakte eine eindeutige Verbindung zur Polizei oder zum Jugendamt hergestellt haben, sagt er. Er meldet sich bei dir, sobald er was weiß."

Anscheinend war sie über Deniz' Tätigkeit doch informierter als gedacht. „Und was ist dann so dringend?" Lieber gar nicht weiter über meinen Freund sprechen!

„Ich dachte, es gibt andere, dringende Dinge, die ich erledigen könnte", redete sie sich heraus. „Da weiterzumachen, bringt nichts." Nun konnte sie ihre Neugier nicht länger beherrschen. „Was hast du rausgefunden?" Ich verbiss mir mein Lachen und berichtete ausführlich.

„Super! Willst du heute noch mit dem Rechtsanwalt telefonieren?"

„Wenn es möglich ist, ihn sogar treffen." Ich zückte mein Handy und rief die richtige Nummer auf. Es war schon fast zwölf, es wurde langsam Zeit, anzufangen, wenn ich heute noch was erreichen wollte.

Herr Lanius war bereit, mich umgehend zu empfangen. Wir verabredeten, uns in einer halben Stunde vor seiner Kanzlei zu treffen. „Anschließend fahre ich zu den früheren Nachbarn von Herrn Rommel. Tristan kannte die Adresse. Seine Mutter hat immer noch Kontakt zu dem älteren Ehepaar", informierte ich meine Tante.

„Melde dich lieber telefonisch an", mahnte sie. „Viele alte Leute halten ein Mittagsschläfchen. Nicht dass du unpassend kommst."

Wie recht sie wieder einmal hatte. Die Schäfers luden mich zum Kaffeetrinken um halb vier ein. Den gäbe es bei ihnen jeden Tag, wehrten sie meinen Protest ab, da sie früh zu Mittag äßen und sich anschließend hinlegten. Sie seien schließlich nicht mehr die Jüngsten.

Ich drückte Tante Simone zum Abschied einen Kuss auf das Haar. „Halt die Ohren steif."

Sie grinste. „Mal sehen, was sich machen lässt."

Jetzt musste ich mich sputen. Bis ich das Auto freigekratzt und auf die Straße gesetzt hatte, war mein Zeitlimit fast am unteren Ende angekommen.

Das Büro des Anwalts lag ein Stück vor der Innenstadt. In der Nähe befand sich ein Rewe mit großem Parkplatz, den ich frech nutzte. Würde ich eben anschließend noch eine Kleinigkeit fürs Wochenende besorgen.

Ich klingelte fast pünktlich an der Tür und er ließ mich ein. Die Praxis befand sich in einem normalen Wohnhaus und belegte die gesamte untere Etage, da er mit mehreren Partnern zusammenarbeitete. Heute war nur er anwesend. Er führte mich in sein Büro, bevor ich mich genauer umsehen konnte, und bat mich, vor seinem Schreibtisch Platz zu nehmen. „Hier habe ich alle Unterlagen griffbereit."

„Was hat Frau Rommel Ihnen mitgeteilt?", begann ich vorsichtig. Noch wusste ich nicht, wie er die Lage beurteilte.

Er verzog das Gesicht. „Sie gibt den Angriff auf ihren Stiefsohn Connor zu, behauptet aber, das Essen nicht vergiftet zu haben."

„Sie haben da Ihre Zweifel?", bohrte ich nach, denn das war ganz offensichtlich so.

„Ich denke, es ist gut, dass diese psychologische Untersuchung vorgenommen wird. Frau Rommel ist bei unseren Zusammenkünften sehr, sehr aufgeregt gewesen. Zuerst wegen der Zwillinge, später war sie auf Connor fixiert. Sie hat echte Angst gezeigt, also denke ich, sie glaubt das, was sie sagt, wirklich."

„Dass er der Urheber des Ganzen ist?" Meine Güte, konnte er nicht direkter werden?

Er nickte bestätigend. „Meiner Ansicht nach hat sie sich in eine Art Wahn hineingesteigert, dass er vorhabe, sie zu töten - aus Rache, weil sie ihn aus dem Haus treiben wollte. Dabei sei ihm jedes Mittel recht gewesen. Ihre Angst nahm dermaßene Ausmaße an, dass sie ein mehrseitiges Schreiben verfasste, in dem sie ihn beschuldigte, den Tod ihrer Mutter und ihrer besten Freundin verursacht zu haben, und nun stände sie in seinem Fokus. Die Blätter sollten nach ihrem Tod auf seine Schuld hinweisen. Sie ist immer noch fest davon überzeugt, dass sie richtig liegt."

28

Oliver

Gut, dass zwischen diesem und dem Treffen mit den Schäfers eine aus-
reichende Zeitspanne lag, um runterzukommen und zu überlegen, wie
ich weiter vorgehen wollte. Das Gespräch mit Anwalt Lanius hatte mich
wieder zweifeln lassen. Das hörte sich tatsächlich an, als sei Kerstin
Rommel dabei, den Verstand zu verlieren.

Er hatte mir Kopien ihres Berichts in die Hand gedrückt. Ich musste sie
noch einmal gründlich studieren, aber beim flüchtigen Durchlesen war
es mir eiskalt über den Rücken gelaufen. Das klang tatsächlich nach den
Visionen einer Wahnsinnigen, alles nur Vermutungen, Mutmaßungen
und Befürchtungen, nicht ein klarer Beweis, wie sie zu dieser Unterstel-
lung kam.

Kerstin Rommel hatte zugegeben, ihren Mann Tage zuvor gebeten zu
haben, Connor eine eigene Wohnung zu erlauben, weil er ihr seit Wochen das Leben zur Hölle mache. Der Grund liege wohl in einem Streit
begründet, zu dem es vor einigen Monaten gekommen war. Connor
hatte den Vater darauf angesprochen, ob es nicht möglich sei, ihm ein
kleines Appartement zu finanzieren, weil er während des Studiums so
viel wie möglich in den Geschäften der Oma mithelfen wolle. Damals
hatte Kerstin vehement widersprochen. Der Stiefsohn habe eine eigene
Bleibe unter dem Dach, das müsse reichen. Wenn er damit nicht zufrieden sei, solle er selbst das Geld für eine andere Unterkunft aufbringen.
Claas weigerte sich, da ihre damals vorgebrachten Argumente seiner eigenen Meinung entsprachen: Die Miete für eine zentral gelegene Wohnung war teuer und er hatte ja bereits zu Hause sein abgetrenntes Reich.
Er versprach, Connor auf sein Verhalten anzusprechen, er sah nicht

oder konnte nicht sehen, wie sehr Kerstin unter der Situation litt. Sie hatten nicht gerade gestritten, trotzdem waren beide ziemlich verstimmt gewesen. Die Beziehung hatte sich bis zu dem bewussten Tag nicht eindeutig gebessert. Kerstin sei ihm fahrig, nervös und ausweichend vorgekommen, sie sei ihm bewusst aus dem Weg gegangen. Sie wiederum erklärte, wie auf Notstrom gelaufen zu sein. Ihre Gedanken hätten ständig um einen gangbaren Ausweg aus der Misere gekreist.

Auch die Herkunft des E605 war geklärt. Die Packung hatte im Keller ihrer Mutter gestanden und, da man sie gesondert hätte entsorgen müssen, war sie zunächst einmal im Haushalt der Rommels gelandet. Sie, Kerstin Rommel selbst, habe sie in die hinterste Reihe ihrer Schädlingsbekämpfungsmittel gestellt, dann jedoch dort vergessen. Sie musste zugeben, dass keines der Kinder davon gewusst hatte und diese bis auf das obligatorische Rasenmähen im Sommer und das Laubzusammenrechen im Herbst mit keiner zusätzlichen Gartenarbeit beauftragt wurden.

Ich hatte mich in die kleine Bäckerei im Rewe gesetzt, um bei einem Kaffee in Ruhe nachdenken zu können. Mittlerweile saß ich vor meinem dritten Becher und aß ein belegtes Brötchen dazu. Viel länger konnte ich den Tisch nicht blockieren, die Massen strömten nur so herein. Dabei war ich mit meinen Überlegungen nicht einen Schritt weitergekommen. Sollte ich überhaupt noch zu den Schäfers fahren oder lieber gleich das Handtuch werfen? Der Verdacht, dass Kerstin Rommel an einer Psychose litt, war eindeutig gerechtfertigt. Connor, wie vermutet ein Arschloch erster Güte, hatte sie bewusst in den Wahn getrieben, bis sie komplett durchdrehte. Armer Tristan, armer Jonah, die Wahrheit würde ihnen schwer zu schaffen machen.

Viertel vor drei, es war zu spät abzusagen. Ich musste dieses letzte Gespräch noch durchstehen. Ich verließ den Bäcker und trabte zurück zum Auto. Immerhin kein neuer Schnee! Damit würde die Straße wohl einigermaßen befahrbar sein.

Und richtig, ich kam gut durch, sodass ich die Straße, in der die Rommels vor Tristans Geburt gelebt hatten, gute zehn Minuten zu früh erreichte. Die nächsten fünf vergeudete ich auf der Suche nach einem Parkplatz. In die Schneeverwehungen am Rand wollte ich das Auto nicht bugsieren, wer wusste, ob ich es dort jemals wieder freibekommen hätte.

Also drehte ich eine Runde um den Block und lernte gleich die Örtlichkeiten ein bisschen besser kennen. Es handelte sich um einen typischen Vorort, mit Geschäften, einem Kindergarten und einer Grundschule in der Nähe, auch ein Ärztehaus befand sich in fußläufiger Umgebung - eigentlich kein schlechtes Wohnen für eine Familie. Warum waren die Rommels wohl fortgezogen?

„Das Haus war definitiv zu klein für alle", erklärte mir Herr Schäfer. Er war ein rüstiger Achtzigjähriger mit funkelnden, interessierten Augen und einer gesunden Gesichtsfarbe, die mir verriet, dass er sich viel im Freien aufhielt. Er hatte mich freudig begrüßt und gleich an den bereits gedeckten Kaffeetisch gezogen.

Es gab selbst gebackenen Kirschkuchen mit Früchten aus dem eigenen Garten, die Frau Schäfer bedarfsgerecht auftaute. Nachdem ich ein zweites Stück verdrückt und sie nach dem Rezept für meine Tante gefragt hatte, war sie gleich auf meiner Seite. Trotzdem betrieben wir bei Tisch nur allgemeine Konversation: über das Wetter, die im Frühjahr anstehende Gartenarbeit, die Reparaturen, die regelmäßig an einem schon in die Jahre gekommen Haus anfielen.

Beide Schäfers waren noch äußerst rüstig und kümmerten sich um alles selbst. Durch das Anwesen meiner Tante konnte ich mitreden, ein weiterer Pluspunkt, der wohlwollend vermerkt wurde.

Kaum hatte Frau Schäfer angefangen, das Geschirr abzuräumen, wobei sie meine Hilfe dankend ausschlug, kamen wir zur Sache. Nach meiner ersten Frage bedeutete mir Herr Schäfer aufzustehen und ans Fenster zu treten. Er wies auf das Haus nebenan, auf das wir einen nahezu freien Blick hatten. „Unten befinden sich ein Wohnzimmer und eine Küche, oben drei kleine Zimmer. Das war kaum ausreichend für die vorhandenen Kinder. Und als dann Tristan geboren wurde, musste dringend was Größeres her."

Ich hatte zuvor auf das Haus auf der anderen Seite getippt, das wesentlich größer und komfortabler aussah. Diese kleine Hütte wirkte eher wie ein Notbehelf aus Kriegszeiten, verwittert und dem Abbruch nahe.

„Von innen ist es gar nicht mal so übel." Herr Schäfer hatte meine Gedanken anscheinend erraten. „Der Claas hat es damals günstig geschossen und von innen gründlich renoviert. Für ihn allein, und später mit Frau und kleinem Kind, war das in Ordnung. Schon mit den Zwillingen wurde es reichlich eng."

„Sie kannten seine erste Frau?" Wir hatten mittlerweile wieder am Tisch Platz genommen und Frau Schäfer stellte eine Wasserflasche und Gläser darauf, bevor sie sich zu uns setzte.

„Ja", sagte sie jetzt. „Aber Corinna war nicht sehr gesellig. Die wollte meist ihre Ruhe. Die hielt sich vornehmlich drinnen auf, mit der Gartenarbeit hatte sie es nicht so."

Viel gab es dort bestimmt nicht zu tun. Eine winzige Rasenfläche mit Büschen zum Zaun und eine Miniterrasse machten kaum Arbeit.

„Sie passte nicht zu Claas, das haben wir von Anfang an gesagt." Sie warf ihrem Mann einen Blick zu und der nickte bestätigend. „Sie saß den ganzen Tag rum und tat nichts. Ob sie jemals richtig gearbeitet hat?" Sie zuckte die Schultern. „Eigentlich wissen wir nichts von ihr, sie hielt sich sehr bedeckt und wich unseren Fragen aus. Wobei wir wie gesagt kaum Kontakt zu ihr hatten. Wenn, lief das über Claas."

„Kennen Sie ihren Nachnamen?", fragte ich ohne große Hoffnung.

„Nein." Beide schüttelten synchron den Kopf. „Sie war ja auch schon kurz nach der Geburt des Kindes wieder weg", fügte seine Frau hinzu.

29

Oliver

Dafür waren die Schäfers allerdings genauestens im Bilde, was Connors Ankunft und erste Jahre betraf. Claas Rommel hatte sie informiert, kaum dass der Kleine bei ihm eingetroffen war.

„Er suchte händeringend nach einem Kindermädchen", berichtete Frau Schäfer. „Seine Mutter war ja selbst den ganzen Tag außer Haus und deren Putzfrau mit dem Kind überfordert. Er bekam dann relativ schnell Hilfe vom Jugendamt, bei dem Jungen lag wohl einiges im Argen."

Die Schäfers merkten bald, dass der Kleine nicht nur durch den Tod seiner Mutter schwer traumatisiert war, sondern dass noch etwas anderes hinter seinem Verhalten stecken musste. „Fast ein halbes Jahr lang sprach der kein Wort. Und er spielte nicht, er saß rum und beobachtete."

Ich merkte auf. „Wie meinen Sie das?"

„Na, der wurde regelmäßig zum Spielen in den Garten geschickt. Er setzte sich ins Gras und beobachtete Ameisen, Spinnen, Vögel, stundenlang, fast regungslos."

„Wenn es denn dabei geblieben wäre", übernahm Herr Schäfer. „Es ist uns nicht sofort aufgefallen, so genau haben wir natürlich auch nicht auf ihn geachtet. Irgendwann schaue ich über den Zaun und sehe, wie er Regenwürmer zerteilt. Nicht einen, nein, eine ganze Reihe. Er hatte sie wohl im Vorfeld extra gesammelt. So richtig zielstrebig, wie ein kleiner Forscher. Und das war nicht einmal, das wurde zur Regel. Wenn ich ihn im Garten sah, zerrupfte er irgendwelche Krabbler."

„Wie alt war Connor da?"

Herr Schäfer runzelte die Stirn. „Knapp sechs, schätze ich. Also in dem Sommer ist es mir halt aufgefallen. Ob er vorher schon ähnliche

Anwandlungen hatte? Zumindest haben wir nie irgendetwas davon mitbekommen."

„Doch, bestimmt", übernahm seine Frau. „Der matschte gern mit Wasser, das einzig Normale, was ich ihn habe tun sehen. Vielleicht war das schon nicht so harmlos wie gedacht."

„Jedenfalls bin ich zum Claas rüber und habe mit ihm geredet", fuhr ihr Mann fort. „Soweit ich weiß, ist der mit ihm tatsächlich zu einem Psychologen gegangen. Danach hörte es auf jeden Fall auf."

Oder er hatte gelernt, sein Treiben besser zu verstecken. „War Connor nicht im Kindergarten?"

Frau Schäfer lachte. „Der ist nicht mal normal eingeschult worden. Im Kindergarten war er genau eine Woche, dann muss irgendwas passiert sein, was Schlimmeres wohl, und er blieb zu Hause. Beschult worden ist er anfangs über irgendein Krankenhaus, wenn ich das richtig in Erinnerung habe. Claas war nicht sonderlich mitteilsam und wir wollten nicht zu neugierig sein. Genaueres wissen wir nicht."

„Dass Sie das alles überhaupt so gut behalten haben!"

„Wir haben erst letztens mit Kerstin, also Frau Rommel, darüber gesprochen", informierte mich Herr Schäfer. „Deshalb ist das alles wieder präsent."

„War das neu für sie?" Jetzt wurde es noch interessanter.

„Anscheinend ja. Sie wollte anschließend sogar im Kindergarten vorbei. Mit dem Namen des Kindermädchens konnten wir ihr leider nicht helfen, es ist wie verhext, wir kommen einfach nicht drauf."

Auch ich notierte mir die genaue Adresse des Kindergartens. „Wie war das denn, als sie nebenan einzog. Hat sie sich allein um die Kinder gekümmert?"

„Da ging Connor schon in die Grundschule. Ich weiß noch, dass Kerstin die drei nie eine Minute aus den Augen ließ, wenn die im Garten waren. Die Zwillinge hatten nur Unsinn im Kopf." Frau Schäfer schüttelte in Erinnerung an diverse Szenen schmunzelnd den Kopf. „Es sind ausgesprochen lebhafte Kinder gewesen. Connor hat sich nicht viel mit ihnen abgegeben, der blieb für sich."

Trotzdem hatte sich sein Verhalten in ihren Augen später stark gebessert. Er grüßte höflich und lächelte oft, blieb allerdings zurückhaltend und ruhig. Jonah und Jannis nahm er als gegeben hin, wie Frau Schäfer es ausdrückte. Viel anfangen konnte er mit ihnen nicht. Kerstin Rommel bemühte sich, ihn miteinzubeziehen, mit wechselndem Erfolg, wie sie ihrer Nachbarin gegenüber klagte. Mal war Connor wie ein ganz normales Kind, das beachtet werden wollte, von seinen Erlebnissen erzählte und viele Fragen stellte, mal zog er sich für längere Zeit vollkommen zurück, blieb einsilbig bis stumm und ließ sie nicht an sich heran. Außerdem hatte sie oft das Gefühl, er sei schrecklich eifersüchtig auf die Zwillinge. Deshalb nötigte sie Claas, viel mit ihm allein zu unternehmen, was der zwar tat, aber ohne durchgreifenden Erfolg.

„Claas ist lieb und nett, er kann es nur nicht so zeigen", verteidigte Herr Schäfer seinen ehemaligen Nachbarn. „Wie sich später herausstellte, lag es nicht mal an ihm."

„Er hat vermutlich selbst Asperger", erklärte mir seine Frau. „Das ist oft so, dass es in der Familie liegt. Der Vater gibt die Gene an sein Kind weiter. Bei Tristan war es deutlicher … oder seine Mutter hat einfach besser darauf geachtet. Claas' Mutter … ich glaube, die hat sich nie viel um ihren Sohn gekümmert. Kerstin ist da anders. Für sie stehen die Kinder an erster Stelle."

„Auch Connor?", kam ich nicht umhin nachzufragen.

Frau Schäfer zögerte. „Soweit er sie gelassen hat, ja. Sie hat sich immer bemüht, allen gerecht zu werden und Claas genauso."

„Hat Frau Rommel Ihnen von ihren Sorgen erzählt?"

„Leider nicht. Es war eigentlich auch keine richtige Freundschaft, eher eine Bekanntschaft. Sie hatte die Kinder, später dann ihren Beruf, das große Haus … Wir haben uns nach dem Umzug vielleicht zwei-, dreimal im Jahr gesehen. Und natürlich ist der Kontakt ein anderer, wenn man nicht mehr nebeneinander wohnt und genau mitkriegt, was bei dem Nachbarn läuft."

Mehr würde ich von den beiden nicht erfahren können. Ich erhob mich und bedankte mich für das Gespräch und das abgeschriebene Rezept, das Frau Schäfer zusammen mit dem Wasser mitgebracht hatte. Bevor ich mich versah, war sie noch einmal in der Küche verschwunden und kam mit einem kleinen eingewickelten Päckchen zurück. „Für Sie und Ihre Tante. Soll sie lieber erst selbst probieren."

Herr Schäfer begleitete mich nach draußen, um, wie er betonte, nach dem Wetter zu sehen.

„Wie Ihnen vielleicht aufgefallen ist, haben wir das gesamte Haus mit wildem Wein berankt", begann er mit erhobener Stimme. „Das sieht im Sommer wunderhübsch aus und … Ich muss Ihnen unbedingt noch eine Geschichte erzählen", wechselte er abrupt das Thema. „Wir gehen zu Ihrem Auto und schauen uns das Haus an, dann denkt meine Frau, ich erzähle Ihnen mehr darüber." Er grinste. „Eines meiner Lieblingsthemen, darüber kann ich wirklich stundenlang reden."

Ich nickte, gespannt darauf, was noch kommen würde.

Wir lehnten uns nebeneinander ans Auto und wandten uns Richtung Haus. „Meine Frau weiß nichts davon und ich möchte, dass es so bleibt", begann er. „Wir hatten hier früher viel frei laufende Katzen, um die meine Frau sich kümmerte. Eine brachte versteckt in unserem Gartenschuppen ihre Jungen zur Welt. Die hat sie irgendwann den Kindern gezeigt und die waren natürlich hellauf begeistert. Seltsamerweise war es ausgerechnet Connor, der bettelte, eines von ihnen mitnehmen zu dürfen. Kerstin gab schließlich nach. Er suchte sich ein fast schwarzes Tier aus, mit weißen Stiefelchen und einer weißen Schwanzspitze. Acht Wochen später verschwand das kleine Katerchen spurlos. Die Kinder waren untröstlich, aber mittlerweile hatten wir alle weiterverschenkt. Ein halbes Jahr später zogen die Rommels um und das Haus wurde verkauft. Kerstin hatte am Rand zu uns einen wunderschönen Fliederbusch gepflanzt, den durfte ich mir ausgraben. War eine mordsmäßige Arbeit, die Erde ist eher ein Lehmboden." Er hielt inne und schluckte hart. „Ich fand die Leiche des kleinen Kerls. Er war erwürgt worden."

30

Samstag/Sonntag

Tristan

Am Samstag schüppten Papa und ich gemeinsam den Bürgersteig frei. Anschließend machten wir einen langen Spaziergang im Wald. Wir waren beide richtig k. o. und verbrachten den Rest des Tages auf der Couch. Er las in einem Buch und ich surfte ein wenig auf meinem Handy. Nach dem Abendessen ging ich hoch in mein Zimmer, hatte aber zu nichts richtig Lust. Wenn ich wie üblich mit Linus gespielt hätte, wäre der garantiert wieder auf unser gestriges Thema zurückgekommen. Genau aus diesem Grund wollte ich auch nicht mit Jonah skypen. Im Moment stand mir das Thema bis zum Hals.

Oliver hatte sich bisher nicht gemeldet, was meinen Verdacht nur bestätigte: Jetzt, da er offiziell ermittelte, brauchte er mich nicht mehr.

Ich suchte mir eine Science-Fiction-Sendung aus und warf mich aufs Bett. Kaum liefen die ersten fünf Minuten, klingelte mein Handy: Oliver. Ich überlegte tatsächlich, ob ich überhaupt drangehen sollte.

„Hi, Tristan! Was gibt es Neues?"

„Nichts." Keine Ahnung, was er hören wollte.

„Dafür bei mir umso mehr." Er klang richtig euphorisch. „Wir müssen uns unbedingt zusammensetzen. Hast du morgen Zeit?"

Klar, was hätte ich schon vorhaben sollen? „Nee, ich muss mich auf die Schule vorbereiten. Ich soll ab Montag wieder hin."

Er schwieg. Ob ich zu dick aufgetragen hatte? „Wer ist eigentlich euer Kinderarzt?"

Ich verstand gar nichts mehr. „Der Einzige, der noch dorthin geht, bin ich."

„Und früher? Ist es derselbe?"

„Connor hatte einen anderen. Da war er schon, bevor Mama zu ihnen zog. Er blieb bei dem und sie mit den Zwillingen bei ihrem. Zu diesem kam ich später auch."

Er seufzte. „Schade."

„Warum willst du das wissen?" Langsam wurde ich doch neugierig.

„Genau darüber müssen wir uns unterhalten. Ich habe sowohl gute als auch schlechte Neuigkeiten für dich. Mich würde interessieren, wie du sie interpretierst."

Genau davor hatte ich Angst. „Es geht wirklich nicht. Was soll ich denn Papa sagen?"

„Dass meine Tante dich eingeladen hat. Er weiß ja inzwischen, dass du oft bei ihr warst."

„Ich versuch's." Zu mehr konnte ich mich echt nicht durchringen.

„Mach das. Ich bin morgen den ganzen Tag zu Hause."

Nach diesem Gespräch hatte ich noch weniger Lust auf irgendetwas. Ich lag auf dem Bett, starrte zur Decke und versuchte, jegliches Denken abzuschalten. Natürlich gelang es mir nicht. Immer wieder ertappte ich mich dabei, wie ich jedes Wort, das Oliver gesagt hatte, in mein Gedächtnis zurückholte. Was hatte er mir erzählen wollen? Benötigte er wirklich meine Hilfe oder war das nur so daher gesagt?

Ich habe Angst, gestand ich mir endlich ein. Angst davor, dass das, was ich losgetreten hatte, nicht das Ergebnis brachte, das ich mir vorstellte. Was, wenn tatsächlich alles ganz anders gewesen war? Was, wenn Mama nicht zu uns zurückkehrte?

Mir wurde der Hals eng und ich fing an zu weinen. Mama! Ich wollte meine Mama zurück!

Irgendwann musste ich eingeschlafen sein. Als Papa mich zum Frühstück rief, erwachte ich vollständig angezogen. Mein Gesicht war so verschwollen, dass ich die Augen kaum aufbekam.

Was sonst einiges an Theater hervorrief, erledigte ich nun freiwillig. Ich nahm eine ausgiebige Dusche und ließ mir dabei das Wasser direkt ins Gesicht prasseln. Schließlich kam Papa und schimpfte. „Das Bad ist voller Schwaden. Es reicht langsam!"

Ohne es zu merken, hatte ich fast eine Stunde geduscht! Die Kleidungsstücke, die ich mir mitgenommen hatte, waren total feucht, ich musste mir erst einmal neue holen. Dann schickte mich Papa wieder hoch, damit ich das Fenster aufmachte. Als ich endlich am Tisch saß, war er natürlich längst fertig.

Trotzdem blieb er bei mir sitzen. „Oma will gleich mit ins Krankenhaus fahren."

Klar, hätte ich mir denken können! „Connor kommt doch Dienstag schon raus!"

Papa grinste. „Damit hat sich meine nächste Frage schon erledigt. Ich denke, du hast keine Lust."

Weil ich mir gerade wieder die Backen vollgestopft hatte, schüttelte ich den Kopf.

„Sie will anschließend mit mir essen gehen, um einige wichtige Dinge zu besprechen", fuhr er fort.

Wichtige Dinge? Bestimmt ging es dabei darum, wie es für ihn und uns weitergehen sollte. Die armen Kinder konnten ja nicht auf Dauer ohne Aufsicht bleiben. Wenn Jonah und Jannis überhaupt zurückkehrten. Vielleicht würden sie lieber bei Roger bleiben, wenn Mama wirklich nicht wiederkam.

Der Hals wurde mir eng, ich schluckte mit Müh und Not den Brei im Mund hinunter und schob dann den Teller weg. Mein Hunger war verflogen.

„Tris, wir müssen eine Art Übergangsregelung finden. Oder willst du jeden Tag in der Schule bleiben, bis ich dich abholen komme?"

„Ich könnte zur Uni fahren und mich da beschäftigen."

Er seufzte. „Ich brauche auch jemanden, der den Haushalt schmeißt, die Wäsche macht, einkaufen geht und so weiter. Das wird mir zu viel."

„Tante Simone würde mich aufnehmen", behauptete ich. „Sie würde mich sogar jeden Tag zur Schule fahren und wieder abholen." Ganz wohl war mir bei dieser Lüge nicht. Aber alles war besser, als jeden Tag mit Connor abhängen müssen.

Die Idee schien Papa zu gefallen. Trotzdem meinte er unschlüssig: „Ich weiß nicht."

Na, Oma würde ihm garantiert nicht aus der Patsche helfen. Die war froh, dass sie uns los war. Andererseits … „Connor könnte doch zunächst zu Oma ziehen. Da ist er nicht allein." Die Putzfrau vergötterte ihn wie ihre Chefin. „Und am Wochenende schlafen wir alle hier. Nur erst mal für den Übergang", übernahm ich seine eigenen Worte.

„Ich müsste wenigstens mit dieser Tante Simone selbst sprechen", wandte er schon halb überzeugt ein.

„Kein Problem", erwiderte ich mit klopfendem Herzen. „Sie hat mich für heute eingeladen. Schau einfach rein, wenn du Oma abgesetzt hast."

Meiner Mutter hätte ich so nicht kommen dürfen, die hätte tausend Einwände vorgebracht. Männer sind da kompatibler. Papa ließ sich die genaue Adresse geben und versprach, sie im Laufe des Nachmittags aufzusuchen.

Ich wartete voller Ungeduld, bis ich ihn abfahren hörte, und griff zum Handy. Instinktiv hatte ich Olivers Nummer gedrückt. Irgendwie erschien es mir besser, zuerst bei ihm vorzufühlen.

„Sie wird dich mit Freuden aufnehmen", behauptete er. „Pack deine Sachen, ich hole dich ab."

„Soll ich nicht lieber selbst bei ihr anrufen?"

„Ich rede gleich mit ihr. Bist du in einer halben Stunde fertig?"

Meine Erleichterung war groß. Ich bin nicht gut in solchen Dingen. Nicht mal bei Menschen, mit denen ich für meine Verhältnisse super klarkomme. Je wichtiger mir eine Sache ist, desto heftiger wird mein Verhalten. Mama sagt immer, ich kämpfe statt zu bitten. Das habe ich bisher nicht in den Griff gekriegt. Es gibt schon im Normalfall so viele Dinge, auf die ich achten muss. Jetzt, da meine Welt sowieso Kopf stand, war alles noch viel, viel schwieriger für mich geworden.

Hm, ob ich den Computer wohl ebenfalls einpacken sollte? Ich konnte den von Tante Simone nicht regelrecht blockieren. Wie viele Klamotten brauchte ich? Ach, und meinen Schulkram. Laut Papa sollte ich tatsächlich wieder zur Schule gehen.

Als Oliver nach einer halben Stunde draußen hupte, stand ich noch immer in meine Überlegungen versunken mitten im Zimmer.

31

Sonntag/Montag

Oliver

Irgendetwas musste gewaltig an dem Jungen nagen. Dafür musste man kein Detektiv sein, um das zu erkennen. Erstens sah er total schlecht aus und zweitens wirkte er auf mich völlig konfus. Seine Sachen lagen herausgerissen auf dem Boden, der Computer war halb abgekabelt, Monitor und Tastatur standen zum Abtransport bereit, direkt an der Tür lag der umgekippte Schulrucksack.

Ich schaffte mit ein paar Griffen Ordnung und half Tristan dabei, sein Zeug die Treppe hinunter zu schleppen und im Wagen zu verstauen. Zuletzt erinnerte ich ihn noch an seine Bettdecke und sein Kopfkissen. Aus eigener Erfahrung wusste ich, wie wichtig es war, anfangs etwas, das nach Zuhause roch, dabei zu haben. Als er die Wäsche auf den Rücksitz warf, wäre beinahe ein abgegriffener Teddy herausgefallen. Mit rotem Kopf wühlte er ihn tiefer hinein.

Ich verbiss mir jeglichen Kommentar, nahm mir allerdings vor, so schnell wie möglich ein paar Takte mit ihm zu reden. Er war kein Erwachsener, sondern ein kleiner Junge, der ein Recht darauf hatte, ein wenig abzudrehen, wenn seine Welt aus den Fugen geriet.

„Tante Simone freut sich auf dich", sagte ich, nachdem ich den Motor gestartet hatte. „Sie findet die Idee, dass du erst mal bei ihr bleibst, richtig gut. Außerdem", versuchte ich mich an einem Scherz, „habe ich dich dann griffbereit, wenn Fragen aufkommen."

„Hm."

Ich warf ihm einen kurzen Seitenblick zu. Begeistert klang das nicht. Wo war sein Enthusiasmus, sein unbedingter Wille, den Fall aufzuklären, geblieben?

Durch die Hausverkleinerung war Tante Simones Wohnung ziemlich geschrumpft. Wie nicht anders zu erwarten, hatte sie für Tristan das kleine Büro vorgesehen, in dem ihr privater Computer stand. Den verfrachtete ich als Erstes ins Wohnzimmer. Dann verkabelte ich den des Jungen und stellte seine Sporttasche und den Schulrucksack daneben. Das Bettzeug legte ich zusammengeknüllt auf die Liege, sodass der Teddy weiterhin verborgen blieb.

Tristan saß in der Küche und sah meiner Tante beim Kochen zu. Sie hatte darauf bestanden, eine richtige Mahlzeit zuzubereiten, obwohl wir uns sonntags normalerweise von Fast Food ernährten.

Ich setzte mich neben ihn und begann sämtliche Gespräche zu wiederholen, die der Junge noch nicht kannte. Zwar musste sich Tante Simone einiges doppelt anhören, aber ich wollte mich an die richtige Reihenfolge halten. Vielleicht erfuhr ich dadurch endlich, was ihn derart bedrückte.

Er saß wie erstarrt, blickte die ganze Zeit über auf den Tisch und gab keinen einzigen Kommentar ab. Erst als ich Herrn Schäfers langgehütetes Geheimnis enthüllte, regte er sich. „Was heißt das?" Vor Aufregung schoss ihm das Blut in die Wangen. „Meint er, Connor hat die Katze umgebracht?"

„Es ist die einzige Möglichkeit, die er sieht", bestätigte ich. „Wer sonst hätte so etwas getan?"

„Also denkst du, du denkst ... glaubst du ... was ist mit meiner Mutter?" Endlich wurde mir klar, dass er langsam ebenfalls zu zweifeln begonnen hatte. Deshalb wählte ich meine Worte mit Vorsicht. „Ich muss dringend mit einer Bekannten darüber sprechen. Ich habe den starken Verdacht, dass Connor irgendwie doch hinter alldem steckt. Wie gesagt: Noch ist es ein Verdacht. Wenn er sich bestätigt, wird es jedoch verdammt schwer, ihm was nachzuweisen."

Tristan strahlte auf. Alle Zweifel waren vergessen. „Es kann nicht anders sein!", rief er. „Connor hat Mama irgendwie reingelegt. Du schaffst das, ihn zu überführen!"

„Kein Wort zu deinem Vater", warnte ich eindringlich. „Und zu Jonah ebenso. Selbst ich werde mich erst einmal gegenüber seinem Vater bedeckt halten. Ich muss erst weitere Informationen einholen, die diesen Verdacht untermauern."

„Was hast du vor? Kann ich dir helfen?"

Zum Glück ging Tante Simone dazwischen, indem sie die gefüllten Teller auf den Tisch stellte. „Jetzt wird gegessen. Ihr habt später noch genug Zeit, euch zu unterhalten."

Anschließend schickte sie uns vor die Tür, ihr einen vernünftigen Schneemann zu bauen, wie sie augenzwinkernd erklärte. Und danach blieb eine zünftige Schneeballschlacht natürlich nicht aus. Im Zielen war Tristan eine Null, dafür kannte er seltsamerweise keine Angst und trabte einfach auf mich zu, um mich aus nächster Nähe zu bewerfen. Ich musste zugeben, dass auch bei mir der Spaß überwog.

Er holte sich trockene Klamotten und ich nahm ihn mit zu mir hinüber. Wir vergnügten uns ein wenig an der PlayStation, bis es für ihn Zeit wurde, schlafen zu gehen.

„Der Vater scheint ganz nett zu sein", vertraute mir Tante Simone anschließend an. Herr Rommel war nach unserem Schneevergnügen aufgetaucht, als wir schon in meinem Häuschen saßen. „Ich glaube, der war eher erleichtert, dass Tristan hier eine Anlaufstelle gefunden hat. Und von dir schwärmte er in den höchsten Tönen. Du musst ihn mit deiner Kombinationsgabe unheimlich beeindruckt haben."

„Logik war es", verbesserte ich sie. „Mir war ein Punkt aufgefallen, den er selbst übersehen hatte." Dachte man allerdings an eine psychische Erkrankung, half auch Logik nicht weiter. Dann hätte es ohne weiteres sein können, dass Kerstin Rommel trotzdem schuldig war.

„Soll ich Tristan morgen wirklich in die Schule schicken?"

Mir wäre er nur im Weg. „Ja, damit er beschäftigt ist. Ich kann ihn zu meinen Terminen nicht mitnehmen."

Ich stand ebenfalls früh auf und griff zum Telefon. Das Gespräch mit Herrn Mangold war längst überfällig. „Es sieht so aus, als müsste ich bis in die frühen Anfänge von Herrn Rommels erster Beziehung zurückgehen", informierte ich ihn. „Noch ist alles sehr unklar. Aber meine Zweifel, dass Ihre Ex die Schuldige ist, werden immer stärker."

Er brummte zufrieden und versicherte mir, ihm sei klar gewesen, dass ich nicht innerhalb von zwei Tagen relevante Beweise liefern könne. Der Vorschuss an mich sei raus. Ich solle mich melden, wenn ich Nachschub benötigte.

So ein Kunde war perfekt: kein langes Nachfragen, kein Bestehen auf regelmäßigen Berichten. Er ließ mir völlig freie Hand. „Eine Bitte hätte ich noch. Wenn Sie von alldem nichts wüssten, wie würden Sie Ihre Ex beschreiben?"

„Sie ist eine sehr starke Frau", kam es wie aus der Pistole geschossen. „Steht mit beiden Beinen fest im Leben. Ich dachte immer, die wirft so leicht nichts um. Klar, sie ist kein Partygänger, hasst seichte Gespräche. Ruht eher in sich selbst, wenn Sie verstehen. Die wusste, was sie wollte und ging unbeirrbar ihren Weg." Er seufzte. „Hört sich das zu übertrieben an? Oder meinen Sie, ich lag bisher mit meiner Einschätzung total daneben?"

„Dazu möchte ich mich im Moment nicht äußern", wiegelte ich ab. „Ich sammle Meinungen und Eindrücke und will sie miteinander vergleichen, um ein möglichst klares Bild zu bekommen."

Genau das tat ich jetzt auch. Ich telefonierte noch einmal mit Frau Krieger und anschließend mit den Schäfers. Alle drei gaben eine ähnliche Beschreibung wie Herr Mangold. Konnten sich vier Personen dermaßen irren?

Bevor ich weiter überlegen konnte, klingelte mein Handy. Deniz!

„Keine Chance beim Jugendamt, eine lapidare Information von der Polizei", klagte er frustriert, „dass es sich bei dem Tod von Corinna A. eindeutig um einen Unfall handelt. Einen Lichtblick habe ich für dich. Eine ehemalige Kollegin der damals zuständigen Sozialarbeiterin ist bereit, mit dir zu sprechen. Sie arbeitet jetzt an einer Schule und hätte gegen elf für dich Zeit." Er diktierte mir die Adresse.

„Wie hast du das bewerkstelligt?"

„Geschäftsgeheimnis", verkündete er mit einem Lachen. „Sobald ich mehr habe, melde ich mich wieder."

Eigentlich hatte ich den ehemaligen Nachbarn von Corinna A. besuchen wollen. Ein Anruf im Krankenhaus belehrte mich eines Besseren. Der Mann wurde weiterhin intensivmedizinisch betreut, keine Chance, mit ihm zu sprechen. Dann fuhr ich wohl doch besser zu Frau Friedrich, der Sozialarbeiterin.

32

Oliver

In der Nacht hatte es wieder geschneit und gefroren. Als ich das Auto endlich freigekratzt hatte, musste ich mich sputen, damit ich pünktlich an der Schule aufschlug.

Immerhin waren die Hauptstraßen frei, sodass ich relativ zügig durchkam. Der große Bau, ein Komplex aus Grund-, Haupt- und Realschule lag am Rand der Innenstadt. Parkplätze für Besucher gab es natürlich keine. Aus Zeitmangel stellte ich mich einfach auf den der Lehrer beziehungsweise quetschte mich in die hinterste freie Ecke, wobei ich die links und rechts von mir stehenden Wagen zuparkte. Ich hoffte einfach darauf, dass die hier Beschäftigten frühestens gegen Mittag zurückkehrten.

Frau Friedrich hatte sich mit mir direkt vor dem Eingang der Hauptschule verabredet. Welche von den dreien das sein musste, war deutlich erkennbar. Das Gebäude der Grundschule ganz links wirkte relativ gepflegt, durch das Licht der Fenster schimmerten die am Glas befestigten Schneemänner, Schneeflocken und, ja, tatsächlich, Weihnachtssterne und vermittelten ein freundliches Bild. Die danebengelegene Realschule war ebenfalls einigermaßen gepflegt. Außer einem fetten Graffiti auf der Tür fielen allerhöchstens die massiven Schrammen und Macken auf, die den gesamten Eingangsbereich durchzogen. Die Hauptschule dagegen war regelrecht klischeehaft. Zum einen lag sie tatsächlich ein wenig abseits, mit einem abgezäunten Schulhof, der verhindern sollte, dass die Schüler in den Pausen miteinander in Berührung kamen. Zum anderen handelte es sich eindeutig um das älteste der drei Bauwerke und hatte eine Renovierung dringend nötig. Ich entdeckte auf Anhieb vier gesprungene Scheiben, die man notdürftig mit Klebeband fixiert hatte, die Fassade war dreckig und anscheinend mehrfach besprüht worden, die verwischten Spuren zeugten noch von den Bemühungen des Hausmeisters. Zudem schienen die Schüler die einfachsten Grundregeln nicht zu beherrschen, es lag mehr Müll in den Gebüschen als in den aufgestellten Eimern.

Die Frau, die gerade aus der Tür trat, etwa um die fünfzig, mit blondem Bubikopf und großer, schwarz umrandeter Brille, winkte mir zu. „Friedrich", stellte sie sich vor. „Sie interessieren sich für diese lange zurückliegende Geschichte mit Frau Abel?"

Ein freudiger Schreck durchzuckte mich. Sie kannte tatsächlich ihren kompletten Namen! „Speer." Ich reichte ihr meine Karte. „Wie es aussieht, hängen die Ereignisse von damals mit einem aktuellen Fall zusammen. Der Sohn von Frau Abel scheint darin stärker involviert zu sein als gedacht."

Sie warf nur einen kurzen Blick auf die Karte und gab sie mir zurück. „Hätten Sie was dagegen, wenn wir ein bisschen auf und ab laufen? Der Morgen war bisher eine einzige Katastrophe. Ich lechze nach einer Zigarette."

„Wie es Ihnen lieber ist." Ich konnte meine Aufregung kaum verbergen. Endlich würde ich nähere Einzelheiten erfahren.

„Sie sind reichlich jung für einen Detektiv", stellte sie fest, während sie tief inhalierte.

„Mein erster großer Fall war diese Geschichte mit den Loverboys vor gut einem Jahr. Ich weiß nicht, ob Sie sich daran erinnern." Natürlich würde sie das! Immerhin waren da auch mehrere Schulen und ein Jugendheim involviert gewesen.

Sie schien beeindruckt. „Sie waren der Mann, der das ganze ins Rollen brachte?"

„Zusammen mit ein paar ausgezeichneten Mitstreitern", wehrte ich bescheiden ab. „Aber ja, ich durfte am Ende zusammen mit den zuständigen Polizeibeamten ermitteln. Kommissarin Körber wird …"

Sie winkte ab. „Ich glaube Ihnen. Außerdem kann ich zu Ihrem aktuellen Fall sowieso nicht viel beitragen. Eine Kollegin von mir war damals zuständig. Ich habe die Sache mehr am Rande mitbekommen."

„Wie heißt Ihre Kollegin?"

„Die ist verstorben. Lungenkrebs." Sie nahm genüsslich einen weiteren Zug von ihrer Zigarette. „Tja, sterben müssen wir alle mal."

Ganz schön makaber! „Was wissen Sie noch von damals?"

Bevor sie antwortete, drückte sie ihre Kippe sorgfältig aus und verstaute sie in der Manteltasche. „Das schlug zuerst ziemlich hohe Wellen. Weil man ja dachte, die Frau sei ermordet worden und das arme Kind habe alles mitangesehen. Wenn ich mich richtig erinnere, stand der damalige Lebensgefährte der Frau unter Verdacht. Und meine Kollegin wurde angegangen, weil sie die Lage angeblich falsch eingeschätzt hatte."

Ich wartete, bis sie sich eine neue Zigarette angezündet hatte. „Dem war nicht so?"

Sie schüttelte energisch den Kopf. „Die Frau ist unglücklich gestürzt, die anderen Blessuren stammten von einem vorherigen Sturz. Sie war Alkoholikerin, der Lebensgefährte zwei Tage vorher ausgezogen. Vermutlich hat sie deswegen noch tiefer als sonst ins Glas geschaut. Ihr Promillewert lag bei fast drei."

„Und so jemand darf ein Kind großziehen?" Natürlich, das wusste ich ja aus eigener Erfahrung.

„Was hätte meine Kollegin tun sollen? Der Junge wirkte einigermaßen gepflegt, war nicht unterernährt, der Vater kümmerte sich, so wie es aussah, regelmäßig. Für Misshandlungen gab es keinen Hinweis."

„Der Vater?"

„Dieser Lebensgefährte." Sie schien zu glauben, ich sei schwer von Begriff.

„Meinem Wissen nach ist er nicht der Vater. Der hatte nämlich keine Ahnung, wo sein Kind und seine Ex abgeblieben waren."

Sie runzelte die Stirn. „So? Davon ist mir nichts bekannt. Bei uns galt der Lebensgefährte als Erziehungsberechtigter. Doch! Halt! Stimmt ja! Als der damals gefragt wurde, ob er das Kind zu sich nehmen wolle, kam dieser andere Mann ins Spiel. Richtig. Er erhielt das Sorgerecht."

„Dieser Lebensgefährte, wie lange war er mit Frau Abel zusammen? Und kennen Sie seinen Nachnamen?"

Sie schüttelte bedauernd den Kopf. „Keine Ahnung, mehr weiß ich darüber nicht. Wäre nicht dieser plötzliche, ungeklärte Tod gewesen, hätte ich nie von der Familie erfahren. Jeder von uns war mit seiner eigenen Klientel beschäftigt. Das reichte vollkommen."

„Eine frustrierende Arbeit", vermutete ich.

Sie nickte. „Oh, ja, das können Sie laut sagen. Alles ist besser als das. Wir spielen nur die Feuerwehr", führte sie aus, weil sie wohl merkte, dass das Thema mich wirklich interessierte. „Und müssen zusehen, wie ganz, ganz viele Kinder den Bach runtergehen. Wir haben überhaupt nicht die Möglichkeiten, vernünftig einzugreifen. Ich war damals für einen Problembezirk zuständig." Sie grinste schief. „Wie es ihn mittlerweile in jeder größeren Stadt gibt. Meine Klientel hatte im Schnitt fünf, sechs Kinder. Wenn man das mal hochrechnet, verdoppelt bis verdreifacht sich damit der Kreis der Betroffenen in einer Generation locker. Die setzen dann wiederum jede Menge Nachwuchs in die Welt. Und wir halten dem nichts entgegen."

„Ihnen waren die Hände gebunden." War mal echt interessant, die Sicht der anderen Seite zu erfahren.

„Eingegriffen wird nur, wenn das Leben oder die Gesundheit des Kindes in Gefahr ist. Das heißt, die murksen alle vor sich hin, die Kinder lernen keine Werte, keine Ziele kennen und enden wie ihre Eltern. Das konnte ich irgendwann nicht mehr ertragen. Hier an der Schule habe ich zwar auch mit diesen Auswüchsen zu tun, aber ich habe die Möglichkeit, auf Einzelne einzuwirken, sie zu unterstützen, sich aus dieser Spirale zu lösen, einen besseren Weg zu finden." Sie lachte auf. „Das hört sich vermutlich ziemlich abgehoben an. Und es ist ebenfalls nicht einfach. Trotzdem befriedigt mich diese Arbeit, ich habe zumindest das Gefühl, etwas bewegen zu können."

Das war nicht nur so dahingesagt. Ihre gesamte Art vermittelte, dass sie genau das tat, wovon sie redete. Spontan hielt ich ihr die Hand zum Abschied hin und wünschte ihr viel Glück. Sie gab mir dasselbe auf den Weg.

Kaum hatte ich mich umgewandt, fiel mir noch eine letzte Frage ein.

„Die Familie von Frau Abel, wurde damals nach ihr geforscht?"

„Das weiß ich leider nicht. Tut mir leid."

Wäre ja auch zu schön gewesen!

33

Oliver

Der Parkplatz war menschenleer, deshalb riskierte ich es, zuerst noch mit Deniz zu telefonieren.

„Abel, gut, das hilft mir bestimmt weiter."

„Ich müsste dringend ein zweites Gespräch mit Britta führen. Meinst du, sie kann mich heute irgendwie einschieben?"

Er lachte vergnügt. „Die ist heiß auf deinen Fall. Hat mich das ganze Wochenende genervt, dass ich mich bemühen soll, dir zu helfen. Ich mach dir einen Termin bei ihr in ihrer Mittagspause um eins. Sei bitte pünktlich."

Das funktionierte schneller als gedacht. Ich rangierte aus der Parklücke und fuhr sofort in Richtung der Praxis. Meine mir angedachte Zeit musste ich von der ersten bis zur letzten Minute nutzen.

Die halbe Stunde, bis ich hochgehen konnte, wanderte ich ziellos umher und überlegte, in welcher Reihenfolge ich Britta die Informationen präsentieren sollte. War es besser, gleich auf meinen Verdacht zuzusteuern, oder gab ich ihr die reinen Fakten und wartete ab, wie sie darüber dachte?

Als ich auf die Klingel drückte, war ich mir immer noch nicht sicher, wie ich es aufziehen sollte. Wenigstens wie ich anfangen wollte, stand fest. Zuallererst würde ich über mein Gespräch mit dem Anwalt berichten.

Sie führte mich gleich durch in ihr Arbeitszimmer. „Fang an. Ich esse eben eine Kleinigkeit." Vor ihr auf dem Schreibtisch stand eine dampfende Fünf-Minuten-Terrine. Sie machte sich heißhungrig darüber her.

„Hier." Bevor ich mich ihr gegenübersetzte, überreichte ich ihr die Tüte vom Bäcker. Schokocroissants, die liebte sie, wusste ich von Deniz.

„Danke." Sie grinste begeistert, nachdem sie in die Tüte gelinst hatte, und leckte sich die Lippen. „Erzähl am besten, was du in der Zwischenzeit rausgekriegt hast. Dann kann ich mich in Ruhe stärken."

Bis ich fertig war - ich hatte dann lieber doch gleich alle Neuigkeiten auf den Tisch gelegt -, waren das Essen und beide Croissants verschwunden.

„Also zuerst habe ich gedacht, ich hätte bei meiner ersten Aussage vollkommen danebengelegen", gab sie zu. „Jetzt gehen allerdings sämtliche Alarmglocken bei mir an." Sie warf mir einen auffordernden Blick zu, wahrscheinlich wollte sie wissen, ob ich in eine ähnliche Richtung dachte wie sie.

„Ein kleiner Junge, der wahrscheinlich aus einer desolaten Umgebung kommt, der Tiere quält und anscheinend im Alter von knapp acht Jahren schon eine kleine Katze, seine kleine Katze, tötete, der immer irgendwie seltsam war", fasste ich zusammen. „Der aus irgendeinem Grund nicht mehr in den Kindergarten gehen durfte", was ich noch rauskriegen musste, „der verspätet eingeschult wurde, beim Kinderpsychologen war und, wie es aussieht, auch in einer längeren psychologischen Behandlung. Was vermutest du?"

„Was du?", fragte sie zurück.

„Ich habe spontan an einen Psychopathen gedacht." Mehr als auslachen konnte sie mich ja nicht. „Ich habe mich noch nicht eingehend informiert. Das war das, was mir als Erstes in den Sinn kam. Denn es müsste jemand sein, der alles genau geplant hat und schon in der Vorbereitungsphase psychologische Tricks verwendete, um Kerstin Rommel aus der Spur zu bringen."

Ihre Augen funkelten. „Wann willst du bei uns anfangen? Nein, Scherz beiseite. Genau dieser Verdacht schoss mir auch durch den Kopf."

„Aber er ist erst neunzehn, fast zwanzig", wandte ich ein.

„Es gibt Verhaltensweisen, die zum Teil schon sehr früh in der Kindheit auftreten. Geh in den Kindergarten und in die Schulen und hör dich um. Befrage nicht nur die Lehrer, sondern auch Klassenkameraden. Viele lassen sich blenden, aber nicht alle. Von denen wirst du eine vernünftige Einschätzung bekommen." Und weil ich sie nur mit hochgezogenen Augenbrauen ansah, begann sie aufzuzählen: „Sie sind äußerst egoistisch.

Das Teilen fällt ihnen unglaublich schwer, ihren Eltern gegenüber treten sie extrem fordernd auf. Sie missachten häufig Anweisungen. Selbst Drohungen helfen nicht wirklich, denn sie haben keine Angst vor Strafe, nein, sie kennen eigentlich gar keine Angst, sehen die Gefahr nicht."

Diese Beschreibung fand ich eher unergiebig. Wo sollte ich da ansetzen beziehungsweise wen dazu befragen? Wie sollte ein Laie erkennen, ob wirklich eine ernst zu nehmende Störung vorlag?

Britta schien meine Gedanken zu lesen. „Die wichtigsten Punkte, auf die du dich stützen kannst, sind folgende: Diese Kinder sind oft unangemessen aggressiv. Sie lügen beispielsweise besonders häufig, legen Feuer, quälen Tiere. Und sehr wichtig: Kinder mit psychopathischen Tendenzen zeigen kaum Gefühle. Die der anderen sind für sie nicht nachvollziehbar. Deshalb haben sie es allgemein schwer, Kontakte zu pflegen."

Blöderweise platzte ich mit dem Ersten heraus, was mir durch den Kopf ging. „Die letzten drei Punkte treffen auf Tristan ebenfalls zu."

„Das sind zwei total unterschiedliche Störungen", reagierte sie empört. „Neueste Untersuchungen legen nahe, dass der Autist beziehungsweise eine Person mit einer Autismus-Spektrum-Störung dazu neigt, Emotionen anderer zu blockieren, um eine eigene Überforderung zu vermeiden. Das heißt, er will sich so selbst schützen. Menschen mit antisozialer Persönlichkeitsstörung sind die Gefühle der anderen schlichtweg egal. Es …"

„Hab verstanden", unterbrach ich sie.

„Lass mich das zu Ende ausführen, das ist wichtig!", fauchte sie mich an. Etwas ruhiger fuhr sie fort: „Psychopathen sind rücksichtslos, manipulativ und ohne Empathie. Durch ihr übersteigertes Selbstbewusstsein und ihre Risikobereitschaft sind sie sogar oft besonders erfolgreich im Beruf. Und sie geben sich oft sehr charmant und eloquent."

„Als Verbrecher?" Ich duckte mich bereits vor dem nächsten strafenden Blick.

Sie schüttelte nachsichtig lächelnd den Kopf. „Das ist ein weit verbreiteter Irrtum. Nur ein Bruchteil von ihnen wird straffällig. Die anderen hingegen sind meist äußerst erfolgreich. Du findest sie in vielen

Chefetagen", sie grinste, „in der Politik und als erfolgreiche Selbststän-
dige. Gerade ihre Skrupellosigkeit, die sie lachend über normale Regeln
hinwegsteigen lässt, macht sie oft zu Gewinnern."

Ganz schön kompliziert das Ganze! „Wie kann man denn manipulieren,
wenn man den anderen nicht durchschaut, nicht weiß, was er denkt, was
er fühlt?", wandte ich ein.

Sie nickte anerkennend über diesen Einwurf. „Mittlerweile geht man davon aus, dass Psychopathen nicht unbedingt Probleme haben, sich in
andere einzufühlen. Man vermutet sogar, dass sie das möglicherweise
sogar sehr gut können und überdies dazu in der Lage sind, dem anderen
Gefühle vorzuspielen. Allerdings interessiert sie das nur in der Weise,
wie es möglich ist, einen persönlichen Vorteil daraus zu ziehen."

Wenn ich das Wissen aus ihrem Vortrag nun auf Connor übertrug, dann
…

Britta beugte sich vor. „Du musst unbedingt weitere Nachforschungen
anstellen, hörst du? Alles deutet für mich darauf hin, dass Connor derjenige ist, der die Fäden zieht. Ihn zu überführen, dürfte allerdings
schwierig werden. Ich schätze, er ist intelligenter, als uns lieb ist."

„Du bist dir hundertprozentig sicher?", musste ich trotz allem, was ich
erfahren hatte, nachfragen.

Sie bedachte mich mit einem mitleidigen Blick. „Natürlich nicht. Vielleicht irren wir uns und interpretieren viel zu viel in Connors Verhalten
hinein. Sieh es so, in der Klinik wird alles getan, um Kerstin Rommel zu
begutachten. Da können wir sowieso nichts machen. Solange auch nur
der kleinste Verdacht in eine andere Richtung zeigt, solltest du dich damit auseinandersetzen."

34

Oliver

So ganz zufrieden war ich nach diesem Gespräch nicht. Ehrlich gesagt hatte ich mir eine eindeutige Antwort erhofft. So ungefähr, dass Britta mir klipp und klar sagte: Es kann nur Connor gewesen sein. Im Prinzip war weiterhin alles offen.

Am Auto angekommen, googelte ich den Kindergarten und beschloss, direkt dort vorbeizufahren.

War wohl doch keine so gute Idee gewesen. Von mehreren Erziehern beaufsichtigt tobten die Kleinen im Garten herum, zünftig gekleidet mit Schneeanzügen, Handschuhen und Mützen. Die Erwachsenen hatten ihre liebe Not, die Kinder zu bändigen.

Noch mehrere Stunden in der Kälte stehen und warten? Nein, kein Bedarf! Ich suchte mir einen Imbiss in der Nähe und vertrieb mir die Zeit mit Onlinerecherchen.

Psychopathie ist größtenteils angeboren, also eine Frage der Gene. Bei ein bis zwei Prozent der Menschen kommt diese gefährlichste Art antisozialer Persönlichkeitsstörungen vor, las ich. Die Checklisten enthielten genau das, was ich schon von Britta erfahren hatte. Ich fand aber zusätzlich noch ein paar weitere, interessante Anhaltspunkte. Demnach waren Psychopathen oft krankhafte Lügner, die ihre Mitmenschen ohne Skrupel in die Irre führten. Sie besaßen einen exzessiven Erlebnishunger und suchten ständig nach Stimulation, da ihnen schnell langweilig wurde. Sie gingen gern große Risiken ein. Auch exzessiver Alkoholmissbrauch war oft ein Anzeichen.

Damit hatte ich gleich mehrere Ansätze für meine Befragung seiner Geschwister und Mitschüler. Der letzte Satz schließlich sagte mir besonders zu: Die meisten Psychopathen sind äußerst arrogant und eingebildet, da sie ihre eigenen Fähigkeiten maßlos überschätzen. War Connor tatsächlich der Täter, würde er irgendwo einen Fehler gemacht haben. Ich musste ihn nur finden.

Ich zahlte und schlenderte zum Kindergarten hinüber. Dort herrschte ein riesiges Kommen und Gehen, heutzutage werden wohl die lieben Kleinen nur noch mit dem Auto durch die Gegend kutschiert - und jeder will so nah wie möglich am Gelände parken. Die An- und Abfahrenden stauten sich regelrecht.

Und wenn ich mir die Fahrzeuge einmal so ansah, vielleicht konnte ich die Unterschicht, aus der ich stammte, trotz meiner vielen Jahre bei Tante Simone nicht ablegen. Für mich war ein Auto ein fahrbarer Untersatz, der mich sicher und trocken von A nach B bringen sollte. Ich schüttelte innerlich den Kopf über diese Ungetüme, die von vielen gerade als Zweitwagen so bevorzugt wurden - wahre Spritschlucker und, vermute ich zumindest mal, Feinstaubschleudern. Aber andererseits achtete man gezielt auf gesunde Ernährung und Ökokleidung!

Ich wartete, bis das Gros an Müttern und Kindern verschwunden war. Ein letzter Nachzügler öffnete mir netterweise die Tür. Sofort kam eine Erzieherin mit verkniffenem Gesichtsausdruck auf mich zu. „Sie wünschen?"

Ich zog wieder einmal meine Karte und haspelte meinen Spruch von einer laufenden Ermittlung herunter. „Können Sie mir weiterhelfen?"

Sie hatte schon begonnen, den Kopf zu schütteln, bevor ich überhaupt mit meinen Ausführungen zu Ende war. „Wir unterliegen der Schweigepflicht. Wir dürfen keine Informationen über unsere Kinder geben."

„Das Ganze ist sechzehn Jahre her!", protestierte ich.

„Sie würden nicht hier stehen, wenn Sie keine Relevanz bis in die Gegenwart vermuten würden." Schlagfertig war sie also auch noch!

Nichts zu machen, bei der würde ich auf Granit beißen. Ich schlenderte langsam und nachdenklich zu meinem Auto. Sollte ich aufgeben? Oder versuchen, eine der anderen Mitarbeiterinnen zu erweichen? Eigentlich müssten die gleich Feierabend haben. Vielleicht gelang es mir, sie nacheinander abzufischen.

Keine Chance. Sie kamen in Zweiergrüppchen heraus. Die, mit der ich gesprochen hatte, die Chefin vermutlich, und eine andere stiegen in einen Opel Corsa. Die anderen beiden wandten sich gemeinsam in Richtung Straßenbahnhaltestelle. Ich folgte ihnen langsam. Die eine war eindeutig zu jung, gerade mal Anfang dreißig, wie ich schätzte, die andere dagegen kam vom Alter her hin. Sie schien kurz vor der Pensionierung zu stehen. Wenn ich die allein erwischen könnte!

Wie auf eine Antwort meines Stoßgebetes blieb sie plötzlich stehen, sagte einige hastige Worte zu ihrer Kollegin und kam zurück. Als hätte sie von der Verfolgung nichts bemerkt, passierte sie mich und nahm Kurs auf den Kindergarten. Die andere Frau setzte ihren Weg fort, sie ging sogar eher schneller, wie ich befriedigt feststellte.

Ich wandte mich um - und wäre beinahe mit ihr zusammengestoßen. Kluge graue Augen musterten mich von oben bis unten, dann verzog sich ihr Mund zu einem Lächeln und ihr Gesicht zersprang in tausend Falten. „Was wollten Sie wissen?"

„Darf ich Sie auf einen Kaffee einladen?" Direkt vor dem Kindergarten mit ihr zu sprechen, war nicht das Gescheiteste.

„Sie dürfen mich nach Hause fahren und mir dabei Ihre Geschichte erzählen. Je nachdem wie wichtig ich meine Antwort finde, werde ich Sie Ihnen geben."

Das war ein Deal. Und der Umweg für mich hielt sich in Grenzen. Ich legte mich richtig ins Zeug und behauptete, ein Menschenleben sei in Gefahr, wenn ich nicht zu einer besseren Einschätzung meines Verdächtigen gelangen würde. „Ich bin mir nicht sicher, einiges deutet darauf hin, dass er ein Psychopath ist, aber er ist mittlerweile in dem Alter, wo er in der Lage ist, sein wahres Wesen zu verbergen", verdeutlichte ich.

„Sie sprechen von Connor Rommel." Das war eine Feststellung, keine Frage. Und weil ich verblüfft schwieg: „Die Mutter, also die Stiefmutter, war vor ungefähr zwei, drei Wochen ebenfalls da, ist jedoch über unsere Leiterin nicht hinausgekommen. Schade, ich hätte gern …" Sie zögerte. „Sie wissen von ihrer Verhaftung und was ihr vorgeworfen wird?"

„Ich kenne sie nicht", ruderte sie sofort zurück. „Darüber kann ich mir kein Urteil erlauben."

„Trotzdem …"

„Ehrlich gesagt habe ich im ersten Moment gar nicht die Verbindung zu ihr gezogen", unterbrach sie mich. „Sobald Sie sich als Detektiv vorstellten und sagten, dass Sie Erkundigungen über eines unserer ehemaligen Kinder einziehen wollen, sah ich ihn wieder vor mir."

„Er muss einen bleibenden Eindruck bei Ihnen hinterlassen haben", krächzte ich, noch immer fassungslos, dass sie von sich aus den Anfang gemacht hatte und bereit war, mit mir offen zu reden.

„Normalerweise würde ich niemals irgendetwas über meine Kleinen weitererzählen", begann sie. „Bei Connor mache ich eine Ausnahme, weil …" Sie holte tief Luft. „Das, was damals passiert ist, habe ich in dem Ausmaß vorher und auch hinterher nie wieder erlebt. Für mich ist dieser Junge gestört, nein, mehr als das. Ich traue ihm alles zu. Und deshalb gebe ich Ihnen die Information, die Ihnen anscheinend fehlt. Es wird Ihren Blick auf ihn nachhaltig ändern."

35

Tristan

Der Deal war, dass ich tatsächlich wieder in die Schule gehen musste. Tante Simone brachte mich bis direkt vor die Tür und wartete, bis ich im Gebäude verschwunden war. Ganz kurz überlegte ich, ob ich nicht einfach auf der Toilette verschwinden und anschließend das Weite suchen sollte. Das war mir dann doch zu blöd. Wo hätte ich hingehen sollen?

In der Klasse nahm wie üblich keiner von mir Notiz. Ich setzte mich auf meinen Platz und wartete darauf, dass Frau Schnellen den Raum betrat. Immerhin fingen wir heute mit Mathe an, das war ein angenehmer Einstieg.

„Tristan, schön, dass du wieder kommst", begrüßte sie mich lächelnd. Das war's glücklicherweise an Aufmerksamkeit. Sie gab mir wie üblich meine Extrablätter und widmete sich dem Unterricht.

In der Pause gesellte sich Konstanze zu mir. Sie stand auf Jonah, hatte sie mir mal verraten, als sie noch hoffte, ich könne ihr dabei helfen, seine Aufmerksamkeit auf sich zu ziehen. Leider hatte ich passen müssen. In der Beziehung war ich garantiert nicht der Richtige. Ich hatte sie ein paarmal mit nach Hause genommen und es ihr überlassen, einen Kontakt herzustellen. Anscheinend hatte es nicht geklappt, jedenfalls wüsste ich nicht, dass die beiden ein Paar geworden wären.

„Wie geht es deinen Brüdern? Sind sie noch im Krankenhaus?"

„Jonah und Jannis sind bei ihrem Vater in der Schweiz", gab ich bereitwillig Auskunft. „Jonah wohnt schon bei ihm, Jannis muss weiter stationär behandelt werden. Es sieht aber bei beiden gut aus. Connor kommt morgen nach Hause."

Als ich meinen ältesten Bruder erwähnte, verzog sie unwillkürlich das Gesicht. Das war die Gelegenheit für mich! „Du magst ihn nicht?"

„Natürlich bin ich froh, dass ihm nichts Schlimmes passiert ist", beeilte sie sich zu versichern. „Na ja, und mögen ... Ich kenne ihn kaum."

Also wenn jemand seine Emotionen so deutlich zeigte, dass sogar ich sie erkennen konnte, musste da mehr hinter stecken. „Ich mag ihn auch nicht."

„Dann sind wir schon zu zweit. Er hat versucht, mich anzumachen", fuhr sie nach einer kleinen Pause fort. „Ich fühlte mich dabei ganz schrecklich. Und als Jonah dazukam, hat er behauptet, ich hätte mich an ihn rangeschmissen. Das war so was von peinlich!"

„Und Jonah?"

„Hat sich nicht dazu geäußert." Sie stieß einen bekümmerten Seufzer aus. „Aber danach war er noch zurückhaltender als vorher. Er ist mir aus dem Weg gegangen, eindeutig."

„Ich kann ihn fragen", erbot ich mich. „Ich chatte regelmäßig mit ihm."

„Untersteh dich!" Sie lief knallrot an. „Ich habe ihn längst abgeschrieben."

„Gut, ich sag nichts." In einträchtigem Schweigen saßen wir nebeneinander, bis es zur nächsten Stunde schellte.

„War alles ziemlich normal", konnte ich Tante Simone später mitteilen, die mich wieder abholte. „Hast du schon was von Oliver gehört?" Sie lachte. „Nein, wir sind beide gleich gespannt."

Sie setzte mir wieder ein fulminantes Mittagessen vor. Heute gab es selbst gemachte Hamburger mit Pommes und Salat und als Nachtisch Eis. Lecker!

„Ich weiß eben, was Kinder in deinem Alter gern essen." Trotz dieser Behauptung schien es sie zu freuen, dass ich zwei Burger verdrückte.

„Hat Oliver hier bei dir gelebt?" Komisch, ich wusste fast überhaupt nichts über ihn. Er dagegen kannte meine gesamte Familiengeschichte.

„Er war ungefähr in deinem Alter, als er bei mir einzog", nickte sie, hob allerdings gleich die Hand, als spürte sie, dass ich sonst weitergefragt hätte. „Das soll er dir selbst erzählen." Sie wies zum Fenster. „Ah, wenn man vom Teufel spricht! Da kommt er."

Zuerst einmal hatte Oliver keine Lust zu erzählen, er stürzte sich fast so ausgehungert wie ich auf das Essen und verschlang seine Portion mit einer wahnsinnigen Schnelligkeit. Als er sich endlich aufseufzend zurücklehnte, klingelte sein Handy und er sprach fast eine geschlagene Viertelstunde mit seinem Gesprächspartner.

„So", wandte er sich uns endlich zu. „Da habe ich gleich morgen was Neues zum Nachprüfen."

Worum es sich dabei handelte, sagte er allerdings nicht und ich vergaß in der Aufregung über seine Neuigkeiten das Telefonat schnell wieder. Diese Psychologin, die Freundin seines Freundes, die stand eindeutig auf meiner Seite. Und ihr schien es gelungen zu sein, ihn von ihrer Theorie zu überzeugen. Jedenfalls ermittelte er jetzt in die von mir erwünschte Richtung. Der Hammer war jedoch diese Aussage der Erzieherin. Connor hatte genau eine Woche gebraucht, bis er sein wahres Gesicht zeigte.

In den ersten Tagen hatte er meist stumm dagesessen und alles um sich herum beobachtet. Wenn ein Kind Kontakt zu ihm aufnehmen wollte, wandte er sich ab und zeigte deutlich, dass man ihn in Ruhe lassen solle. Am ersten Tag der zweiten Woche war es der Erzieherin gelungen, ihn mit an den Basteltisch zu holen. Statt ein Bild aus den Materialien zu kleben, es gab Muscheln, kleine Steinchen und Sand, legte er bizarre Muster aus den Muscheln und ordnete diese immer wieder neu an. Einer der üblichen Rabauken machte sich lauthals über ihn lustig und, da Connor nicht reagierte, zerstörte er mit einem Steinwurf eines der Gebilde. Daraufhin stand Connor auf, ohne jede Regung, sagte die Erzieherin, ging zu dem Störenfried, nahm eine Schere und stieß sie ihm in den Bauch, einfach so.

Natürlich passierte nichts Schlimmes, weil die Scheren im Kindergarten allesamt stumpf sind. Aber die Erzieherin fand besonders erschreckend, dass sich Connor nicht mal bewusst zu sein schien, was er hätte anrichten können. Und er hatte mit aller Kraft zugestoßen. Der Aggressor trug einen dicken Bluterguss und einen gewaltigen Schock davon.

Geschockt waren die Erzieherinnen auch. Connors Vater musste ihn sofort abholen kommen. Die Leiterin legte ihm nahe, den Jungen dringend psychologisch untersuchen und behandeln zu lassen. Dass er in diesen Kindergarten nicht zurückkehren durfte, machte sie dabei gleich unmissverständlich deutlich.

Da wäre mein Stiefbruder also fast im Alter von vier Jahren zum Mörder geworden. Krass, was?

„Tristan, ich möchte heute Abend mit Jonah sprechen, kannst du das für mich einrichten?"

Ich nickte. „Ich schicke ihm gleich eine WhatsApp, dass wir gegen acht über Skype chatten, okay?"

„Kennst du Freunde von Connor? Oder irgendwelche Kumpel von ihm, die bei euch ein- und ausgehen?", setzte er nach, weil ich gleich den Kopf schüttelte. „Er hat doch bestimmt schon einmal eine Freundin gehabt, weißt du ihren Namen?"

„Keine Freunde, keine Kumpel, kein Mädchen." Ich zuckte entschuldigend die Schultern. „Connor redet nicht darüber, was er macht. Und dass er jemand mit nach Hause bringt, ist schon lange nicht mehr vorgekommen."

„Was ist mit Geburtstagsfeiern?", ließ Oliver nicht locker. „Zum Beispiel sein Achtzehnter. Wurde der nicht groß begangen?"

„Er hatte sich lieber eine Reise gewünscht. Also zum Geburtstag und statt einer Feier. Er wollte unbedingt eine Woche Kanurafting machen. Er steht auf solche Sachen. Er liebt den Nervenkitzel, sagt Jonah. Früher hat er sie immer überreden wollen, mit dem Fahrrad ganz steile Berge runter zu sausen. Dann ist Jannis mal schwer gestürzt dabei, danach haben die Zwillinge ihn allein fahren lassen."

36

Oliver

Das, was Tristan erzählte - Connor hatte auch andere Extremsportarten betrieben - passte super in das Bild eines Psychopathen. Nur brachte es mich nicht wirklich weiter, ich benötigte fassbare Resultate.

Die hoffte ich von Jonah zu bekommen. Ich hatte vor dem Gespräch Tristan genauestens geimpft, das, was ich bisher herausgefunden hatte, nicht zu verraten. Noch war alles zu ungenau, zu wenig beweiskräftig. Ich würde dabei bleiben, dass ich vorsichtshalber Connors Hintergrund genauer durchleuchten wolle, da Jonahs Mutter so eindeutig auf ihn zeigte. Mehr oder weniger um sicherzugehen und nichts zu versäumen. Dementsprechend enttäuscht war er von meinen Fragen. „Ich habe Ihnen doch schon gesagt, dass wir nicht viel mit Connor zusammen unternommen haben. Ja, wir haben jede Menge Unfug gemacht, als wir kleiner waren. Deshalb hat Mama uns immer im Auge behalten. Als Connor merkte, dass er uns zu nichts mehr anstiften kann, wurden wir ihm langweilig. Er hat sein eigenes Ding durchgezogen."

„War er Bettnässer?" Wenigstens meinen Fragenkatalog wollte ich abarbeiten.

„Keine Ahnung. Wenn, haben wir nichts davon mitgekriegt."

„Hat er mal gezündelt oder ein Feuerchen gelegt?"

„Ist nicht jedes Kind fasziniert von Feuer? Ich kann mich erinnern, dass wir früher oft über einem offenen Feuer Würstchen gegrillt haben. Dabei haben uns Papa und Mama gleich gezeigt, wie gefährlich die Flammen sein können."

Das war unergiebiger als gedacht. „Hat er viel gelogen?"

Jetzt hatte ich ihn! Das sah ich an seinem Gesichtsausdruck. „Keine Lügen, die man ihm direkt nachweisen konnte. Er ist eher der geschickte Manipulator, der es versteht, sich im glänzenden Licht dastehen zu lassen. Ihm gelang es immer, die Schuld auf andere zu schieben. Ich denke, er ist ein Arschloch, dem wir anderen scheißegal sind. Na ja, mit Ausnahme von Claas vielleicht. Den scheint er irgendwie zu mögen."

Zum Glück fügte er nicht hinzu: Und deshalb kann ich mir nicht vorstellen, dass er ihn umbringen wollte. Trotzdem klang es durch. Bevor Tristan aufmerksam werden konnte, schob ich nach: „Wie ist es mit Alkohol oder Drogen? Hat sich Connor mal so richtig abgeschossen?"

Er nickte heftig. „So von vierzehn bis sechzehn hatte der eine ganz schlimme Phase. Ein Jahr später hörte das wieder auf. Allerdings verträgt er auch unheimlich viel. Drogen? Nee, ich glaub nicht."

„Kannst du mir Namen von Freunden geben? Hatte er mal 'ne Freundin?"

„Also richtig gute Freunde, nee, zumindest hat er die nie mit nach Hause gebracht. Wenn er früher Geburtstag hatte, lud Mama ein paar seiner Klassenkameraden ein. Das hörte auf, als er aus dem Alter für Spiele raus war. Danach wollte er das nicht mehr. Seinen letzten Geburtstag hat er mit irgendwelchen Kumpeln in der Stadt verbracht. Außerdem feiern wir jedes Mal groß in der Familie."

„Was ist mit Freundinnen?"

„Soweit ich das mitbekommen hab, waren das immer nur Kurzbeziehungen. So nach dem Motto: kaum zusammen, schon wieder getrennt. Was richtig Festes? Zumindest hat er nie ein Mädchen mit nach Hause gebracht."

Und dann überraschte mich Tristan, der einwarf: „Und was war mit Konstanze?"

Jonah wurde über und über rot. „Die stand auf mich, nicht auf Connor."

„Aber er hat Interesse gezeigt", blieb Tristan hartnäckig. „Ich war dabei."

Jonah seufzte genervt, als er merkte, dass sein Bruder nicht lockerlassen würde. „Okay, sie fand mich nett und ich sie auch."

„Und warum ist da nichts draus geworden?"

„Weil Connor äußerst nachtragend ist", fuhr Jonah auf. „Sie hat ihn abblitzen lassen. Jetzt stell dir mal vor, ich wäre danach mit ihr zusammengekommen. Der hätte uns beiden die Hölle auf Erden beschert."

Na, das war genau die Aussage, die ich hören wollte. „Warum hast du das nicht gleich gesagt?"

„Was sollte es bringen? Ihr seid auf der falschen Spur. Connor ist ein Mistkerl. Ich bin froh, wenn er endlich auszieht und ich ihm nicht mehr tagtäglich begegne. Ein derartiges Ungeheuer, wie ihr anscheinend vermutet, ist er nicht. Wenn es danach ginge, hätte er oft genug die Gelegenheit gehabt, uns was Schlimmes anzutun. Also warum erst jetzt?"

Weil irgendein Motiv dahintersteckte. Wir hatten es bloß noch nicht entdeckt. Statt einer Antwort fragte ich: „Wie intelligent schätzt du ihn ein?"

Jonah grinste. „Er kommt eindeutig nach Claas. Nur hat er bisher nichts gefunden, was es ihm wert erscheint, sich da so richtig reinzuhängen. Er benutzt seine Intelligenz, um sich das Leben so leicht wie möglich zu machen. Er braucht nicht viel für die Schule zu tun, er hat eine Methode gefunden, die Lehrer von seiner Großartigkeit zu überzeugen - und seine Oma auch. Er wird der Boss der Läden, sobald er seinen Bachelor in der Tasche hat."

Abgründe, aber wiederum nichts Eindeutiges!

„Bleibt ihr in der Schweiz?", wollte Tristan wissen.

Jonah zögerte. „Nur wenn Mama nicht zurückkommt. Ich hoffe ja immer noch …" Seine Stimme erstarb.

„Tristan wohnt erst mal eine Weile bei uns", übernahm ich schnell. „Meine Tante kümmert sich um ihn."

„Das ist gut", Jonah blinzelte, als halte er mühsam die Tränen zurück. „Ich melde mich regelmäßig bei dir, okay?"

Auch Tristan war ziemlich daneben. Ich nahm ihn mit zu mir rüber und wir hingen wieder vor der PlayStation ab. Um acht Uhr kam meine Tante ihn holen, er ging ohne Protest mit ihr. Immerhin war es mir gelungen, ihn auf andere Gedanken zu bringen. Wir hatten uns heftige Kämpfe geliefert, der Junge war ein echter Gegner - und freute sich mächtig, wenn er mich besiegen konnte.

Nicht dass ich es ihm extra leicht gemacht hätte! Nein, dazu war Tristan zu clever, das hätte er gemerkt. Er hatte einfach den besseren Draht zu diesen Spielen und war in der Umsetzung an den Controllern wesentlich geschickter als ich. Es war für ihn eine Herausforderung und für mich genauso.

Ich hatte wieder keine Lust, mich ins Fitness-Center aufzumachen, legte eine DVD mit Musikvideos ein und stemmte ein paar Gewichte. Mit dem Kraftsport hatte ich vor gut zwölf Jahren begonnen. Damals war ich noch in meiner Sturm- und Drangzeit. Es hatte mich gestört, dass ich eher wie ein Hänfling aussah, ein Strich in der Landschaft, der einem Gegner nichts entgegenzusetzen hatte. Natürlich war ich der irrigen Ansicht gewesen, ich müsse lediglich ein bisschen was tun, wie schweißtreibend das Ganze wirklich war, lernte ich erst nach und nach, als mich der Ehrgeiz längst gepackt hatte.

Mittlerweile ist es für mich eine gute Möglichkeit, mich fit zu halten und Stress abzubauen. Wenn man den ganzen Tag mit langweiligen Observierungen beschäftigt ist, muss man sich einfach was Gutes tun. Muskelarbeit entspannt und macht den Kopf frei. Und außerdem habe ich nach all den Jahren des Trainings ein gutes Level erreicht, das ich nicht leichtfertig aufs Spiel setzen will. Dafür stecken einfach viel zu viel Arbeit und Schweiß dahinter. Das Fitnessstudio ist eine sinnvolle Ergänzung, jedoch nicht unbedingt erforderlich. Ich trainiere lieber nach meinem eigenen Plan.

Tja, wer weiß, sollte das mit dem Detektivbüro nicht klappen, würde ich vielleicht in den Kraftsport wechseln und mein eigenes Studio aufmachen. Manchmal, heute zum Beispiel, hörte sich das nach einem ausgesprochen guten Plan an.

37

Dienstag

Oliver

Auch wenn ich mir nicht viel davon versprach, machte ich mich gegen neun zu der Grundschule auf, die Connor damals besucht hatte. Die Erzieherin gestern war ein Highlight gewesen, noch mal durfte ich nicht darauf hoffen, so schnell an Informationen zu kommen.

Und richtig, ich lief vor Wände. Keiner war bereit, mit mir über Connor zu reden. Die wollten nicht mal zugeben, dass er hier an der Schule unterrichtet worden war.

Wie am Tag zuvor lungerte ich in der Nähe herum, um vielleicht jemand abzufangen, der mir trotzdem weiterhalf. In der zweiten Pause sah ich eine ältere Lehrerin, als ich jedoch auf sie zuging, wehrte sie sofort ab. Kurz darauf kam der Hausmeister zielstrebig auf mich zu und forderte mich auf, das Gelände umgehend zu verlassen.

„Ich verstehe das nicht", versuchte ich es bei ihm, der mich bis zur Grenze begleitete. „Wenn doch damals nichts Schlimmes vorgefallen ist, warum machen alle so ein Geheimnis daraus? Eine einfache Auskunft würde mir schon reichen. Ja, der Junge wurde hier beschult, Auffälligkeiten gab es keine."

Der Hausmeister war ein Bär von einem Mann, allerdings auf eine eher gemütliche Art. Es fiel ihm offensichtlich schwer, den Harten zu spielen. Er blieb neben mir stehen und musterte mich gründlich. „Auch keine einfache Kindheit gehabt, was?"

„Sind Sie etwa Psychologe?", fragte ich perplex. Ich war mir sicher, dass man mir meine Vergangenheit nicht mehr ansehen konnte.

„Sind wir das nicht alle irgendwie?" Er klopfte seine Taschen ab und brachte ein zerknülltes Zigarettenpäckchen zum Vorschein. „Auch eine?"

„Nein, danke. Ich rauche nicht."

„Besser so", brummte er.

„Sind Sie schon lange hier tätig?"

Er grinste. „Von mir werden Sie nichts erfahren. Die Schule ist bemüht, sich ihren guten Ruf zu bewahren. Natürlich sind einige Schlingel schlimmer als andere. Aber darum wird sich zeitnah gekümmert."

„Wenn nun, rein hypothetisch, ein Junge so anders ist als das Gros, dass es direkt auffallen müsste, was passiert dann?"

Sein Grinsen verstärkte sich. „Dafür gibt es die Schulbegleiter, schon mal davon gehört?"

Ah, langsam kamen wir der Sache näher. „Gab es die denn früher auch schon?"

„Nicht in dem Maße wie heute, nein. Für besonders schwierige Fälle setzt man sie schon länger ein. Da wurden richtig ausgebildete Fachkräfte genommen. War immer noch billiger, als ein Kind für unbeschulbar zu erklären. Derjenige war nicht nur im Unterricht, sondern auch in der Pause zuständig. Man kann schon dafür sorgen, dass ein Kind vernünftig spurt."

„Aha." Damit waren meine Fragen beantwortet. Demnach hatte Connor wohl einen Schulbegleiter gehabt, damit es gar nicht erst zu Auffälligkeiten kam. Viel mehr würde ich nicht erfahren können.

„Apropos Psychologie!" Der Hausmeister wanderte hinüber zum Papierkorb, drückte seine Kippe am Rand aus und warf sie hinein. „Es gibt Kinder, die schaffen es auch bei einem schlechten Start, sich irgendwann zu fangen. Ich weiß nicht, vielleicht liegt es an den Anlagen, an den Genen. Und es gibt andere, für die kann man sich den Arsch aufreißen und kriegt es trotzdem nicht hin, sie einzuspuren. Sie gehören zu den Ersteren. Bilden Sie sich ruhig was drauf ein. Das ist eher selten, meiner

Erfahrung nach." Mit diesen Worten ließ er mich stehen und wanderte gemächlich den Weg zur Schule zurück.

Mein Besuch hatte sich gelohnt. Das war eine weitere Bestätigung meiner Theorie.

Und was jetzt? Mir gingen langsam die Ideen aus. Also rief ich Deniz an. „Hast du was für mich?"

„Deine Corinna Abel stammt aus einem heftigen Elternhaus. Die Mutter litt an einer Borderline-Störung, hat sich umgebracht, als die Mädchen zehn und zwölf waren. Der Vater hat sie allein großgezogen, mehr recht als schlecht, so wie es sich anhört. Corinna war die Ältere. Sie ist mit siebzehn abgehauen und untergetaucht. Die Schule hat sie nicht zu Ende gemacht, dabei war sie sogar auf dem Gymnasium. Soll ziemlich intelligent gewesen sein, aber auch total durchgeknallt. Hat mit fünfzehn angefangen, Drogen auszuprobieren. Irgendwann ist sie bei deinem Claas Rommel wieder aufgetaucht. Sie hat sogar eine Zeit lang gearbeitet, als Kellnerin. Dann ist sie wieder spurlos verschwunden. Das nächste Lebenszeichen findet sich bei ihrer Rückkehr zu dem Rommel. Er hat sie über sich krankenversichert, zur Geburt war sie im Krankenhaus. Die Nachuntersuchung beim Gynäkologen wurde ebenfalls noch gemacht, kurz darauf ist sie erneut untergetaucht. Der Kerl, der sie aufnahm, das scheint ein alter Bekannter von ihr gewesen zu sein. Mit dem war sie schon mal liiert."

„Hast du über ihn auch was?" Das musste dieser ehemalige Lebensgefährte sein, der sie kurz vor ihrem Tod verlassen hatte.

„He, ich muss nebenbei auch normal arbeiten. Ich bin dran. Dauert noch ein bisschen. Jedenfalls war die Abel zuerst nicht mal bei ihm gemeldet. Erst als das Jugendamt auf der Matte stand, also ein, zwei Jahre bevor sie starb, wurde sie offiziell auf die Adresse registriert."

„Und wieso hat Herr Rommel nie davon erfahren?"

„Woher soll ich das wissen? Vielleicht hat er da schon nicht mehr nach ihr gesucht. Sie lebte offiziell von Hartz IV. Die Wohnung gehörte dem Lebensgefährten, sie kriegte nur einen kleinen Satz für sich und das Kind."

„Was ist mit der Schwester? Hast du die ausfindig machen können?"

„Bin ich noch dran. Die hat wohl zwischenzeitlich geheiratet und den Namen ihres Mannes angenommen. Warte mal, ich krieg grad einen Anruf rein!" Er legte mich in die Warteschleife. „Und da ist sie schon, die Adresse! Marietta Blehmke, Hortensienstraße sieben. Fährst du gleich vorbei? Müsste bei euch in der Nähe sein."

Ich gab seine Angaben in mein Navi ein. „Ja, bietet sich geradezu an. Ich melde mich anschließend. Vielleicht kennt sie den Namen dieses Lebensgefährten." Ein Blick auf die Uhr. Wenn ich gut durchkam, müsste ich gegen kurz nach zwölf am Ziel sein.

Das Blumenviertel, dort hatten alle Straßen Namen von irgendwelchen Gewächsen, lag links versetzt zu dem Bereich, in dem das Haus meiner Tante stand. Auch hier handelte es sich um Einfamilienhäuser, allerdings längst nicht so großzügig angelegt. Zumeist waren es Reihenhäuser, dicht an dicht, mit winzigem Gartenanteil und einer Bauweise über drei Ebenen, um für genügend Platz zu sorgen.

Das Haus der Blehmkes entpuppte sich als Eckhaus. Auf der linken Seite schloss sich noch eine Garage an. Davor stand ein alter, schmutzstarrender Kombi, auf dem Rücksitz erkannte ich zwei Kindersitze. Also war die Gesuchte zu Hause.

Genau in dem Moment, als ich das Auto abschloss und mich umwandte, kam sie aus dem Haus, ein lauthals schreiendes und sich heftig windendes Kleinkind auf dem Arm, sodass sie kaum die Tür hinter sich schließen konnte. Ich überquerte die Straße, während sie sich bereits zum Auto wandte.

„Entschuldigen Sie bitte, Frau Blehmke?", rief ich laut, um das Geschrei zu übertönen.

Sichtlich genervt wandte sie sich in meine Richtung. „Egal wer Sie sind und was Sie wollen. Ich habe keine Zeit."

Wie um sie bei ihrer Aussage zu unterstützen, warf der Kleine jetzt sein Fläschchen zu Boden. Es kullerte die abschüssige Ausfahrt hinunter und verschwand unter dem Auto.

„Du …" Sie holte tief Luft.

„Ich mache das schon." Mit zwei Sätzen war ich heran und bückte mich. Das Fläschchen war genau zwischen den Hinterrädern gelandet, ich würde mich lang auf den Bauch legen müssen. Ich setzte bereits an, als ich den Kasten entdeckte. Irgendetwas sagte mir sofort, worum es sich dabei handelte.

Wie vom wilden Eber gestochen sprang ich hoch, raste auf sie zu und riss sie hinter die Mülltonnen.

„Sind Sie verrückt geworden?" Sie versuchte, sich von mir zu lösen.

Ich hielt sie und den Kleinen eisern nach unten gedrückt. „Wir müssen die Polizei rufen! Da ist eine Bombe."

38

Oliver

Letztendlich war ich es, der zum Handy griff. Die Frau hatte mich angesehen wie einen Verrückten und nur stumm den Kopf geschüttelt. Erst als ich ihr gestattete, aus der Deckung heraus einen Blick unter den Kombi zu werfen, glaubte sie mir. Sie wurde so blass, dass ich dachte, sie kippt um. Zum Glück bekam der kleine Trotzkopf nach dem kurzen Schreck einen weiteren Schreianfall. Sie hatte alle Hände voll zu tun, sich um ihn zu kümmern.

„Wir sollen uns lieber so weit wie möglich entfernen", erklärte ich ihr. „Die schicken gleich einen Wagen."

Sie nickte benommen und umfasste den Kleinen fester. Ich zog sie hoch und riss sie hinter mir her, bis wir circa hundert Meter entfernt auf der anderen Straßenseite standen.

„Wer tut denn so was?" Ihre Augen waren noch von dem Schock geweitet, ihr Atem ging stoßweise.

„Lälli", weinte der Kleine.

„Keine Chance", erklärte ich ihm ernst. „Du musst warten."

Daraufhin setzte erneutes Geschrei ein. Seine Mutter begann ihn automatisch zu wiegen. „Ich muss meinen Sohn abholen. Ich komme zu spät."

„Wir sollen auf die Polizei warten", wiederholte ich. „Dafür wird jeder Verständnis haben."

„Aber der Kindergarten schließt um halb eins."

Ich schrieb es dem Schock zu. „Ich fahre Sie hin, sobald die Beamten da sind."

Langsam erwachte sie aus ihrer Starre. „Mein Vater ist noch im Haus."

Scheiße! „Vorne oder hinten raus?"

„Hinten unten."

„Es droht ihm keine Gefahr", behauptete ich einfach. „Die Bombe liegt zwischen den Hinterrädern. Wenn, geht das Auto hoch."

Sie glaubte mir tatsächlich, dabei hatte ich von der Kraft dieses Höllengeschosses genauso wenig Ahnung wie sie.

„Wer sind Sie eigentlich?" Sie kniff ihre Augen misstrauisch zusammen und wich einen Schritt zurück.

Die Karte, die ich ihr hatte überreichen wollen, lag im Dreck in der Einfahrt, ich zog eine neue hervor. „Speer, ich bin Privatdetektiv und ermittle in einem Fall, für den ich einige Hintergrundinformationen zu Ihrer Schwester bräuchte."

Diese Erklärung beruhigte sie keineswegs. Sie sah mich an, als hätte sie einen Irren vor sich. „Meine Schwester? Die ist seit Jahren tot."

Das Martinshorn rettete mich. „Die Polizei kommt."

Wir warteten schweigend, bis der Wagen direkt vor dem Haus bremste. Der Beifahrer sprang heraus und kam auf uns zu. Ich erklärte ihm kurz, was ich gesehen hatte. Er wirkte ziemlich skeptisch und überzeugte sich zuerst selbst von der Sachlage. Dann wurde er hektisch. Sein Kollege forderte Verstärkung an, während er begann, den Bereich sofort weiträumig abzusperren.

„Ich muss meinen Sohn abholen." Frau Blehmke trat von einem Fuß auf den anderen. Das Kind auf ihrem Arm verhielt sich ruhig und starrte mit großen Augen auf das rotierende Blaulicht.

„Kommen Sie, ich fahre Sie eben."

Natürlich war das nicht im Sinne des Polizisten. „He, hierbleiben!" Er stellte sich uns in den Weg.

„Wir sind sofort wieder da." Ich versuchte es mit einem beruhigenden Lächeln. „Wir holen nur schnell den Sohn von Frau Blehmke vom Kindergarten ab."

Er schüttelte mit grimmiger Miene den Kopf. „Der ist dort in Sicherheit. Ich benötige weitere Informationen von Ihnen", wandte er sich an die Frau. „Ist noch jemand im Haus? Wie sieht es bei den Nachbarn aus?"

Dabei hatte sein Kollege schon begonnen, überall zu klingeln!

„Mein Vater. Er befindet sich in dem hinteren Zimmer zum Garten hin. Er ist halbseitig gelähmt und auf den Rollstuhl angewiesen. Der Arzt müsste jeden Moment kommen." Mit Frau Blehmkes Ruhe war es vorbei. Sie begann heftig zu zittern.

„Geben Sie mir den Schlüssel! Wir gehen rein und bringen ihn in Sicherheit." Der Polizist wedelte auffordernd mit der Hand.

Sie begann in ihrer Manteltasche zu kramen, das Bund fiel ihr klirrend aus der Hand.

Der Beamte bückte sich danach. „Sie warten hier!"

„Kommen Sie!" Kaum waren die beiden Männer im Haus verschwunden, zog ich sie zu meinem Auto.

Sie ließ sich willenlos auf den Beifahrersitz fallen und drückte den Kleinen fest an sich. „Wir müssen in die Begonienstraße."

Durch die war ich gekommen, ich konnte mich sogar noch an das große weiße Gebäude erinnern, an dem ich vorbeigefahren war. Fünf Minuten später hielten wir davor an. Bevor der Motor erstarb, war sie herausgesprungen, rannte auf den Eingang zu und presste ihren Finger auf die Klingel.

Die Frau, die öffnete, hatte ihr Gesicht in missbilligende Falten gelegt und wollte zu einer längeren Rede ansetzen. Frau Blehmke ließ sie überhaupt nicht zu Wort kommen. In hastigen Sätzen erklärte sie sich.

In der Zwischenzeit war schon ein kleiner Junge angerannt gekommen und umklammerte jetzt ihre Beine. Die Erzieherin hatte mittlerweile den Ernst der Lage begriffen. Sie verschwand, kehrte mit der Jacke und den Schuhen des Kleinen zurück und half ihm, sich anzuziehen.

„Setzen Sie sich alle zusammen nach hinten." Besser, sie hatte beide Kinder direkt neben sich.

Auf der Rückfahrt erklärte sie ihrem Sohn in einfachen Worten die Situation. Die Polizei habe in der Straße eine Bombe gefunden, keiner dürfe zurück ins Haus. Der nette Mann hier würde so parken, dass er alles aus der Nähe sehen könne. Nur aussteigen dürfe er nicht.

Sie stellte es tatsächlich wie eine Art Abenteuer dar. Ich war echt beeindruckt, so viel Geistesgegenwart hätte ich ihr gar nicht zugetraut.

Leider versperrten weitere Streifenwagen und ein großer Van des Bombenräumkommandos die komplette Sicht. Dafür dauerte es nicht lange, bis der Polizist uns entdeckte. Wütend kam er auf das Auto zu. Ich stieg aus und trat ihm entgegen. „Bitte, die Frau ist völlig mit den Nerven fertig. Wir hätten doch sowieso bloß rumgestanden."

„Und wer sind Sie?"

Ich überreichte ihm ebenfalls eine Karte und erklärte, dass ich Frau Blehmke wegen eines meiner aktuellen Fälle habe sprechen wollen. Als Zeugin wohlgemerkt.

„Und dann haben Sie gleich die Bombe entdeckt?"

Ich gab ihm einen kurzen Abriss von dem, was passiert war. „Es war reiner Zufall."

Ich konnte erkennen, dass Bewegung in die Gruppe der Wartenden kam. Zwei Personen in kompletten Schutzanzügen näherten sich und sprachen mit den Polizisten, worauf sich alle entspannten. Unser Gegenüber interpretierte das Geschehen richtig: „Es ist vorbei. Sie können wieder ins Haus."

Frau Blehmke verließ bereits mit ihren Kindern mein Auto. „Wo ist mein Vater? Geht es ihm gut?"

„Wir haben ihn hinten in den kleinen Pavillon gebracht, mein Kollege ist bei ihm."

Im selben Moment tauchte ein großer schwarzer Kombi auf und fuhr langsam an den Straßenrand. „Dr. Hasselkamp!" Frau Blehmke stieß einen erleichterten Seufzer aus. Sie steuerte gleich auf ihn zu.

Für mich würde sie nicht eine Minute haben, das war mir klar. „Ich melde mich morgen wieder!", rief ich ihr nach.

Sie wandte sich mir ruckartig zu. „Unbedingt! Ich ... ich ..."

„Schon gut." Sie stand wieder richtig neben sich. „Ich komme morgen früh vorbei."

39

Tristan

Was für ein Glück für mich, dass ich bei Herrn Petersen in Behandlung gekommen war. Ich glaube, ich konnte erst in diesem Moment richtig erkennen, was er alles für mich ermöglicht hatte. Ohne ihn wäre ich nie in der Lage gewesen, das zu tun, was ich getan hatte.

Anfangs habe ich ihn gehasst. Er zwang mich zu Dingen, die ich nicht wollte, die ich nicht konnte. Nach jedem Rückschlag war er noch mehr entschlossen, mich auf den richtigen Weg zu bringen, wie er es ausdrückte. Er quälte mich, er ließ nie locker - alles zu meinem Besten!

Und meine Mutter sorgte dafür, dass ich ihm Woche für Woche ausgeliefert war. Ich konnte schreien und toben, wie ich wollte, sie schleppte mich mit eiserner Hand dorthin.

Vorher die Therapie war ein Zuckerschlecken dagegen. Wir übten in der Gruppe die einfachsten Höflichkeiten ein, gingen einkaufen und kochten anschließend zusammen und spielten meist noch ein paar Spiele. Dort lernte ich Linus kennen, der sich, das muss ich schon zugeben, wesentlich schwerer tat als ich. Vielleicht lag es daran, dass er ein Einzelkind ist oder dass er weit schlimmer betroffen ist als ich, wie meine Mutter von Anfang an meinte. Jedenfalls gab es für mich nicht viel Neues dort, kochen, spielen, einkaufen, das machten wir bei uns in der Familie oft gemeinsam. Der einzige Vorteil war für mich die Freundschaft mit Linus, ich hätte vorher nie gedacht, dass ich jemand finden würde, der gern mit mir befreundet wäre.

Nach gut einem Jahr merkte meine Mutter, dass ich dort kaum Fortschritte machte. Kurz darauf fand sie Herrn Petersen und überließ mich seinen Fähigkeiten. Er kannte wirklich keine Gnade. Fast von Anfang an schleppte er mich jedes Mal in irgendein Geschäft, wo ich irgendwelche blöden Fragen nach Dingen stellen musste, die wir sowieso nicht kaufen wollten. Er wartete stets in der Nähe und beobachtete, wie ich mich anstellte.

Die Verkäufer waren natürlich irritiert. Da stand ein kleiner Junge vor ihnen, der starr an ihnen vorbeischaute und stotternd und stammelnd nach Worten suchte - oder sich gleich wieder wegdrehte und abtauchte. Herr Petersen fing mich sofort wieder ein und zwang mich zu einem neuen Versuch. Nicht selten bekam ich einen regelrechten Schreikrampf und wand mich zuletzt auf dem Boden, vor allem, wenn es mir nicht gelang wegzurennen. Es war einfach zu viel, das da auf mich einstürmte. Selbst meine Mutter begann irgendwann zu zweifeln, ob diese unorthodoxe Methode zum Ziel führen konnte. Doch sie ließ ihm weiterhin Spielraum. Er hatte ihr nämlich klargemacht, dass, wenn ich es nicht jetzt langsam lernte, ich vermutlich nie richtig selbstständig werden würde. Und das war ihr größter Wunsch. Ich sollte später einmal ein eigenständiges Leben führen können.

Richtig gut wurde ich nie in dieser Form des Kontaktes. Noch immer kann ich niemandem lange in die Augen sehen, sondern fixiere einen Punkt in Kopfnähe. Noch immer muss ich gewaltige Hemmungen überwinden, auf einen fremden Menschen zuzugehen und ihn anzusprechen. Und noch immer kommen meine Worte eher stotternd und bar jeder Modulation.

Aber es war allein dieses Training, das mich dazu gebracht hat, überhaupt den Versuch zu unternehmen, einen Detektiv zu engagieren. Noch vor ein, zwei Jahren hätte ich mich niemals überwinden können, an einer fremden Tür zu klingeln und mein Anliegen vorzubringen.

Gut, die fremde Frau reagierte äußerst nett und bat mich gleich herein. Über meine Eigenarten, dass ich die ganze Zeit meine Hände rang, was leider immer noch passiert, wenn ich sehr aufgeregt bin, und dass ich anfangs aus dem Stottern gar nicht mehr herausfand, sah sie ruhig hinweg, brachte mir ungefragt ein Glas Cola und stellte eine Schale Plätzchen vor mich hin. Dann wartete sie einfach ab, bis ich mich so weit gefangen hatte, dass ich ihr die ganze Geschichte erzählen konnte.

Sie schaffte es, dass ich mich sofort gut aufgehoben fühlte. Und je ruhiger ich werde, umso besser klappt es mit meinen Kommunikationsfähigkeiten. Daher hatte ich nach ungefähr einer Stunde alles erzählt. Sie stellte keinerlei Zwischenfragen, nickte nur jedes Mal aufmunternd, wenn ich ins Stocken kam, und machte sich auch keine Notizen. Trotzdem war sie fähig, alles, was ich vorgetragen hatte, kurz und prägnant zusammenzufassen.

Das Beste allerdings war, dass sie mir zusagte, ihr Neffe würde den Auftrag annehmen. Meine nicht geringen Zweifel - ich fühlte mich, nachdem ich geendet hatte, wie der letzte Idiot - wies sie energisch zurück. Das klinge für sie wie ein ungewöhnlich interessanter und wichtiger Auftrag, sagte sie wortwörtlich. Ich müsse keine Angst haben, er würde ermitteln, das könne sie mir garantieren.

Natürlich war ich trotzdem am nächsten Tag unheimlich aufgeregt. Nur weil sie versprochen hatte, bei dem Gespräch anwesend zu sein, traute ich mich, erneut aufzutauchen. Dieser Oliver Speer war mir anfangs reichlich suspekt. Irgendwie hatte ich das Gefühl, er sträubte sich, an das zu glauben, was ich sagte. Weil ich Mama aber unbedingt helfen wollte, blieb ich hartnäckig.

Jetzt zahlten sich meine Anstrengungen mehr als aus. Ich hatte neben einem eigenen Detektiv, der sich richtig in den Fall reinkniete, eine Tante bekommen, die sich liebevoll um mich kümmerte. Gleich am ersten Morgen standen meine geliebten Cornflakes und eine Flasche Orangensaft auf dem Tisch, das Butterbrot für die Schule war dick mit Nutella bestrichen und mittags gab es meine Lieblingsgerichte, heute zum Beispiel Lasagne, wie sie mir mitteilte, als sie mich zur Schule fuhr. Ja, wenn wir denn langsam mal etwas gefunden hätten, was meine Mutter definitiv entlastete, wäre ich rundherum zufrieden!

In den Pausen, die ich wie immer allein verbrachte, zerbrach ich mir den Kopf, was wir tun könnten. So gut, wie ich mit Oliver auch langsam klarkam, irgendwie hatte ich das Gefühl, dass er nicht mehr wusste, in welche Richtung er noch recherchieren sollte. Klar, er hatte vieles herausgefunden, doch nichts davon half uns richtig weiter. Wir verharrten in einem Wust von Mutmaßungen, ohne echte Beweise.

Mit dem Gong, der das Ende der zweiten Pause ankündigte, klingelte mein Handy. Linus? Ich traute meinen Augen kaum. Das hatte der noch nie gemacht, dass er mich während der Schulzeit anrief.

„Tristan, wir müssen reden." Linus kam immer gleich zur Sache. „Kannst du heute nach deiner Schule bei mir vorbeikommen?"

„Ich … äh." Eigentlich hoffte ich darauf, beim Mittagessen die Neuigkeiten von Oliver zu hören.

„Du musst einiges für mich recherchieren. Ich habe einen Zeitplan erstellt, von dem Tag, an dem deine Oma starb. Du wirst die Leute im Haus befragen müssen. Und die Nachbarn der Freundin deiner Mutter."

Ich war zu geschockt, um antworten zu können. Wie stellte er sich das vor?

„Was ist? Kommst du?"

„Ja, wann?" Mit Linus konnte man nicht diskutieren.

„Kannst du um zwei hier sein?"

Wenn wir direkt von der Schule aus durchfuhren. „Ja."

„Gut." Von langer Verabschiedung hielt er nichts.

Ich steckte mein Handy ein und machte mich auf den Rückweg in die Klasse. Ob diese Planänderung Tante Simone gefallen würde?

40

Tristan

Aber es war Oliver, der mich direkt vor dem Schuleingang erwartete. „Ich möchte mit einigen von Connors Lehrern sprechen. Kannst du mir dabei helfen?"

Mist! Wie sollte ich ihm das mit Linus erklären?

„Tristan?"

Klar, ich hatte mich nicht vom Fleck gerührt. „Das ist schwierig. Ich muss dringend bei einem Freund von mir vorbei. Ich habe ihm zugesagt, dass ich um zwei da bin. Könntest du mich hinbringen?" Nein, das war völlig falsch! Noch einmal von vorn. „Ich habe einen Freund, Linus, bei dem war ich am Freitag. Und weil er ein Fan von Kriminalfällen ist, will er sich einbringen. Er denkt, Connor hat Oma und Mamas Freundin umgebracht." Ohne mein Zutun hatte mein Kopf bereits die ungefähre Fahrzeit ausgerechnet und gab jetzt dringenden Alarm. „Bitte, fahr mich hin! Sonst kommen wir zu spät!"

Oliver seufzte und fügte sich. Schweigend eilten wir zu seinem Auto. „Keine Zeit für das Navi!", stieß ich hervor. Ich dirigierte ihn und er fuhr wirklich wie der Teufel. Vielleicht war es doch besser, ihn neben mir zu haben.

„Warum dürfen wir nicht zu spät kommen?"

„Weil Linus ziemlich, äh … speziell ist. Er kann sich nicht anpassen, eine Verspätung wirft ihn aus dem Ruder." Entweder regte er sich tierisch auf oder er reagierte beleidigt, je nach seiner momentanen Verfassung.

„Aha." Zum Glück fragte Oliver nicht weiter, sondern konzentrierte sich aufs Fahren.

Eine Minute vor zwei rollten wir vor das Haus.

„Soll ich mit reinkommen?"

Ich war schon halb draußen. „Lieber nicht. Kannst du bitte auf mich warten?"

Er seufzte. „Okay. Ich suche mir einen Imbiss. Ruf an, wenn du fertig bist."

Anja öffnete mir die Tür, bevor ich klingeln konnte. „Er ist in der Küche."

Linus saß am Küchentisch, der über und über mit Blättern bedeckt war, und starrte auf die handschriftliche Liste vor sich. „Ich habe es berechnet, das mit der Temperatur. Wenn man weiß wie, ist es gar nicht mal so schwierig."

Ich setzte mich neben ihn. „Du meinst, er hat die Raumtemperatur manipuliert?"

„Es kann nicht anders sein. Er muss sie sofort getötet haben, als er gekommen ist. Dann hat er die Heizung in der Küche aufgedreht, die Tür geschlossen und alle anderen Ventile geschlossen. Er ist einkaufen gegangen, hat alles in der Wohnung so hergerichtet, als würde sie ihr Abendbrot vorbereiten und die Heizung auf eine normale Stufe runtergedreht." Er tippte auf das Blatt. „Ich wette, die Küchentür war entweder zu oder zumindest nur angelehnt."

Ich war so baff, dass ich kein Wort hervorbrachte.

„Du sagst, die Küche hat circa sechs, sieben Quadratmeter. Der kleine Raum wird schnell heiß. Die Leiche kühlt langsamer ab als in einem kälteren Zimmer. Es passt, ich habe es mehrfach nachgerechnet."

„Wieso hat die Polizei das nicht gemerkt?"

Er wurde unwirsch. „Ja, wie denn? Die sind von einem normalen Unfall ausgegangen. Und die Tote wurde erst am nächsten Tag entdeckt."

„Du denkst also …" Ich musste mich räuspern und einmal kräftig schlucken. „Connor ist schon mit dem Plan hingegangen, sie zu töten?"

Er schnaubte laut. „Was sonst? Der muss sich schließlich vorher schlaugemacht haben."

„Und wie? Ich meine, kann man das nicht feststellen, ob jemand fällt oder geschubst wird?" Ich musste einfach nachfragen.

Statt aufzufahren, wie ich es halb erwartet hatte, lachte Linus krächzend. „Reine Mathematik", behauptete er. „Er hat ihr im richtigen Moment die Krücken weggetreten und sie ist auf die Tischkante gefallen."

Ich runzelte unwillkürlich die Stirn. Das war zu viel des Guten. Das mit der Heizung nahm ich ihm ab, dass Connor jedoch so clever sein sollte, berechnen zu können, wann genau und wie er zutreten musste? Nee, das klang mir zu sehr nach Fiktion.

„Du musst mit dem Nachbarn sprechen, der sie fand", fuhr Linus fort, der seinen Blick weiterhin starr auf sein Blatt geheftet hielt und meine Reaktion deshalb nicht mitbekommen hatte. „Der wird dir die nötigen Einzelheiten sagen können."

„Mach ich, am besten, ich versuche es gleich heute noch." Ich stand schon sprungbereit.

„Halt! Was ist mit dieser Freundin von deiner Mutter? Schreib alle Uhrzeiten auf! Wann habt ihr das Kino verlassen? Wann seid ihr zu Hause angekommen? Wann passierte der Unfall? Du musst irgendetwas übersehen haben."

Hatte ich nicht! „Ich kläre sämtliche Daten ab."

„Gut." Er wandte tatsächlich den Blick halb in meine Richtung. „Schick sie mir per Skype. Ich kümmere mich darum."

„Es … es kann ein paar Tage dauern", brachte ich vor. „Um hundertprozentig sicher zu sein, werde ich mit Jonah und Jannis sprechen und in Mamas Unterlagen nachschauen, ob sie noch den Polizeibericht aufgehoben hat. Ich muss sehen, dass ich meine Suche so durchziehe, dass Connor mich nicht erwischt. Er ist heute Mittag entlassen worden."

Er knurrte ungehalten, kam aber gegen diese Argumente nicht an. „Ja, es wäre schlecht, wenn er mitkriegt, dass wir ihm auf der Spur sind. Sei bloß vorsichtig."

Galt das nun seiner Sorge um mich oder hatte er Angst, dass ich zu ungeschickt vorgehen konnte? Hm, wahrscheinlich eher Letzteres. „Danke, Linus. Das war eine tolle Idee von dir."

Er nickte. „Ich weiß. War eine gute Übung für mich."

„Wir sehen uns spätestens am Freitag."

Anja kam aus dem Wohnzimmer, als sie mich in die Diele treten sah. „Und, alles geklärt? Er war ja wie besessen von diesen Berechnungen. Hat sich mit nichts anderem mehr beschäftigt."

Tja, wenn sie dachte, ich würde sie aufklären, hatte sie sich geschnitten. Ich hielt kurz inne und grinste unwillkürlich. Langsam begann ich schon die gleichen Worte wie Jonah zu benutzen, mir bisher vollkommen unverständliche Metaphern. Irgendwie ergab plötzlich alles einen Sinn.

„Danke, Anja", sagte ich artig. „Ich muss los. Mein Fahrer wartet in der Nähe auf mich." Bevor sie nachfragen konnte, war ich durch die Tür nach draußen geschlüpft und hüpfte die Treppe hinunter - fünf Stufen. An der Straße überlegte ich kurz und wandte mich dann nach rechts. Genau hundert Schritte entfernt von hier gab es eine kleine Bäckerei. Dort würde ich Oliver vermutlich finden.

Sein Auto parkte direkt vor der Tür, also stemmte ich diese auf und wandte mich gleich zu dem kleinen Sitzbereich. Er saß ganz hinten in der Ecke und hatte einen Kaffee und ein angebissenes belegtes Brötchen vor sich stehen.

„Das ging ja schnell." Er wies auf sein Essen. „Willst du auch eins?"

Ich schüttelte den Kopf. „Lieber einen Streuseltaler." Die besorgte Anja oft für uns, Linus und ich liebten die.

Er stand auf und kam kurz darauf mit einem Teller und einer Cola zurück. „Was war so wichtig?", fragte er.

Ich sah mich nach allen Seiten um und nahm gleich mehrere Bissen dabei.

Er räusperte sich warnend. „Du krümelst."

Ich legte den Taler zurück auf den Teller und wischte mir unauffällig über die Hose. Dann begann ich zu berichten. Anschließend griff ich nach meinem Kuchenstück und aß es rasch auf. Wetten, dass Oliver sofort diesen Nachbarn aufsuchen wollte? Das hieß, bis zum Mittagessen würde noch eine längere Zeitspanne vergehen.

„Warum hast du mir nicht gleich am Samstag von eurer Unterhaltung erzählt?"

Ich wusste nicht, was ich sagen sollte, und zuckte nur mit den Schultern.

41

Oliver

Ich blickte auf Tristans gesenkten Kopf hinunter und sah ihm dabei zu, wie er die Krümel auf seinem Teller zu Mustern ordnete. Am liebsten hätte ich ihn einmal komplett durchgeschüttelt. Was ging in seinem Hirn bloß vor?

Diese Idee mit den Morden war auf der einen Seite völlig schwachsinnig, auf der anderen Seite trotzdem irgendwie genial. Wenn Connor tatsächlich ein Psychopath war und der wahre Auslöser des Dramas, musste man dann nicht damit rechnen, dass er schon seit längerem Dreck am Stecken hatte?

Aber gleich zwei Morde und einer davon sogar erst kurz vor dem Giftanschlag? Warum? Was sollte er damit bezweckt haben?

Tristan schob immer noch die Krümel auf seinem Teller hin und her und schien nicht willens, auf meine Frage zu antworten. Er ist eingeschüchtert und verängstigt, erkannte ich in diesem Moment. Gleichzeitig kam mir die Erleuchtung. Kurz danach war wohl der Zeitpunkt gekommen, an dem er angefangen hatte, an seiner Mutter zu zweifeln. Die Nachrichten waren derart niederschmetternd gewesen, dass selbst er nicht mehr an ihre Unschuld glauben konnte.

„Dein Freund ist ein Genie", machte ich daher eine Kehrtwendung. „Wenn diese Berechnungen stimmen und ich glaube, nach allem, was du mir über ihn erzählt hast, ist es so, haben wir endlich einen konkreten Ansatzpunkt gefunden. Wir gehen dem heute noch nach."

Endlich hatte ich seine Aufmerksamkeit. „Fahren wir gleich dorthin?"

Schade nur, dass ich seinen Eifer dämpfen musste. „Geht leider nicht. Dein Vater hat sich eben bei mir gemeldet. Connor möchte mit mir sprechen. Ich habe um halb vier einen Termin mit ihm."

Tristan schaute entsetzt auf. „Was will er?"

„Ich weiß es nicht. Vielleicht stinkt es ihm einfach, dass ich mit allen Beteiligten außer ihm schon längere Unterhaltungen geführt habe", versuchte ich mich an einem Scherz.

Mit verkniffener Miene schüttelte er den Kopf. „Glaub ich nicht."

Wir sollten langsam sehen, dass wir aufbrachen. „Kommst du mit? Du könntest währenddessen in den Unterlagen deiner Mutter nachschauen, ob du was über den Unfall findest, wenn dir das möglich ist. Sag mir, wo du suchen willst, ich sorge dafür, dass wir uns weit genug entfernt aufhalten." Ich wusste zwar nicht, wie ich das bewerkstelligen sollte, aber ich spürte, dass ich Tristan unbedingt mit einbinden musste.

Begeistert schien er nicht. Kaum saßen wir im Auto, bekannte er: „Das bringt nichts. Ich bin mir sicher, dass die Zeiten sich überschneiden. Connor kann es nicht gewesen sein."

Obwohl wir spät dran waren, bremste ich an der nächsten Ecke ab und fuhr an den Straßenrand. „Pass mal auf, Tris! Wir müssen jeder Spur nachgehen. Auch wenn sie im Sand verläuft, hilft uns das weiter. Wir beide sind ein Team und ergänzen uns perfekt. Ich bin in diesem Punkt auf dich angewiesen, also hilf mir bitte!"

Im Eifer des Gefechts hatte ich mich etwas zu weit über ihn gebeugt. Er war so weit zurückgewichen, wie es der Gurt zuließ, und hing jetzt wie ein Häufchen Elend gegen die Tür gedrückt. Ich richtete mich wieder auf und lenkte den Wagen ohne ein weiteres Wort zurück auf die Straße. Auch wenn ich etwas zu harsch mit Tristan umgesprungen war, hoffte ich trotzdem, dass er verstand, was ich ihm hatte sagen wollen. Er war ein wichtiger Teil der Ermittlungen.

Beinahe hätte ich laut aufgelacht. Wenn mir damit jemand vor diesem Auftrag gekommen wäre! Ein knapp Jugendlicher, eher noch ein Kind, der mich dazu brachte, gegen die Ergebnisse der Polizei zu ermitteln, nur aus seinem unerschütterlichen Glauben an seine Mutter heraus, ohne irgendwelche Beweise oder wenigstens Verdachtsmomente. Ich hätte denjenigen für verrückt erklärt.

Im Endeffekt hatte ich die Untersuchung Tante Simone zuliebe gestartet, eigentlich selbst fest davon überzeugt, dass die Mutter schuldig war. Nur weil ich mich ihr derart verpflichtet fühlte - das, was sie für mich getan hatte, würde ich nie abtragen können -, hatte ich mich überhaupt darauf eingelassen. Jetzt dagegen war ich mir sicher, dass wir auf der richtigen Spur waren. Ich brannte regelrecht darauf, Connor zu überführen.

Herr Rommel war sichtlich irritiert, als er Tristan an meiner Seite entdeckte. „Kommst du zurück?"

„Nein, er will sich ein paar Sachen holen", erwiderte ich an seiner Stelle.

„So ist es ein Aufwasch."

„Na, dann kommt mal rein." Er gab die Tür frei. „Connor ist im Wohnzimmer. Die Abschlussuntersuchung und der Weg nach Hause waren etwas zu anstrengend für ihn. Er liegt auf der Couch."

Hoffentlich stand das nicht Tristans Suche im Wege. Doch in dessen Gesicht regte sich wieder mal kein Muskel, er stapfte, ohne sich umzudrehen, Richtung Treppe. Ich wandte mich an Herrn Rommel. „Soll ich lieber morgen vorbeischauen?"

„Nein, nein. Er will unbedingt mit Ihnen sprechen." Er winkte mir, ihm zu folgen.

Der junge Mann lag lang ausgestreckt auf dem Sofa, eine Decke bis zur Nasenspitze hochgezogen, sodass nur die Augen und die verstrubbelten Haare zu sehen waren. „Guten Tag, Herr Speer", sagte er mit schwacher Stimme.

Ich setzte mich in den Sessel ihm gegenüber. „Sie wollten mit mir sprechen?"

Er deutete ein Nicken an. „Ich muss es unbedingt loswerden. Ich kann nicht länger warten. Papa", er holte tief Luft. „Papa hat mir erst heute erzählt, was genau mit Kerstin los ist. Ich glaube, ich bin schuld daran." Er drehte den Kopf zur Seite und schloss erschöpft die Augen.

Bei mir klingelten sämtliche Alarmglocken. Was sollte das denn? „Lassen Sie sich alle Zeit der Welt." Ich hoffte, mir war es gelungen, meine Überraschung zu unterdrücken.

„Danke." Er blieb tatsächlich fast fünf Minuten still.

Herr Rommel, der im zweiten Sessel an seinem Kopfende Platz genommen hatte, rang stumm die Hände, was mich irgendwie an Tristan erinnerte. Er schien mit der Situation eindeutig überfordert.

„Ich hatte vorgehabt, nach dem Abitur Betriebswirtschaft zu studieren und gleichzeitig bei meiner Oma die praktische Seite zu lernen", begann Connor endlich. „Während der Ausbildung bei ihr wäre ich abwechselnd in allen drei Geschäften eingesetzt worden. Um mir die lange Fahrtzeit dorthin zu ersparen - immerhin muss ich die Termine schon mit meinen Vorlesungen koordinieren -, wollte ich gern in eine eigene kleine Wohnung ziehen, die zentraler liegt. Kerstin war dagegen, sie meinte, ich hätte schließlich hier mein eigenes Reich, das müsse reichen."

„Eine Wohnung in zentraler Lage ist ziemlich teuer", warf der Vater ein. „Das können wir nicht eben so nebenbei stemmen."

„Ich war echt sauer", ließ sich Connor wieder vernehmen. „Und habe meinen ganzen Frust auf Kerstin geschoben, ja, mich wie ein kleines Kind benommen, das seinen Willen nicht kriegt. Sie war zu dem Zeitpunkt sowieso nicht gut drauf. Ich … ich … Papa, kannst du mir bitte ein Glas Wasser bringen?"

Herr Rommel schoss aus dem Sessel hoch und war innerhalb von zwei Minuten mit einem gefüllten Glas zurück. Fürsorglich stützte er Connors Kopf und ließ ihn trinken.

Der ließ sich erschöpft zurückfallen und schloss wieder die Augen. „Ich habe mich wie ein absolutes Ekel benommen, blöde Bemerkungen fallen lassen und so. Da …"

„Zum Beispiel?", unterbrach ich ihn.

Er verzog gequält das Gesicht. „Dass ein Unfall schneller passiert, als man normalerweise denkt und solche Sachen. Sie müsse bloß auf ihre Mutter und ihre Freundin gucken. Eben waren sie noch da und bei relativ guter Gesundheit und plötzlich, von einem Tag auf den anderen sind sie tot." Er schlug die Hände vors Gesicht und schluchzte trocken. „Ich wollte doch nur, dass sie mich rauswirft. Ich habe doch nicht damit gerechnet, dass sie durchdreht."

42

Tristan

Das war besser als gedacht. Ich konnte mich in aller Ruhe umsehen.
Bevor ich das Elternschlafzimmer betrat, holte ich mir zwei Beutel aus
dem Schränkchen in der oberen Diele und füllte sie mit Büchern und
Computerspielen, mein Alibi für den Fall, dass Papa sehen wollte, was
ich so dringend brauchte.

Mama hatte in der rechten oberen Ecke des Kleiderschranks eine Ecke
für ihre Erinnerungen angelegt, wie sie es nannte. Wenn, würde ich dort
fündig werden.

Ich holte mir die Leiter aus der Abstellkammer und kletterte hinauf. Sie
hatte alles in extra Boxen verstaut, die dicht an dicht standen. In den
linken befanden sich unsere Ergüsse, Mappen aus dem Kindergarten,
selbst gebastelte Muttertaggeschenke, erste Hand- und Fußabdrücke aus
Gips und Ähnliches. Die daneben enthielt die Dinge aus ihrer eigenen
Kindheit, wie ich mit einem schnellen Blick erfasste. Blieben zwei weitere, eine blaue und eine weiße Kiste.

Die erste enthielt Andenken an meine Großeltern. Mir juckte es in den
Fingern, sie durchzukramen. Wir hatten kaum einmal über Opa gesprochen, ich wusste fast gar nichts über ihn. Nein, ich klappte den Deckel
zu und wandte mich der letzten Box zu. Ha! Das war die richtige! Ich
packte meine Beute und kletterte die Leiter hinunter. Bevor ich sie aus-
kippte, lauschte ich kurz in Richtung Untergeschoss. Alles ruhig, ich
konnte gefahrlos stöbern.

Eine dünne Mappe und jede Menge Krimskrams flogen auf den Tep-
pich, darunter auch viele Fotos. Trotzdem wandte ich mich zuerst den
Papieren zu. Kein Polizeibericht, überhaupt nichts, was auf den Unfall

hinwies. Ich griff nach den Fotos. Mama und Tante Lotta als Kinder und Jugendliche, zusammen im Urlaub, Tante Lotta allein und mit einem jungen Mann an ihrer Seite, einem zweiten, einem dritten. Komisch nur, dass die alle deutlich jünger als sie waren. Andererseits konnte ich mich nicht erinnern, dass sie jemals einen Freund oder Lebensgefährten zu ihren häufigen Besuchen mitgebracht hatte. War das der Grund dafür? Ich war mit Sicherheit kein guter Schätzer, aber wenn selbst ich fand, dass die Kerle eher wie ihre Söhne aussahen … Dabei hatte sie keine Kinder!

Dann kam der Hammer! Ich glaubte zuerst, irgendwas mit meinen Augen sei nicht in Ordnung. Ich starrte auf das Bild, von dem Connor mir entgegenlächelte. Er lag nackt auf einem mit glänzender Wäsche bezogenen Bett und sah aus, als hätte er sich extra in Pose gelegt, damit jedes Detail seines Körpers zur Geltung kam.

Hektisch durchwühlte ich die restlichen Fotos. Nein, kein weiteres von ihm dabei, dafür noch zwei weitere junge Kerle.

Und was jetzt? Das musste ich unbedingt Oliver mitteilen. Nur wie? Sollte ich einfach ins Wohnzimmer platzen und das Bild von Connor auf den Tisch legen? Nein, besser nicht. Ich legte das besagte Foto zur Seite, während ich begann, alles andere wieder in die Box zu schaufeln. Erst mal Ordnung schaffen, damit mich keiner bei meinem Tun überraschte.

Ich stellte die Kiste wieder neben die anderen und trug die Leiter zurück in die Abstellkammer. Von unten drangen weiterhin murmelnde Stimmen zu mir herauf. Anscheinend hatte Connor viel zu erzählen.

Eine WhatsApp! Ich zog mein Handy hervor und tippte eine Nachricht an Oliver: *In der Kiste mit den Andenken an Mamas Freundin habe ich ein Foto von Connor gefunden. Darauf ist er nackt!!!* Nach kurzem Überlegen fügte ich noch hinzu: *Das Foto ist allerhöchstens ein Jahr alt! Da sind noch mehr Fotos von Tante Charlotte mit sehr jungen Männern.* So, mal sehen, ob er dieses Wissen gegen ihn einsetzen konnte.

Ich schlich auf Socken leise die Treppe hinunter - Jacke und Schuhe hatte ich wie immer beim Reinkommen gleich ausgezogen - und quetschte mich neben dem Wohnzimmereingang in den schmalen Spalt zwischen Türrahmen und Kommode. Von hier würde ich jedes Wort, das drinnen fiel, verstehen können.

Oliver schien bereits im Gehen begriffen zu sein, denn ich konnte hören, wie er einige Schritte machte und sich in den Sessel fallen ließ. Der knarrte nämlich leicht. „Was für ein Verhältnis hatten Sie zu der Freundin Ihrer Mutter?" Sein Ton klang nicht freundlich, so hatte er mit mir noch nie gesprochen.

„Wieso, ich verstehe nicht?" Connors Stimme hörte sich dünn und schwach an. Komisch, im Krankenhaus, als er Jonah besucht hatte, war sie viel normaler gewesen.

„Sie ist, äh … war, die Patentante der Zwillinge und die beste Freundin meiner Frau", sprang Papa ein. „Sie kam oft auf einen Sprung vorbei und war bei jeder Familienfeier anwesend."

„Also hatten Sie keine besondere Beziehung zu ihr?"

Connor schüttelte wohl nur den Kopf, denn Oliver fuhr fort: „Wie Sie vielleicht mitbekommen haben, erhielt ich gerade eine Nachricht. Mein Partner hat in der Zwischenzeit die ehemaligen Nachbarn dieser Freundin befragt, die können beschwören, dass Sie regelmäßig bei ihr ein und aus gingen."

„Ich … sie lebte allein und hat mich gebeten, Dinge für sie zu erledigen. Halt alles, was besser ein Mann macht. Dafür bezahlte sie mich, ziemlich gut sogar."

So ein Mist! Connor log wie gedruckt! Aber wie sollte Oliver ihm das beweisen?

„Sie sollten Nachbarn nicht unterschätzen. Besonders wenn sie neugierig sind. Und Sie waren ja nicht der erste junge Mann, den die Frau regelmäßig mit nach Hause brachte." Eine kurze Pause entstand. „Mein Partner sagt, er kann zwei Zeugen nennen, die mehr gesehen haben als regelmäßige Hilfe. Nicht direkt das Schäferstündchen an sich, jedoch scheint Ihre Liebhaberin nicht oft die Vorhänge zugezogen zu haben, wenn Sie beide sich im Haus aufhielten."

Ich musste einen begeisterten Aufschrei unterdrücken. Er hatte ihn!

Connor sagte noch immer nichts, dafür Papa: „Das … das kann … nein, das glaube ich nicht. Connor, jetzt äußere dich bitte dazu!"

„Ein Anruf und mein Partner bringt die beiden Zeugen her", drohte Oliver. „Ihr Vater scheint die Wahrheit wissen zu wollen."

„Das ist nicht nötig." Den Geräuschen nach schien Connor sich mühsam aufzurappeln. Das war auch irgendwie seltsam. Wenn ich mit Menschen im selben Raum war, bekam ich kaum mit, was sie taten. Lauschte ich dagegen, war ich in der Lage, mir alles richtig bildlich vorzustellen. Was sollte das denn jetzt? Ich schüttelte über mich selbst empört den Kopf. Da erfuhr ich endlich was richtig Heftiges und ich sinnierte über meinen Zustand!

„Ich habe sie damals, als ich ganz frisch den Führerschein hatte, nach Hause gebracht, erinnerst du dich, Papa? Lotta hatte getrunken und konnte nicht mehr selbst fahren. Sie behauptete, sie schaffe es nicht allein rein, also habe ich ihr geholfen. Sie hat mich zu sich aufs Bett gezogen und … Mein Gott, Papa, sie hat mich regelrecht verführt." Wieder entstand eine kleine Pause. „Sie war eine richtige Frau und hatte jede Menge Erfahrung. Die Mädchen, die ich vor ihr kannte, das ist überhaupt kein Vergleich."

„Wie lange ging dieses Verhältnis?" Das war natürlich Oliver.

„Bis zu ihrem Tod." Connor klang wie ein kleiner Junge, der was ausgefressen hatte. „Ich schaffte es nicht, mich von ihr zu befreien. Und irgendwie wollte ich das auch nicht. Ja, ich war ihr wohl verfallen."

„Warum hast du nie …" Papa brachte den Satz nicht komplett über die Lippen.

„Mit euch darüber gesprochen?" Connor lachte auf. „Weil ich mich geschämt habe. Ich weiß nicht, ob du das verstehst. Einerseits war ich stolz darauf, dass diese Frau mich begehrte, mich als Partner behandelte, andererseits wusste ich ganz genau, dass es nicht richtig ist. Es musste ein Geheimnis bleiben."

43

Oliver

„Könnte es sein, dass Ihre Stiefmutter irgendwann Verdacht schöpfte?", unterbrach ich die psychologische Aufarbeitung der beiden. Die konnten sie später allein bewältigen.

„Nein." Connor schüttelte energisch den Kopf. Überhaupt schien er wesentlich munterer als zu Beginn unseres Gesprächs. „Wir waren sehr vorsichtig. Wenn Lotta hierherkam, hielten wir Abstand. Wir trafen uns nur bei ihr zu Hause, um uns näherzukommen."

Nett ausgedrückt! „Wie oft trafen Sie sich?"

„Meist zweimal in der Woche, montags und donnerstags. Offiziell habe ich sämtliche Hausmeistertätigkeiten erledigt, im Sommer den Rasen gemäht und das Unkraut gejätet, im Herbst gerecht und die Bäume beschnitten und halt drinnen alles repariert, was angeblich kaputt gegangen ist."

„Und wie lief das mit der Bezahlung? Ich meine, Sie haben ja wesentlich weniger gearbeitet als angedacht."

Connor schaffte es tatsächlich, rot anzulaufen. „Ich habe behauptet, sie gibt mir Nachhilfe in Englisch. Sie war ja Fremdsprachenkorrespondentin. Also so nach dem Motto: Eine Hand wäscht die andere. Da hat auch keiner was gesagt, wenn es mal später wurde oder wir uns außer der Reihe trafen."

„Also, dass Lotta eine Vorliebe für junge Männer hatte, das war mir bekannt", presste Herr Rommel hervor. „Deshalb wollte Kerstin nicht, dass sie sie mitbringt. Es waren ja auch nie richtige Beziehungen, die …"

Er verstummte abrupt.

…waren nur fürs Bett, ergänzte ich im Stillen.

„Charlotte war eine herzensgute Frau, eine Freundin, die den Namen wirklich verdient, eine tolle Patentante, ein gern gesehener Gast. Mit der Seite von ihr wurden wir normalerweise nicht konfrontiert. Sie komplett auszublenden fiel mir nicht schwer. Sie hatte so viele Qualitäten." Herr Rommel warf die Hände hoch und ließ sie wieder fallen. „Meine Güte, sollte sie sich doch ausleben! Die Kerle waren über achtzehn. Sie machten das freiwillig." Er warf seinem Sohn einen halb wütenden, halb mitleidigen Blick zu. „Dass sie sich dich ausgesucht hat, ist trotzdem nicht in Ordnung. Du warst viel zu jung, um …" Wieder hielt er inne. Wahrscheinlich spürte er selbst, dass seine Argumentation wenig stichhaltig war.

„Wir sind ja so offen und weltmännisch", hörte ich in Gedanken meine Tante sticheln. „Aber nur, solange es uns selbst nicht betrifft." Da war was Wahres dran. „Haben Sie sich am Tag des Unfalls auch mit ihr getroffen? Oder wollten es?"

„Nein, da waren wir alle im Kino. Lotta ging jeden Mittwoch nach der Arbeit zum Pilates. Das ließ sie nur sausen, wenn was wirklich Wichtiges dazwischenkam."

Ein Punkt interessierte mich noch. „Hatten Sie eigentlich keine Angst, dass im Nachhinein die Beziehung durchsickern würde?"

Bevor er antwortete, angelte sich Connor sein Wasserglas vom Tisch und trank es langsam leer. „Nein, Lotta war sehr diskret. Und wir haben, nachdem wir zusammen waren, darauf geachtet, dass ich nur noch allein bei ihr auftauchte. Also nicht mehr zusammen mit Mama und Papa oder den Zwillingen." Er hob die Augen und sah mich direkt an. „Haben Sie den Nachbarn ein Foto von mir gezeigt oder wie sind Sie vorgegangen?"

Er versuchte doch tatsächlich, den Spieß umzudrehen. Ich grinste ihn frech an. „Nein, die Beschreibung war so gut, dass ich alles auf eine Karte gesetzt habe."

Nur weil ich ihn genau beobachtete, konnte ich erkennen, wie sich ein eisiger Hauch über seine Augen legte. Connor war außer sich vor Wut, hatte sich aber hervorragend im Griff.

Ich erhob mich. „Ich möchte nicht länger stören. Danke, dass Sie so offen zu mir waren - in beiden Punkten. Besonders der erste lässt mich sehr nachdenklich werden. Es ist tragisch, wenn sich herausstellt, dass es genauso war, wie Sie vermuten. Haben Sie schon mit der Polizei darüber gesprochen?"

Er war wieder auf sicherem Terrain. „Nein, das werde ich morgen früh erledigen. Ich glaube, für heute bin ich zu erschöpft, um eine weitere Befragung durchzustehen."

Das müsste als Vorlauf für Tristan gereicht haben. Während ich zur Tür schritt, rief ich laut: „Tris? Wir können los. Bist du so weit?"

Lautes Getrampel von der Treppe ließ keinen Zweifel daran, dass der Junge heruntergestürmt kam. Bewaffnet mit zwei vollen Stofftaschen schob er sich um mich herum und warf einen kurzen Blick ins Wohnzimmer. „Hi, Connor! Gute Besserung!"

Wie ein guter Gastgeber verabschiedete uns Herr Rommel an der Tür. „Ruf mich bitte ab und zu an", bat er seinen Sohn. „Okay?"

„Lieber mittags oder abends?"

Liebevoll fuhr er Tristan durchs Haar. „Am besten an der Uni. Du kennst ja meine Zeiten."

„Tschüss, Papa." Der Junge umarmte seinen Vater hastig. „Mach dir bloß keine Sorgen um mich. Mir geht es gut."

Auf dem Weg zum Auto zappelte Tristan zwar, hielt sich aber zurück. Erst als die Türen hinter uns klappten, stieß er heftig die Luft aus. „Du warst einfach toll, Oliver! Ich hätte nie gedacht, dass er es zugibt."

„Er ist längst nicht so clever, wie er denkt." Ich startete den Motor und fuhr an. „Wir werden ihn drankriegen, das verspreche ich dir."

„Was meintest du mit diesem tragischen Punkt? Das habe ich nicht gehört, ich war ja mit der Suche nach den Unterlagen zum Unfall beschäftigt. Darüber fand ich leider nichts. Trotzdem war es gut, dass ich nachgeguckt habe." Er lachte laut auf und stieß die Faust in die Luft. „Ja! Wir kriegen ihn!"

Zum ersten Mal seitdem ich ihn kannte, wirkte er vollkommen gelöst. Keiner, der ihn in diesem Moment gesehen hätte, wäre darauf gekommen, dass er eine Behinderung mit sich herumschleppte. Mir versetzte es einen richtigen Stich, ihn nun mit Connors neuen Lügen konfrontieren zu müssen.

Statt ihm auf seine Frage zu antworten, verwickelte ich ihn in ein Gespräch über Psychopathen und gab das gesammelte Wissen, das Britta mir vermittelt hatte, an ihn weiter. Damit waren wir ausreichend beschäftigt, bis wir unser Grundstück erreichten. Rasenden Hunger vorschiebend eilte ich vor ihm her ins Haus.

Tante Simone, die Gute, war nirgends zu sehen, die Auflaufform stand auf niedriger Stufe im Herd, auf dem Tisch lag ein Zettel: Bin drüben im Büro. Habe extra mehr Soße gekocht, dürfte also noch gut schmecken.

„Irgendwie passt Connor vom Aussehen her überhaupt nicht in eure Familie", begann ich, nachdem wir zu essen begonnen hatten, direkt nach Tristans Ausspruch: „Das ist die fantastischste Lasagne, die ich je vor mir hatte!" Damit würde ich ihn hoffentlich noch eine Weile hinhalten können.

„Wieso?"

„Ihr seid euch alle ähnlich, also du und die Zwillinge, obwohl die beiden viel von ihrem Vater haben. Man erkennt trotzdem, dass ihr Geschwister seid." Deutlicher wollte ich nicht werden. Connor erinnerte mich selbst in seinem angeschlagenen Zustand an einen Panther, ständig bereit zuzuschlagen.

„Oma sagt, er gleicht Papa in früheren Jahren."

Tristan war zu sehr mit seinem Essen beschäftigt, als dass er meine Skepsis bemerkt hätte. Mit seinen rotbraunen Haaren, den ebenfalls braunen Augen, den hoch angesetzten Wangenknochen und der kräftigen Nase hob sich Connor deutlich von den anderen ab. Ich hatte keinerlei Ähnlichkeit mit Claas Rommel feststellen können.

„Echt lecker!" Der Junge schlang die Lasagne in einer Geschwindigkeit hinunter, dass ich kaum mithalten konnte.

Immerhin war er so beschäftigt!

Er schob den leeren Teller zurück und sah mich fragend an. Jetzt kam die Stunde der Wahrheit.

Wieder begann ich damit, dass Psychopathen ausgesprochen geschickte Lügner sind. „Er fühlt sich von uns in die Enge gedrängt, deshalb hat er reagiert", machte ich ihm klar. „Er meint, mich von dem eingeschlagenen Weg so abbringen zu können."

Dann berichtete ich ihm fast Wort für Wort, was Connor gesagt hatte. Er verfiel vor meinen Augen, begann seine Hände zu wringen und wiegte sich auf dem Stuhl hin und her. Ich sprang an seine Seite. „Tris! Er lügt! Das ist offensichtlich!"

Unablässig bewegte er weiterhin seine Hände, er schien mich gar nicht zu hören. „Ich glaube deiner Mutter", sagte ich mit fester Stimme. „Sie ist unschuldig und wir beide werden das beweisen."

44

Tristan

Da platzte es aus mir heraus, dass die Ärzte der Klinik doch quasi schon bewiesen hatten, dass Mama es war, dass alle Beweise gegen sie sprachen und nur gegen sie. Connor hatte ein nicht zu erschütterndes Alibi. Er mochte ein Arsch sein, aber er konnte das Essen nicht vergiftet haben, er war an dem Tag nie länger als für ein paar Minuten allein gewesen. Und selbst Jonah, mein Held, der, der mir neben Mama am nächsten stand, zweifelte.

Diese Tatsache war es, die mir am meisten zu schaffen gemacht hatte. Jonah konnte nicht irren! Er, der sich stets vorbildlich um mich gekümmert, der es zu seiner persönlichen Aufgabe gemacht hatte, mir zu helfen, der mich unterstützte, wo immer es ihm möglich war, der so viel wusste und so viel erfahrener war als ich - wenn er nicht mehr an ihre Unschuld glaubte, wie konnte ich weiterhin darauf beharren?

Im Gegensatz zu Connor und Jannis hatte sich Jonah sehr über die Nachricht, dass ein Baby auf dem Weg war, gefreut. Von Anfang an hatte er sich einbinden lassen, mit mir zusammen auf dem Boden gelegen und mit mir gespielt, mich bei meinen ersten Schritten unterstützt, mich ermuntert, nicht aufzugeben, als es zuerst nicht klappen wollte. Er hatte meine Launen, meine Wutausbrüche und meine seltsamen Angewohnheiten, die ich mehr und mehr entwickelte, ertragen. Nach der Diagnosestellung war es ihm ein Bedürfnis, mich angemessen zu fördern - und das konnte er hervorragend. Er fand immer genau den richtigen Weg zwischen aushalten müssen und sich gegen mich stemmen, besser noch als Mama, wenn ich ehrlich bin. Auch er zwang mich dazu, Dinge zu tun, die ich vermied, bestimmte Abläufe zu üben, immer und immer wieder, bis sie ihren Schrecken zumindest teilweise für mich verloren. Gleichzeitig war er es, der sich die Zeit nahm, mit mir zu toben und zu spielen, er hat mir im Laufe der Jahre unheimlich viel beigebracht. Ich liebe ihn heiß und innig, was ich bin, was ich erreicht habe, das ist in erster Linie sein Werk.

Er war es auch, der mich immer gegenüber Connor verteidigte und beschützte, wenn der es auf mich abgesehen hatte. Später ermutigte er mich, mich selbst zu wehren. Als Connor zum Beispiel anfing, mich Trissi zu nennen, und einfach nicht damit aufhören wollte, nahm Jonah mich zur Seite und sagte, jedes Mal, wenn der mich so anrede, solle ich ihn Conni nennen. Dann würde der sich das schnell wieder abgewöhnen. Oder wenn Connor sarkastisch wurde, dann schnipste Jonah mit den Fingern, damit ich ihn nicht ernst nahm. Ach, ich könnte noch viele solche Dinge erzählen. Mein Bruder war mein Vorbild. Ihm eiferte ich nach, so gut ich es vermochte.

Konnte Jonah sich denn irren? Waren Oliver und ich wirklich auf der richtigen Spur? Ja, hatte ich gejubelt, nachdem ich das mit der Katze und mit dem Angriff im Kindergarten erfahren hatte. Nein, sagte mir mein Verstand jetzt, das ist reines Wunschdenken von dir. Du steigerst dich da rein, weil du deine Mama wiederhaben willst. Du verschließt die Augen vor der Wahrheit. Sieh es endlich ein, die Belastung, die auf ihr lag, hat sie zerbrechen lassen.

Ja, Mama war in der letzten Zeit irgendwie anders gewesen. Sie sah jeden Morgen aus, als hätte sie kaum geschlafen. Sonst total ruhig war sie auf einmal von einer nervösen Hektik, manchmal wusste sie nicht mehr, was sie mir am Abend zuvor versprochen hatte, dass wir nach der Schule noch schnell ein neues Computerspiel für mich kaufen wollten, zum Beispiel. Wir machten es dann natürlich trotzdem, nur wirkte sie nicht, als hätte sie Spaß daran. Überhaupt war sie auf alles bezogen lustloser, als würde sie sich durch den Tag quälen, als wäre alles eine Last, auch ich.

Deshalb hatten mich Connors Worte so getroffen. Weil sie die Wahrheit waren. Mama verhielt sich seltsam. Und ich konnte mir gut vorstellen, dass er sie in den Wahn getrieben hatte, bis sie keinen anderen Ausweg mehr sah, als ihn zu töten.

Oliver ließ mich reden, bis ich völlig leer innehielt. Er hatte die ganze Zeit neben meinem Stuhl gekniet und vor sich hingestarrt. Jetzt hob er den Kopf und packte mich fest an beiden Armen, etwas, was ich schon normalerweise kaum aushalten kann. Ich begann mich zu wehren. Er packte noch fester zu. „Du irrst dich, Tris. Mensch, am liebsten würde ich dich schütteln und dir das Verstehen eigenhändig eintrichtern. Deine Mama ist das Opfer. Connor ist der Schuldige, ich weiß es."

Endlich nahm er seine Hände weg und rückte ein Stück von mir ab. Mir schwirrte der Kopf. Wie konnte er sicher sein, nach alldem, was er gehört hatte?

„Tris, wir haben eben noch lang und breit über Psychopathen gesprochen, erinnerst du dich?"

Ich nickte zögernd. Was sollte das in diesem Zusammenhang bringen?

„Einem Psychopathen sind die anderen egal. Er hat keine Gefühle für sie. Er sieht immer nur sich und seine Ziele und die verfolgt er gnadenlos. Deine Mutter stand ihm im Weg, also musste sie beiseite geräumt werden, auf möglichst elegante Weise. Sie als Mörderin hinzustellen, bot sich da geradezu an. Er konnte zwei Fliegen mit einer Klappe schlagen, seinen Vater töten und seine Stiefmutter als Täterin hinstellen. War es nicht das, was du von Anfang an vermutet hattest?"

Ich zuckte unverbindlich mit den Schultern. Es hörte sich an wie die abartige Fantasie eines kleinen Jungen, der die Wahrheit mit allen Mitteln nicht sehen wollte.

„Connor hat sich heute wie der klassische Psychopath verhalten. Er, das arme Opfer, dem man seine eigene Wohnung vorenthält, hat sich nur rächen wollen. Seine Rache ist aus dem Ruder gelaufen, was ihn zutiefst betrübt. Dass er mit dieser Story rausgerückt ist, zeigt, wie sehr er sich von uns, also von mir, von dir weiß er ja nicht, bedroht fühlt. Er ahnt, dass ich Zweifel habe. Er versucht, sie zu zerstreuen, indem er deiner Mutter ein Motiv gibt - und natürlich nicht nur mir gegenüber, sondern auch der Polizei und den Ärzten. Selbst wenn er sich dafür bezichtigen muss, sie in diesen Zustand getrieben zu haben. Er hat ja die Folgen seines Tuns nicht überblicken können, der arme Kerl."

„Er hat ein Alibi für den Mord", erinnerte ich ihn stur.

„Das hat er auch für den angeblichen Unfall", erwiderte Oliver ruhig. „Bisher bin ich nicht dahintergekommen, wie er es gedreht hat. Vielleicht gibt es einen Komplizen, jemand, der ähnlich tickt wie er selbst."

Das Ganze wurde immer unwahrscheinlicher. Dass er ein Verhältnis mit Tante Charlotte hatte, war echt extrem. Aber warum hätte er sie umbringen sollen? Darauf spielte Oliver ja wohl an.

„Vielleicht sah er keine andere Möglichkeit, sich von ihr zu trennen", antwortete er auf meine dementsprechende Frage. „Vielleicht gibt es andere Gründe, die wir noch nicht kennen. Tatsache ist, er hat mich anfangs bewusst angelogen und wenn ich nicht genau gewusst hätte, dass er lügt, ich hätte es für die Wahrheit gehalten. Erst als ich zu erkennen gab, dass ich ihn reingelegt hatte - schade, dass du nicht dabei sein konntest! In seinen Augen glomm echte Mordlust auf. Er hasst es zu verlieren und mir war es gelungen, ihn zu besiegen. Du kannst ihn nicht mit normalen Maßstäben messen. Connor tickt anders als ein gewöhnlicher Mensch."

Er hatte es geschafft, mich wieder hoffen zu lassen. „Aber wir können ihm nichts beweisen."

„Noch nicht." Er erhob sich aus der Hocke und dehnte stöhnend seinen Rücken. „Es muss ein Motiv geben. Ohne Grund ist das nicht geschehen." Er warf einen Blick auf seine Armbanduhr. „So, ich will sehen, ob ich den Nachbarn deiner Oma antreffe. Willst du hierbleiben oder mit rüber ins Büro und dich zu Tante Simone setzen?"

„Ich will mitfahren!"

„Und was ist mit Hausaufgaben?" Er zog die Stirn in Falten wie mein Vater. „Musst du die nicht langsam mal machen? Bisher bist du zu nichts gekommen."

Mist! Er hatte recht. Die schob ich seit gestern vor mir her.

„Außerdem denke ich, der Mann wird offener sein, wenn keiner von deiner Familie dabei ist. Die meisten Menschen halten sich bei Angehörigen lieber pietätvoll zurück."

Ich seufzte laut. „Ich gehe mit meinen Schulsachen rüber."

Tante Simone sah mir lächelnd entgegen. „Na, hat es geschmeckt?"

„Super! Du bist eine tolle Köchin." Das hatte ich schon länger loswerden wollen. Mama ermahnte mich immer, meinem Gegenüber zu sagen, wenn ich etwas gut fand, weil der sich darüber freuen würde. Das vergaß ich leider ziemlich oft.

„Danke schön!" Sie wandte sich wieder ihrem Computer zu. „Dafür hatte ich die Recherche zu dem Unfall total vergessen. Ich drucke eben das Wichtigste aus. Dann bin ich fertig für heute."

45

Oliver

Der arme Kleine! Zum ersten Mal hatte ich einen Eindruck davon bekommen, wie es in seinem Innersten aussah. Wie schwer es ihm gefallen war, sich mir zu öffnen! Dabei hatte ich den Eindruck gehabt, wir kämen super miteinander klar. Bestimmt hatte ich alles falsch gemacht, was ich nur falsch machen konnte. Ich musste mir unbedingt endlich die Berichte ansehen, die Tante Simone mir auf den Tisch gelegt hatte.

Angelogen hatte ich ihn jedoch nicht. Ich war mittlerweile fest davon überzeugt, dass Connor hinter allem steckte. Das heutige Gespräch hatte meine letzten Zweifel beseitigt. Warum und wieso er ausgerechnet zu diesem Zeitpunkt zuschlug und wie er es anstellte, ein perfektes Alibi zu haben, stand genau wie das Motiv, das ihn zu der Tat verleitet hatte, im Moment noch in den Sternen. Und im Prinzip gab es nicht einen Beweis gegen ihn. Aber inzwischen war es mir ein echtes Bedürfnis, nicht lockerzulassen. Selbst wenn Herr Mangold mir den Auftrag wieder entzog, ich würde am Ball bleiben.

Das Navi leitete mich durch den dichten Verkehr. Tristans Oma hatte in einem ruhigen Vorort gewohnt, circa zwanzig Kilometer von hier. Ich benötigte fast eine halbe Stunde, um ans Ziel zu kommen. Obwohl sämtliche Straßen geräumt und gestreut waren, staute sich der Verkehr wesentlich heftiger als sonst.

Das Haus lag in einer reinen Wohnstraße, mit eingezeichneten Parkplätzen, die unter den Schneemassen kaum zu erahnen waren, und vielen Bäumen, deren Erdbereich großzügig mit Bögen abgesperrt war. Die Autos standen dicht an dicht, ich kurvte eine Weile umher, bis ich endlich eine Lücke fand, in die ich den Nissan quetschen konnte.

Der Nachbar wohnte in der zweiten Etage neben der Oma, hatte Tristan gesagt. Ich studierte die Klingelschilder. Nassau, das musste er sein. Ich trat einen Schritt zurück und sah an der Hausfront nach oben. Die Fenster waren hell erleuchtet, ich schien Glück zu haben.

Ich drückte auf die Schelle und der Summer ertönte. Schnell schlüpfte ich aus der beißenden Kälte in den angenehmer temperierten Hausflur. Die Stufen, die nach oben führten, entpuppten sich als alte, ausgetretene Holzstufen. Irgendwann waren sie mit einem robusten PVC-Material überzogen worden, das nun eine rissige unebene Schicht bildete.

Hätte die Oma mit ihren Krücken nicht eher hier stürzen müssen, schoss es mir durch den Kopf. Diese Treppe war ja schon für einen nicht behinderten Menschen ein ernst zu nehmendes Hindernis. Wie hatte sie da erst kämpfen müssen!

Den Mann, der mir entgegenblickte, schätzte ich auf Ende fünfzig, Anfang sechzig, etwas korpulent und kleiner als ich, ein Handwerker, der Zupacken gewohnt war. Ich zückte gleich meine Karte. „Speer, ich bin Privatdetektiv und würde Ihnen gern ein paar Fragen zu Ihrer ehemaligen Nachbarin stellen. Es geht um die Rommels", setzte ich schnell hinzu. „Besser gesagt um Frau Rommel. Sie haben bestimmt mitbekommen, was der Familie passiert ist."

„Lass ihn rein, Karl!", erklang hinter ihm eine Stimme. Eine ähnlich korpulente Frau mit einer akkuraten Lockenfrisur, aber seltsamerweise in einen langen Bademantel gekleidet, aus dem unten der Rand einer Schlafanzughose und nackte, in dicke Flauschpantoffeln gehüllte Füße zum Vorschein kamen, winkte mich näherzutreten. „Ich bin stark erkältet, daher gebe ich Ihnen besser keine Hand", erklärte sie. „Kommen Sie, kommen Sie durch."

Sie führte mich ins Wohnzimmer, schlüpfte unter die Decke auf der Couch und bedeutete mir, mich in den Sessel ihr gegenüber zu setzen. Ihren Mann, der sich neben ihr niederlassen wollte, schickte sie in die Küche, einen Tee für alle zu holen. „Natürlich wissen wir, was die Kerstin getan haben soll", übernahm sie sofort die Führung. „Egal welche Interessen Sie verfolgen. Ich sage Ihnen, sie war es nicht. Niemals."

„Ich wurde von Herrn Mangold, Frau Rommels Ex-Mann, engagiert. Er ist ebenfalls der Meinung, es muss sich um einen Irrtum handeln", nickte ich. „Kannten Sie Frau Rommel gut?"

„Der Roger? Nicht der Claas?" Ihre Augen funkelten. „Das hätte ich nicht gedacht. Die beiden schienen so ein harmonisches Paar zu sein."

„Bitte schön, einen Pfefferminztee, frisch aufgebrüht", funkte ihr Mann dazwischen und verteilte drei volle Tassen. „Milch oder Zucker dazu?"

„Zucker, bitte." Ausgerechnet Pfefferminztee! Ich hasste den Geschmack.

„Natürlich kennen wir die Kerstin. Als ihr Vater starb, war sie sechzehn. Sie mussten das Haus verkaufen und zogen zusammen hier ein. Direkt nebenan." Sie wies in die entsprechende Richtung. „Wenn man so lange Nachbarn ist, hat man automatisch eine Art familiäres Verhältnis. Die Marianne, also die Mutter, und ich haben jeden Tag wenigstens kurz miteinander gesprochen." Sie warf ihrem Mann einen verschmitzten Blick zu. „Getratscht, sagte Karl immer. Und wir haben uns geholfen, wenn mal einer von uns krank war. Sind für den anderen einkaufen gegangen, haben die Treppe geputzt und solche Sachen. Ja, wir hatten ein gutes Verhältnis."

„Wieso ging sie an Krücken?"

Frau Nassau stutzte kurz. „Sie war auf der Treppe umgeknickt, der Fuß musste operiert werden und sie durfte ihn danach nicht belasten. Warum sie nicht länger im Krankenhaus geblieben ist, sondern darauf bestand, gleich nach Hause zurückzukommen, ist mir bis heute ein Rätsel."

„Das hättest du genauso gemacht. So schnell wie möglich zurück in die eigenen vier Wände", brummte ihr Mann und blickte auffordernd auf meine Tasse, die ich bisher nicht angerührt hatte.

Brav schaufelte ich mir drei Löffel Zucker hinein und trank einen beherzten Schluck. Igitt! Ich musste noch zweimal nachschlucken, bis der ekelhafte Geschmack einigermaßen verflogen war. „Wie lange nach dem Unfall ist der Sturz passiert?"

„Genau neun Tage später." Dieses Mal hatte Herr Nassau geantwortet. „Ich sollte sie nämlich am nächsten Tag zum Fädenziehen zum Arzt bringen. Ich dachte zuerst, sie hätte verschlafen. Weil wir direkt um acht

Uhr da sein sollten, mussten wir schon um Viertel nach sieben los. Ich habe dreimal geklingelt, gerufen und geklopft, dann bin ich mit dem Schlüssel rein. Irgendwie war mir da schon klar, dass was passiert sein musste. In der Diele brannte Licht und in der Küche auch, aber es war so still."

„Halt, Moment!", unterbrach ich ihn. „Die Küchentür war offen?"

„Nein, angelehnt. Ich musste sie aufstoßen, das weiß ich noch genau." Er schluckte. „Und dann sah ich sie da liegen. Ich wusste sofort, dass sie tot ist. Trotzdem habe ich mich gebückt und nach einem Puls gesucht. Da dachte ich noch, sie sei kurz zuvor gestürzt. Sie war schon kalt und starr."

„Sie haben den Notarzt angerufen?"

„Ich dachte, das wäre so richtig. Wen denn sonst?"

„Können Sie sich erinnern, wo genau sie gelegen hat?"

„So ein Bild wird man nicht mehr los. Sie lag direkt vor dem Küchentisch, ihre Krücken waren nach links und rechts gefallen. Es sah aus, als hätte sie das Gleichgewicht verloren und sei direkt auf der Kante des Tisches aufgekommen. Das ist so ein altmodischer, viereckiger, mit richtig spitzen Ecken. Der Notarzt meinte das auch. Ein tragischer Unglücksfall."

„Vorwärts oder rückwärts?"

Er schien kurz irritiert, kniff die Augen zusammen und dachte nach. „Sie hat sich das Genick gebrochen, also muss sie mit dem Rücken zum Tisch gestanden haben."

„Ich dachte, die Küche sei nicht gerade groß."

Jetzt blickte er eindeutig verwirrt. „Ja, viel Platz gab es nicht." Sein Gesicht hellte sich auf. „Wahrscheinlich hat sie sich gebückt, um sich eine Flasche Wasser zu nehmen, das Sechserpack stand direkt neben der Tür. Dabei hat sie das Gleichgewicht verloren und ist zurückgetaumelt. Ja, so muss es gewesen sein."

46

Dienstag/Mittwoch

Tristan

„Der Sprudel sollte oben auf dem Schrank stehen." Schon wieder ein Hinweis darauf, dass Connor nachlässig gehandelt hatte. Allerdings wieder nichts, woraus man ihm einen Strick drehen konnte.

„Das fand Frau Nassau auch sehr seltsam. Noch seltsamer fand sie jedoch mein Interesse an dieser alten Geschichte. Sie fragte mich, ob ich vermuten würde, jemand hätte deine Oma umgebracht. Ich habe möglichst vage geantwortet, dass ich mir eben über alles, was geschehen sei, ein Bild machen möchte. Anwesend waren beide während Connors Besuch leider nicht. Sie arbeitet halbtags von zehn bis zwei, ihr Mann ganztags. Für den Besuch in der Klinik hatte er sich extra freigenommen. Die Mieter unter ihr sind ebenfalls berufstätig. Es war niemand im Haus, der den Sturz hätte hören können."

„Und später? Zum offiziellen Todeszeitpunkt?"

Oliver hob anerkennend den Daumen. „Das bedrückt Frau Nassau bis heute, dass sie nichts davon mitbekommen hat. Gerade weil sie wusste, wie schlecht deine Oma mit ihren Krücken zurechtkam, war sie aufmerksamer als sonst."

„Ist sie an dem Tag nicht rübergegangen?"

„Doch, morgens vor der Arbeit, weil sie sie fragen wollte, ob sie ihr was mitbringen soll. Da haben sie eine halbe Stunde zusammen gequatscht. So, das war's. Hat uns nicht wirklich weitergebracht, stützt aber die Theorie deines Freundes. In der Wohnung sei es mäßig warm gewesen, meinte der Nachbar. Deine Oma habe sich lieber in eine Decke gewickelt, als zusätzlich zu heizen." Oliver sprang vom Küchenschrank, auf den er sich geschwungen hatte, weil der Tisch noch voll mit meinen Hausaufgaben lag - Tante Simone und ich waren irgendwann ins Haus umgezogen -, und wollte gehen.

„Halt!", protestierte ich. „Du hast mir noch nicht alles erzählt, was ich bei Connor verpasst habe."

Er grinste breit. „Ich habe ihm deutlich zu verstehen gegeben, dass ich trotz seiner Selbstbezichtigung weiter ermittle. Es gebe für mich zu viele Unklarheiten."

„Als du dich von ihm verabschiedet hast, klang das anders." Da hatten sich seine Worte eher angehört, als glaube er ihm.

„Ich durfte es nicht zu offensichtlich zeigen", erklärte er mir. „Ich will ihn möglichst im Unklaren lassen, was ich vorhabe. Er soll sich unbehaglich fühlen und nervös werden. Vielleicht macht er dann einen Fehler."

„Ich habe genaue Angaben über den Unfall in den Zeitungen gefunden", mischte sich Tante Simone ein. „Es war kurz nach sechs, als er passierte. Zeugen wurden durch den Knall aufmerksam. Der Fahrer muss das Opfer bei voller Geschwindigkeit erfasst haben. Die Frau wurde gegen ein parkendes Auto geschleudert und verstarb noch an der Unfallstelle."

„Unser Film endete um sechs und wir sind alle zusammen nach Hause gefahren", ergänzte ich. „Connor kann es nicht gewesen sein."

Diese Nachricht gab ich noch am selben Abend an Linus weiter - allerdings auch Olivers Hypothese, dass Connor ein echter Psychopath sei und er vermute, dass dieser einen Komplizen hatte. Mal sehen, was meinem Freund dazu einfiel.

Am nächsten Morgen hatte es wieder geschneit. Ich half Tante Simone, das Auto, die Einfahrt und den Bürgersteig freizuschaufeln.

Sie brachte mich wie immer direkt bis zum Schuleingang. Obwohl auf dem Hof eine heftige Schneeballschlacht im Gang war, traute sich keiner, in unsere Richtung zu zielen.

„Bis nachher!" Ich betrat das sichere Gebäude und lief gleich hinauf zu meinem Klassenzimmer. Dort würde ich zwar mit Missachtung gestraft, aber das war besser, als irgendeinem Störenfried über den Weg zu laufen.

Ich weiß echt nicht, warum es keine Schule gibt, die sich um Kinder wie mich oder Linus vernünftig kümmert. Für die Normalen sind wir ein Störfaktor, sie können uns nicht einschätzen, wollen das eigentlich auch nicht. Denn sie sind in der Mehrheit und eben - zumindest auf den ersten Blick - nicht behindert. Das müssen sie uns möglichst regelmäßig beweisen, dass eben wir anders sind und nicht zu ihnen passen.

Während meiner Grundschulzeit hatte ich das Glück, einen jungen Mann als Integrationshelfer neben mir zu haben. Der sorgte dafür, dass mich meine Mitschüler in Ruhe ließen. Jetzt, auf dem Gymnasium, sei der angeblich nicht mehr nötig, weil sich mein Zustand sehr gebessert habe, hieß es. Damit war wohl gemeint, dass ich nun durchaus in der Lage war, mich anzupassen und den Unterricht nicht zu stören. Dass mir weiterhin von den sogenannten Normalen Gefahr drohte, schien uninteressant.

Selbst Tante Simone hatte es gemerkt, als sie mich am Montag zum ersten Mal zur Schule brachte. Eigentlich hatte sie mich nur aussteigen lassen wollen, dann stand sie plötzlich hinter mir, bevor der erste Schneeball flog. Sie blickte mit derart grimmiger Miene um sich und sah so entschlossen aus, dass keiner es wagte, auf uns zu zielen. Seitdem begleitete sie mich morgens und stand mittags unübersehbar auf dem Schulhof parat.

Das war übrigens der einzige Punkt, in dem meine Mutter sich nicht an die Ratschläge von Herrn Petersen hielt. Auch sie brachte mich direkt bis zur Tür und holte mich dort wieder ab. „Wie kann ich ihn dem aussetzen?", hatte sie den Psychologen angefaucht. „Es liegt nicht an Tristan. Vielmehr sind die, die sich auf jeden stürzen, der nicht der Norm entspricht, mehr geworden - und keiner gebietet ihnen richtig Einhalt."

Nach den ersten spitzen Bemerkungen im Klassenzimmer und in den Fünf-Minuten-Pausen - na ja, als ich mich endlich dazu durchgerungen hatte, ihr davon zu erzählen ... Nein, eigentlich war es Konstanze, deren

Schwester in meine Klasse ging. Sie sprach Jonah darauf an und der hatte nichts Eiligeres zu tun, als gleich meine Mutter zu informieren, die mich anschließend ins Kreuzverhör nahm. Jedenfalls ging sie gleich am nächsten Tag zum Direktor und zum Klassenlehrer und nahm diese in die Pflicht, mir zu helfen. Soweit ich später über Konstanze erfuhr, wurde gedroht: Sollten sie mich nicht in Ruhe lassen, würden empfindliche Strafen verteilt. Ein-, zweimal durchgezogen und der Spuk hatte ein Ende. Denn gleichzeitig hatte man alle meine Mitschüler, auch die harmloseren, in die Pflicht genommen, jedes Vergehen sofort zu melden. Deshalb fühlte ich mich im Klassenzimmer relativ sicher. Dass fast alle weiterhin Abstand hielten und fast keiner mit mir sprach, damit konnte ich gut leben. Die waren mir schlichtweg egal, wir hatten sowieso keinerlei gemeinsame Interessen.

Frau Kirch, unsere Deutschlehrerin, erschien total verschnupft und erklärte uns mit heiserer Stimme, wir sollten in dieser Doppelstunde einen Brief schreiben, entweder einen, in dem wir uns auf irgendeine Weise bei einem anderen entschuldigten, oder einen, in dem wir jemanden lobten, der uns etwas Gutes getan hatte. Unserer Fantasie sei dabei keine Grenze gesetzt. Die Blätter würden eingesammelt und benotet.

Ich stöhnte innerlich auf. Zu solch seltsamen Aufgaben fand ich immer noch keinen Zugang. Bei wem sollte ich mich entschuldigen oder bedanken? Ich biss nachdenklich auf meinem Füller herum.

Oliver! Aber dann hätte ich den Zusammenhang aufdecken müssen zwischen seiner Detektivarbeit und der angeblichen Tat meiner Mutter. Das kam nicht infrage.

Endlich, nach einer Viertelstunde, fiel mir jemand ein. Herr Petersen, der mich so weit gebracht hatte, dass ich in der Lage war, an Tante Simones Tür aufzutauchen und mit ihr zu sprechen. Da konnte ich mich richtig auslassen.

Ich schrieb so schnell, dass ich anschließend noch genug Zeit hatte, den Brief abzuschreiben. Diese Kopie würde ich morgen Herrn Petersen überreichen. Sagte Mama nicht immer, ich solle die Menschen, die mir wichtig sind, an meinen Gedanken und Gefühlen teilhaben lassen?

47

Oliver

Ich hatte den restlichen Abend genutzt, um mich tiefer in das Bild des Asperger-Syndroms einzulesen. So schlimm, wie es hier dargestellt wurde, war es bei Tristan Gott sei Dank nicht. Wenn ich das so las, war ich froh darum. Erstens für ihn, dass er wohl trotz seiner Einschränkungen ein selbstbestimmtes Leben führen konnte, zweitens für mich, weil ich mir nicht vorstellen konnte, mit einem Klienten, der ein derart extremes Krankheitsbild aufwies, vernünftig umgehen zu können. Immerhin kam ich mittlerweile mit Tris hervorragend klar.

Direkt am frühen Morgen hatte Frau Blehmke mir eine SMS geschickt, ob ich um zehn Uhr bei ihr sein könnte. Natürlich sagte ich zu, ich brannte darauf, mit ihr zu sprechen.

Heute wirkte sie wesentlich gelöster, als sie mir die Tür öffnete. „Kommen Sie durch. Meine Schwiegermutter passt auf die Kinder auf, ich muss gleich noch zu meinem Vater ins Krankenhaus. Der Hausarzt hat ihn gestern vorsichtshalber eingewiesen, wegen dem Stress und der Kälte, denen er ausgesetzt war." Sie seufzte tief. „Jetzt wollen die Ärzte noch eine Infusionstherapie anhängen und er hatte nur das Nötigste dabei."

Sie hatte mich mittlerweile ins Wohnzimmer geführt, einen großen hellen Raum bestückt mit robusten Kiefernmöbeln. Nun wies sie auf die bunt gemusterte Couch. „Bitte, nehmen Sie Platz." Sie wischte schnell eine Handvoll Duplos von der Sitzfläche. „Sie müssen entschuldigen, ich bin bisher nicht zum Aufräumen gekommen."

Das war nicht zu übersehen. Überall auf dem Fußboden lag Spielzeug verstreut, direkt vor der Gartentür wartete eine riesige

Holzschienenanlage mit bunten Loks auf ihre Besitzer. „Ja, das war ganz schön heftig gestern", kam ich direkt zum Thema. „Was hat die Polizei denn herausgefunden?"

Sie angelte sich einen von zwei Hockern aus demselben Stoff wie die Couch und ließ sich mir gegenüber nieder. „Die Bombe war bloß eine Attrappe. Aber das konnte nur ein Experte erkennen. Unter dem Auto lag sogar ein Draht, der im Normalfall die Explosion ausgelöst hätte, wenn ich mit den Vorderreifen darübergefahren wäre." Sie wurde deutlich blasser. „Ich darf gar nicht daran denken! Wer kommt auf so eine Idee? Das ist kein Scherz mehr!"

„Haben Sie im Vorfeld Drohungen bekommen? Gibt es jemanden, dem Sie diese Tat zutrauen?"

Sie schüttelte nachdrücklich den Kopf. „Das haben die Ermittler ebenfalls gefragt. Wir, also mein Mann und ich, wüssten niemanden. Wir haben keine Feinde, zumindest nicht solche." Sie schauderte. „Der Bombenexperte hat gesagt, wäre die echt gewesen, hätte es das komplette Auto zerfetzt."

„Wann sind Sie zum letzten Mal damit gefahren?"

„Am Tag zuvor. Morgens hat mein Mann mir netterweise die Scheiben freigekratzt, weil ich da noch dachte, ich würde wie immer gegen zehn losfahren."

„Und der Kleine?"

„Normalerweise gehen wir zu Fuß zum Kindergarten. Dienstags und freitags hole ich ihn mit dem Auto ab, weil ich da mit meinem Vater zur Physiotherapie muss. Den Termin sagte ich dieses Mal kurzfristig ab, weil es ihm nicht gut ging. Deshalb hatte ich auch den Arzt für mittags bestellt." Wieder überlief sie ein Frösteln. „Ich war spät dran, weil der Zwerg sich in einen Trotzanfall reinsteigerte, allein bis ich ihn angezogen hatte! Deshalb wollte ich schnell das Auto nehmen." Ein zittriges Lachen entrang sich ihr. „Als ich Sie auf mich zukommen sah, dachte ich: Oh Gott, nicht auch noch ein blöder Vertreter!"

Sah ich echt wie ein Vertreter aus? Ich musste unbedingt Tante Simone danach fragen. „Das heißt, die Entdeckung der angeblichen Bombe war vermutlich für den Zeitpunkt geplant, zu dem Sie mit Ihrem Vater losfahren wollten."

„Das meinten die Polizisten auch. Doch bei ihm gibt es noch weniger Anhaltspunkte als bei uns. Er ist halbseitig gelähmt, kommt kaum noch aus dem Haus, ein einziger Freund schaut ab und zu vorbei. Ohne uns …" Sie verstummte und schüttelte den Kopf.

„Wie lange lebt er schon bei Ihnen?"

„Seit ungefähr drei Jahren. Der erste Schlaganfall war vor fünf Jahren, danach erholte er sich so weit, dass er selbstständig bleiben konnte. Seit dem zweiten ist er auf Hilfe angewiesen." Sie holte tief Luft. „Sie sagten, Sie kämen wegen meiner Schwester. Sie ist seit Jahren tot."

„Sie hinterließ einen Sohn, jetzt neunzehn, fast zwanzig. Es gibt …" Halt, stopp! Zuerst musste ich wissen, ob sie mit ihm in Kontakt stand. „Kennen Sie ihn?"

„Nein. Ich hatte Corinna schon jahrelang nicht mehr gesehen. Der Typ, mit dem sie sich einließ, der war echt das Letzte. Ein gewalttätiger Gauner war das in meinen Augen, und sie lief wie ein Hündchen hinter ihm her und bettelte um seine Aufmerksamkeit."

Corinna lernte Andrew Brewster mit fünfzehn kennen, da war er bereits zweiundzwanzig. Sie kamen zusammen, trennten sich wieder, kamen erneut zusammen, trennten sich wieder, weil er die Finger nicht von anderen Mädchen lassen konnte. Aber er kehrte jedes Mal reumütig zu Corinna zurück. Mit siebzehn zog sie aus, schmiss die Schule und verlegte sich aufs Jobben, eher gezwungenermaßen, denn wenige Monate nach dem Zusammenziehen musste ihr Freund seine erste Haftstrafe antreten. Betrug, Körperverletzung, Diebstahl, es war einiges zusammengekommen.

„Kaum saß der ein, stand sie bei uns auf der Matte und bettelte Papa an. Der gab ihr, was er entbehren konnte, nur waren wir nicht gerade reich." Sie schnaubte. „Meine Schwester hat nie gelernt zu wirtschaften, das Geld floss ihr durch die Finger. Über Jahre ging das so. Papa ließ sich immer wieder erweichen. Als sie es bei mir versuchte, habe ich ihr gleich klipp und klar gesagt, dass ich selbst sehen muss, wie ich zurechtkomme.

Ihr was leihen? Sie zahlte es nie zurück. Es wäre ein Fass ohne Boden gewesen."

Dreimal bemühte sich Corinna, ihre Schwester umzustimmen. Danach ließ sie sich nicht mehr blicken. Erst als ihr Freund erneut eine Haftstrafe absitzen musste und sie daraufhin die Wohnung verlor, tauchte sie wieder bei ihr auf. Mittlerweile war auch der Vater nicht mehr bereit einzuspringen, er hatte sie nach zwei Wochen vor die Tür gesetzt.

„Sie sah erbärmlich aus, beinahe wäre ich schwach geworden. Aber Papa hatte mich vorgewarnt und mir erzählt, dass sie in den Tagen bei ihm weder einen Handschlag gemacht noch sich um Arbeit bemüht hatte. Die suchte nur eine Stelle, wo man sie versorgte."

Ich ahnte, wann das gewesen sein musste. „Das war vor gut zwanzig Jahren, richtig?"

Frau Blehmke verzog das Gesicht. „Wir denken, sie ist direkt zu diesem ehemaligen Freund und hat ihn dermaßen bezirzt, dass er sie aufnahm."

„Sie wussten, dass sie schon einmal mit ihm zusammen gewesen war?"

„Ich nicht, meinem Vater hatte sie damals von ihm erzählt. Das war während der ersten Haftstrafe von dem Brewster."

„Und an ihn erinnerte sie sich, als ihr Freund das zweite Mal einsitzen musste", nickte ich. „Und wurde schwanger von ihm."

„Ich war total baff, als Papa mir das erzählte. Ich war sogar drauf und dran, Kontakt zu ihr aufzunehmen. Mit dem hätte sie es schaffen können."

„Sie trafen sich nicht mit ihr?"

Sie schüttelte langsam den Kopf hin und her. „Nennen Sie es eine Vorahnung, irgendwie konnte ich nicht an ihre Verwandlung glauben. Lange hat sie nun wirklich nicht durchgehalten."

„Was war mit Ihrem Vater? Hatten die beiden in der Zeit Kontakt?"

„Wozu? Sie kennen meine Schwester nicht. Hatte sie einen Versorger gefunden, waren die anderen nicht mehr interessant. Außerdem trug sie Papa den Rausschmiss nach. Nein, der hörte nichts von ihr."

„Woher wusste er dann von der Schwangerschaft?"

Sie stutzte. „Hm, gute Frage. Vielleicht hat sie sich irgendwann telefonisch gemeldet? Er ist nie dort gewesen. Später, als sie schon wieder mit

Andrew zusammen war, rief sie ihn wohl mal an. Was genau vorgefallen ist, hat er mir nicht erzählt. Danach gab es definitiv keinen Kontakt mehr."

48

Oliver

Eine gute Stunde hatte unser Gespräch gedauert. Da ich merkte, dass sie langsam unruhig wurde, verabschiedete ich mich. Immerhin hatte sie mir eine gute Beschreibung ihrer Schwester gegeben: Egoistisch, diesem Andrew Brewster, der das Kind eines englischen Besatzungssoldaten und einer Deutschen war und dessen Vater sich nach Beendigung seiner Dienstzeit allein in die Heimat abgesetzt hatte, hörig, ansonsten nur auf ihren eigenen Vorteil bedacht, der da hieß: möglichst ohne eigene Anstrengung durchs Leben zu gehen. Zudem stand auch eine Alkoholkrankheit im Raum. Von der hatte Frau Blehmke nicht gewusst - und Claas Rommel ebenso wenig. Die schien sich erst nach der Geburt des Kindes und der Wiedervereinigung mit diesem Brewster entwickelt zu haben.

Mit einer solchen Mutter und einem gewalttätigen, arbeitsscheuen Stiefvater aufzuwachsen, durfte kein Zuckerschlecken gewesen sein. Aber reichte das aus, so zu werden wie Connor? Nach vier Jahren war er in ein intaktes Umfeld gekommen und hatte jede nur mögliche Förderung erhalten. Sollte dies nicht in der Lage sein, die Defizite zu kompensieren?

Das Klingeln des Handys riss mich aus meinen Überlegungen.

„Ich habe den Typ gefunden", tönte mir Deniz' Stimme entgegen.

„Er heißt Andrew Brewster", konnte ich mich nicht beherrschen einzuwerfen. „Und ist ein gewalttätiger Krimineller."

„Ey, warum engagierst du mich, wenn du allein genauso schnell bist!" Deniz schien nicht begeistert.

„Viel mehr weiß ich schon nicht", beschwichtigte ich ihn. „Erzähl, was du rausgefunden hast!"

Den Anfang kannte ich schon. Andrews Mutter hatte sich nach der Scheidung allein durchgeschlagen, der Junge verwahrloste und geriet schon mit dreizehn, vierzehn auf die schiefe Bahn. Im Gegensatz zu gewissen anderen Leuten blieb er auf seinem eingeschlagenen Weg - und landete immer wieder im Knast. Frau Blehmke hatte ihn genau richtig beschrieben, seine gewaltbereite Ader ließ die Strafen von Mal zu Mal höher ausfallen. Zuletzt hatte er acht Jahre abgesessen, vor knapp einem Jahr war er entlassen worden.

„Er lebt von Hartz IV, zumindest offiziell."

„Ist er auf Bewährung draußen?"

Deniz lachte. „Nee, der musste die volle Strafe absitzen. Der kennt auch im Knast kein Pardon."

„Mich wundert, dass er sich nie bei Connor gemeldet hat." Der Gedanke war mir erst in diesem Moment gekommen. Trotzdem sollten wir ihn weiterverfolgen. Noch wusste ich nicht, ob und was es für eine Verbindung zwischen den beiden gab. Vielleicht lag ich auch völlig falsch.

„Kannst du an ihm dranbleiben? Ihn überwachen?"

„Echt jetzt? Soll ich dafür einen Mann abstellen?" Die Verwunderung in Deniz' Stimme war deutlich herauszuhören.

„Besser zwei, wenn du hast. Die Rechnung geht auf mich persönlich." Tante Simone hatte mir gestern noch freudestrahlend die Anzahlung von Herrn Mangold präsentiert, die meinem Konto gutgeschrieben worden war. Fünftausend Euro! Selbst wenn ich jetzt eigenhändig für eine drei- bis viertägige Überwachung zahlen musste, machte ich noch einen guten Schnitt. Deniz' Männer arbeiteten unter der Hand, die verlangten nicht viel.

„Okay, kein Problem. Ab sofort?"

„Weißt du, wo er wohnt?"

„In einer miesen Ecke in der Nordstadt. Meine Leute kennen sich da aus."

„Dann lass sie direkt anfangen."

Deniz zögerte. „Du, ich hab noch ein Attentat auf dich vor. Britta möchte deinen Asperger unbedingt kennenlernen. Ist es dir recht, wenn wir heute Abend mal vorbeikommen? Wir würden gegen kurz nach sechs eintreffen."

„Gern." Womöglich schaffte ich es, Britta weitere Antworten zu entlocken.

Die Anklopffunktion ertönte und wir beendeten das Gespräch.

Mein Gesprächspartner legte sofort los, seinen gemurmelten Namen verstand ich nicht. „Meinem Freund, dem Herrn Wolters, geht es besser. Er sagt, wenn Sie Lust und Zeit hätten, würde er sich gern am Nachmittag mit Ihnen unterhalten."

Ich zögerte. Eigentlich war seine Aussage nicht mehr von Belang.

„Er freut sich sehr auf Sie." Anscheinend hatte der andere meine Unschlüssigkeit gespürt. „Ich bin der Einzige, der nach ihm schaut." Er hüstelte. „Und bei dem Wetter bin ich froh über jeden Gang, der mir abgenommen wird."

„Ich besuche ihn."

Viel lieber hätte ich natürlich mit Herrn Abel gesprochen, dem Vater von Corinna. Ich hatte seiner Tochter eindringlich ans Herz gelegt, ihm klarzumachen, dass die Drohung vermutlich ihm gegolten hatte. Wenn er tatsächlich bedeutende Einzelheiten zurückhielt, durfte man sich nicht darauf verlassen, dass der Täter es bei dieser Warnung beließ.

Leider war Frau Blehmke nicht meiner Meinung. Dann würde ihr Vater aus Angst erst recht mauern, so ihre Hypothese. Trotzdem wollte sie ihn bitten, mit mir zu reden. Wahrscheinlich aus dem Gefühl der Dankbarkeit heraus, denn in ihren Augen war ich trotz der nachweislich nicht vorhandenen Gefahr ihr Retter.

Nach einem kurzen Besuch im Fitnesscenter - eine kleine Pause hatte ich mir verdient - nahm ich zu Hause ein frühes Mittagessen ein, Lasagne von gestern, Tante Simone kochte immer gleich eine riesige Portion, die für zwei Tage reichte.

Kaum saß ich am Tisch, klopfte sie an meine Tür. „Was hat die Schwester dir mitgeteilt?"

Während ich aß, informierte ich sie über alles Neue.

Über den anstehenden Besuch von Deniz und seiner Freundin war sie begeistert, sie war ganz vernarrt in Britta. Mein Überwachungsauftrag entlockte ihr nur ein müdes Lächeln. „Du denkst ernsthaft, der Stiefvater hat Kontakt zu Connor aufgenommen? Denk an deinen leiblichen Vater. Männer sind in der Beziehung wesentlich weniger emotional als Frauen. Bei vielen läuft es: aus den Augen, aus dem Sinn."

„Es würde gut passen", warf ich ein. „Sonst gibt es niemanden, der als Komplize infrage kommt."

„Vielleicht hast du bisher nicht richtig gesucht." Um ihren Worten die Schärfe zu nehmen, warf sie mir ein liebevolles Lächeln zu.

„Morgen will ich in die Schule und mit den Lehrern und Klassenkameraden sprechen. Es wird Zeit, einmal Connors augenblickliches Umfeld unter die Lupe zu nehmen."

Um kurz vor drei fand ich auf Anhieb einen freien Platz auf dem Krankenhausparkplatz. Tante Simone hatte mir unbedingt ihre frisch gekauften Weintrauben als Mitbringsel geben wollen, ich ließ sie zunächst im Auto liegen. Es war mir einfach zu blöd, einem alten Mann Obst zu überreichen.

Er ist der Typ für einen guten Rotwein, kam mir in den Sinn, als ich das Zimmer betrat und ihn im Bett sitzend vorfand. Trotz der gerade erst überstandenen Krankheit wirkte er hellwach und begierig, sich auszutauschen.

„Ja, der Brewster, das war keiner, mit dem man sich gern angelegt hätte", sagte er, nachdem wir sofort zum Thema gekommen waren. „Dem sind alle Hausbewohner aus dem Weg gegangen."

„Und seine Lebensgefährtin?"

Er kicherte vor sich hin. „Sein Anhängsel, meinen Sie. Die war nicht lebensfähig ohne ihn, hat stets genau das gemacht, was er wollte. Nein, im Ernst, man hat sie und das Kind kaum gesehen. Die waren fast nur oben in der Wohnung."

„Der Kleine kam nie zum Spielen raus?"

„Deshalb hat meine Frau irgendwann das Jugendamt eingeschaltet. Doch die sahen keinen Grund einzugreifen." Er schnaubte. „Ab und zu guckte jemand von denen nach dem Rechten, das war's."

„An dem Tag, als sie starb …"

„… packten wir unsere Koffer. Bei ihrem Auffinden waren wir schon weg", unterbrach er mich. „Zwei Wochen später legte keiner mehr Wert auf unsere Aussage. Man hatte das Ganze bereits als Unfall gewertet."

„Sind Sie anderer Meinung gewesen?"

Er wiegte bedächtig den Kopf hin und her. „Ich weiß es nicht", gab er schließlich zu. „Wir hatten nie Kinder. Und er war ja erst vier Jahre alt."

Mir richteten sich die Nackenhaare auf. „Wie meinen Sie das?"

„Die Frau war Alkoholikerin und meiner Meinung nach zuletzt nicht mehr zurechnungsfähig. War sie mit dem Kleinen allein, hörte man sie ständig keifen. Ganz ehrlich? Der hätte man das Kind schon längst wegnehmen müssen. Als dann der Brewster abgehauen ist, wurde es noch schlimmer."

49

Tristan

Heute war einer meiner Lieblingstage in der Schule. Mittwochs und freitags durfte ich in den Sport- beziehungsweise Mathestunden an dem Unterricht der Abiturklassen teilnehmen. Die Sportbefreiung hatte meine Mutter erwirkt, dafür musste ich einmal in der Woche zu einem speziellen Kurs gehen, in dem Bewegungsabläufe eingeübt wurden. Der war ganz gut zu ertragen. In Mathe hatte ich längst Uni-Niveau erreicht. Für mich gab es eine Ausnahmeregelung, die es mir ermöglichte, offiziell im ersten Semester eingeschrieben zu sein und an den entsprechenden Prüfungen teilzunehmen. Das meiste erledigte ich online - jede Vorlesung konnte ich im Netz abrufen - und über Material, das mir die Dozenten zur Verfügung stellten. Und normalerweise nahm mich Papa mindestens einmal in der Woche mit zur Uni. Nur seitdem das bei uns passiert war, klappte das nicht.

Jedenfalls hatten sich die Lehrer an der Schule gedacht, es wäre doch gut, wenn die, die demnächst Abitur machten, und ich übereinander kämen. Sie dachten, sie schlagen damit gleich zwei Fliegen mit einer Klappe - eine der vielen Redewendungen, die Jonah mir beigebracht hatte. Langsam lernte ich, sie nicht nur zu verstehen, sondern selbst zu benutzen. Also ich könnte denen auf eine andere Art helfen, schwierige Sachverhalte zu kapieren, und sie würden einen anderen Blick auf mich bekommen und mich mehr mit einbeziehen.

Anfangs war es ein Desaster. Sie durchblickten meine Erklärungen nicht und ich verstand nicht, dass man derart viele Zwischenschritte benötigt. Ich kam mir echt vor wie ein Außerirdischer, der eine Fremdsprache benutzt, die keiner kennt. Zum Glück unterstützte mich der

Mathelehrer, von dem die Idee stammte. Mittlerweile konnten wir ganz gut miteinander, so gut, dass er oft zwischendurch das Klassenzimmer verließ, damit die Schüler sich trauten, mich Sachen zu fragen, die sie eigentlich längst hätten wissen müssen. Vor mir hatten sie in der Beziehung seltsamerweise keine Scheu.

Nach den anfänglichen Hemmungen, die ich wie immer, wenn was Neues anstand, an den Tag legte, und der Erkenntnis, dass ich mich gewaltig zurücknehmen musste, was für mich nicht einfach zu verstehen war, freute ich mich nun auf die Stunden - und ich glaube, den anderen ging es genauso. Mittwochs übte ich mit den Leistungskursen, freitags mit den Grundkursen. Daher gefiel mir der heutige Tag natürlich besser. Die Doppelstunde war wie immer schnell um, als es zur Pause klingelte, nahmen mich gleich drei Jungen in die Mitte, um mich weiter auszufragen. Wir schlenderten gemeinsam über den Schulhof und konnten einige Probleme lösen.

„Hast du in der zweiten Pause wieder Zeit?", fragte mich Julian. Er brauchte etwas länger, um zu begreifen, das war mir schon aufgefallen. Klar, hatte ich. Er würde mich vor meinem Klassenraum abholen.

Das war auch ein Punkt, der mir half, an der Schule durchzuhalten. In den Pausen passten die Großen auf, dass mich die Kleinen in Ruhe ließen. Und sie waren dabei nicht zimperlich. Ich konnte mich auf dem gesamten Gelände frei bewegen. Kritisch blieb es zum Unterrichtsbeginn und zum Ende. Hielt sich keiner meiner Beschützer in der Nähe auf, versuchten es die besonders Hartnäckigen weiterhin. Deshalb war ich froh, dass Tante Simone Mamas Ritual des bis zur Tür Bringens und mittags dort Wartens übernommen hatte. Ich tat mich allein sehr schwer gegen diese Chaoten.

Sie war wie immer pünktlich. „Oliver musste noch einmal weg. Der ehemalige Nachbar von Connors Mutter wollte mit ihm sprechen. Heute Abend kommt sein Freund Deniz vorbei, er bringt seine Freundin mit. Du wirst sie mögen. Sie ist super nett."

Ich war eher enttäuscht. Viel lieber hätte ich Zeit mit ihm allein verbracht. Nicht nur, dass ich begierig auf alle Neuigkeiten war, ich wollte ihn endlich auch ein bisschen näher kennenlernen. Er wusste fast alles über mich, ich fast gar nichts von ihm. Ich hörte in Gedanken wieder Mamas mahnende Stimme: „Du musst Interesse an deinen Freunden zeigen!"

Oliver kam erst um halb sechs, weil er sich noch lange mit dem alten Mann im Krankenhaus unterhalten hatte. Er warf eine Tüte auf den Tisch. „Hier, deine Weintrauben zurück. Er steht eher auf Rotwein. Ich bin direkt in den nächsten Supermarkt und habe ihm eine feine Flasche besorgt."

Tante Simone hob eine Augenbraue. „War das Gespräch so bedeutend?"

Oliver zuckte die Achseln. „Er hatte viel zu erzählen. Aber ja, auf den Fall bezogen hat er mir ein durchaus entscheidendes Detail liefern können. Zwei sogar, wenn ich ehrlich bin. Connors Mutter ist anscheinend ihm gegenüber extrem hässlich gewesen. Der Nachbar, er wohnt unter ihr, hat sie oft schreien gehört, lange Tiraden ohne Grund, wie er meint. Den Jungen selbst hat er kaum zu Gesicht bekommen, der war fast immer oben in der Wohnung. Jetzt zum entscheidenden Punkt." Er hob die Hand und legte eine kurze Pause ein. „Connors Mutter hatte ein paar Tage zuvor einen Unfall. Sie war schwer alkoholisiert und stürzte - und musste danach Krücken benutzen."

„Das kann kein Zufall sein." Tante Simone war mir zuvorgekommen. „Zweimal das gleiche Ereignis?"

„Es kommt noch besser. Der Unfall, bei dem sie starb, passierte in der Küche irgendwann am Abend zuvor. Als man sie am nächsten Tag fand, lag der Kleine teilnahmslos in seinem Bett im Schlafzimmer. Damals dachte man, er hätte einen Schock erlitten, weil er ja auch nicht sprach. Was wäre, wenn …"

Oliver führte den Satz nicht zu Ende, Tante Simone und ich wussten schließlich genau, was er damit sagen wollte.

Bevor wir weiterreden konnten, klingelte es an der Tür und er ging, den Besuchern zu öffnen.

„Das sind Deniz und Britta", stellte er sie mir vor.

Wie immer bei Fremden war ich total gehemmt. Ich murmelte ein leises Hallo und starrte auf meine Schulhefte, die noch ausgebreitet auf dem Tisch lagen.

Die beiden störten sich nicht an meiner Art, umarmten Tante Simone, ließen sich mir gegenüber nieder und wurden mit Kaffee bewirtet. Oliver räumte meinen Kram auf einen Küchenschrank und berichtete noch einmal von der Aussage des alten Mannes.

„Jetzt hast du die Erklärung, wie Connor zum Psychopathen wurde", sagte die Frau, nachdem er geendet hatte. „Die ersten Jahre sind die wichtigsten in der Kindesentwicklung. Wenn man da nur Hass und Gewalt erlebt, prägt das enorm. Ich bin mir sicher, er ist der Drahtzieher hinter allem."

„Das zu beweisen, wird verdammt schwer." Nachdem Oliver einen weiteren Stuhl für seine Tante geholt hatte, setzte er sich neben mich. Er berichtete von seiner Komplizentheorie. „Den Mord an seiner Mutter, wenn es denn einer war, und den an seiner Oma werden wir nie beweisen können. Der Unfall der Freundin, das vergiftete Essen und die Bombenattrappe unter dem Auto gehen eindeutig nicht auf sein Konto. Er hat für jede einzelne Tat ein nicht zu erschütterndes Alibi."

„Doch, es gibt eine Möglichkeit", widersprach die Frau. „Denk an den Tod der Katze! Connor wird noch andere Dinge auf dem Kerbholz haben. Diese Vorkommnisse musst du finden."

„Und wenn er andere Möglichkeiten fand, sich auszuleben?", fragte Oliver skeptisch. „Tristan hat mir erzählt, Connor liebte schon früh waghalsige Sportarten. Und er durfte sich ausprobieren. Außerdem gehe ich davon aus, dass es einen bestimmten Auslöser gibt, der dazu führte, dass sich die Ereignisse im Moment so überschlagen."

Britta verdrehte gut sichtbar die Augen. „Vertrau mir einfach. Nimm dir sein früheres Umfeld vor und auch die jetzigen Lehrer, die Klassenkameraden, die Nachbarn. Irgendetwas Seltsames wird sich finden, da bin ich mir sicher. Der hat nicht mit dem Mord an der Oma angefangen."

50

Mittwoch/Donnerstag

Oliver

Tristan wurde zunehmend lockerer, sodass wir alle gemeinsam das Abendessen einnahmen. Brittas Art schien ihm zu gefallen, mit Deniz hatte er seine Schwierigkeiten. Mein Freund ist zu spontan, zu lustig, zu laut, damit kam er nicht klar.

„Er ist süß", lautete Brittas Kommentar, nachdem wir zu mir hinübergewechselt waren. „Wer ist sein Therapeut? Der hat wahre Wunder vollbracht."

„Ein Herr Petersen. Ich lerne ihn morgen kennen." Und würde hoffentlich ein kurzes Gespräch mit ihm führen können.

Sie nickte anerkennend. „Der hat einen guten Ruf."

„Ich finde den Kleinen seltsam", Deniz schielte begehrlich auf meine Espressomaschine. „Er kann mir nicht in die Augen schauen, er zuckt bei jedem lauten Geräusch zurück, er versteht keinen Spaß."

„Willst du einen?", fragte ich.

„Er hat das Asperger-Syndrom!", fauchte Britta gleichzeitig. „Dafür hat er sich ausnehmend gut benommen."

„Ja, gern", sagte Deniz zu mir und zu seiner Freundin: „So kam er eben bei mir rüber."

Sie seufzte vernehmlich. „Vielleicht hättest du mal zugehört, als ich dir einen Überblick über das Krankheitsbild verschaffen wollte. Dass er dir nicht in die Augen schauen kann, ist normal. Du bist ein Fremder für ihn, er kann dich nicht einschätzen. Außerdem haben Asperger und

Autisten sowieso ein Problem damit, Augenkontakt zu halten. Es ist für sie extrem anstrengend. Dass er deine Späße nicht mochte, liegt an dir, er kann mit Sarkasmus nicht umgehen. Er versteht nicht, was du wirklich meinst."

„Stimmt es, dass viele Asperger mit lauten Geräuschen nicht klarkommen?", mischte ich mich ein, bevor der Streit eskalierte. Für eine Psychologin konnte Britta ganz schön impulsiv sein - und Deniz stand ihr in nichts nach. Ich hatte keine Lust darauf, dass die Fetzen flogen.

Sie nickte. „Nicht alle, aber viele. Als hätten sie eine besondere Sensibilität des Gehörs. Wobei es nicht unbedingt um die Lautstärke geht. Oft sind es sehr tiefe oder sehr hohe Töne, die ein tiefes Unbehagen auslösen. Aber auch Gespräche an einem belebten Ort zu führen oder in einer unruhigen Klasse dem Lehrer zu lauschen, weil die Hintergrundgeräusche für sie alles übertönen, ist schwer." Sie grinste. „Dafür haben manche die Fähigkeit, Gespräche aus größerer Distanz, die für uns vollkommen unverständlich sind, mitzuhören. Dein Tristan wohl auch?"

Ich nickte. Daher hatte er all die Informationen abgreifen können! „Mit Düften hat er es, glaube ich, auch", lenkte ich schnell ab. Darüber wollte ich mich nicht auslassen. Es war gut zu wissen, jedoch nichts, was wir hier in aller Ausführlichkeit ausdiskutieren mussten. Ich stellte die gefüllte Tasse vor Deniz und sah Britta fragend an.

Sie schüttelte den Kopf. „Für mich nicht, danke. Ja, Gerüche sind oft zu intensiv und überwältigend. Achte mal darauf, was für ein Shampoo, welches Deo und welche Seife er benutzt. Ich wette, es sind alles relativ geruchsneutrale."

Nur gut, dass ich auch nicht so auf Düfte stand! Ich konnte mich gut daran erinnern, dass ich als kleiner Junge mal eine Kopfnuss von meiner Mutter erhielt, weil ich laut zu ihr sagte, die stark parfümierte Frau, die gerade an uns vorbeigegangen war, stinke. Danach hatte ich meine Klappe gehalten, obwohl später das intensive Rasierwasser meines Onkels regelmäßig einen Würgereiz bei mir auslöste. Dieses Unbehagen vor intensiven Gerüchen war mir bis heute erhalten geblieben. Daher benutzte ich wie Tante Simone Pflegemittel für Allergiker, die waren kaum zu riechen.

„Du solltest dich wirklich noch einmal in der Nachbarschaft umhören", kam Britta zu unserem eigentlichen Thema zurück. „Frag nach, ob zum Beispiel eine Zeit lang Hunde und Katzen spurlos verschwanden oder man misshandelte Vögel fand. Oder ob es in der Nähe kleinere Brände gab. Dann lass deine Tante nach Verbrechen suchen: Ein Obdachloser, der zusammengeschlagen wurde, ein jüngeres Kind oder eine alte Frau, denen etwas angetan wurde. Das wären die idealen Opfer für den Anfang. Normalerweise gibt es eine Steigerung, fast keiner beginnt sofort mit einem Mord."

„Connor schon, wenn wir seine Mutter mit einbeziehen", widersprach ich.

„Es könnte ein Unglück gewesen sein", wandte sie ein. „Eines, das ihn nicht sonderlich betroffen machte. Er nutzte das Szenario aus seiner Erinnerung für den Mord an Tristans Oma."

Für mich hatte der Abend damit schon einiges gebracht. Ich wandte mich an Deniz. „Wie läuft's bei dir? Leg endlich eine von deinen lustigen Anekdoten auf den Tisch, wir wollen noch ein bisschen lachen." Von denen erlebte er fast tagtäglich welche durch seine Kundschaft. Und die meisten waren wirklich amüsant.

Wir sollten uns öfter treffen, waren wir uns einig, als die beiden sich verabschiedeten.

Am nächsten Morgen begleitete ich Tristan zur Schule. Während meine Tante die Aufgabe bekommen hatte, seltsame Vorkommnisse und Todesfälle der letzten Jahre zu recherchieren, wollte ich mit den Lehrern und einigen von Connors Klassenkameraden sprechen. Wenn er davon erfuhr, umso besser, der Druck auf ihn musste erhöht werden, sodass er vielleicht einen Fehler beging, der mir endlich eine Spur brachte.

Direkt vor der Eingangstür klingelte mein Handy. Eine unbekannte Nummer. „Geh schon mal rein", sagte ich zu Tristan und nahm das Gespräch an.

„Blehmke, guten Morgen, Herr Speer. Ich wollte mich noch einmal persönlich bei Ihnen bedanken für das, was Sie getan haben. Auch wenn sich die Bombe im Nachhinein als Attrappe herausstellte. Nur konnten Sie das zum Zeitpunkt Ihres Eingreifens ja nicht wissen."

„Keine Ursache. Ich war zur richtigen Zeit am richtigen Ort."

„Und ich soll Ihnen von meiner Frau ausrichten, ihr Vater will nicht mit Ihnen reden. Er ist felsenfest davon überzeugt, dass dieser Anschlag nichts mit den damaligen Geschehnissen zu tun hat. Nicht nach all den Jahren."

Ich spürte die Wut in mir hochsteigen. Was war das für ein Ignorant, der das Offensichtliche nicht sehen wollte? Nicht nur er, auch seine Tochter und sein Enkelsohn waren bedroht worden! „Können Sie ihr bitte ausrichten, sie soll es weiter versuchen", brachte ich, mühsam mich zur Ruhe zwingend, heraus.

„Ja, das sollte ich Ihnen auch noch sagen. Sie versucht ihr Bestes und meldet sich, falls sie Erfolg hat."

Das hieß, ich würde nichts mehr von ihr hören. Ich beendete das Telefonat und nahm den Weg zum Sekretariat der Schulleitung. Hier hatte ich mehr Glück. Der Rektor kannte Frau Rommel durch ihr Engagement für Tristan näher. Er nannte sie eine durchsetzungsstarke Frau! Tatsache war, er konnte sich nicht vorstellen, dass so jemand so plötzlich, ohne vorherige Anzeichen abdrehte, und erlaubte mir, mit den zuständigen Lehrern von Connor und Tristan zu sprechen. Er gab seiner Sekretärin sogar den Auftrag, mir eine entsprechende Liste anzufertigen, damit ich wusste, wen ich wann wo antreffen würde. Er selbst hatte leider nicht viel zu sagen. Alles, was Connor betraf, lief über den Klassenlehrer beziehungsweise momentan über den Stufenleiter. Probleme oder besondere Vorkommnisse waren ihm nicht bekannt. Zu Tristans Sonderstunden hatte er natürlich seinen Segen gegeben, initiiert worden waren sie vom Mathematiklehrer.

Die Sekretärin, eine gemütlich wirkende ältere Frau mit Brille, arbeitete erstaunlich effizient. Schon zehn Minuten später drückte sie mir meine Liste in die Hand und erklärte mir genau, wo sich die einzelnen Räume befanden. „Am besten beginnen Sie mit Frau Kirch, der Deutschlehrerin. Sie fängt erst zur zweiten Stunde an, sitzt aber bereits im Lehrerzimmer."

51

Oliver

Die Frau, die mir öffnete, sah mich aus rot entzündeten Augen an, die aufleuchteten, als ich Tristans Namen erwähnte. „Kommen Sie rein." Ihre Stimme klang wie ein Reibeisen.

Kaum hatte ich ihr gegenüber an einem kleinen Zweiertisch in der Ecke Platz genommen, schnäuzte sie sich ausgiebig. „Entschuldigung."

„Grippe?", fragte ich mitfühlend. Wieso blieb sie nicht lieber zu Hause, statt andere anzustecken?

„Nein, ein bakterieller Infekt. Durch das Antibiotikum bin ich nicht mehr ansteckend. Es sitzt nur alles noch zu. Ich mache schon Dampfbäder, Rotlicht, nehme Nasenspray, nichts hilft."

„Versuchen Sie es mal mit japanischem Minzöl." Das war ein Geheimtipp meiner Tante. Wenn man sich das Zeug direkt außen auf die Haut im Bereich der Nebenhöhlen schmierte, tat es wahre Wunder. Man musste allerdings aufpassen, dass man nicht zu dicht an die Augen herankam, die Dämpfe brannten wie Feuer.

„Danke", erwiderte sie, nachdem ich ihr meine Erfahrungen weitergeben hatte. „Ich werde es mir gleich heute Mittag kaufen. Sie wollen etwas über Tristan wissen?" Ihr Wohlwollen war mir schon jetzt sicher.

„Und über Connor", ergänzte ich. „Die Sekretärin sagte mir, Sie hätten ihn von der Fünf bis zur Zehn ebenfalls in Deutsch gehabt."

Sie rümpfte unwillkürlich die Nase. „Fangen wir mit Tristan an. Anfangs war ich sehr skeptisch, das gebe ich zu. Mittlerweile hat er sich dermaßen gemacht, es ist erstaunlich. Sein Wortschatz, seine Ausdrucksfähigkeit - er kann seit neuestem Redewendungen, auch schon die ein oder andere Metapher benutzen, nicht immer im richtigen Zusammenhang, trotzdem hat er einen regelrechten Leistungssprung hingelegt. Ich habe hier eine Arbeit von ihm, einen Brief, den er an seinen Therapeuten geschrieben hat, dafür gebe ich ihm eine glatte Eins." Sie seufzte. „Schade, dass ich ihn nicht der Klasse vorlesen kann. Sie würden es nicht verstehen."

„Tristan war derjenige, der den ersten Mann seiner Mutter dazu überredete, mich zu engagieren, um ihre Unschuld zu beweisen", bog ich die Wahrheit ein bisschen zurecht. „Er hat einen starken Willen."

„Dass Frau Rommel schuldig ist, kann ich mir nicht vorstellen. Ich hoffe, Sie schaffen es, sie zu entlasten."

„Aus genau diesem Grund möchte ich mit den Lehrern und Klassenkameraden von Connor und Tristan sprechen", nickte ich. „Die von den Zwillingen interviewe ich anschließend. Ich muss mir ein authentisches Gesamtbild fertigen, das mir vielleicht weiterhilft. Mit Tristan habe ich selbst viel zu tun, ihn kann ich einschätzen. Connor dagegen ist mir nach wie vor ein Rätsel. Er wirkt zuvorkommend, höflich, nett. Wie es wirklich in ihm aussieht, verbirgt er gut."

Ich sah die Zweifel in ihren Augen, ob sie mir tatsächlich ihre wahre Ansicht mitteilen sollte. „Bitte", drängte ich. „Ich werde mit niemandem darüber reden, Sie können mir vertrauen. Ich fühle einfach, dass Sie ihn durchschaut haben." Mit diesem Spruch hatte ich mich gewaltig weit vorgewagt. Aber rein instinktiv wusste ich, dass sie nicht nur mit beiden Beinen fest im Leben stand, sondern eine gute Beobachterin war und sich durchaus weiterführende Gedanken über das, was sie sah, machte.

Bevor sie antwortete, blickte sie sich im Raum um. Außer diesem kleinen Tisch in der Ecke gab es einen riesigen, runden in der Mitte, an dem bestimmt zwanzig Personen Platz fanden. Dort, am entferntesten Ende, hatten sich zwei Lehrer niedergelassen und waren ins Gespräch vertieft. Auch sie schienen ein ernstes Thema abzuhandeln und hielten ihre Stimmen gesenkt.

„Auf den ersten Blick ist Connor genau so, wie Sie ihn beschrieben haben", begann Frau Kirch leise zu berichten. „Wenn Sie die Kollegen fragen, werden die Ihnen bestimmt ein ausgezeichnetes Feedback geben. Er ist intelligent, gut erzogen, ein angenehmer Schüler, der nicht negativ auffällt."

„Und trotzdem mögen Sie ihn nicht", hakte ich nach.

„Er ist mir unsympathisch, ich habe bei ihm das Gefühl, er spielt uns allen etwas vor. Er zeigt uns nicht den echten Connor, er hält seine Emotionen unter Verschluss. Auf mich wirkt er wie ein brodelnder Vulkan, der kurz vor dem Ausbruch steht." Sie lachte, ein sehr nervöses Lachen, das ihre innere Zerrissenheit deutlich zeigte. „Ich muss mich wohl irren, bisher ist nichts passiert. Vielleicht liege ich mit meiner Ansicht eben doch falsch. Alle meine Kollegen sehen ihn anders."

„Im Gegenteil, ich glaube, Sie sind eine gute Menschenkennerin. Meine Einschätzung geht in eine ähnliche Richtung. Leider ist Tristan mir dabei keine große Hilfe", versuchte ich die Situation durch einen Scherz aufzulockern. Denn es war nicht zu übersehen, dass sie sich unbehaglich fühlte, mir Derartiges anvertraut zu haben. „Gefühle bei anderen kann er immer noch nicht lesen."

Sie ging gar nicht darauf ein, sondern beugte sich ein Stück über den Tisch in meine Richtung. „Seien Sie vorsichtig, wenn Sie mit den anderen sprechen", hauchte sie. „Und vergessen Sie die Kunstlehrerin nicht." Sie warf mir einen bedeutungsvollen Blick zu.

Der Gong, der die erste Schulstunde beendete, ertönte und sie erhob sich. „Ich muss in meine Klasse."

„Danke, für Ihre Offenheit. Ich behalte das Gehörte für mich."

Ein Blick auf meine Liste, alle Lehrer waren nun im Unterricht. Ich musste bis zur Pause warten.

Das Ergebnis der weiteren Befragungen entsprach dem, was Frau Kirch mir prophezeit hatte. Ihre Kollegen lobten Connor in den höchsten Tönen, er sei ein angenehmer Schüler mit überdurchschnittlichen Leistungen. Zwei konnten sich erinnern, dass es anfangs in der fünften und sechsten Klasse ein paar Probleme mit der Disziplin gegeben hatte. Leider erfuhr ich trotz mehrfacher Nachfrage nichts Genaues. Immerhin sei das Jahre her und Connor habe sich seitdem nichts mehr zuschulden kommen lassen.

Die Kunstlehrerin gab zumindest zu, dass der junge Mann in ihrem Fach mit einer der Schlechtesten gewesen sei. Er habe es nie verstanden, seine Gefühle in Bildern auszudrücken. Sich Techniken anzueignen, darum sei es nicht gegangen, seine Gemälde hätten nie den Eindruck vermittelt, er sei mit Herz und Seele dabei.

Der Mathematiklehrer, der sowohl Tristan als auch Connor kannte, gab eindeutig dem Ersteren den Vorzug - im Gegensatz zu seinen Kollegen, die den Jungen immer noch als Problem ansahen und ihm ambivalent gegenüberstanden. Leistungsmäßig lag er überall in der Norm, seine Art, seine Ticks, sein deutliches Anderssein wurden oft als Provokation oder Ungezogenheit missverstanden.

Nicht so der Mathematiklehrer. Zum ersten Mal erlebte ich, dass ein gestandener Mann über ihn ins Schwärmen geriet. Er prophezeite dem Jungen eine große Zukunft. Connor sei deutlich minderbegabter und scheue sich, von seinem Bruder Erklärungen oder Hilfen anzunehmen. Ja, in seinen Augen gebe es eine deutliche Geschwisterrivalität. Normalerweise habe wohl der Ältere das Sagen, es sei ihm mehrfach aufgefallen, dass dieser den Jüngeren reglementiere und nicht sonderlich behutsam mit ihm umgehe. Tristan merke es anscheinend nicht, im Gegenteil, er bemühe sich, es seinem Bruder recht zu machen. Der nehme keinerlei Rücksicht auf die Behinderung. Er habe schon überlegt, mit den Eltern, also mit dem Vater, der der Ansprechpartner für Connor sei, zu reden. Letztendlich wäre er davon abgekommen. Tristan habe sich bei den Oberstufenschülern einen hervorragenden Stand herausgearbeitet, den wolle er durch sein Einmischen nicht gefährden.

Auf die Frage, ob er denn Connor für rachsüchtig halte, wiegte er zweifelnd den Kopf. „Es läuft. Also warum eingreifen?"

52

Tristan

Oliver sah ich erst in der zweiten Pause wieder. „Bisher nichts Neues. Alle Lehrer reden sehr nett über Connor. Was meinst du, welcher seiner Klassenkameraden ist in der Lage, ein vernünftiges Bild von Connor zu zeichnen?"

Woher sollte ich das wissen! „Er hat keine engeren Freunde, er hängt meist in einer größeren Gruppe ab. Manchmal ist er auch mit zwei anderen unterwegs."

„Der Mathelehrer hat mir erzählt, du unterrichtest in den höheren Klassen."

Das schien keine Frage zu sein, deshalb berichtigte ich nur: „Ich gebe Hilfestellungen, damit sie die behandelten Aufgaben besser verstehen."

„Also hast du einen guten Draht zu ihnen?"

Wenn er damit meinte, ob ich von ihnen akzeptiert war, dann lautete die Antwort: ja.

„An wen würdest du dich wenden?"

„An Julian." Ich zeigte zu dem großen Schlaks hinüber, der mit seinen zwei Freunden in der Nähe stand. Wie immer beobachtete er ganz genau, wer mich ansprach.

„Gut." Oliver gab mir einen kleinen Schubs. „Fragen wir ihn!"

Kaum hatten wir die Dreiergruppe erreicht, stellte er sich vor. „Ihr habt bestimmt alle von den Ereignissen gehört. Ich versuche zu beweisen, dass Tristans Mutter zu Unrecht verdächtigt wird. Dazu gehört, dass ich alles über sämtliche Familienmitglieder in Erfahrung bringe, was möglich ist, und eine Einschätzung der Charaktere ebenso. Ihr kennt Connor?"

„Er ist in unserer Stufe", erwiderte Julian und strich sich gleichzeitig unbehaglich durch seine langen Haare. Am liebsten hätte er sich rausgezogen, das war selbst für mich eindeutig.

„Ich will nichts Unmögliches von euch", beruhigte Oliver ihn. „Gebt einfach eure Meinung wieder."

„Wir haben kaum was mit ihm zu tun", protestierte Simon, einer seiner Freunde. „Er ist ein Klassenkamerad unter vielen."

„Hat er einen speziellen Freund an der Schule? War er mal mit irgendeinem der Mädchen zusammen?", half Oliver ihnen auf die Sprünge.

Die drei guckten sich vielsagend an, bevor Julian antwortete: „Einen echten Freund nicht, er hängt hier in der Schule mit welchen ab, privat allerdings nicht. Er hatte kurz was mit Melina, ist aber schon länger her, bestimmt schon zwei Jahre."

„Davor war es Jasmin und davor Katharina", übernahm Simon. „Hat nie lange gehalten."

„Wer hat Schluss gemacht?"

Alle zuckten mit den Schultern.

„Bitte", versuchte es Oliver noch einmal. „Tristan baut auf euch. Gebt mir wenigstens eine kurze Einschätzung von Connor."

Julian warf mir einen langen Blick zu. Wollte er mein Okay? Ich nickte ihm aufmunternd zu und sagte ebenfalls: „Bitte!"

„Er ist mit Vorsicht zu genießen. Ich halte lieber Abstand." Julian hob mehrmals hintereinander die Schultern und ließ sie wieder fallen. „Ist nur so ein Gefühl von mir. An irgendwas festmachen kann ich das nicht."

Die anderen beiden nickten zustimmend.

„Irgendetwas Besonderes aufgefallen ist euch nicht?", frage Oliver.

Jetzt schüttelten alle drei synchron den Kopf.

„Trotzdem danke schön. Ich behandle eure Aussage selbstverständlich vertraulich." Kaum waren wir außer Hörweite, sah er sich suchend um.

„Siehst du eine der Genannten?"

Nein, zumindest nicht auf Anhieb. Daher machten wir uns auf die Suche und entdeckten Jasmin und Katharina, zumindest nahm ich an, dass sie die Erwähnten waren. Bei ihnen handelte es sich auch um

Oberstufenschülerinnen. Ich zeigte unauffällig zu ihnen hinüber und murmelte dabei ihre Namen. „Kannst du sie allein befragen?"

„Ist vielleicht besser", pflichtete er mir bei und nahm Kurs auf sie.

Weil mir das Ganze peinlich war, wartete ich nicht einmal in der Nähe, sondern versteckte mich hinter einer größeren Gruppe jüngerer Schüler, die irgendein Kreisspiel veranstalteten.

Schneller als erwartet kam Oliver zurück. „Dein Bruder ist ein Arsch und nur an dem Einen interessiert. Hat er, was er will, oder macht die Freundin ihm klar, dass sie länger warten möchte, lässt er sie fallen." Er grinste. „Also die beiden haben natürlich nicht mit ihm geschlafen, für sie trifft der zweite Fall zu. Melina hat er angeblich schnell rumgekriegt - und danach mit ihr Schluss gemacht. Sie lassen kein gutes Haar an ihm. Er ist ein Egoist, der sich nur für sich selbst interessiert, ach ja, und er ist definitiv gefühlskalt, so die beiden."

Sein Gesicht hatte die ganze Zeit einen Ausdruck, den ich nicht lesen konnte. „Glaubst du ihnen?", fragte ich vorsichtshalber nach.

Er dachte mit schräg gelegtem Kopf eine Weile nach. „Sie sind gekränkt, das war deutlich zu spüren. Doch, genau diesen Eindruck hat er bei ihnen hinterlassen."

„Hilft uns das jetzt weiter?"

Er hörte mir kaum noch zu, sondern beobachtete einen der Lehrer, der gerade auf die Uhr sah. Jeden Moment musste die Klingel ertönen, die das Ende der Pause bekannt gab. „Ist das der Physiklehrer?"

„Ja, das ist Herr …"

Er war schon auf dem Weg zu ihm, mich ließ er einfach stehen.

Nach den letzten zwei Stunden fing er mich direkt vor dem Klassenzimmer ab und zog mich hinüber zur gegenüberliegenden Wand. „Du hast mal von dieser Konstanze erzählt. Ist sie eine Mitschülerin von dir?"

„Nein, sie geht in die Achte."

„Meinst du, sie ist noch da?"

„Keine Ahnung." Ich führte ihn zu den entsprechenden Räumen. Es stellte sich heraus, dass Konstanze noch eine weitere Unterrichtsstunde hatte. Die Lehrerin betrat gerade das Zimmer, als wir unser Ziel erreichten.

„Wir warten", entschied Oliver.

„Und wenn es eine Doppelstunde ist?"

„Schaffen wir es immer noch pünktlich zu deiner Therapie", beruhigte er mich. „Komm, wir setzen uns gegenüber in das Café!"

Das war so gerammelt voll, dass wir keinen Platz mehr bekamen.

„Die haben alle zu viel Geld", schimpfte Oliver und zog mich hinter sich her zurück auf den Bürgersteig. „Früher ging es nach der Schule direkt nach Hause. Heute scheint es Usus zu sein, erst einmal irgendwo abzuhängen und sich was zu gönnen."

„Was machen wir jetzt?" Es war zu kalt, um mit ihm rumzudiskutieren. Olivers Blick glitt an dem Stehimbiss und der Eckkneipe entlang, die ebenfalls gut gefüllt waren. „Wir setzen uns ins Auto und fahren so lange um den Block, bis es richtig warm ist", entschied er. „Oder fällt dir was Besseres ein?"

Wenn ich ihm mit Umweltverschmutzung gekommen wäre, hätte er mich womöglich in der Kälte stehen lassen. Deshalb sagte ich lieber nichts und trottete neben ihm her. Wenn Mama das hätte miterleben können! Sie wäre bestimmt stolz auf mich gewesen.

Oliver kreuzte eine Weile hin und her und hielt schließlich wieder vor der Schule. Der Innenraum hatte sich auf eine angenehme Temperatur aufgeheizt, die knapp zwanzig Minuten würden wir es aushalten.

„Da ist sie!" Ich öffnete die Tür und spurtete los. „Konstanze, warte!" Sie blieb stehen und sah mir neugierig entgegen. „Wer ist der Mann hinter dir?"

„Das ist mein Freund Oliver", stellte ich ihn vor, der mittlerweile nah genug heran war. „Er ist Detektiv und soll beweisen, dass Mama unschuldig ist."

Sie musterte ihn nicht gerade freundlich.

„Ihr Ex-Mann hat mich engagiert", brachte Oliver vor und hielt ihr seine Karte hin. „Es ist alles offiziell. Selbst Herr Rommel weiß Bescheid."

„Der Vater von Jonah und Jannis?" Das schien ihr als Erklärung zu genügen. „Was wollen Sie wissen?"

„Hast du irgendetwas gesehen, das dir merkwürdig vorkam? Mit wem traf sich Connor nach der Schule? Ist dir vielleicht ein älterer Mann aufgefallen, der mal nach der Schule auf ihn gewartet hat?"

Und ich dachte, er wolle sie auf die Sache mit Connor ansprechen, als er versucht hatte, sie anzumachen.

„Ja", sagte sie zu meinem Erstaunen. „Es war vor ungefähr vier Monaten. Connor ist in dieselbe Richtung wie ich gegangen. Nur deshalb habe ich aufgepasst. Ein Mann sprang aus einem hellblauen Opel und sprach ihn an. Zuerst war Connor überrascht, dann hat er sich gefreut und ist mit dem Mann zusammen in das Auto gestiegen und weggefahren."

53

Tristan

„Wenn ein Mädchen nichts mit einem Typ zu tun haben will, besonders wenn ihr innerlich vor ihm graut, will sie unter allen Umständen vermeiden, ihm allein zu begegnen", klärte Oliver mich anschließend auf. „Das heißt, geht er in ihre Richtung und sie ist allein, achtet sie darauf, genügend Abstand zwischen ihm und sich beizubehalten. Und sie beobachtet ihn, um ein Aufeinandertreffen auf jeden Fall auszuschließen."

„Trotzdem, was für ein Zufall." Er vermutete in dem Typ den Stiefvater, einen gewissen Andrew Brewster, und hatte gleich seinen Freund angerufen, damit der ihm eine genaue Personenbeschreibung durchgab und ob er wisse, was für ein Auto der fährt. Zum zweiten Punkt konnte er nichts sagen, aber er gab, nachdem er bei dem für die Überwachung zuständigen Mann rückgefragt hatte, eine ziemlich gute Personenbeschreibung ab, die Oliver mit den Angaben von Konstanze verglich und befriedigt feststellte, dass wir auf der richtigen Spur waren.

„Nein. Das war nahezu unvermeidlich." Er biss von seinem Hamburger ab und nahm einen Schluck von seiner Cola.

Nach dem Gespräch mit Konstanze hätte sich seiner Meinung nach eine Fahrt nach Hause nicht mehr gelohnt. Daher gab er kurzerhand Tante Simone Bescheid, dass wir später essen würden, und lud mich auf einen Burger nach McDonald's ein.

„Das erste Treffen muss entweder an der Schule oder bei euch zu Hause stattgefunden haben. Ich hätte es wie der Brewster gemacht und die Schule gewählt. Das ist anonymer. Dass wir mit Konstanze gleich die Richtige fanden, war Glück, das gebe ich zu. Sonst hätte ich mich morgen erneut durchgefragt, allerdings sofort mit einer guten Beschreibung des Mannes ausgestattet."

„Wie bist du darauf gekommen?" Diese Verbindung hätte ich nie gezogen.

„Ich vermute, die erste Annäherung ist von dem Stiefvater ausgegangen. Er wollte aus irgendeinem Grund, den wir noch nicht kennen, wieder Kontakt zu Connor aufnehmen." Er sah auf und es gelang ihm, meinen Blick zu fangen und festzuhalten. „Ich bin davon überzeugt, dass die beiden als Team gearbeitet haben. Connor ist für den Mord an deiner Oma verantwortlich, der Stiefvater für die Freundin, diese Vergiftung und die Bombenattrappe."

Bei mir überwog noch die Skepsis. „Und wie willst du das beweisen?"

„Tjaaa. Das ist eben die Frage. Wenn wir das Motiv wüssten! Ich meine, der Typ meldet sich jahrelang nicht und auf einmal doch wieder. Es muss einen Grund dafür geben."

Ich sparte mir weitere Kommentare. Was hätte ich auch sagen sollen? Selbst mir war klar, dass wir ohne Beweise nichts für meine Mutter tun konnten. Und die hatten wir nicht. Überhaupt sah es nicht so aus, als würden wir Connor drankriegen. Das, was sich eventuell beweisen ließ, wenn wir Glück hatten, waren die Vergiftung und die Bombenattrappe. Dafür war aber sein Stiefvater verantwortlich, wenn Oliver richtig kombinierte. Würde der Connor belasten, wenn man ihm die Taten nachweisen konnte?

Statt mich aussteigen zu lassen, parkte Oliver ein und verließ ebenfalls das Auto. „Ich möchte kurz mit deinem Therapeuten sprechen."

Ich sollte dabei sein. Damit hatte ich nicht gerechnet.

„Wie schätzen Sie Frau Rommel ein?", wollte Oliver wissen.

„Sie ist eine ausgesprochen tatkräftige Frau", erwiderte Herr Petersen sofort. „Wenn sie ein Ziel hat, verfolgt sie es unbeirrt weiter."

„Können Sie sich vorstellen, dass es jemandem gelingt, sie im wahrsten Sinne des Wortes wahnsinnig zu machen?"

Ich wurde unheimlich sauer auf Oliver. Meine Zweifel lagen hinter mir. Was sollte das?

Trotzdem war ich irgendwie erleichtert, als Herr Petersen antwortete: „Nein. Dafür ist sie nicht der Typ. Sie würde denjenigen direkt angreifen, so wie bei der Tat mit dem Messer, das passt zu ihr. Natürlich nur in einer besonders gearteten extremen Situation", beeilte er sich mit einem Blick in meine Richtung hinzuzufügen. „Normalerweise hat Frau Rommel sich gut in der Gewalt. Sie mag Außenstehenden in Bezug auf Tristan enervierend und starrköpfig erscheinen. Im Prinzip ist es jedoch richtig, dass sie für seine Belange kämpft. Er kann es nicht, noch nicht."

Mehr hatte Oliver nicht hören wollen. Er erhob sich und sagte, er setze sich ins Wartezimmer.

„Ich habe keine Zweifel, dass meine Mutter unschuldig ist", hob ich an, sobald er den Raum verlassen hatte.

„Ich glaube, darum ging es ihm nicht." Herr Petersen war wie immer die Ruhe selbst. „Er sammelt Meinungen zu ihr. Das ist auch für ihn wichtig, damit er sich nicht verrennt."

Aha, von dem Standpunkt aus hatte ich das nicht gesehen. Ob er sich doch nicht sicher war? Wieso redete er dann, als sehe er Connor und den Stiefvater als Täter?

„Ein guter Detektiv muss sich und seine Arbeit zwischendurch infrage stellen." Herr Petersen schien genau zu wissen, was ich dachte. „Der Mann gefällt mir. Ich glaube, da hast du dir den Richtigen ausgesucht."

Weil es gerade so gut passte, gab ich ihm den Brief, den ich in der Schule geschrieben hatte.

Er war sichtlich beeindruckt. „Hervorragend! Darf ich den behalten? Ich will ihn aufheben, um mir deine Fortschritte deutlich zu machen. Du bist auf einem guten Weg, Tristan."

Nichtsdestotrotz musste ich dieselben blöden Übungen machen wie jedes Mal. Gut, er bestand mittlerweile nicht mehr darauf, dass wir gemeinsam in irgendwelche Geschäfte gingen und ich dort nach seinen Anweisungen Aufgaben lösen musste. Dafür erhielt ich neuerdings regelmäßig kleinere Aufträge, die ich bis zu unserem nächsten Treffen zu erledigen hatte.

„Bist du in der Stadt gewesen?", fragte er auch prompt kurz vor Beendigung unserer Sitzung.

„Dafür war keine Zeit", erklärte ich kühn. „Ich habe Oliver unterstützt oder seiner Tante geholfen. Ich muss mich ja irgendwie dafür erkenntlich zeigen, dass ich bei ihnen wohnen darf. Sie hat mich vorübergehend aufgenommen."

Ob er mir glaubte? Er behielt seinen unergründlichen Gesichtsausdruck bei und trug mir auf, alles bis zum nächsten Mal zu erledigen.

Tante Simone hatte heute nur ein Fertiggericht aufgetaut. „Ich komme nicht vorwärts", schimpfte sie, nachdem wir eingetreten waren. „Bisher habe ich nichts gefunden, das für uns relevant sein könnte. Die Spur mit den Haustieren solltest du sowieso lieber mündlich weiterverfolgen, Oliver. Für die Zeitungen ist das zu klein, die Leute, die hier wohnen, erinnern sich eher daran."

„Das erledige ich morgen früh", sagte dieser zu meiner Freude. „Tristan und ich wollen uns gleich einen vergnüglichen Restnachmittag machen. Das haben wir uns redlich verdient."

Nein, es ging mir nicht ums Spielen. Oliver sollte mir Fragen zu seinem Leben beantworten. Bisher war es immer so gelaufen, dass, wenn ich fragte, er abblockte oder mich auf später vertröstete. Jetzt war später!

„Hast du von Anfang an bei deiner Tante gewohnt?", begann ich, noch während wir zu seinem Häuschen hinüberschlenderten.

Er lachte auf. „Aha, das Verhör beginnt! Nein, ich bin mit elf, fast zwölf bei ihr eingezogen und lebe seither hier." Er kramte den Schlüssel aus seiner Hosentasche und schloss die Tür auf. „Komm, wir machen es uns im Wohnzimmer gemütlich. Es ist eine längere Geschichte."

54

Oliver

Im Prinzip lebte Tristan in einer heilen Welt: Mama und Papa arbeiteten und kümmerten sich um die Kinder. Deshalb gab ich ihm eine stark zensierte Form meiner Lebensgeschichte zu hören.

An meinen Vater habe ich gar keine Erinnerung mehr. Er verließ uns, als ich knapp zwei Jahre alt war. Meine Mutter, so erzählte mir später meine Tante, hing zu diesem Zeitpunkt schon an der Flasche. Trotzdem sah das Jugendamt keinen Grund einzugreifen.

Es folgten mehrere „Ersatzväter", meine Mutter konnte nicht allein leben, sie brauchte immer einen Mann an ihrer Seite. Was das für welche waren, führte ich natürlich Tristan gegenüber nicht aus. Wer lässt sich schon auf eine Beziehung mit einer Alkoholikerin ein!

Ich war von klein auf gewöhnt, auf mich allein gestellt zu sein, und hielt mich so lange wie möglich draußen auf, um der aggressiven Stimmung, die bei uns zu Hause herrschte, zu entgehen. Trotzdem gab es noch reichlich Schläge. Dann prügelte mich der damalige Lebensgefährte meiner Mutter krankenhausreif, die Ärzte informierten das Jugendamt, diese wandten sich an meine Tante und sie sagte zu, mich aufzunehmen. Zuerst hieß es: vorübergehend, doch der Zustand meiner Mutter verschlechterte sich dermaßen, dass sie in ein Pflegeheim kam.

Obwohl mein Onkel absolut dagegen war, setzte sich meine Tante dieses eine Mal durch. Wie ein Drache wachte sie über mich und versuchte, mich auf den richtigen Weg zu bringen, sprich: Erst einmal zu zivilisieren, denn so etwas wie ein Familienleben mit geregelten Mahlzeiten, einem festen Rhythmus, regelmäßigem Duschen und Wechseln der Wäsche kannte ich nicht.

Tristan lachte laut, als ich ihm die Anekdote erzählte, wie bei uns gewaschen wurde. An diesem Tag hatte ich direkt nach der Schule im Waschsalon aufzutauchen. Ich musste mich bis auf die Unterhose ausziehen und vor der Maschine und dem Trockner warten, bis ich die Klamotten wieder anziehen konnte. Vorher gab es einen neuen Slip von KiK, die alten verkaufte meine Mutter über Kleinanzeigen und später über eBay - es schien schon damals genügend Interessenten zu geben, die Geld für gebrauchte Unterwäsche ausgaben. Aber dieses Detail behielt ich lieber für mich, Tristan würde noch früh genug merken, wie verrückt diese Welt war.

Meine Tante gab sich wirklich alle Mühe und sparte auch nicht an Zuneigungsbeweisen. Vielleicht steckte das alte Leben schon zu tief in mir drin oder ich wollte mich gegenüber meinem Onkel beweisen, der mir ständig mit Verachtung und Argwohn begegnete, jedenfalls schloss ich mich mit vierzehn einer Jugendbande an. Ich wurde beim ersten Einbruch erwischt, beim zweiten und irgendwann beim dritten. Mein Onkel tobte und wollte mich rausschmeißen, wieder hielt meine Tante ihre Hand über mich. Sie und der zuständige Sozialarbeiter brachten mich zurück in die Spur. Ich absolvierte ein Antiaggressionstraining, leistete meine Sozialstunden ab und wurde mit einer Lehrstelle belohnt, für die ich mich interessierte: Fachkraft für Schutz und Sicherheit. Wer, wenn nicht ein ehemaliger Einbrecher, war dafür besonders geeignet?

„Kurz darauf starb mein Onkel und wir stellten fest, dass es so rosig, wie er es immer dargestellt hatte, nicht um die Finanzen stand. Ich half ihr, das Ober- und Untergeschoss abzutrennen, und sie vermietete die Wohnungen. Zum Dank für meine Arbeit überließ Tante Simone mir das kleine Häuschen und ich durfte mir später die Garagen als Büro umbauen. Dafür ist mein gesamtes Erspartes draufgegangen." Ich machte eine Handbewegung durch den Raum. „Deshalb habe ich erst einmal die alten Möbel behalten. Sie tun's ja noch."

„Wolltest du dich immer schon selbstständig machen?" Tristan nahm meine zensierte Fassung ohne weitere Kommentare hin.

„Nein, die Idee kam mir, nachdem ich bei einem Elektronikmarkt als Ladendetektiv angefangen hatte."

„Hast du dann noch eine Ausbildung gemacht?"

Ich grinste in mich hinein. Das würde ihn vermutlich schocken! „Du meldest beim Gewerbeamt dein Gewerbe an, schreibst auf dein Schild Detektei und schon kannst du deine ersten Klienten empfangen."

„Das ist alles?" Er dachte eindeutig, ich wolle ihn verarschen.

„Ja. Gut, du musst ein Führungszeugnis vorlegen, das benötigst du als Wachmann ebenso. Ich habe den Vorteil, dass ich eine abgeschlossene Berufsausbildung im Wachgewerbe habe, inklusive Waffensachkunde-lehrgang und Kenntnisse in Selbstverteidigung. Aber eigentlich kann jeder, der möchte, ein Detektivbüro betreiben."

„Da habe ich mit dir ja richtig Glück gehabt", seufzte Tristan inbrünstig.

„Normalerweise haben die meisten Detektive schon eine gewisse Vorbildung", gab ich zu. „Ehemalige Polizisten, Zollbeamte, staatliche Sicherheitsangestellte - manche dieser Leute machen sich später selbstständig. Und es gibt Berufsverbände, die eine richtige Ausbildung anbieten. Voraussetzung für die Eröffnung einer eigenen Detektei ist sie allerdings nicht."

„Seit wann machst du das?"

„Seit einem Jahr bin ich selbstständig, angefangen habe ich in Teilzeit. Man muss ja auch erst bekannt werden, sich einen Kundenstamm aufbauen."

„Wie viele Morde hast du schon aufgeklärt?"

„Das meiste besteht aus langweiligen Recherchen und Überwachungen", versuchte ich, Tristan ein ehrliches Bild zu vermitteln. „Die richtig aufregenden Sachen sind eher selten." Sollte ich ihm von meinen besten Ermittlungen berichten? Warum eigentlich nicht! „Ich hatte das Glück, gleich am Anfang meiner Tätigkeit während einer Überwachung einen Mord zu beobachten. Dadurch lernte ich jemanden kennen, der mich gleich in den nächsten großen Fall reinzog. Diese Geschichte mit den Loverboys war das, vielleicht hast du davon gehört."

Mithilfe zweier weiterer Ermittler war es mir gelungen, die Hintermänner auffliegen zu lassen. Das Ganze hatte für ein enormes Medienecho gesorgt, dank der zuständigen Kripobeamten bekam ich meinen Teil des Ruhms ab, was der Detektei natürlich gewaltigen Auftrieb gab. Seitdem war ich mit Aufträgen gut versorgt und mein Notgroschenkonto für schlechte Zeiten wuchs und wuchs.

Tristan musterte mich mit neuem Respekt. „Ja, das war ein Riesending. Und du hast das aufgeklärt?"

„Mitgeholfen", verbesserte ich ihn. „Für einen allein war die Geschichte viel zu groß." Ich griff zur Fernbedienung. „So, Ende der Unterhaltung. Spielst du noch ein paar Level gegen mich?"

Zwei Stunden später trennten wir uns. Ich beschloss, früh schlafen zu gehen. Die Kälte und die tagtäglichen Ermittlungen ohne große Pausen setzten mir mittlerweile zu. Ich musste sehen, dass ich langsam etwas kürzertrat.

Im Prinzip gibt es kaum noch etwas, was ich noch überprüfen kann, sinnierte ich trübsinnig. Der Fall stagniert und ich habe keine Idee, wie ich an irgendwelche Beweise kommen soll. Connor ist schuldig, nur schaffen wir es nicht, ihm was nachzuweisen.

Trotz meiner dumpfen Gedanken schlief ich schnell ein. Als das Klingeln ertönte, wusste ich im ersten Moment nicht, was mich geweckt hatte und sah mich verständnislos um, was diesen seltsamen Ton wohl verursachte.

Das Handy! Ich angelte nach meiner Jeans, die ich vors Bett hatte fallen lassen, und kramte in der Hosentasche danach. Das Klingeln verstummte, setzte jedoch sofort wieder ein. Deniz! Um zwei Uhr dreißig! „Der Brewster ist gerade bei den Rommels eingedrungen. Ich habe schon die Polizei informiert. Mein Mann ist ebenfalls rein. Ich dachte mir, du willst bestimmt auch hin."

In Windeseile schlüpfte ich in Hose und Sweatshirt, griff meine Jacke von der Garderobe, stieg in meine Stiefel und hastete nach draußen. Das Auto war total eingefroren, die Straßen glitzerten. Ich jagte zu Fuß los.

55

Freitag

Oliver

Das Haus der Rommels lag hell erleuchtet da, die Eingangstür stand sperrangelweit offen. Bei dem linken Fenster im Parterre war der Rollladen aus der Verankerung gerissen und hochgedrückt worden, die Scheibe wies ein gezacktes Loch auf.

Ich trat vorsichtig näher. „Hallo? Speer. Ist alles in Ordnung?"

„Wir sind hier", erwiderte die Stimme von Herrn Rommel. „Kommen Sie rein."

Sie hatten sich an der Wand vor der Treppe versammelt und starrten auf den unbeweglichen Mann, der direkt davor lag.

„Er ist tot", stoppte mich Deniz' Helfer, den ich vom Sehen her kannte. „Wir warten auf die Polizei."

Herr Rommel, der vor seinem auf dem Boden sitzenden Sohn kniete, war sichtlich erschüttert. „Es handelt sich um Notwehr. Dieser Mann hatte eine Pistole. Er wollte uns erschießen."

Connor bot ein erbärmliches Bild. Er hatte den Kopf in den Händen verborgen und schaukelte vor und zurück, wobei er stöhnende Klagelaute ausstieß.

„In dem Moment, wo ich rein bin, kam der Typ schon die Treppe runtergesegelt", informierte mich Deniz' Helfer. „Es war nichts mehr zu machen."

Bevor ich weiter nachfragen konnte, heulten draußen die Polizeisirenen. Kurz darauf stürmten die Beamten herein. Direkt anschließend erschien ein Krankenwagen mit Notarzt, der sich nach einer kurzen Untersuchung gleich um Connor kümmerte. Uns beide schickte man nach draußen, auf die zuständigen Ermittler zu warten.

„Ich bin dem Brewster bis hierher gefolgt", berichtete Bilal, endlich war mir sein Name wieder eingefallen. „Als ich sah, dass er sich mit einem Schlüssel Einlass verschaffte, habe ich sofort Deniz angerufen. Der sagte, ich solle hinterher." Er deutete auf das demolierte Fenster. „Das war das Einzige, was schnell genug ging."

„Wie viel später bist du rein?"

„Na, vielleicht fünf Minuten, schätze ich. Die Dinger sind ziemlich instabil und ich musste nicht leise sein. Ich hörte noch das Poltern, dann schrie der Junge. Der Brewster lag unten vor der Treppe, der Junge stand oben, mit einem Baseballschläger in der Hand. Er hat ihn voll erwischt."

„War das Licht an?"

„Nee, das flammte kurz nach dem Poltern auf. Das war der Vater, der hatte geschlafen."

„Hat Connor irgendwas gesagt, wie das Ganze abgelaufen ist?"

„Ja, der hat geredet wie ein Wasserfall. Er wollte runter, um sich aus der Küche was zu trinken zu holen. Gerade als er seine Zimmertür aufmacht, hört er von unten das Geräusch des Schlüssels. Er ist zurück, hat sich seinen Baseballschläger gegriffen und ist die Treppe zum nächsten Stockwerk runtergeschlichen. Eigentlich wollte er seinen Vater wecken, doch auf den letzten Stufen sah er schon den Eindringling hochkommen. Und der hatte eine Pistole in der Hand. Er hat ihn angesprochen, hat wohl „He!" gerufen, daraufhin hätte der Mann seine Waffe hochgerissen, woraufhin er zuschlug. Angeblich hat er auf die Hand mit der Pistole gezielt, aber in seinem Schlag war so viel Wucht, dass er ihn noch am Kopf traf. Bis sein Vater und ich heran waren, lag der schon unten."

„Was schätzt du, wie lange hat es gedauert, bis das erste laute Geräusch von dir kam?"

Bilal grinste. „Ich hab als Erstes Sturm geklingelt, um die Bewohner zu warnen."

Also konnten allerhöchstens zwei Minuten zwischen Brewsters Eindringen und dieser Aktion gelegen haben. „Das heißt, der Junge wusste, dass

Hilfe unterwegs ist?" Für mich machte das alles keinen Sinn. Vor allem jedoch hatte ich daran zu nagen, dass Connor seinen Stiefvater tätlich angegriffen hatte. In Notwehr, okay. Trotzdem, das widersprach meiner bisherigen Theorie völlig.

„Die konnten ja nicht einschätzen, wer da noch vor der Tür stand. Hätte ja auch ein Ablenkungsmanöver sein können." Bilal zuckte die Schultern. „Die Reaktion war schon verständlich. Wenn einer mit 'ner Waffe auf dich zielt, fackelst du nicht lange."

„Pass auf! Wir sagen nicht, dass du den Brewster überwacht hast", entschied ich schnell. „Ich hatte dich über Deniz engagiert, das Haus der Rommels zu beobachten, weil ich mit einem Angriff rechnete. Der Schlüssel hat dich aus dem Konzept gebracht, sonst hättest du den Eindringling rechtzeitig abgegriffen."

„Wenn du das so willst, kein Problem."

Die Ermittler erschienen und ich war nur mäßig überrascht, auf Kommissarin Körber zu treffen. „Herr Speer!" Sie blieb gleich bei mir stehen. „Was für eine Überraschung."

„Ich bin leider erst dazu gestoßen, als alles vorbei war", stellte ich klar. „Ich bin nicht mal ein richtiger Zeuge."

„Sie warten bitte, bis wir Zeit für Sie finden."

Tja, und dann standen wir erst einmal über eine Stunde in der Kälte rum und harrten der Dinge, die da kommen würden. Zwischendurch tauchte Herr Rommel auf, um uns mitzuteilen, dass der Arzt Connor eine Beruhigungsspritze gegeben habe und dieser jetzt schlafe. Dann sah er mich fragend an. „Dieser Mann", er wies auf Bilal. „Haben Sie ihn geschickt?"

„Ich hatte den Verdacht, es sei noch längst nicht vorbei", nickte ich. „Für mich stand die Unschuld Ihrer Frau fest. Also musste es einen anderen geben, der Ihnen Böses wollte. Und der war nach wie vor auf freiem Fuß. Bilal sollte jeden Eindringling festhalten, er war leider dadurch irritiert, dass der Mann einen Schlüssel hatte."

„Einen Schlüssel?", echote Herr Rommel.

„Er hat die Tür aufgeschlossen", verdeutlichte Bilal. „Deshalb dachte ich zuerst, er gehört zur Familie. Erst als ich mich telefonisch bei, äh,

Oliver rückversicherte, erfuhr ich, dass es sich vermutlich um den Täter handelt. Ich habe sofort geklingelt, um Sie zu warnen."

„Grauenvoll! Das ist ein richtiger Albtraum." Herr Rommel geriet ins Taumeln, sodass ich ihn fest am Arm nahm, ihn zu den Eingangsstufen bugsierte und niederdrückte. „Vor allem der arme Connor! Wie soll er damit fertig werden? Er hat einen Menschen getötet!"

„Es war eindeutig Notwehr", beruhigte ich ihn. „Ich denke, er hat gar nicht nachgedacht, sondern einfach reagiert. Dass er ihn so unglücklich traf, dass der Mann gleich starb, war Pech."

„Kennen Sie den Typ?", fragte Bilal.

Herr Rommel nickte kläglich. „Connor hat ausgesagt, er sei sein Stiefvater. Er hätte vor kurzem versucht, Kontakt mit ihm aufzunehmen. Ich wusste davon nichts. Ich kannte den Mann nicht mal."

„Wenn er einen Schlüssel hatte, könnte er derjenige gewesen sein, der das Essen vergiftete", lenkte ich auf einen weiteren wichtigen Punkt. „Er scheint es eindeutig auf Sie und Ihren Sohn abgesehen zu haben."

Herr Rommel fuhr zu schnell hoch und wäre beinahe umgekippt. Wieder griff ich zu. Doch dieses Mal wehrte er meinen stützenden Arm ab. „Ich muss sofort mit den Ermittlern sprechen. Vielleicht finden sich Spuren, die das beweisen." Er wandte sich ab und steuerte den Eingang an.

Wir warteten weiter. Endlich erbarmte sich Frau Körber und ließ uns in die Küche führen. Während Bilal von ihrem Kollegen in der einen Ecke befragt wurde, nahm sie sich mich in der anderen vor. „Wie hängen Sie da mit drin?"

„Können Sie sich erinnern? Ich habe Sie angerufen, als ich engagiert wurde. Ich war von Anfang an der Meinung, die Mutter ist nicht die Schuldige."

„Was noch überprüft werden muss." Nein, begeistert war sie von meinem Auftauchen nicht.

„Ich wette, er entpuppt sich als der Täter", konnte ich es nicht lassen, sie zu ärgern.

Dann gab ich ihr einen kurzen Abriss von dem, was ich bisher herausgefunden hatte. Ich beschränkte mich natürlich auf drei Punkte: Dass ich Andrew Brewster verdächtigte, Kerstin Rommels Freundin überfahren zu haben, dass er meiner Meinung nach das Essen der Rommels vergiftet hatte und dass er die Bombenattrappe unter das Auto der Blehmkes gelegt hatte. Von dem Letzten hatte sie noch nicht gehört. Sie machte sich eine ausführliche Notiz. „Einen echten Beweis hatte ich nicht", gab ich zu. „Es waren alles nur Mutmaßungen, mein Gefühl sagte mir, dass er darin verwickelt ist."

56

Tristan

Als ich am Morgen in die Küche kam, saßen Tante Simone und Oliver bereits am Tisch. Sie führten eine ernsthafte Unterhaltung, das hatte ich schon beim Näherkommen erkannt, kein Frotzeln, keine lockeren Scherze wie sonst beim Frühstück.

Kaum sahen sie mich, verstummten sie. Oliver lächelte mich an. „Tris! Der Täter ist entlarvt. Er hat heute Nacht zugeschlagen und ist dabei selbst zu Tode gekommen."

„Connor ist tot?" Mein Herz begann heftig zu pochen. Dann kam Mama endlich frei!

„Nein, sein Stiefvater. Er ist in euer Haus eingedrungen und hat versucht, Connor und deinen Vater zu ermorden."

Jetzt verstand ich gar nichts mehr. „Connor ist nicht der Schuldige?" Oliver verzog das Gesicht. „Nein, anscheinend nicht. Der Stiefvater wollte wohl beide umbringen. Er hat sogar mit einer Pistole auf Connor gezielt."

„Beeil dich." Tante Simone schob mir den Orangensaft zu und deutete auf meine Frühstücksflocken. „Sonst kommst du zu spät."

„Ich gehe heute nicht in die Schule!", protestierte ich. „Mama kann jeden Moment nach Hause kommen."

Die beiden Erwachsenen sahen sich über den Tisch hinweg schweigend an. „Nein, du kannst hierbleiben", bestätigte Oliver. „Wie schnell man deine Mutter rauslässt, steht allerdings noch in den Sternen."

„Wieso? Ich …"

„Tris! Die Polizei muss erst die Hintergründe klären. Bisher steht nur fest, dass der Mann in euer Haus eindrang, um die Bewohner zu töten.

Ob er auch das Essen vergiftet hat, müssen die erst überprüfen. Ich habe die Ermittler gleich heute Nacht auf diese Möglichkeit hingewiesen und hoffe, sie nehmen sich noch heute seine Wohnung vor und finden irgendeinen Beweis, der ihn mit der Tat in Verbindung bringt. Vorher wird sich nichts tun."

Ich kramte mein Handy hervor. „Papa! Ich rufe ihn an."

„Nein." Oliver wand mir das Telefon aus der Hand und legte es auf den Tisch. „Gönn deinem Vater ein bisschen Ruhe. Die Polizei ist erst am frühen Morgen abgezogen." Dann endlich erzählte er, was sich heute Nacht genau zugetragen hatte.

„Connor hat ihn getötet?" Das war ja ein Ding!

„In Notwehr", betonte Oliver. „Wie es aussieht, haben wir ihn zu Unrecht verdächtigt."

Darauf wusste ich erst einmal nichts zu sagen. Alles in mir hatte sich darauf eingeschossen, dass Connor der Bösewicht war. Und plötzlich glaubte Oliver nicht mehr daran? „Was ist mit meiner Oma? Es kann nur er gewesen sein."

„Oder es war ein schrecklicher Unfall." Er blickte mir fest in die Augen. „Vielleicht ist alles, was wir uns zurechtgelegt haben, ein Irrtum. Zumindest sieht es im Moment so aus, als hätte der Stiefvater aus irgendeinem noch unbekannten Grund einen Rachefeldzug gegen eure Familie gestartet. Er wollte Connor ebenfalls töten."

„Aber …"

„Wir müssen abwarten, was die Ermittlungen ergeben. Mehr können wir nicht tun."

„Überleg mal!", mischte sich Tante Simone ein. „Wenn dieser Herr Brewster die Freundin deiner Mama getötet hat, könnte es auch aus dem Grund geschehen sein, um Connor zu treffen. Ihm war bestimmt klar, was sich da abspielte. Später ist er auf die Idee gekommen, das Essen zu vergiften. Auch dieser Anschlag richtete sich gegen Connor. Vielleicht wäre sein Vater nur ein Zufallsopfer gewesen. Und die Bombenattrappe war eine Warnung, weil der Vater der Frau vielleicht etwas Wichtiges wusste."

„Und alles, was wir über Connor herausgefunden haben?" Ich schrie mittlerweile laut. Das konnte doch nicht wahr sein, dass diese Fakten keinen mehr interessierten!

„Er hat sicherlich eine tiefgreifende Störung." Oliver ließ sich nicht beirren. „Und er hat in jungen Jahren deutliche Anzeichen für psychopathisches Verhalten gezeigt. Anderseits - haben wir irgendetwas in der letzten Zeit gefunden, dass auf einen echten Verbrecher hindeutet?"

„Meine Mutter war überzeugt davon, dass er ihr Böses wollte." Sonst hätte sie nie diese Aufzeichnungen hinterlassen.

„Er konnte es erklären. Er war sauer wegen der Wohnung und hat sie auf diese Art bestrafen wollen. Wie gesagt, er ist kein strahlender Held und vermutlich genauso ichbezogen und arrogant, wie ihr, du und Jonah, ihn darstellt. Ein Mörder ist er jedoch offensichtlich nicht."

„Es ist schwer, ihn wieder anders zu sehen." Tante Simone sah mich mitfühlend an. „Ihr hattet euch zu sehr auf ihn eingeschossen, als dass ihr von einer Minute auf die andere umschalten könntet."

Ich stand auf, ohne einen Krümel gegessen zu haben. „Ich gehe noch mal in mein Zimmer. Ich muss nachdenken."

Keiner hielt mich auf. Ich schloss mit Nachdruck die Tür hinter mir und warf mich aufs Bett. Konnte das stimmen, dass Connor unschuldig war? Alles in mir schrie Nein. War das Wunschdenken? Warum wollte ich ihn unbedingt für diese Taten verantwortlich machen? Hatten Oliver und ich uns wirklich dermaßen verrannt?

Wieder und wieder ging ich die Fakten durch, die wir zusammengetragen hatten. Ja, es deutete unheimlich viel auf Connor hin. Im Umkehrschluss traf das genauso auf seinen Stiefvater zu. Wenn man wusste, wer der Schuldige war, ergab sich ein völlig anderes Bild.

Zuerst rufe ich Linus an, beschloss ich, und entschuldige mich für heute. Kein gemeinsames Treffen, ich würde auf dem Sprung bleiben, um möglichst alle Neuigkeiten sofort zu erfahren.

Das Handy lag noch in der Küche auf dem Tisch. Da ich mittlerweile Hunger verspürte, setzte ich mich und schüttete meine Schüssel voll Frühstücksflocken.

„Na, wieder beruhigt?" Tante Simone stand an der Spüle und bereitete das Mittagessen vor.

Mein Mund war voll, daher nickte ich bloß.

„Du musst Connor nicht mögen. Er ist derselbe, der er vorher war." Sie grinste breit. „Also nach deiner Erzählung ein richtiger Arsch. Du brauchst einfach Zeit, runterzukommen und ihn wieder normal zu sehen."

Das hatte was für sich. „Wo ist Oliver?"

„Der fühlt sich ähnlich wie du. Auch er muss erst einmal umdenken. Er sitzt drüben im Büro und brütet vor sich hin."

Und ich hatte gedacht, es ginge nur mir so! Das beruhigte mich irgendwie. „Wann kann ich Papa anrufen?"

Tante Simone überlegte. „Ich würde warten, bis er sich meldet. Wir wissen nicht, wie es Connor heute geht. Außerdem werden die Ermittler beide bestimmt ein weiteres Mal befragen wollen."

„Dürfen die überhaupt im Haus bleiben?" Oder mussten die zurück zu Oma ziehen?

„Keine Ahnung. Danach musst du deinen Vater fragen." Sie hielt inne. „Hast du schon deine Brüder informiert? Das wäre sinnvoll, denke ich."

Daran hatte ich überhaupt nicht gedacht. Ich griff zu meinem Handy und schickte Jonah eine kurze Textnachricht, dass wir uns gleich bei Skype sehen würden. Anschließend erledigte ich das Telefonat mit Linus. Der war natürlich sauer auf mich und genauso sauer, dass wir anscheinend völlig falsch gelegen hatten. Er hatte in den letzten Tagen seitenweise Informationen über Psychopathen gesammelt, sich richtig in das Thema vergraben. Und jetzt kam ich und sagte: Das war alles ganz anders.

Zuletzt ließ ich mir seine Mutter geben, wenn Linus enttäuscht war, hatte man keine Chance, bei ihm durchzukommen. Ich erklärte ihr die Lage. Sie konnte verstehen, dass ich lieber vor Ort bleiben wollte, um abzuwarten.

„Ich gehe an den Computer und skype mit Jonah", sagte ich zu Tante Simone. Auf dieses Gespräch freute ich mich schon. Der würde Augen machen!

57

Tristan

Es wurde Montagabend, bis wir in unser Haus zurückkehren konnten. Die Ermittler stellten nämlich tatsächlich in Herrn Brewsters Wohnung Hinweise sicher, die bewiesen, dass er das Essen vergiftet hatte. Unter der Spüle hatte er einen Beutel aufbewahrt, in dem sich ein Löffel mit anhaftenden Resten des Pflanzenschutzmittels E605 und eine Schere befanden, mit der er wohl den Beutel aufschnitt. Daraufhin durchsuchten die Spurenexperten unser Haus ein zweites Mal.

Außerdem hatte der Mann jede Menge Fotos von Lotta, alle kurz vor ihrem Unfall geschossen, was den Verdacht nahelegte, er könne auch für ihren Tod verantwortlich sein. Als Krönung des Ganzen entdeckten die Ermittler schließlich Teile, wie sie bei dem Bau der Bombenattrappe verwendet worden waren. Wie es aussah, hatte Herr Brewster tatsächlich all diese Taten ausgeführt.

Connor erzählte bei seiner Vernehmung, sein Stiefvater habe ihn vor ungefähr vier Monaten in der Nähe der Schule angesprochen. Sie seien in ein nahegelegenes McDonald's gefahren, um miteinander zu sprechen. Andrew, wie er ihn nannte, habe viele Fragen gehabt, er freute sich sichtlich, ihn zu sehen, und schien aufrichtig an Connors Wohlergehen interessiert.

Auch das zweite Treffen verlief harmonisch. Man verabredete sich in der Innenstadt und besuchte dort eine Gaststätte. Connor erzählte aus seinem Leben, von der Schule, seinen Hobbys, seiner Patchworkfamilie und dass er nach dem Abitur Betriebswirtschaft studieren wolle, um bald die Juwelierläden seiner Oma väterlicherseits zu übernehmen.

Bei der dritten Verabredung sei Andrew auf einmal verändert gewesen. Erst habe er über sein Leben geschimpft, dass er dazu verdammt sei, als Hartz IV-Empfänger von praktisch nichts zu existieren, kurz darauf habe er Connor gezielt um Hilfe angefleht. Er, der ja eine reiche Verwandtschaft hinter sich wisse, könne doch wohl seinen Stiefvater ein wenig unterstützen. Connor habe ihm versucht zu erklären, dass er selbst nicht viel besitze und freiwillig in den Ferien bei seiner Oma arbeite, um sich etwas hinzuzuverdienen.

Daraufhin habe Andrew vorgeschlagen, einen der Juwelierläden zu überfallen. Die Oma würde den Verlust von der Versicherung ersetzt bekommen, ein echter Schaden entstünde dadurch nicht. Connor solle die Gegebenheiten ausbaldowern und das richtige Geschäft aussuchen. Andrew übernehme den Einbruch oder Überfall und das Absetzen der Beute, der Gewinn würde zwischen ihnen aufgeteilt.

Connor gab an, er sei total entsetzt gewesen und habe seinem Stiefvater klipp und klar gesagt, dass er sich dafür niemals hergeben würde. Dann habe Andrew zugegeben, dass er eigentlich ein Profieinbrecher sei. Erst zu diesem Zeitpunkt hätte er von den Vorstrafen und Gefängnisaufenthalten seines Stiefvaters erfahren und auch, dass er selbst während der vier Jahre mit seiner Mutter ein Krimineller gewesen sei.

„Ich hatte bis dahin nur gute Erinnerungen an ihn. Zu mir war er immer freundlich und nahm mich auch mal zu einem Ausflug mit." Genau das sagte Connor später auch in einem weiteren Gespräch mit meinen Eltern.

Jedenfalls sei ihm bei diesem Treffen klar geworden, dass Andrew nicht an ihm als Person interessiert wäre, sondern dieser von Anfang an vorgehabt hatte, ihn für seine Zwecke einzuspannen. Bei seinem geschickten Nachfragen hätte sich der Stiefvater verhaspelt und es sei herausgekommen, dass dieser ihn wohl schon eine ganze Weile beobachtete.

Connor habe ihm gleich an Ort und Stelle gesagt, dass er keinen weiteren Kontakt zu ihm wünsche. Andrew sei regelrecht ausgeflippt, nur der gewählte öffentliche Ort mit den vielen anderen Gästen habe ihn daran gehindert, tätlich zu werden.

Warum er nicht mit seinen Eltern darüber redete? Er habe sich geschämt, vor allem, dass er seinen Stiefvater zuvor in so einem rosigen Licht sah, hätte an ihm genagt. Und es wäre von seiner Seite aus klar gewesen, dass er nie wieder etwas mit ihm zu tun haben wolle. Er sei schließlich nach dem Gesetz erwachsen und durchaus in der Lage, für sich selbst einzustehen.

Eine Woche später habe Andrew noch einmal versucht, mit ihm zu sprechen. Er sei nicht darauf eingegangen, er habe ihn ignoriert und sei in die nächste U-Bahn-Station geflüchtet. Seitdem habe er nichts mehr von ihm gesehen oder gehört.

Blieb die Tatsache, dass Herr Brewster tatsächlich einen Schlüssel für die Haustür hatte. Dazu befragt äußerte Connor den Verdacht, der Stiefvater müsse sich einen Abdruck von seinem eigenen gemacht haben. Während des ersten und zweiten Treffens sei er jeweils kurz auf der Toilette gewesen, seine Jacke mit dem Schlüsselbund habe er über dem Stuhl hängen lassen. Und in Anbetracht der Tatsache, dass der Mann ihn anscheinend schon länger beobachtet hatte und plante, ihn in sein neuestes Verbrechen mit einzubinden, könne er sich gut vorstellen, dass dieser zu diesem Mittel griff.

Bei der Polizei stand Connor eindeutig als Opfer da. Seine Version des Angriffs wurde von der Spurensicherung bestätigt, die aufgefundene Pistole war geladen und entsichert, also sofort einsatzbereit. Eine Ermittlung gegen ihn erübrigte sich also.

Das alles erfuhr ich allerdings erst am Sonntagabend, als Papa uns besuchte und ich ein Gespräch zwischen meinen Eltern belauschte. Mama war am Samstag entlassen worden. Da Oma schon Connor und Papa aufgenommen hatte und ich lieber bei Tante Simone bleiben wollte, bot diese an, Mama könne ebenfalls zu ihr kommen. Papa war davon nicht begeistert, stellte es Mama aber frei und die erklärte, sie würde das Angebot gern annehmen. Das konnte ich gut nachvollziehen. Mit Oma in einem Haus, und dann auch noch ihrem, würde Mama sich weiterhin eingesperrt vorkommen.

Weil Papa mit der Polizei zu tun hatte, durften Oliver und ich sie abholen. Ihr Rechtsanwalt war auch da, verabschiedete sich jedoch schnell.

Mama stürmte auf mich zu und umarmte mich ganz lange. Es dauerte eine Weile, bis Oliver sie dazu kriegte, in sein Auto einzusteigen. Mit ihm und Tante Simone kam sie sofort klar, wir setzten uns in die Küche und aßen zusammen das selbstgekochte Mittagessen. Danach erzählte ich ihr ausführlich, was ich getan hatte. Ihr gegenüber war ich total ehrlich, ich hielt nichts zurück, auch nicht unseren Verdacht gegen Connor. Oliver sagte nicht viel, sondern ließ mich reden. Erst abends, nachdem sie mich schlafen geschickt hatten, hörte ich, wie die beiden das Thema wieder aufgriffen. Und da ich sowieso nicht müde war - Mamas glückliche Rückkehr war viel zu aufregend -, schlich ich mich vorsichtig näher heran, damit ich verstehen konnte, was sie sagten. Irgendwie hatte ich das Gefühl, sie würden ohne mich anders reden.

„Dass wir uns so vergaloppiert haben", begann Oliver. „Ehrlich, ich war fest davon überzeugt, Ihr Stiefsohn hänge mit drin."

„Ich auch", gestand Mama. „Sie können sich nicht vorstellen, wie er sich in den Wochen vor dem Giftanschlag benommen hat. Ich fühlte mich bedroht von ihm, ich zitterte schon, wenn ich seine Stimme hörte. Dabei waren es eigentlich Kleinigkeiten, eine besondere Betonung seiner Worte, eine bestimmte Geste - nichts Offensichtliches. Aber er schaffte es, dass ich mit meinen Nerven am Ende war." Sie lachte auf. „Deshalb habe ich auch diese blöde Liste mit den Anschuldigungen gegen ihn geschrieben. Ich wusste mir nicht mehr anders zu helfen. Die Bedrohung war für mich allgegenwärtig."

„Und nach dem Giftanschlag verdächtigten Sie ihn", stellte Oliver ruhig fest.

„In meinen Augen konnte es niemand anders gewesen sein." Sie machte eine kleine Pause. „Jetzt muss ich mich bei ihm entschuldigen. Beinahe hätte ich einen Unschuldigen getötet."

58

Tristan

Ich war also vorgewarnt, dass ein Gespräch zwischen Connor, Mama und Papa anstand. Glücklicherweise warteten sie nicht lange, kaum lag ich am Montagabend im Bett, trafen sie im Wohnzimmer zusammen. Klar, dass ich mir diese Unterhaltung nicht entgehen lassen konnte und meinen Horchposten hinter der Tür einnahm.

„Connor, ich muss mich bei dir entschuldigen", begann Mama. „Ich ..."

„Nein, ich habe dich provoziert", unterbrach mein Stiefbruder sie. „Das, was du getan hast, war logisch, nach dem, was ich gemacht habe. Ich kann dir gar nicht sagen, wie sehr ich mein Auftreten bedauere. Ich war so voll Wut, dass ihr beide meine Argumente nicht anerkennen wolltet. Ich hatte mich auf den Auszug gefreut, bereits geplant, wie alles laufen soll - und dann sagt ihr: Nein, das geht nicht. Statt noch einmal mit euch zu reden, habe ich mich meiner Wut überlassen und die in erster Linie gegen dich gerichtet." Er räusperte sich umständlich. „Papa, ich glaube, wir sollten Kerstin endlich einweihen."

Ich richtete mich alarmiert auf. Was war denn jetzt los?

„Das sehe ich genauso." Auch Papa musste sich erst räuspern, bevor er weitersprechen konnte. „Kerstin, du weißt ja, dass Connor damals durch den Tod seiner Mutter traumatisiert war und dass die diversen Störungen, die er aufwies, nicht nur daran lagen. Sein Umfeld war gelinde gesagt katastrophal. Keiner hatte sich in den ersten vier Jahren seines Lebens vernünftig um ihn gekümmert. Er kannte kein regelmäßiges Essen, kein miteinander Spielen, keinen normalen Tagesablauf, und vor allem, er hat nie Liebe bekommen."

„Papa ist relativ schnell mit mir zu einem Psychologen gegangen", übernahm Connor. „Damit ich richtige Hilfe bekomme. Bei dem musste ich ziemlich lange in Behandlung bleiben. Irgendwann hat der rausgefunden, dass es nicht nur an meinem Start ins Leben lag, dass ich seltsam bin. Er machte Tests, unter anderem auch einen Hirnscan oder so was in der Art. Dabei wurde eine gewisse Anomalie festgestellt, die darauf hindeutet, dass mein Gehirn nicht so arbeitet wie das eines normalen Menschen." Er holte tief Luft. „Ich bin ein Psychopath. Mir fällt es schwer, Empathie für andere aufzubringen."

„Ein Psychopath?" Mamas Stimme kippte über.

„Das ist nichts Schlimmes", mischte sich Papa schnell ein. „Welche Entwicklung so jemand nimmt, hängt auch von seinem sozialen Hintergrund und seiner Intelligenz ab. Vielen gelingt es, ihre Persönlichkeitsmerkmale so zu nutzen, dass sie ein fast normales Leben führen können."

„Papa und der Psychologe haben sich viel Mühe mit mir gegeben. Ja, es gibt immer noch gewisse Bereiche, an denen ich arbeiten muss, wie du leider selbst erfahren hast. Kognitiv habe ich keine Defekte, ich kann mein Handeln rational erfassen und mir die Folgen vorstellen. Auf die Wohnung bezogen lautete mein Plan: Ich bringe dich zum Durchdrehen, bis du freiwillig sagst: Zieh aus! Wobei Durchdrehen nicht wortwörtlich genommen werden sollte. Ich wollte dich unter Druck setzen und dabei gleichzeitig meinen Frust ablassen."

„Er kann sich nicht in andere hineinversetzen. Er sieht nicht, was er mit seinem Tun anrichtet", versuchte Papa zu erklären. „Zu den Eigenschaften eines Psychopathen gehören leider auch Rücksichtslosigkeit und das Fehlen von Mitgefühl."

„Woran ich gezielt arbeiten muss", wiederholte Connor. „Ich möchte als Normaler in einer normalen Welt leben."

„Hm." Was anderes zu antworten, fiel Mama wahrscheinlich im Moment nicht ein.

Mir ging es ähnlich. Oliver und ich hatten gar nicht so weit danebengelegen. Connor hatte gerade selbst zugegeben, ein Psychopath zu sein.

„Was glaubst du, was ich mir für Vorwürfe gemacht habe", sagte mein Bruder. „Ich habe echt gedacht, ich hätte dich in den Wahnsinn getrieben."

„Weil er eben aufgrund seiner Störung nicht normal denken und handeln kann", unterstützte ihn Papa. „Dafür fehlen ihm die grundlegenden Fähigkeiten. Aber er ist auf dem richtigen Weg, sieht sein Fehlverhalten ein. Gleich als er seine eigene Verletzung so weit überstanden hatte, ist er zu dem Psychologen im Krankenhaus gegangen und hat mit ihm gesprochen. Und er hat auch bei der Polizei eine Aussage gemacht. Natürlich wissen die nichts von der Diagnose. Das hätte sie vermutlich in eine falsche Richtung gelenkt."

„Es tut mir echt unheimlich leid, was ich da angerichtet habe." So hatte ich Connor noch nie sprechen hören. Er klang zerknirscht und irgendwie - kleinlaut. „Kannst du mir verzeihen?"

„Immerhin warst nicht du es, der mich verhaftete und in die Forensik einwies", lautete Mamas spontane Antwort. „Und ich habe dich mit einem Messer angegriffen. Ich denke, wir sind quitt."

„Dass ich Andrew nicht durchschaut habe! Ich mache mir echte Vorwürfe. Er hat so viel Unheil angerichtet."

„Du hattest die Erinnerung an einen freundlichen Mann", hielt Papa dagegen. „Keiner konnte ahnen, was er im Schilde führte."

Danach musste Connor sämtliche Begegnungen mit Herrn Brewster genau schildern. Mama zuliebe wiederholte er sogar den Vorfall im Haus. Anschließend steuerte Papa die letzten Erkenntnisse der Polizei bei.

„Vermutlich wird es eine Weile dauern, bis wir das Erlebte verkraftet haben und wieder normal miteinander umgehen können", sagte Mama abschließend. „Wir müssen uns eben alle bemühen."

„An mir soll es nicht liegen." Ich hörte, wie Connor aufstand.

Mist, bis nach oben schaffte ich es nicht mehr. Ich huschte unter die Treppe und kroch in die hinterste Ecke.

Meine Vorsichtsmaßnahme war überflüssig. Ohne nach links oder rechts zu sehen, stapfte Connor die Stufen hinauf. Trotzdem wartete ich, bis seine Tür zuklappte. So richtig traute ich ihm immer noch nicht.

Gerade als ich ebenfalls hochgehen wollte, hörte ich Mamas Stimme: „Und ich dachte, wir sind eine richtige Familie."

Mein Vater schwieg.

„Claas, ich weiß nicht, ob ich dir das verzeihen kann", wurde sie deutlicher. „Wenn das alles nicht passiert wäre, hätte ich dann nie davon erfahren?"

„Als wir zusammenkamen, hatte ich doch keine Ahnung davon", verteidigte sich Papa. „Ich habe dich damals gewarnt, dass Connor sehr, sehr schwierig ist. Du warst diejenige, die meinte, es würde schon klappen."

„Ich habe mich von Anfang an bemüht, ihm gerecht zu werden", stellte Mama klar. „Das versuche ich heute noch. Ich behandle ihn nicht anders als die Zwillinge oder Tristan. Darum geht es auch nicht. Wie konntest du mir eine derart schwerwiegende Diagnose vorenthalten?"

„Die meisten Menschen verstehen nicht …"

„Ich bin nicht die meisten Menschen!", fuhr Mama dazwischen. „Ich bin deine Ehefrau! Und ich habe ein Recht darauf, informiert zu sein."

„Kerstin, du siehst das völlig falsch. Der Psychologe und …"

Ich wandte mich ab und schlich mich nach oben. Diese Unterredung war nicht für meine Ohren bestimmt. Und einen Streit zwischen Mama und Papa, nachdem sich alles endlich eingerenkt hatte, wollte ich auch nicht mitkriegen. Ich hoffte inbrünstig, dass die beiden sich wieder vertrugen.

59

Montag/Dienstag

Oliver

Am Morgen scheuchte mich Tante Simone gleich ins Büro, damit ich den Kunden von der Warteliste anrief. Ich hatte für den Mann bereits einen Auftrag zufriedenstellend bearbeitet, daher hatte er signalisiert, er wolle sich gedulden, bis ich zur Verfügung stand.

„Dieses Mal geht es um meinen Schwager", teilte er mir mit. „Ich vermute, er hat Kontakt zur Konkurrenz aufgenommen. Nur er kann derjenige sein, der vertrauliche Informationen weitergibt."

Ich verabredete, mich mit ihm nach Feierabend im Geschäft zu treffen, damit wir eine Kamera in seinem Büro installieren konnten. Das Anbringen würde Deniz übernehmen, die Daten würden direkt auf meinem Computer landen, damit Tante Simone und ich seine Aktivitäten überprüfen konnten.

Ich verabschiedete mich gegen vier Uhr von den Rommels. Tristans Auszug ging mir ziemlich nahe, ich hatte mich in der kurzen Zeit seines Hierseins unheimlich an ihn gewöhnt. Auch er fing an zu blinzeln, als er auf mich zukam, um mich zu umarmen, eine seltene Geste bei ihm, die ich umso mehr zu würdigen wusste.

„Ich ruf dich an", versprach er. „Regelmäßig."

„Sie und Ihre Tante müssen uns unbedingt besuchen, wenn wieder Normalität eingekehrt ist", sagte Kerstin Rommel. „Ich melde mich bei Ihnen."

Trotzdem war die gemeinsame Zeit unwiederbringlich vorbei. Tristan würde sein normales Leben zurückhaben, mit seinen Brüdern, seinem Freund Linus, seiner Therapie, und ich musste mich um den nächsten und alle folgenden Fälle kümmern. Klar, in den ersten Wochen würde er anrufen, dann seltener und irgendwann wäre ich nur noch ein Schatten in der Vergangenheit. Ich verstand selbst nicht, dass mir das so naheging.

Während Deniz die Kamera anbrachte, überprüfte ich den Computer. Wie nicht anders zu erwarten fand sich nichts, was sich gegen den Mann verwenden ließ.

„Er macht immer von eins bis zwei Mittag", informierte mich mein Kunde. „Es wäre wichtig, wenn Sie ihn überwachen könnten. Vier- von fünfmal isst er außerhalb."

„Kein Problem." Ich notierte mir seine Autonummer und steckte sie zu dem Foto, das ich bereits erhalten hatte.

„Wenn er um fünf das Büro verlässt, müssten Sie ihm auch folgen. Er kommt mindestens zweimal die Woche später nach Hause. Allerdings nie an denselben Tagen."

Wieder ein Auftrag, der sich lohnte!

„Na?" Deniz grinste mich frech an, als wir das Gebäude verließen. „Ganz schön falsch gelegen, was?"

Ich wusste, dass er sich damit auf die Rommels bezog. Sollte ich ihm anvertrauen, dass ich weiterhin ein sehr unbehagliches Gefühl hatte? Nein, er würde mich auslachen. Er war von Anfang an skeptisch gewesen, was meinen Verdacht Connor gegenüber betraf. Er würde denken, ich könne die Niederlage nicht einstecken.

Deshalb zuckte ich einfach mit den Schultern und tat seine Worte mit einer Handbewegung ab. „Hauptsache, Frau Rommel ist endlich frei. Und der Spuk hat ein Ende", fügte ich halbherzig hinzu.

„Der Kleine wird dich bestimmt auf dem Laufenden halten!", rief er mir zu, schon im Begriff, in sein Auto zu steigen. „Wir wollen auch informiert werden, denk dran!"

Seine Freundin Britta hatte mich bereits in der Mittagspause angerufen, um jede Einzelheit persönlich zu erfahren. Wie ich war sie perplex über die Entwicklung, die der Fall genommen hatte. Genau wie bei mir hatte für sie Connor im Fokus gestanden.

„Ich wäre als Detektiv wohl eine Niete", versuchte sie es mit einem Scherz. „Du hast wenigstens dafür gesorgt, dass dieser Stiefvater überwacht wurde und dich nicht nur auf diesen Jungen eingeschossen."

Tja, was sollte ich darauf sagen? Dass ich mit diesem Attentat gar nicht gerechnet hatte? Im Endeffekt diente diese Überwachung dazu, die geheimen Treffen von Connor und ihm zu dokumentieren beziehungsweise eine eindeutige Verbindung zwischen den beiden herzustellen. Für mich war die Sachlage klar gewesen, der Junge und sein Stiefvater arbeiteten zusammen.

„Ende gut, alles gut", brachte ich mühsam hervor, verabschiedete mich schnell von ihr und bemühte mich, jeden weiteren Gedanken an den Fall zu unterdrücken.

Jetzt, nachdem Deniz mich darauf angesprochen hatte, gelang es mir nicht mehr. Kaum zu Hause angekommen setzte ich mich an den Küchentisch und machte mir seitenweise Notizen. Vielleicht war ich ja wirklich voreingenommen. Wenn ich noch einmal alle Fakten rekapitulierte, würde das Ergebnis meinem komischen Gefühl hoffentlich die Grundlagen entziehen.

Das Gegenteil war der Fall. Meine Intuition beharrte darauf, dass Connor schuldig war. Ich gab frustriert auf und legte mich schlafen.

Noch vor acht rief Tristan an. „Wir müssen uns unbedingt treffen", sagte er aufgeregt. „Ich habe wichtige Neuigkeiten für dich."

Ich war gerade auf dem Weg ins Büro. Mein Überwachungsobjekt fing pünktlich um acht mit der Arbeit an, ich wollte von Beginn an dabei sein. „Kannst du zu mir kommen?" Er konnte erzählen und ich gleichzeitig den Bildschirm beobachten.

„Mir fällt keine Ausrede ein. Ich muss noch nicht wieder in die Schule gehen, erst ab Donnerstag wieder."

„Behaupte, du hast irgendwas bei uns vergessen."

„Okay. Es wird bestimmt zehn, bis ich hier wegkann. Wir haben noch nicht mal gefrühstückt."

„Gibst du mir einen kleinen Tipp?" Er hatte es geschafft, mich neugierig zu machen.

Er kicherte. „Nein. Das muss ich dir persönlich erzählen. Du würdest es kaum glauben."

Damit war ich nun natürlich endgültig im Reich meiner Fantasie gefangen. Während mein Überwachungsobjekt seinen Computer hochfuhr und mehrere Telefongespräche führte, merkte ich, wie meine Gedanken immer wieder abschweiften. Nur gut, dass sein Tun auf der Festplatte gespeichert wurde. Meine Konzentration auf den neuen Fall war gleich Null.

Gegen halb elf stürmte Tristan endlich herein und ließ sich in den Besucherstuhl mir gegenüber fallen. „Hast du Zeit? Kann ich loslegen?"

Auf mein Nicken hin gab er das belauschte Gespräch fast Wort für Wort wieder.

Im ersten Moment verspürte ich ein Gefühl der Erleichterung. Wir hatten nicht danebengelegen. Connor war ein Psychopath.

„Ich habe eben noch recherchiert. Es stimmt, was Papa sagt. Ein Psychopath muss nicht unbedingt ein Bösewicht sein." Begeistert über diese Entdeckung sah er allerdings nicht aus.

Sollte ich Tristan informieren, dass mein Entschluss, in aller Stille weiter zu recherchieren, gerade neu entflammt war?

„Oliver, was meinst du?", drängte er. „Klingt seine Erklärung für dich plausibel?"

„Ich muss darüber nachdenken", wich ich aus. „Im Moment scheinen sich alle Fäden perfekt aufzudröseln. Es gibt für alles eine plausible Erklärung."

„Aber?", hakte Tristan nach. Vor Aufregung konnte er nicht stillsitzen, sondern zappelte auf dem Stuhl hin und her.

„Ich weiß es einfach nicht." Das war die einzige Antwort, die ich zu geben bereit war. „Sobald ich etwas Zeit habe, mache ich mir zu sämtlichen Punkten Notizen und überprüfe jeden einzelnen."

„Und wann ist das?" Er war sichtlich enttäuscht. „Arbeitest du schon wieder an einem neuen Fall?"

„Ja." Ich deutete auf den Monitor. „Ich muss einen Mann überwachen, möglichst von morgens bis abends."

„Dann wird das nie was!"

„Immerhin bieten sich in dieser Zeit einige Möglichkeiten, mich auszuklinken." Ich lächelte ihm verschwörerisch zu. „Glaub mir, ich kümmere mich darum."

60

Oliver

Tristan war schwer enttäuscht, das konnte ich ihm ansehen. Aber noch wollte ich mich nicht zu weit aus dem Fenster lehnen. Vor allem, da er jetzt wieder mit Connor in einem Haushalt lebte. Inwieweit der Junge in der Lage war, sich zu verstellen, musste nicht sofort ausgetestet werden. Ich schickte ihn hinüber zu Tante Simone, damit er sich irgendein Buch von ihr in die Hand drücken ließ, um seinen Besuch bei uns zu erklären. In seinem Frust über den Ausgang unseres Gesprächs hätte er das beinahe vergessen.

Kaum war meine Tante wieder allein, kam sie zu mir. „Tristan kam mir reichlich geknickt vor. Habt ihr euch gestritten?"

Ich wiederholte seinen Bericht und bemühte mich gleichzeitig, mein Observierungsobjekt im Auge zu behalten. Besonders arbeitswütig war der Mann nicht. Im Moment schob er gerade die Papiere auf seinem Schreibtisch hin und her und fixierte gedankenversunken das Telefon.

„Was hast du vor?" Tante Simone nickte in Richtung des Monitors. „Ich habe Zeit. Wenn du willst, übernehme ich für ein paar Stunden."

Sie kannte mich einfach zu gut. Ich überließ ihr nur zu gern die Überwachung. Draußen griff ich zu meinem Handy und rief Deniz an. „Wann könnte ich mal kurz mit Bilal reden?"

Dieser hielt sich im Laden auf und versprach, auf mich zu warten.

Wieder erst das Auto freikratzen! Langsam konnte der Winter enden, zumindest für mich.

Statt nach einem Parkplatz zu suchen, stellte ich mich in den Hof hinter Deniz' Geschäft. Bilal, der mein Auto erkannt hatte, öffnete mir die Hintertür. „Was gibt's?"

„Überleg bitte, nachdem der Mann aufschloss und ins Haus ging, wie viel später hast du geklingelt?"

Bilal grinste. „Ungefähr zehn Sekunden danach, denke ich. Der ist ja direkt zur Tür, als gehöre er zur Familie. Als er den Schlüssel zückte, lag mein Finger schon auf dem Handy. Kaum war er drin, bin ich zur Schelle."

„Wie lange hat es gedauert, bis du im Haus warst - vom Moment des Klingelns an", setzte ich vorsichtshalber hinzu. Ich brauchte verlässliche Angaben.

Er kniff die Augen zusammen und überlegte. „Während ich auf die Klingel drückte, hab ich mir bereits das Fenster ausgesucht, durch das ich rein wollte. Hin gejumpt, den Rollladen aus der Verankerung gezogen und hochgedrückt, auf die Fensterbank, mit dem Ellenbogen die Scheibe eingeschlagen, durchgegriffen, den Flügel entriegelt und rein. Ich würde sagen, das waren allerhöchstens drei Minuten."

Wie ein Profi, schoss es mir durch den Kopf. Besser, ich enthielt mich eines Kommentars. „Wann hörtest du den Mann fallen?"

„Ich stand noch auf der Fensterbank, als das Gepolter einsetzte. Dann schrien der Mann und der Junge gleichzeitig." Er musterte mich neugierig. „Stimmt was nicht? Ich dachte, der Fall sei geklärt."

„Ja", echote Deniz, der hinzugetreten war. „Dachte ich eigentlich auch."

„Es gibt da ein, zwei Dinge, die ich lieber kontrollieren möchte, bevor ich meine Rechnung schreibe", zog ich mich raus, während mein ungutes Gefühl wuchs. „Eher Kleinigkeiten." Ich wandte mich wieder Bilal zu. „Hat der Brewster in der Zeit, in der ihr ihn beschattet habt, andere Leute besucht oder getroffen?"

Er zog sein Handy heraus. „Bei mir nicht, ich hab ja die Nachtschichten gemacht. Ich ruf eben Özgür an."

Fast fünf Minuten ging das Gespräch hin und her, auf Türkisch natürlich. Dann sagte Bilal: „Der Brewster ist in die Kneipe direkt gegenüber seiner Wohnung gegangen und hat sich da mit drei Männern unterhalten. Die saßen zusammen an einem Tisch." Unterstützt von seinem Freund gab er mir die Beschreibung jedes Einzelnen. „Und Özgür meint, der hätte wohl eine Flamme. Die kam auch kurz dazu. Sie schien aus irgendeinem Grund sauer auf ihn zu sein. Die beiden haben sich angekeift, sie ist beleidigt abgezogen."

Blond, zwischen vierzig und fünfzig, ziemlich klein, bekleidet mit Jeans und Daunenjacke, mehr konnte Özgür nicht liefern. Er meinte jedoch, sie wäre in der Gaststätte wohl bekannt, der Wirt habe ihr beim Rausgehen einige Worte zugerufen.

„Willst du die abchecken?" Deniz zog die Augenbraue hoch. „Warum?"

Ich warf ostentativ einen Blick auf meine Armbanduhr. „Erzähl ich dir später. Ich muss los."

Erst im Auto fiel mir ein, dass ich ja heute Mittag diesen Schwager beschatten sollte. Jetzt noch bei der Kneipe vorbeizuschauen, würde zu knapp. Aber einen weiteren Anruf, den konnte ich erledigen.

„Körber?"

„Speer, guten Tag, Frau Kommissar. Haben Sie den Fall Rommel schon abgeschlossen?"

Sie lachte mich aus. „So schnell sind nicht einmal wir."

„Ich hätte da für meinen Bericht an meinen Kunden gern zusätzlich einige Fragen abgeklärt. Dürfte ich bei Ihnen vorbeikommen? Und wann passt es Ihnen?"

„Herr Speer, Sie wissen, dass wir Ihnen keine Auskünfte geben können." Trotz ihrer Worte klang ihre Stimme warm und freundlich. Irgendwie hatten wir aufgrund unserer gemeinsamen Erlebnisse einen guten Draht zueinander behalten.

„Ich will keine Interna erfahren", beeilte ich mich zu versichern. „Es ist eher so, für mich selbst passt die Geschichte nicht hundertprozentig. Deshalb würde ich gern einmal mit Ihnen einige Punkte durchsprechen."

Sie gab mir tatsächlich für drei Uhr einen Termin.

Die Fahrt zurück nach Hause lohnte sich nicht mehr, ich fuhr gleich durch zu meinem Einsatzort und wartete dort auf meinen Mann.

Dieser erschien pünktlich, schwang sich in sein Auto und gab Gas, dass die Räder auf der geeisten Fläche durchdrehten. Genauso fuhr er auch im Stadtverkehr, huschte bei Spätgelb über die Ampel, drängelte sich rücksichtslos von einer Spur in die andere, wenn er darin einen Vorteil sah, und fuhr mit mindestens sechzig Stundenkilometern. Ich geriet arg ins Schwitzen. Um an ihm dranzubleiben, musste ich gleich mehrere Verkehrsverstöße auf einmal begehen.

Immerhin gelang es mir, ihm bis zu dem Restaurant zu folgen, ohne dass er mich bemerkte. Sonst hätte er sich wohl kaum direkt auf dem Parkplatz mit seinem Gast getroffen und diesen so herzlich begrüßt. Ich hob das Handy und schoss die ersten Fotos. Während ich draußen wartete, leitete ich diese gleich an meinen Kunden weiter.

„Sie ist eine von unseren besten Vertretern", schrieb er zurück. „Sie will hofiert werden. Ein normales Treffen, Sie können abbrechen."

Tja, da stand ich nun vor dem nächsten Zeitloch. Bis zu meinem Termin mit Frau Körber waren es noch gute eineinhalb Stunden, die Entfernung zu der besagten Kneipe betrug allerdings fast vierzig Minuten Fahrtzeit. Das lohnte sich nicht. Ich notierte das Überwachungsende akribisch auf einem Zettel und startete den Motor. Einem Abstecher in einen billigen Imbiss stand nichts im Wege. Zu Hause würde bestimmt nur ein aufgetautes Tiefkühlgericht auf dem Speiseplan stehen.

61

Oliver

Während ich die Treppe zu Frau Körbers Büro nahm, spurtete ich die Stufen bis zum ersten Absatz hoch, nahm die nächsten in normalem Tempo und die folgenden eher schleichend. Ich notierte mir alle Zeitangaben genau.

„So, Herr Speer", empfing mich die Kommissarin. „Da haben wir schon wieder gemeinsam einen Fall abgeschlossen?"

Sie hatte es in einem fragenden Ton gesagt, daher beschloss ich, nicht drum herum zu reden, sondern ihr meine Zweifel offenzulegen. „Ich bin über das Ergebnis mehr als überrascht", gab ich zu. „Dass Herr Brewster allein hinter allem steckte, hätte ich nicht erwartet."

„Allein? Sie meinen, er hatte einen Komplizen?"

„Nach meinen Recherchen war Herr Brewster ein gewaltbereiter Krimineller, der wegen Einbruchs und Tätlichkeiten vorbestraft ist. Umgebracht hatte er bisher niemanden, oder?"

„Es handelte sich schon um massive Körperverletzung", berichtigte sie mich. „Bei einem der Opfer bestand sogar Lebensgefahr."

„Trotzdem, wie kommt so jemand dazu, plötzlich einen Mordanschlag nach dem nächsten zu begehen?"

Sie lachte. „Wenn wir das vorher wüssten, könnten wir etliche Tötungsdelikte verhindern. Nein", fuhr sie ernster fort. „Wir haben keine Hinweise gefunden, die seine Absichten erklären. Andererseits ist die Spurenlage eindeutig. Er hat das Essen der Rommels vergiftet und die Bombenattrappe, die unter dem Auto der Blehmkes gefunden wurde, gebaut. Für den Unfall der Freundin hingegen gibt es keine Beweise. Unsere

Vermutung, dass er diesen absichtlich verursacht hat, wird wohl eine bleiben. Spuren fanden sich in dem betreffenden Wagen nicht."

„Finden Sie es nicht seltsam, dass er sämtliche Indizien, die auf ihn als Täter deuten, in seiner Wohnung aufbewahrte?"

„Herr Brewster war nie der gut organisierte Typ. Sonst hätte man ihn nicht so oft gefasst."

„Ich habe noch einmal mit dem Mann gesprochen, den ich mit der Überwachung des Rommelhauses beauftragt hatte." Ich musste ihr deutlicher zeigen, was mich störte.

Die Zeitangaben, die ich zusammengetragen hatte, sprachen eine deutlichere Sprache. „Hm", sie sah mich überlegend an.

„Selbst wenn Sie die Treppe rauf schleichen, benötigen Sie dafür allerhöchstens eine halbe Minute", verdeutlichte ich.

Zu meiner Enttäuschung schüttelte sie den Kopf. „Vielleicht ist er kurz stehen geblieben, um zu horchen. Oder er hat sich davon überzeugt, dass sich im Parterre niemand aufhält. Das ist nicht mal das Fitzelchen eines Beweises."

„Auch nichts, was Sie zum Nachdenken bringt?"

„Es lässt sich niemals zweifelsfrei klären. Da müssen Sie schon stärkere Geschütze auffahren."

Die hatte ich leider nicht. Und von Connors Diagnose durfte ich nichts verlauten lassen, sonst hätte ich Tristan verraten. „Ich habe nur mein Gefühl, das mir sagt: Irgendwas stimmt da nicht. Was hat der Vater ausgesagt?" Ich bemühte mich, deutliche Enttäuschung zu zeigen.

Sie schob die Unterlippe vor und schüttelte den Kopf.

„Es klingelt und dann dauert es fast drei Minuten, bis er aus dem Bett ist, um nachzuschauen?", versuchte ich es erneut. „Ich wäre mit einem Satz draußen, vor allem mitten in der Nacht."

„Nehmen wir mal an, rein hypothetisch natürlich, Sie hätten am Abend zuvor einiges an Alkohol konsumiert. Ihre Reaktionszeit ist verlangsamt, außerdem schauen Sie sich zuerst nach etwas um, das Sie als Waffe benutzen können. Sie schleichen sich vorsichtig aus dem Zimmer. Im Flur brennt kein Licht, von der Treppe her kommt ein matter Schein, das heißt, die kleine Lampe, die auf Bewegung reagiert, wurde aktiviert. Sie erhellt den Bereich allerdings nur schemenhaft. Im Näherkommen sehen Sie eine Gestalt, die vorspringt und zuschlägt. Sie rennen los, ihre eigene Waffe erhoben - und erkennen buchstäblich im letzten Moment, dass Sie beinahe Ihren eigenen Sohn angegriffen hätten. Würde Ihnen das als Erklärung ausreichen?"

Ich nickte. Zumindest wusste ich jetzt, wie es abgelaufen war.

Frau Körber erhob sich. „Lassen Sie es gut sein, Herr Speer. Herr Brewster ist der Schuldige, da führt kein Weg dran vorbei."

„Ich kann nicht." Meine Verzweiflung war nicht mal gespielt. „Für mich sind immer noch zu viele Fragen offen."

Sie seufzte. „Halten Sie sich bitte der Familie gegenüber zurück, ja?"

„Ich dachte, ich schaue mich im Umfeld des Herrn Brewster um. Finde ich nichts Relevantes, gebe ich auf."

„Und sonst erfahren wir natürlich davon", ergänzte sie.

Enttäuscht, aber nicht willens aufzugeben, verließ ich das Gebäude. Mein Verdacht gegen Connor war mittlerweile in Gewissheit umgeschlagen: Er hing definitiv mit drin, war wahrscheinlich sogar der Initiator. Anders konnte es gar nicht sein. Und damit waren Tristan und seine Familie weiter in Gefahr. Ich musste Connor unbedingt zur Strecke bringen!

Ich machte mich auf den Weg zu der Kneipe. Herr Brewster hatte in der Nordstadt gewohnt. Das Haus stammte vermutlich noch aus der Vorkriegszeit - und seitdem war nichts mehr groß angelegt worden, ein deutlicher Absturz sowohl von der Gegend als auch von den Wohnverhältnissen her gegenüber dem früheren Zuhause mit Frau und Kind. Als Hartz IV-Empfänger, dazu vorbestraft, konnte man heutzutage nicht mehr wählerisch sein. Er hatte nehmen müssen, was verfügbar war.

Ein Blick in die Kneipe sagte mir, dass keiner der Beschriebenen anwesend war. Nehme ich mir zuerst die Hausbewohner vor, beschloss ich. Zehn Klingelschilder gab es, ich drückte den untersten Knopf. Augenblicklich wurde aufgedrückt. Zwei Frauen in Nikabs und mit Einkaufstaschen in der Hand kamen mir entgegen. Sie erstarrten sichtlich, als sie mich vor sich sahen.

„Herr Brewster", sagte ich schnell und zog ein Foto von Connor hervor, das Tristan mir gegeben hatte.

Sie schüttelten synchron den Kopf und drängten an mir vorbei, ohne einen Blick auf das Bild zu werfen. „Nix verstehn!"

Es würde nichts bringen, ihnen zu folgen. Sie wollten nicht mit mir reden. Ich wandte mich der gegenüberliegenden Tür zu. Auf mein Klingeln öffnete niemand.

In der ersten Etage auf der rechten Seite hatte Andrew Brewster gewohnt, an der Tür klebte noch das Polizeisiegel. Aus der linken Wohnung erklang laute Musik, sein ehemaliger Nachbar schien zu Hause zu sein. Die Schelle war relativ leise, daher hämmerte ich zusätzlich gegen die Tür.

„Ey, was soll …" Der junge Mann vor mir brach ab, als ich ihm meine Karte unter die Nase hielt. Neugierig musterte er mich. „Sie kommen bestimmt wegen dem Typ nebenan. Was springt für mich raus, wenn ich Ihre Fragen beantworte?"

„Das hängt von der Ergiebigkeit Ihrer Aussage ab." Ich hätte beinahe losgeprustet. Das Jüngelchen vor mir sah nicht nur aus wie der typische Schnorrer, den man vor allem in Bahnhofsnähe trifft, er reagierte auch zu Hause dementsprechend.

„Viel hatte ich mit dem nicht zu tun", sagte er bedauernd, nachdem er mich kurz entschlossen in seine Diele gezerrt und mit Nachdruck die Tür hinter uns geschlossen hatte. „Ab und zu im Treppenhaus getroffen, der war viel unterwegs und hatte andere Zeiten als ich."

„Haben Sie diesen Mann mal im Haus oder mit ihm zusammen gesehen?" Ich zog wieder das Foto von Connor hervor.

Er betrachtete es gründlich. „Nee."

„Hatte Herr Brewster überhaupt Besuch?"

„Ein paar Kumpels, in letzter Zeit nicht so. Und eine Frau, die habe ich aber nur gehört. Gesehen? Nee."

„Gibt es hier im Haus irgendjemand, der im Bilde über die anderen Hausbewohner ist?"

Er grinste. „So eine Art Blockwart, meinen Sie? Nee, Gott sei Dank nicht."

Ich überreichte ihm trotzdem einen Zwanni für seine Auskünfte und machte, dass ich aus der Wohnung kam.

62

Dienstag/Mittwoch

Oliver

Puh, der Geruch im Hausflur kam mir gleich viel angenehmer vor! In der Wohnung hatte es durchdringend nach Schweißfüßen gerochen, zudem waberte der süßliche Duft von Marihuana durch die zum Schneiden dicke Luft. Wie der es überhaupt darin aushalten konnte!

Trotz seiner Aussage klingelte ich an sämtlichen verbliebenen Türen. Meist wurde nicht einmal geöffnet, die zwei Männer, mit denen ich sprach, hatten angeblich keinen Kontakt mit Herrn Brewster gehabt, Connors Foto erzielte beide Male Kopfschütteln.

Also ein neuer Versuch in der Kneipe. Leider war von den Beschriebenen immer noch keiner anwesend. Ich setzte mich an den Tresen zwischen zwei ältere Männer, die schweigend vor ihrem Bier saßen, und bestellte beim Wirt, einem mürrisch dreinblickenden Glatzkopf, eine Cola. Der zog spöttisch die Augenbrauen hoch. „Ich muss noch arbeiten", erklärte ich ihm und holte dieses Mal das Foto von Herrn Brewster, das mir Bilal gegeben hatte, hervor. „Der Mann war öfter mal hier, habe ich mir sagen lassen. Ich würde gern mit seinen Bekannten über ihn sprechen."

Er sah mich schweigend an.

„Ich bin Detektiv", meine Karte wanderte neben das Foto, „und war mit der Aufklärung dieser Geschichte betraut. Ehrlich gesagt habe ich erhebliche Zweifel an der Version der Polizei. Ich kann mir nicht vorstellen, dass Andrew Brewster für diese Todesfälle verantwortlich ist."

Er nickte knapp und schnappte sich die Karte. „Drei Euro für die Cola."
Ich schob ihm einen Fünfer zu. „Stimmt so."

Meine beiden Nachbarn hatten uns zwar neugierig zugehört, wandten sich aber demonstrativ ab, als ich sie ansah. Sonst war nur noch ein Tisch besetzt, vier Rentner, die einen verfrühten Skatabend abhielten. Sie hatten dermaßen Spaß, dass sie bestimmt kein Wort von der Unterhaltung am Tresen mitbekommen hatten.

Der Wirt drehte mir nun den Rücken zu und machte irgendwelche Eintragungen in das Heft, das vor ihm lag. Erst als ich mich erhob, um zu gehen, wandte er sich um. „Ich geb die Karte weiter. Wenn sich einer melden will, ruft er Sie an. Wenn nicht …" Er zuckte mit den Schultern.

Sonst komme ich noch einmal wieder und rede mit dir, nahm ich mir im Stillen vor. Allerdings würde ich mir für diesen Besuch Verstärkung mitnehmen. Der Wirt war größer als ich und ziemlich muskulös, sich mit dem allein anzulegen, wäre Selbstmord.

Und schon musste ich mich wieder sputen, damit ich rechtzeitig genug an der Firma ankam, um meinem Überwachungsobjekt zu folgen. Zu meiner großen Erleichterung steuerte der sein Fahrzeug direkt nach Hause. Feierabend!

„Ich habe dir mehrere Sequenzen markiert", sagte Tante Simone, die in der Küche stand und für den nächsten Tag vorkochte. „Sonst war nur Unbedeutendes."

„Wenn ich dich nicht hätte." Ich trat neben sie und gab ihr einen Schmatzer auf die Wange.

„Ach, du", wehrte sie verlegen ab. „Was gibt es Neues?"

Ich erzählte das Wenige, was ich herausgefunden hatte. „Und trotzdem bin ich felsenfest von Connors Schuld überzeugt." Ich warf ihr einen um Verständnis heischenden Blick zu. „Mein Gefühl sagt mir, die Familie Rommel schwebt in Gefahr."

„Dann vertrau darauf." Sie tätschelte beruhigend meinen Arm. „Ich halte dir den Rücken frei. Willst du was essen?" Sie deutete auf den Topf mit Chili. „Ist fast fertig."

„Gern." Die Currywurst mit Pommes hatte nicht lange vorgehalten.

„Bitte sag Tristan nicht, dass ich weiter ermittle", bat ich, während sie bereits einen Teller für mich füllte. „Ich will ihm keine falschen Hoffnungen machen."

„Hoffnungen?" Sie setzte sich mir gegenüber und sah mich stirnrunzelnd an.

„Ich glaube, ihm geht es wie mir. Auch er spürt die Gefahr, die von Connor ausgeht. Er kommt gleich her, um mir zu sagen, dass sein Bruder tatsächlich ein Psychopath ist, und reagiert maßlos enttäuscht, dass ich nicht weiter recherchiere. Trotzdem darf ich ihn dieses Mal nicht miteinbeziehen. Das Risiko, dass er sich Connor gegenüber verrät, ist zu groß."

Ich schlang das Essen hinunter und wechselte hinüber ins Büro. Zuerst sah ich mir die Sequenzen an, die sie auf dem Block notiert hatte - nichts dabei, was einen Hinweis auf irgendwelche verdächtigen Aktivitäten gab. Bisher schien der Mann einfach nur seine Arbeit zu tun.

Anschließend recherchierte ich im Internet nach länger zurückliegenden Verbrechen. „Ein Psychopath fängt nicht von heute auf morgen mit einem Mord an", hörte ich Brittas Stimme in meinem Kopf. „Normalerweise gehen dem kleinere Straftaten voraus."

Drei Stunden später gab ich entnervt auf. Nichts! Wobei es natürlich nicht ausgeschlossen war, dass ich bei der Fülle an Informationen die entscheidende übersehen hatte - oder gar nicht bis zu ihr vorgedrungen war.

Tante Simone war es bei ihren Nachforschungen ähnlich ergangen, erinnerte ich mich. Sie hatte angeregt, dass ich mich persönlich in der Nachbarschaft der Rommels umhören sollte. Nur war in der Nacht dann Andrew Brewsters Angriff erfolgt und machte weitere Recherchen überflüssig, wie wir dachten.

Wie sollte ich vorgehen? Würde mein Interesse nicht zu auffällig wirken? Wenn die Rommels davon erfuhren, vor allem Connor! Nein, ich …

Stopp! Natürlich war das möglich. Wir mussten ja nicht bei einem direkten Nachbarn der Rommels nachfragen, wir selbst wohnten dicht genug dran. Und Tante Simone hatte viele Kontakte. Ich würde sie morgen früh losschicken, die Leute ein wenig auszuhorchen.

Andererseits, wenn hier in der Gegend etwas passierte, war sie normalerweise eine der Ersten, die Bescheid wusste. Vielleicht sollten wir damit beginnen, ihr Gedächtnis zu befragen.

Ich stemmte ein paar Gewichte, um zur Ruhe zu kommen - an diesem Tag hatte ich viel zu viel herumgesessen und gegrübelt. Danach stellte sich endlich die nötige Bettschwere ein. Kaum lag ich in der Waagerechten, fielen mir die Augen zu.

Ich hatte mir den Wecker auf sieben Uhr gestellt und erschien genau im richtigen Moment in ihrer Küche. Tante Simone biss gerade genussvoll in ihr Brot. „Wie? So früh schon auf?", wunderte sie sich. „Ich dachte, ich übernehme die weitere Überwachung?"

Ich besorgte mir Geschirr aus dem Schrank, goss mir eine Tasse Kaffee ein und warf zwei Brotscheiben in den Toaster. „Sag mal, kannst du dich an was Ungewöhnliches in den letzten Jahren erinnern? Wir wohnen in der Nähe der Rommels. Hättest du nicht davon erfahren, wenn irgendwas passiert wäre?"

Sie nickte und wies gleichzeitig auf den Schrank. „Da müsste noch ein Glas stehen."

Ich nahm meine Lieblingsschokocreme und die zwei Toast und setzte mich ihr gegenüber. „Fällt dir was ein?"

„Lass mein Gehirn erst einmal wach werden", wehrte sie ab und widmete sich ihrem Frühstück. „Ich kann mich an nichts Weltbewegendes erinnern", sagte sie schließlich. „Was nichts heißen muss. In unserer schnelllebigen Zeit jagt ja eine Schlagzeile die nächste. Aber ich weiß, wen ich fragen könnte. Herr Schuster hat ein Gedächtnis wie ein Elefant, der vergisst nichts."

Der Mann betrieb den einzigen Kiosk im gesamten Viertel, wobei es sich meiner Meinung nach eher um einen kleinen Lebensmittelmarkt handelte. Er lebte von der Faulheit der Anwohner, die gern bereit waren, ein paar Euro mehr auszugeben, wenn sie deshalb nicht für ein, zwei Teile in den nächsten Supermarkt fahren mussten. Und er hatte auch am Wochenende bis spätabends geöffnet.

„Wenn du das Büro übernimmst, könnte ich gleich los."

„Nur zu!" Ich hatte nichts Dringendes vor. „Frag ihn auch nach verschwundenen Hunden und Katzen." Ich rechnete schnell nach. „Ich schätze, das müsste so vor ungefähr zwölf Jahren gewesen sein, als die Rommels herzogen."

„Oder irgendwann danach." Sie grinste siegesgewiss. „Ich kläre das schon."

63

Mittwoch/Donnerstag

Oliver

Die Überwachung ließ sich frustrierend an. Nichts, was im Entferntesten nach Spionage aussah. Der Mann diktierte einige Briefe, sprach mit Kunden, erledigte seine E-Mails und ich hatte nichts anderes zu tun, als ihm dabei zuzusehen. Ich konnte meine Gedanken nicht daran hindern abzuschweifen. Was sollte ich noch unternehmen, um Connor eingehender zu überprüfen? Gab es weitere Ansatzpunkte? Hatte ich irgendetwas übersehen?

Der einzige Punkt, den ich abklären könnte, wäre, darauf zu bestehen, den Vater von Frau Blehmke zu befragen. Aber ob ich überhaupt bis zu ihm gelangen würde? Ich griff zum Telefon und rief sie an. Nein, er hätte kategorisch abgelehnt, mit mir zu sprechen. Und er läge weiterhin im Krankenhaus.

Die drei Kumpel und die Unbekannte aus der Kneipe hatten sich bisher nicht gemeldet. Sollte ich abwarten oder später noch einmal dort vorbeifahren? Ich war einfach zu unruhig, still vor dem Monitor zu sitzen und nichts zu unternehmen.

Mein Überwachungsobjekt holte sein Handy hervor und ich wandte meine Aufmerksamkeit wieder dem Bildschirm zu. „Wie sieht es aus?", hörte ich seine Stimme. „Ich warte auf die neuesten Ergebnisse."

Er lauschte eine Weile mit gerunzelter Stirn. „Immer diese Verzögerungen. Spätestens morgen früh liegt der Bericht auf meinem Schreibtisch."

Ich informierte vorsichtshalber meinen Kunden. „Um was für einen Bericht könnte es sich dabei handeln?"

Er reagierte aufgeregt. „Er wird mit unserer Entwicklungsabteilung gesprochen haben. Ich frage gleich mal dort nach."

„Nein, nicht jetzt, lieber später", bremste ich ihn. „Worum geht es dabei?"

„Unsere Techniker stehen kurz vor dem Durchbruch. Wenn er diese Daten an die Konkurrenz weitergibt, können wir unseren Vorsprung nicht halten", protestierte er.

Und wieso hatte er vorher nicht daran gedacht?

„Das wäre ein Ding! Meine Verdächtigungen zielten in eine ganz andere Richtung." Näher ließ er sich nicht darüber aus.

„Haben Sie einen vertrauenswürdigen Mann, der Ihnen einen Bericht zusammenstückeln könnte, der die Ergebnisse verdreht und trotzdem echt klingt?", fragte ich anstatt nachzuhaken. Wenn der Kunde nicht mit der Sprache herausrücken wollte, war das sein gutes Recht. Auch wenn das für mich Mehrarbeit bedeutete.

„Ha! Sie sagen es. So machen wir es."

„Halt! Moment! Ist Ihr Schwager denn normalerweise an dem Prozess beteiligt?" Nicht dass wir zu voreilig handelten.

„Er ist für den Vertrieb zuständig und muss von daher natürlich wissen, wie weit das Ganze gediehen ist. Trotzdem ist sein Interesse merkwürdig. Es sei denn …" Wieder wollte er mich nicht an seinem Wissen teilhaben lassen und verabschiedete sich hastig mit der Versicherung, nicht zu übereilt zu reagieren und nicht mehr als einen Mitarbeiter einzuweihen.

Tante Simone erschien erst um halb zwölf. Sie strahlte regelrecht. „Alles erledigt, Chef!" Mit diesen Worten ließ sie sich in den Besucherstuhl plumpsen.

„Und?", fragte ich, ihrer Erwartung entsprechend. „Hast du was rausgekriegt?"

„Es gab tatsächlich so vor ungefähr zehn, elf Jahren eine Zeit, in der einige Katzen und auch zwei Hunde spurlos verschwanden. Die Polizei tippte damals auf Tierfänger, weil keines wieder auftauchte."

„Also muss er die Kadaver gut vergraben haben", mutmaßte ich.

„Es kommt noch besser. Vor sechs Jahren wurde ein Obdachloser, der auf dem Friedhof seinen Unterschlupf hatte, am späten Abend bewusstlos geprügelt. Leider war der Mann zu betrunken, als dass er irgendwelche Angaben zum Täter machen konnte. Ein schwarzer Schatten sei es gewesen, der ohne ein Wort direkt zugeschlagen habe. Für den Obdachlosen gab es ein Happy End. Er wurde nach seinem Krankenhausaufenthalt in eine spezielle Einrichtung überwiesen und hat mittlerweile eine eigene Wohnung."

„Konnte die Tatwaffe sichergestellt werden?"

„Eine Zaunlatte, keine Fingerabdrücke, keine sonstigen Spuren." Tante Simone legte den Kopf schief und sah mich abwartend an.

„Gibt es noch mehr?"

„Tja, wie man's nimmt. Eine Joggerin wurde im Wäldchen", so nannten wir den kleinen Naherholungspark in der Nähe, „überfallen. Sie wehrte sich vehement, er flüchtete. Am selben Abend brannte eine Scheune ab. Die Verbindung habe ich gezogen", kam sie meiner Frage zuvor. „Herr Schuster hat einfach nur aufgezählt, was ihm eingefallen ist."

„Frust", vermutete ich. „Weil er bei ihr nicht zum Zuge kam."

Sie nickte beifällig. „Dann gab es über den gesamten Zeitraum einige Fälle von Vandalismus und zwei weitere Brandstiftungen. Aber ebenso ein paar Einbrüche und zwei Autodiebstähle. Es ist schwer, da eine Verbindung zu ziehen."

„Vor allem, da wir nicht wissen, wie es in den anderen Stadtteilen aussieht. Was ist normal, wo gibt es eine Häufung?"

„Und ist überhaupt Connor dafür verantwortlich?", ergänzte sie.

Es existierten genügend andere Jugendliche, die genauso über die Stränge schlugen. Immerhin gab das Ergebnis meinem Gefühl neue Nahrung. Connor konnte durchaus für einige dieser Taten verantwortlich sein. Apropos Gefühl. „Ich muss gleich los. Kannst du bitte den Kunden später irgendwann überprüfen? Selbst Gerüchte sind mir willkommen."

„Kein Problem. Ich esse schnell eine Kleinigkeit, dann lege ich los. Hast du nach deiner mittäglichen Überwachung noch was vor?"

Schön wär's! „Ich warte auf einen Anruf. Meldet sich der- oder diejenige, will ich sofort hin."

Es tat sich natürlich nichts - weder in dem einen noch in dem anderen Fall. Der Schwager verließ zwar das Büro, aber er blieb wohl auf dem Gelände, jedenfalls tauchte er nicht auf. Und mein Handy blieb stumm.

Ich warte noch diesen Tag ab, beschloss ich am nächsten Morgen. Sollte ich bis dahin von keinem der Freunde des Herrn Brewster gehört haben, werde ich Bilal bitten, sich abwechselnd mit einem Freund in der Kneipe aufzuhalten, bis einer der Gesuchten auftaucht. Diese Spur war zu wichtig, um sie nicht weiterzuverfolgen.

Den könnte ich ebenso gut ins Haus schicken, kam es mir in den Sinn. Vielleicht würden die Türkinnen mit ihm sprechen. Zumindest hatte er bessere Karten als ich. Einem Landsmann gegenüber war man informativer. Und da sie im Parterre wohnten, konnten sie sehr wohl das eine oder andere mitbekommen haben.

Er hatte ab dem Nachmittag Zeit und versprach, mir umgehend Bescheid zu geben. Ich schickte ihm per Handy das Foto, das er vorlegen sollte. Danach saß ich wieder im Büro, zerbrach mir den Kopf, ob sich nicht irgendeine weitere Möglichkeit fand zu recherchieren, und überwachte dabei den Schwager, ohne dass sich etwas Relevantes ergab.

Das Mittagessen wollte er anscheinend heute auswärts einnehmen, er fuhr genau in dem Moment vom Parkplatz, als ich auftauchte, ich brauchte ihm nur zu folgen. Dieses Mal handelte es sich um ein kleines Lokal am Rande der Innenstadt. Und seinen Gast, der kurz darauf erschien, kannte ich persönlich. Der Journalist hatte mich nach meinem großen Fall interviewt.

Ich fing ihn anschließend auf dem Parkplatz ab. „Haben Sie einen geheimen Informanten?"

Sein selbst im Winter sommersprossiges Gesicht verschloss sich. „Kein Kommentar."

„Und wenn Sie die relevanten Nachrichten aus erster Hand bekommen würden? Wären Sie bereit, einem Deal zuzustimmen? Sie bekommen Antworten auf Ihre Fragen und wir ebenso."

Er überlegte. „Kommt darauf an. Ich will echte Erklärungen, keine Halbwahrheiten."

„Ich muss sehen, was sich machen lässt."

Wir tauschten unsere Karten aus und ich versprach, mich bald bei ihm zu melden. Sobald er außer Hörweite war, griff ich nach meinem Handy. Im selben Moment begann es zu klingeln. Keine Nummer, die mir etwas sagte. Trotzdem nahm ich das Gespräch an.

„Herr Speer, Kerstin Rommel hier. Ich muss dringend mit Ihnen reden. Hätten Sie morgen früh Zeit für mich?"

64

Donnerstag/Freitag

Oliver

Mein Kunde wand sich, bevor er sich dazu bereit erklärte, mit dem Reporter zu sprechen. Den Grund erfuhr ich kurz darauf von Tante Simone. „Er steht kurz vor der Pleite, so lauten zumindest die Gerüchte. Er dementiert und behauptet, das wäre eine normale Durststrecke, wie sie in jedem Betrieb ab und zu vorkommt. Nicht dass du für deine Arbeit kein Geld bekommst, Oliver!"

„Klappt alles, ist der Auftrag heute Abend erledigt. Selbst wenn er nicht bezahlt, werden wir diese paar Tage verschmerzen können. Herr Mangold war ausnehmend großzügig."

Die Rechnung, die meine Tante geschrieben hatte, war sofort akzeptiert worden. Und er hatte noch einen ansehnlichen Bonus auf die Summe draufgelegt, den ich am liebsten sofort retour geschickt hätte. Den hatte ich nicht verdient. Nur Tante Simones Drohung, sonst ihre Mithilfe zu verweigern, hielt mich davon ab. Schließlich, so argumentierte sie, hätte ich nicht mal die beiden türkischen Helfer und Deniz' Recherche aufgeführt. Deshalb sei Herr Mangold so großzügig gewesen. Er wisse schließlich, dass ich das Haus hätte überwachen lassen.

Vorsichtshalber beobachtete ich selbst den Schwager, bis es Zeit für meine Verabredung mit dem Kunden und dem Reporter wurde. Wir wollten uns bei mir im Büro treffen, ein Ort, an dem beide relativ sicher sein konnten, nicht miteinander in Verbindung gebracht zu werden.

Das gemeinsame Gespräch entwickelte sich besser als gedacht. Mein Kunde gab offen zu, dass er in ziemlichen Geldschwierigkeiten steckte, hob allerdings hervor, dass er aufgrund einer innovativen Entwicklung überzeugt sei, das Ruder herumreißen zu können. Die Vorstellung würde schon nächste Woche erfolgen. Daraufhin steckte ihm der Journalist, dass sein Schwager die Gerüchte in die Welt gesetzt hätte, dass er vor der Pleite stehe, und ihm heute sogar versprochen habe, ihm entsprechende Beweise für einen drohenden Konkurs auf den Tisch zu legen. Für morgen Mittag hätten sie ein weiteres Treffen vereinbart.

Die Verhandlung und die gegenseitigen Zugeständnisse musste ich nicht erfahren, ich ging in mein Zimmer und ließ die beiden verhandeln.

Knapp eine Stunde später zwinkerte mir der Reporter zum Abschied zu und mein Kunde setzte sich mir gegenüber. „Den Rest übernehme ich selbst", stellte er zufrieden fest. „Ich will unbedingt wissen, was mein Schwager mit seiner Kampagne bezweckt. Sitzen die zwei einträchtig beieinander, komme ich hinzu und nagle ihn fest. Ihr Job ist getan. Schicken Sie mir bitte die Rechnung. Keine Angst, ich kann sie bezahlen."

„Soll ich meinem Techniker sagen, dass er die Kamera abbauen soll?"

„Ach, ja!" Er sah mich unschlüssig an. „Nein, lassen Sie die Aufnahmen weiterlaufen, bis ich mich melde. Nur zugucken müssen Sie nicht mehr. Ich sage Ihnen rechtzeitig Bescheid, falls ich meine Meinung ändere."

Ich stand auf und schüttelte ihm die Hand. „Ich schreibe die komplette Rechnung und schicke sie gleich morgen raus." Besser war besser. Das mit der angebrachten Kamera würde sowieso nicht darin auftauchen, sondern unter dem Punkt Spesen verschwinden.

Bevor ich mich ins Fitnesscenter aufmachte, informierte ich Tante Simone über das Ende des Auftrags und den morgigen Besuch von Kerstin Rommel. „Bitte keine neue Verpflichtung annehmen!", schärfte ich ihr ein. „Ich werde die nächsten Tage alle Hände voll zu tun haben."

Kerstin Rommel kam wie angekündigt um kurz nach acht. Bis dahin hatte sich weder Bilal noch einer der Bekannten des Herrn Brewster gemeldet. Doch mein Plan stand. Ich würde als Erstes versuchen, den Vater von Frau Blehmke zu besuchen, und anschließend zu der Kneipe fahren und mit dem Wirt sprechen. Ich brauchte endlich Antworten.

Sie sah blass und nervös aus, wollte nicht einmal ihren Mantel ablegen und rutschte unruhig auf dem Stuhl mir gegenüber herum. „Ich weiß nicht, ob das richtig ist, dass ich einfach hier bei Ihnen auftauche. Aber ich muss dringend mit jemandem darüber reden, was ich rausgefunden habe." Sie stieß ein klägliches Lachen aus. „Vielleicht sind es wieder die reinsten Hirngespinste. Ich habe mich ja schon einmal verrannt. Ich …"

Sie schüttelte den Kopf und brach ab.

„Sie kommen wegen Connor", versuchte ich, ihr den Einstieg zu erleichtern.

Sie errötete so stark, dass ihr Gesicht fleckig krank wirkte. „Mein Mann und mein Stiefsohn haben mich aufgeklärt, Connor ist ein Psychopath. Das hat ein Psychiater zweifelsfrei diagnostiziert. So erklären sich seine Eigenarten und sein Verhalten mir gegenüber. Ein Psychopath sein, muss nämlich nicht bedeuten, dass …"

„… jemand zum Mörder wird", unterbrach ich sie. „Ich kenne die gängigsten Abhandlungen dazu."

„Gestern sind Connor und Tristan zum ersten Mal wieder in die Schule. Ich habe mich hingesetzt und nachgelesen. Vorher hatte ich keine Ahnung von diesem Thema. Nun sind mir trotzdem Zweifel gekommen, ich weiß nicht, mit wem ich sonst darüber sprechen könnte."

Sie hatte nicht mal gefragt, warum ich mich über Psychopathen informiert hatte. Ihre eigenen Gedankengänge hielten sie anscheinend völlig gefangen.

„Angeblich war Connor total geschockt, nachdem er seinen Stiefvater umgebracht hatte", fuhr sie fort. „Laut Claas war er kaum ansprechbar und wiegte sich hin und her, als sei er psychisch schwer angegriffen. Aber die Beschreibungen sagen, so jemand empfindet keine Reue und Schuldgefühle. Wie passt das zusammen?"

Das hätte mir ebenfalls auffallen müssen! Sie hatte recht, das war seltsam.

„Das ist noch nicht alles." Sie erwartete offensichtlich keine Antwort von mir, sondern wollte ihre Bedenken loswerden. „Nachdem ich verhaftet worden war und es Connor wieder besser ging, hat er meine angebliche Tat sofort mit seinem Verhalten mir gegenüber in Verbindung gebracht. Er habe sich im Krankenhaus an einen Psychologen gewandt und diesem davon erzählt. Der wiederum habe gemeint, er solle seine Angaben Claas und auch der Polizei gegenüber wiederholen. Sein Gebaren könne mich eventuell in den Wahnsinn getrieben haben." Wieder stieß sie ein klägliches Lachen aus. „Damit hat er den Ermittlern natürlich gleich eine passende Erklärung geliefert."

„Genauso sah ich es zu dem Zeitpunkt auch", warf ich ein. „Vor allem …"

„Moment, ich bin noch nicht fertig. Am Montagabend, als wir alle wieder zu Hause waren, entschuldigte er sich bei mir. Er erwähnte seine Schuldgefühle, dass er mich vorher derart behandelt hat - meinen Messerangriff tat er dagegen mit einer Handbewegung ab. Wie passt das zusammen? Und wieder: Ein Psychopath und Reue?"

„In diesem Gespräch erfuhren Sie von der Diagnose?", warf ich schnell ein. Immerhin wusste ich offiziell bisher nicht davon.

Sie nickte. „Ich war viel zu überrascht, um vernünftig damit umgehen zu können - ganz zu schweigen von meinem Entsetzen, dass mein Mann mir dieses wichtige Detail vorenthalten hatte."

65

Oliver

Bevor ich zugab, dass ich längst wieder in diese Richtung ermittelte, fragte ich nach dem genauen Befund und wann dieser erhoben worden war. Dazu hatte sie leider keine Informationen. Zwischen ihr und ihrem Mann sei das Verhältnis momentan nicht das Beste, er könne nicht verstehen, dass sie über sein Schweigen sauer sei, er habe nur Connor schützen wollen. Außerdem, so seine Argumentation, sei sein Sohn ja weiterhin in psychologischer Behandlung gewesen, es habe nie Rückschritte gegeben, im Gegenteil, Connor sei definitiv auf einem guten Weg. Dass er manche Eigenarten habe, mit denen er weiterhin anecke, sei wohl nicht zu vermeiden.

„Lebt dieser Mann denn vollkommen jenseits der Realität?", fuhr sie wütend auf. „Ich meine, ich habe, als bei Tristan die Asperger-Diagnose gestellt wurde, schon vermutet, dass Claas ebenfalls betroffen ist. Seine gesamte Art, sein Verhalten, legen diesen Verdacht nahe. Nur hat wohl damals niemand darauf geachtet. Und er ist nicht dermaßen eingeschränkt wie unser Sohn. Aber als realitätsfremd kann man ihn garantiert bezeichnen."

Genau in dem Moment machte es bei mir Klick. „Wie hat man die Diagnosestellung bei Connor untermauert?"

Sie sah mich irritiert an, dass ich so abrupt das Thema wechselte. „Angeblich konnte man diese Störung im Gehirn sehen. Genaues weiß ich leider nicht darüber."

„Ihr Mann und Connor haben keine große Ähnlichkeit miteinander", wagte ich mich vorsichtig weiter vor.

„Er soll nach seiner Mutter kommen." Sie verstand nicht, worauf ich hinauswollte.

„Haben Sie ein Foto von ihr gesehen?"

„Nein." Sie runzelte die Stirn, hatte aber offensichtlich noch nicht die richtige Verbindung gezogen.

Ich angelte das Handy aus meiner Hosentasche und rief nun doch Frau Blehmke an. „Eine kurze Frage: Haben Sie ein Foto von Ihrer Schwester und vielleicht sogar eins zusammen mit Andrew Brewster aus früheren Zeiten?"

Sie zögerte. „Mein Vater bestimmt. Ich müsste eben nachsehen."

Fünf Minuten später meldete sie sich zurück. „Ja, es gibt eins, da sind beide gemeinsam drauf."

„Dürfte ich kurz vorbeikommen und es mir ansehen?"

„Wenn Sie sich beeilen. Ich wollte gleich einkaufen."

„Ich fahre sofort los."

Klar, dass Frau Rommel mich begleitete.

Als sie die Tür öffnete, hielt Frau Blehmke das Foto bereits in der Hand. „Das ist das einzige, das aus der Nähe aufgenommen wurde."

Die äußerlichen Gemeinsamkeiten von Connor und seiner Mutter waren minimal. Er hatte ihre Augen und ihre Haarfarbe, die Kopfform, die Nase und der Mund, sogar der Körperbau glichen Andrew Brewster. Hätte mir die Ähnlichkeit nicht spätestens nach dem Erhalt seines Fotos auffallen müssen?

Kerstin Rommel neben mir sog scharf die Luft ein, ihre Hand schnellte vor.

Frau Blehmke trat zwei Schritte zurück und schüttelte den Kopf. „Geben kann ich es Ihnen nicht. Mein Vater würde es merken. Wie gesagt, es ist das einzige vernünftige Foto, das er von ihnen hat."

„Dürfte ich es abfotografieren?" Ich hob mein Handy. „Ich glaube, ich komme dann auch ohne ein Gespräch mit Ihrem Vater weiter. Und wenn ich richtig liege, haben Sie keine weiteren Anschläge zu befürchten."

Das letzte Argument gab wohl den Ausschlag. Sie hielt das Foto mit spitzen Fingern, während ich vorsichtshalber gleich mehrere

Aufnahmen machte, die ich umgehend kontrollierte. Ja, beide Personen waren einwandfrei zu erkennen. Wir bedankten uns und schritten zurück zum Auto.

Mein Handy klingelte und ich bedeutete Kerstin Rommel, schon einmal einzusteigen. Es war Bilal, mit dem musste ich unbedingt sprechen.

„Tut mir leid, dass es gestern nicht mehr geklappt hat. Wir sind im Gespräch darauf gekommen, dass wir dieselben entfernten Verwandten haben. Es wurde ein langer Abend", begann er. „Dafür habe ich super Neuigkeiten für dich. Willst du vorbeikommen? Ich bin bei Deniz im Laden."

„Ich habe noch einen dringenden Termin. Sag schon mal, was Sache ist."

„Die haben den Jungen eindeutig wiedererkannt. Er war in der Wohnung, das letzte Mal am Tag, als der Brewster starb. Und jetzt kommt der Hammer: Der Alte selbst war nicht da. Das weiß die Frau ganz genau. Sie hat nämlich gesehen, dass er bei seiner Freundin reinging. Das ist die aus der Kneipe. Die genaue Adresse habe ich aufgeschrieben."

„Bilal, das gibt einen Zusatzbonus. Ich komme gleich anschließend bei Deniz vorbei. Kannst du so lange dortbleiben?"

„Die nächste Spur", erklärte ich Kerstin Rommel und startete den Motor. „Wenn Sie Zeit haben, begleiten Sie mich ins Krankenhaus. In der Zwischenzeit erkläre ich Ihnen alles."

Da die Innenstadt, in der sich die Klinik befand, wie immer verstopft war, beendete ich meinen Bericht, als wir auf den Parkplatz einbogen.

„Sie sehen, ich habe auf eigene Faust weiterermittelt, weil mir mein Gefühl keine Ruhe ließ." Dass mich die Angst vor einem erneuten hinterhältigen Angriff Connors gegen die Familie Rommel trieb, behielt ich lieber für mich.

Sie fasste sich erstaunlich schnell. „Sie wollen den Vater von Frau Blehmke trotzdem besuchen?"

„Ich brauche noch mehr Antworten. Angeblich saß der Brewster schon vor der Schwangerschaft im Gefängnis. Wir müssen die fehlenden Puzzleteile finden."

Wir erkundigten uns an der Information nach Herrn Abel und erfuhren, dass er auf der Neurologie lag.

„Woher kennen Sie seinen Namen?", wunderte sich Kerstin Rommel.

Ich grinste. „Corinna Abel, seine Tochter, sie hat nie geheiratet."

Sie klopfte mir anerkennend auf den Arm. „Übrigens übernehme ich Ihr Honorar. Und zwar ab dem Tag, als Sie erneut angefangen haben zu ermitteln. Keine Widerrede", kam sie meinem Protest zuvor. „Das hier ist mein persönlicher Feldzug."

Der Aufzug hielt in der fünften Etage und wir wandten uns der Station zu. Herr Abel lag im zweiten Zimmer, sodass wir von den Schwestern unbemerkt eintreten konnten. Zwei Betten standen darin, von denen nur das am Fenster belegt war.

Der Mann, der am Tropf hing, sah uns mit hellwachen Augen fragend entgegen.

„Herr Abel, mein Name ist Speer, ich bin der Detektiv, der bei Ihrer Tochter war, als …"

Sein Gesichtsausdruck verfinsterte sich. „Ich will nicht mit Ihnen sprechen. Verlassen Sie sofort mein Zimmer oder ich rufe die Schwester."

„Das würde ich an Ihrer Stelle nicht tun", erwiderte ich mit harter Stimme. „Dann gehen wir, Frau Rommel", ich wies auf meine Begleiterin, „und ich nämlich gleich zur Polizei. Connor ist nicht Claas Rommels Sohn, sondern der von Andrew Brewster. Und die Bombenattrappe war eine Warnung, dass Sie den Mund halten sollten."

Herr Abel wurde blass und schluckte mühsam. Kerstin Rommel eilte an seine Seite und reichte ihm sein Glas mit Wasser.

„Woher …?" Er ließ sich erschöpft zurück ins Kissen sinken. Plötzlich sah er um Jahre gealtert aus.

„Ich habe Fotos von Ihrer Tochter und Herrn Brewster gesehen. Connor hat viel Ähnlichkeit mit seinem Vater. Allerdings nicht nur äußerlich. Ich würde sogar behaupten, Ihr Enkel ist zu Schlimmerem fähig als er." Ich nickte zu Kerstin Rommel hinüber. „Lassen Sie sich von ihr erzählen, was bisher geschehen ist."

„Bitte." Er deutete auf den Stuhl an der Wand. „Setzen Sie sich neben mich."

Sie fasste die wichtigsten Informationen geschickt zusammen. Als er von Andrew Brewsters Tod hörte, kniff Herr Abel die Augen fest zusammen und öffnete sie nicht mehr, bis Kerstin Rommel zum Ende kam.

„Es ist besser, Sie sagen uns die Wahrheit", bat sie ihn. „Sie können ihm nicht mehr helfen."

66

Oliver

„Darf ich Sie noch zu Ihrem Freund begleiten?", fragte Kerstin Rommel, nachdem wir das Krankenhaus verlassen hatten.

„Selbstverständlich, Sie sind ja meine Auftraggeberin."

Das erklärte ich auch Deniz und Bilal, die zuerst etwas fassungslos über diesen Besuch wirkten.

„Gut, wenn Sie das hören wollen." Bilal zuckte die Achseln. „Die Nachbarn in der unteren Wohnung haben Connor auf dem Foto zweifelsfrei wiedererkannt. Zweimal sei er in den letzten Monaten vorbeigekommen und habe geklingelt, dann, an dem Nachmittag, an dem der Brewster später verstarb, sei er allein da gewesen. Er hatte wohl einen Schlüssel, jedenfalls hat er nicht geklingelt. Die Nachbarin war kurz vorher einkaufen und hat den Brewster zu seiner Freundin gehen sehen. Die wohnt schräg gegenüber, neben dem Haus, in dem unten die Kneipe ist. Die hat er schon länger. Die Nachbarin meint, sie habe ihm die Wohnung besorgt. Die war auch oft bei ihm."

„Komisch", Kerstin Rommel war schneller als ich. „Dass er sich dort einfach so gezeigt hat. Er war doch sonst so vorsichtig."

„Der hat sich schon getarnt", grinste Bilal anerkennend. „Kapuze überm Kopf, Schal hochgezogen. Aber die Welt ist klein. Ihr Sohn geht auf dieselbe Schule wie Connor, sogar in dieselbe Stufe. Das scheint er nicht zu wissen."

„Sie könnte ihn einwandfrei identifizieren?", hakte ich nach.

Er warf sich in die Brust. „Das hast du mir zu verdanken. Mir zuliebe würde sie eine Aussage machen."

„Gib mir bitte den Namen der Freundin." Gleichzeitig holte ich mein Portemonnaie raus und zog einen Hunderter hervor.

„Geben Sie ihm bitte zwei. Ich übernehme das."

Bilal war äußerst angetan. „Wenn ich sonst noch was für euch tun kann?"

„Melden wir uns", gab ich zur Antwort. „Zuerst unterhalte ich mich mit Brewsters Freundin."

Bevor ich mich auf den Weg machte, setzte ich Kerstin Rommel vor ihrem Haus ab. Dieses Gespräch würde ich lieber allein führen. Außerdem rückte Tristans Schulschluss näher, wir durften auf keinen Fall mit unseren Aktivitäten auffallen.

Während der Fahrt berichtete ich Tante Simone von den neuesten Erkenntnissen. Am meisten freute sie sich, dass ich wieder in Lohn und Brot stand. Diese Panik von ihr, dass ich sonst verhungern könnte, wurde langsam lästig. Gut, anfangs hatte ich ähnlich reagiert. Aber mittlerweile verfügte ich über ein genügend großes Polster, um auch Durststrecken zu überstehen. Sollte ich sie daran erinnern, dass sie diejenige gewesen war, die mich anfangs nötigte, Tristans Auftrag anzunehmen? Stattdessen fragte ich, ob sie die neue Rechnung schon geschrieben und abgeschickt hatte, worauf sie nähere Einzelheiten über diesen bizarren Fall hören wollte, an dem irgendwie nichts passte.

Ich dagegen hatte schon genügend seltsame Kunden erlebt, die einem nur einen Bruchteil dessen erzählten, was man wissen musste. Meine Vermutung war, dass zwischen meinem Auftraggeber und seinem Schwager irgendwelche Animositäten herrschten, vielleicht ging Letzterer fremd oder erpresste gar seinen Chef. Wenn dieser nicht mit der Sprache rausrücken wollte, sollte er es bleiben lassen. Ich konnte immer nur so viel ermitteln, wie es gewünscht wurde.

Tante Simone war aus einem anderen Holz geschnitzt. Sie ging der Sache stets auf den Grund. Ich wich ihren Fragen aus, indem ich behauptete, vor Ort zu sein und mich später wieder zu melden. Die restlichen Minuten Fahrtzeit legte ich in aller Ruhe zurück.

Wiechmann hieß die Frau und wohnte im Parterre. Auf mein Klingeln surrte der Drücker und ich betrat den Hausflur. Sie stand in der geöffneten Tür und blickte mir neugierig entgegen. Grauer, schmuddeliger Jogginganzug, eine hellblond getönte Kurzhaarfrisur, braune ledrige Haut, als sei sie gerade erst von einem längeren Urlaub in der Sonne zurückgekehrt, registrierte ich. Und dass sie so zwischen vierzig und fünfzig sein musste, eher näher an der Fünfzig, den Gesichtsfalten nach zu schließen.

Sie schüttelte gleich abweisend den Kopf, als ich nähertrat. „Ich will nicht mit Ihnen reden."

„Frau Wiechmann, Herr Brewster ist nicht für all das verantwortlich, was ihm vorgeworfen wird", sagte ich eindringlich. „Ich will ihn reinwaschen."

Sie schüttelte den Kopf. „Wie soll ihm das helfen? Er ist tot."

„Ihre Aussage wird belohnt." Ich rieb mit dem Daumen über Zeige- und Mittelfinger, um ihr mit dieser Geste zu verdeutlichen, was ich meinte. „Meine Auftraggeberin ist sehr spendabel."

Mein Eindruck von ihr war richtig gewesen. Ihre Augen leuchteten gierig auf. „Dann zahlen Sie mal den Eintritt."

Ich wählte einen Fünfziger. „Wenn Sie mehr wollen, will ich dafür was haben."

Sie riss mir fast den Schein aus der Hand. „Gut, kommen Sie rein."

Sie führte mich durch eine erstaunlich saubere und aufgeräumte Diele in ein spießbürgerliches Wohnzimmer, so richtig mit Spitzendeckchen unter den vielen aufgereihten Zinnbechern auf der Kommode. Darüber hingen jede Menge Teller gleicher Machart. Der Teppichboden war unter den kreuz und quer liegenden Läufern kaum auszumachen, über die Couch hatte sie mehrere Decken drapiert, um den Stoff zu schonen vermutlich. Das Bild an der Wand zeigte eine feurige Zigeunerin. Nur der Flachbildfernseher stammte aus neueren Zeiten.

„Nehmen Sie Platz." Sie wies auf die Couch, griff selbst zu den Zigaretten auf dem Kacheltisch, fingerte eine aus der Packung, zündete sie mit einem Einwegfeuerzeug an und stieß aufatmend den Rauch aus. „Was wollen Sie wissen?"

„Kennen Sie diesen jungen Mann?" Ich hielt ihr das Foto von Connor hin.

Sie kam näher und beugte sich darüber. „Das …" Sie warf mir einen berechnenden Blick zu.

„Die Antwort ist mir wieder einen Fünfziger wert." Gut, dass ich noch beim Geldautomaten vorbeigefahren war.

„Einen Hunderter", forderte sie dreist. „Die Antwort wird Sie umhauen."

Ich gab ihr den ersten Schein, der Rest würde folgen, wenn ich mit ihrer Aussage tatsächlich etwas anfangen konnte.

„Das ist Andrews Sohn." Sie sah mich triumphierend an.

Ich schob den nächsten Fünfziger nach.

„Das wusste er genau?"

„Connors Mutter hat es ihm gesagt, gleich nachdem sie schwanger war. Er hat dann später einen Gentest machen lassen, um sicher zu gehen. Das ist amtlich."

Die Polizei hatte doch akribisch die Wohnung durchsucht.

Sie schien meine Gedanken lesen zu können. „Er hat ihn bei mir deponiert. Den kriegen Sie aber nicht unter fünfhundert."

Ich erhob mich. „Nein, danke. Kein Bedarf."

Sie drückte hektisch ihre Zigarette aus. „Haben Sie sonst keine Fragen mehr?"

Ich blieb stehen. „Kannten Sie Connor persönlich?"

„Nee, das wollte Andrew nicht. Die beiden hatten irgendwas am Laufen. Genaueres darüber weiß ich nicht. Sie wollten richtig absahnen", fuhr sie rasch fort, weil ich den ersten Schritt in Richtung Ausgang machte. „Andrew hatte bisher nur Pech im Leben. Die Großmutter von seinem Sohn ist reich, richtig reich. Was die genau vorhatten, weiß ich wirklich nicht. Nur dass es um diese Frau ging."

Ich gab ihr einen weiteren Fünfziger. „Sie waren nicht mal zufällig in seiner Wohnung, als Connor erschien?"

Bei ihrem Lächeln zerfiel ihr Gesicht in tausende von Falten. „Er hatte natürlich keine Ahnung. Ich blieb im Schlafzimmer. Er brachte Andrew elektronische Teile vorbei, der sollte was daraus bauen. Ich hab nicht nachgefragt und er hat den Beutel sofort weggestellt." Sie sah mich auffordernd an.

Ich gab ihr einen letzten Fünfziger. „Ich denke, dieser Besuch war für beide Seiten äußerst gewinnbringend."

67

Freitag/Samstag

Oliver

„Wir haben ihn – und auch sein Motiv. Allerdings sind Sie um zweihundertfünfzig Euro ärmer."

„Das ist mir egal. Erzählen Sie!"

Dem kam ich gern nach. „Montag will ich zu der ermittelnden Kommissarin hin, um ihr die Fakten auf den Tisch zu legen", schloss ich. „Wollen Sie mitkommen?"

Eine kleine Pause entstand. „Meinen Sie, das Gefundene reicht aus?", fragte Kerstin Rommel skeptisch. „Wird er sich nicht wieder rausreden können?"

Der Gedanke war mir auch schon gekommen. „Es ist zumindest ein Ansatz, dem die Polizei nachgehen muss. Vielleicht finden die weitere Spuren. Ich bin am Ende meiner Möglichkeiten angekommen. Mehr werden wir nicht in Erfahrung bringen." Das war leider die bittere Wahrheit. So sehr ich mich auch abstrampelte, es reichte nicht, um Connor eindeutig festzunageln. Und trotzdem würde ich nicht aufgeben – allein schon wegen meiner Sorge um Tristans Wohl. Verdammt, es musste doch irgendetwas geben, was wir ihm nachweisen konnten!

Wir verabredeten, dass ich bei Frau Körber einen Termin möglichst im Vormittagsbereich ausmachen solle und wir uns dann trafen.

Auf dem Weg nach Hause ging ich die Optionen durch, die mir blieben. Ich sah nicht eine. Nichts, wo ich ansetzen, was ich unternehmen konnte, um Connors Mittäterschaft zu beweisen. Es war zum

Verrücktwerden. Alles deutete eindeutig auf den jungen Mann hin, doch es gab keinen handfesten Beweis! Kerstin Rommel hatte recht. Vermutlich würde es Connor gelingen, sich irgendwie herauszureden.

Immerhin ist er durch ein erneutes Verhör der Polizei vorgewarnt und wird sich hüten, sofort etwas Neues zu unternehmen, tröstete ich mich. Ihm wird nichts anderes übrigbleiben, als eine Zeit lang stillzuhalten. – So richtig zufrieden, stellte mich dieser Gedanke trotzdem nicht. Denn aufgeben würde Connor seine wahren Absichten garantiert nicht. Nicht nach alldem, was er bereits dafür getan hatte.

„Ich möchte Sie und Ihre Tante für morgen Mittag einladen", sagte Frau Rommel, als wir nebeneinander ins Präsidium marschierten. „Heute Abend bringt mein Ex die Zwillinge zurück. Wir planen ein gemeinsames Essen, um den glücklichen Ausgang dieser Geschichte zu feiern. Es wäre nett, wenn Sie dazu stoßen könnten."

Statt einer Antwort zog ich eine Augenbraue hoch.

„Tristan würde sich sehr über Ihr Erscheinen freuen, er spricht täglich von Ihnen. Außerdem möchte ich mich so bei Ihrer Tante bedanken. Und ich fühle mich sicherer, wenn Sie dabei sind", gestand sie leise.

„Kein Problem, wir kommen gern." Bei der Aussicht, Tris wiederzusehen, schlug mein Herz einen Trommelwirbel. Ich vermisste den Kleinen mehr, als ich es mir hatte vorstellen können.

Glücklicherweise hatte ich direkt nach meinem Telefonat mit Frau Rommel versucht, Frau Körber zu erreichen. Und die gab mir tatsächlich einen Termin für den nächsten Vormittag. Dass sie bereit war, mich an einem Samstag zu empfangen, nahm ich als gutes Omen. Vielleicht war sie mittlerweile ebenso unzufrieden wie ich über die bisherigen Ergebnisse der Ermittlung.

Da wir zu früh erschienen waren, mussten wir zehn Minuten auf dem Flur warten. Ich ging in Gedanken noch einmal sämtliche Argumente durch, die ich anbringen wollte. Dann übernahm jedoch relativ schnell Kerstin Rommel. „Sie mögen uns für verrückt halten, trotzdem möchten wir darauf bestehen, dass Sie Ihre Ermittlungen ausdehnen."

Nacheinander listete sie auf, was uns aufgefallen war beziehungsweise suspekt vorkam. Ich nickte bloß zu ihren Ausführungen.

„Allein, dass sie das E605 benutzten, das bei uns im Keller stand, legt schon nahe, dass von Anfang an geplant war, mich als die Täterin hinzustellen", führte Kerstin Rommel aus. „Es war nicht gerade versteckt, trotzdem kann ich nicht glauben, dass Herr Brewster unser Haus so akribisch durchsuchte, dass er selbst im Keller in den hintersten Reihen nachschaute, nur in der Hoffnung, etwas zu finden."

„Das hat mir auch zu denken gegeben", stimmte Frau Körber zu. „Sie vermuten also, das Motiv, das hinter allem steckt, war das Ziel, von der Oma beerbt zu werden."

„Wenn diese erfahren hätte, dass Connor nicht Claas' leiblicher Sohn ist, könnte ich mir bei ihr durchaus vorstellen, dass sie ihn fallen lässt. Sie pocht auf die Erbreihenfolge."

„Was hätte es dann gebracht, den Vater umzubringen und Sie aus dem Verkehr zu ziehen?"

„Sein Besitz wäre an Connor gefallen und ich aus dem Weg. Natürlich ist Tristan seinem Bruder gleichgestellt", fügte Kerstin Rommel hinzu. „Allerdings wäre Connor als der Erwachsene der Weisungsberechtigte gewesen."

„Ich verstehe immer noch nicht. Wäre es nicht sinnvoller gewesen, gleich die Oma zu töten?" Entweder war Frau Körber heute arg begriffsstutzig oder sie wollte auf irgendetwas anderes hinaus.

„Entweder brauchte er sie noch, wegen der Ausbildung zum Beispiel, oder er dachte, es wäre zu offensichtlich", führte ich aus.

„Bei der ursprünglichen Version passt alles", übernahm wieder Kerstin Rommel. „Kein Erwachsener, der ihm zu nahekommen kann. Und ein einwandfrei geklärter Fall, bei dem er als armes Opfer dasteht. Jonah und Jannis waren aus dem Weg, die würden zu ihrem Vater ziehen. Es blieb nur der arme Tristan, der ihm sowieso nicht Paroli bieten kann."

„Vor allem hätte er seinen Stiefvater ruhiggestellt, bis ihm für ihn eine passende Lösung eingefallen wäre." Ich sah die Szene direkt vor mir. Der ahnungslose Connor, wie er erfuhr, dass er nicht Claas Rommels leiblicher Sohn, sondern der eines Kriminellen war. Seine hochfliegenden Pläne, seine glänzende Zukunft zerplatzten, besonders als ihm klar wurde, dass Brewster ihn mit seinem Wissen erpressen wollte. Jetzt machte auch dessen Tod Sinn. Und vermutlich war Claas Rommel nur durch Bilals Klingeln mit dem Leben davongekommen. Wahrscheinlich war geplant gewesen, ihn zu töten und Connor so zu verletzen, dass er ohne weiteres behaupten konnte, nur mit Glück überlebt zu haben. Das war die Version, die Connor Brewster vorgesetzt hatte. Stattdessen hatte er geplant, ihn nach dem Angriff auf Claas zu töten, damit er endlich wieder selbst entscheiden konnte und, noch wichtiger, der einzige Mitwisser seiner Herkunft aus dem Weg geräumt war. Deshalb war er kurz vorher in die Wohnung gegangen und hatte die nötigen Beweise dort versteckt. Alle Vorfälle würden an Brewster hängen bleiben.

Connors Genialität machte mir Angst. Es schien immer unsicherer, ob es uns gelang, ihn zu stoppen. Er war nahe dran, das perfekte Verbrechen zu begehen.

Frau Körber versicherte uns, sie würde sich gleich am Montag mit Herrn Abel und Frau Wiechmann persönlich unterhalten. Für die türkische Nachbarin empfahl ich ihr einen Dolmetscher und gab ihr vorsichtshalber Bilals Telefonnummer, falls sie dort nicht weiterkam. Mehr konnten wir im Moment nicht tun. Sie versprach, uns auf dem Laufenden zu halten, wirkte jedoch nicht sehr zuversichtlich.

„Ob das was gebracht hat?" Kerstin Rommel sah mich skeptisch an.

Obwohl mir Ähnliches durch den Kopf ging, verströmte ich ihr gegenüber lieber Optimismus. „Abwarten! Es wird zumindest schwer für Connor, sich passende Erklärungen einfallen zu lassen."

Sie schüttelte mir zum Abschied die Hand. „Danke, für alles. Besonders dafür, dass Sie von sich aus nicht aufgegeben haben." Sie grinste verschmitzt. „Und natürlich dafür, dass Sie das Eis bei diesem Gespräch gebrochen haben."

Anfangs hatte Frau Körber in ihr nur die Täterin gesehen, die ohne ersichtlichen Grund auf ihren Stiefsohn einstach. Sie erinnerte sie prompt daran, dass sie um ihr Strafverfahren wegen versuchten Totschlags auf keinen Fall herumkäme. Da war ich Kerstin Rommel zur Seite gesprungen und hatte der Kommissarin klargemacht, dass wir in erster Linie erschienen seien, um ihr neue Beweise gegen Connor an die Hand zu geben. Dass eben der Fall bisher nicht lückenlos aufgeklärt sei. Danach war das Gespräch endlich in normaleren Bahnen verlaufen.

Ich war noch auf dem Weg zu meinem Auto, als mein Handy klingelte. „Danke, dass du mich wieder ausgeschlossen hast!", tönte es mir entgegen. „Du ermittelst weiter, richtig? Sonst wärst du nicht gerade mit meiner Mutter bei der Polizei gewesen."

68

Tristan

Was für eine Scheißwoche! Erst die Enthüllung am Montagabend, am Dienstag dann Olivers seltsames Verhalten, der anscheinend dermaßen in seinen neuen Fall involviert war, dass er meine Neuigkeiten kaum zur Kenntnis nahm. Donnerstag überfielen uns Connors Klassenkameraden gleich mit ihren Fragen. Blöderweise hatte uns Mama zur Schule gefahren und wir betraten nebeneinander den Schulhof, als sie uns auch schon entdeckten.

Connor stand ihnen beeindruckend selbstsicher gegenüber und hatte auf alles eine Antwort. Ich wurde immer kleiner neben ihm und hoffte, dass mich niemand direkt ansprach. Gleichzeitig wurde mir bewusst, wie genial mein Stiefbruder war. Wieder gelang es ihm ausnehmend gut, sich als Opfer zu präsentieren - und gleichzeitig als Held, der genau richtig reagiert und den Fall praktisch im Alleingang gelöst hatte.

„Ich hatte irgendwie so ein doofes Gefühl", tönte er. „Deshalb stellte ich instinktiv den Baseballschläger griffbereit. Nach näherer Überlegung ergab die Sache, so, wie die Polizei es darstellte, keinen Sinn. Ja, ich rechnete tatsächlich mit einem erneuten Angriff."

„Hattest du keine Angst?", wollte Julian wissen.

„Klar, aber was hätte es gebracht, mich in meinem Zimmer einzuschließen und die Polizei zu rufen? Die wären viel zu spät gekommen."

„Gut, dass euer Detektiv ebenfalls einen Mann vor eurem Haus postiert hatte", meinte Simon. „Der scheint auch in diese Richtung gedacht zu haben. Ey, wusstest du, dass der sich nach dir erkundigt hat? Der hat euch alle unter die Lupe genommen."

Zum Glück erlöste mich die Schulglocke, die zum Unterricht rief. Doch ich ahnte schon, dass Connor mich später dazu ausquetschen würde.

Er wartete bis zum späten Nachmittag, bevor er in meinem Zimmer auftauchte. „Dieser Detektiv, hat der echt in meinem Leben herumgestochert?"

„In unser aller", erklärte ich kühn. Ich hatte ja genügend Zeit gehabt, mir eine gute Ausrede einfallen zu lassen. „Er sagte, das gehört zum Job dazu."

„Hat er dir erzählt, was er rausgefunden hat?"

„Natürlich nicht", gab ich mich empört. „Der darf keine Interna ausplaudern."

Connor murmelte etwas, das wie Vollidiot klang, und verschwand.

Freitag, als sie mich von der Schule abholte, fiel mir auf, dass Mama irgendwie verändert war. Abends verstärkte sich dieser Eindruck. Zwischen ihr und Papa herrschte seit dieser Aussprache dicke Luft. Beide redeten nur das Nötigste miteinander. Jetzt verhielt Mama sich fast wieder normal und sie war insgesamt fröhlicher. Nur bei Connor passte sie weiterhin genau auf, was sie sagte und wie sie es sagte.

Vielleicht bemerkte ich das, weil ich selbst darauf achtete. Ich war ja genauso darauf bedacht, ihn nicht unnötig zu reizen. Allerdings hatte ich einen anderen Grund dafür - dachte ich zumindest.

Kurz darauf wurde ich eines Besseren belehrt. Ich habe nicht gelauscht, ehrlich. Ich war in der Küche, als ihr Handy klingelte. Sie nahm den Anruf an und verschwand im Wohnzimmer. Ich musste nur ein wenig die Ohren spitzen - hatte ich schon erwähnt, dass mein Gehör exzellent ist?

Dann fiel der Satz: „Meinen Sie, das Gefundene reicht aus?" Kurz darauf der nächste: „Wird er sich nicht wieder rausreden können?"

Oliver und sie ermittelten weiter! Es konnte nach dem Gehörten gar nicht anders sein. Ich wurde so wütend, dass ich beinahe ein verheerendes Chaos in der Küche angerichtet hätte. Stattdessen rannte ich nach draußen in den Garten und tobte mich im Schnee aus, bis ich ruhiger wurde.

Am Samstagmorgen nahm ich ihre Erklärung, sie müsse eine längere Einkaufstour machen, ohne Nachfrage hin. Stattdessen erklärte ich, ich würde gleich zu Tante Simone gehen, weil ich sie mit einem kleinen Geschenk als Dankeschön überraschen wolle. Das würde ich gleich unterwegs besorgen. Sie zückte sofort ihr Portemonnaie, um mir Geld dafür zu geben.

Ich verließ noch vor ihr das Haus. Ihr Auto stand am Straßenrand. Ich sah mich nach allen Seiten um, bevor ich mit dem Reserveschlüssel die Tür öffnete, hineinschlüpfte und mich hinter ihren Sitz auf den Boden kauerte. Ich drapierte die Decke, die normalerweise auf dem Rücksitz lag, über mich und hoffte darauf, dass sie zu sehr in Eile wäre, um sie hochzuheben. Dann wartete ich.

Wahrscheinlich dauerte es nicht lange, bis sie kam, trotzdem war ich zu einem Eisklumpen erstarrt. Nie wieder, schwor ich mir.

Andererseits, wie hätte ich mir sonst Gewissheit verschaffen sollen? Ich stellte mir das vor: Ein Zwölfjähriger steigt in ein Taxi und lässt den Fahrer mit den Worten vor dem Haus warten: Bitte folgen Sie dem Auto. Wetten, dass er mich entweder rausgeschmissen oder die Polizei gerufen hätte?

Die Heizung schaffte es, mich so weit wieder aufzutauen, dass ich rechtzeitig genug hochkam, um zu sehen, wie sie mit Oliver zusammen das Polizeipräsidium betrat. Ich verließ das Auto und wartete in der Nähe. Kaum hatten sie sich getrennt, rief ich ihn an.

„Wo bist du?", fragte er, nachdem ich ihm meine Vorwürfe an den Kopf geschleudert hatte. „Wir müssen reden."

Ich legte auf und ging auf ihn zu. Er starrte mir kopfschüttelnd entgegen. „Du bist ja völlig verfroren." Er sah sich suchend um. „Da drüben ist eine Bäckerei. Lass uns reingehen und was Heißes trinken."

Kaum hatte er für uns bestellt und wir uns hingesetzt, sah er mich eindringlich an. „Tris, ich weiß, dass du sauer auf mich bist. Aber glaube mir, die Sache ist zu heiß, als dass ich dir was hätte sagen können."

„Klär mich jetzt auf!" Ich hielt meine Augen auf den Tisch gerichtet. Ihn anzusehen, brachte ich einfach nicht fertig.

Er rutschte unbehaglich auf seinem Stuhl herum. „Es ist zu früh, da ..."

„Wir sind ein Team!", höhnte ich. „Das war einmal."

„Tris. Ich kann nicht …"

Wieder unterbrach ich ihn. „Meine Mutter hast du auch eingeweiht. Sie hat Zweifel, genau wie ich, richtig? Warum redest du mit ihr, aber mit mir nicht?"

„Ich habe Angst, dass du Connor gegenüber anders reagierst."

„Was?" Jetzt blickte ich doch hoch. „Das ist nicht dein Ernst, oder? Ich hab das Ganze ins Rollen gebracht und du lässt mich hängen. Habe ich Connor je spüren lassen, was ich über ihn denke? Nein", beantwortete ich meine Frage selbst. „Selbst seitdem ich weiß, dass er ein echter Psychopath ist, verhalte ich mich ihm gegenüber normal. So viel Gefühlskontrolle solltest du mir eigentlich zutrauen."

Er schien getroffen durch meine Worte, jedenfalls schwieg er eine ganze Weile. Schließlich nickte er. „Du hast ein Recht darauf, informiert zu werden." Statt endlich Tacheles zu reden, griff er zu seinem Handy. „Bist du einfach von Zuhause abgehauen oder hast du einen Grund für deine Abwesenheit vorgeschoben?"

Was sollte das denn? Ich war in fiebriger Erwartung und er hielt sich mit Kleinigkeiten auf! „Ich habe gesagt, ich bin bei deiner Tante."

„Besser, ich informiere zuerst deine Mutter. Unser Gespräch wird länger dauern."

Er sagte ihr, dass ich ihn abgefangen habe und er mich aufklären würde. Dann lachte er laut auf und wandte sich mir zu. „Sie hat gerade Tante Simone beim Einkaufen getroffen. Die beiden waren schon in Sorge, dass du vor verschlossener Tür stehen musst."

69

Samstag/Sonntag

Tristan

Ich trank noch zwei weitere Tassen Kakao, während Oliver berichtete. Was die alles rausgefunden hatten! Ich war begeistert.

Meine Begeisterung bekam einen gewaltigen Dämpfer, als er mir klarmachte, dass nichts von alldem bewies, dass Connor mit seinem Stiefvater zusammen die Taten begangen hatte und dass es ihm vermutlich gelingen würde, sich rauszureden.

„Der einzige Punkt, den er nicht vom Tisch wischen kann, ist der Gentest. Aber allein ihm zu beweisen, dass er davon gewusst hat, ist schwierig. Ja, er war bei dem Brewster in der Wohnung. Er wird sagen, das habe er vergessen zu erzählen oder als nicht so wichtig erachtet."

„Und dass er, kurz bevor sein Stiefvater diesen Anschlag verübte, allein dort war?" Damit müsste man ihn drankriegen können.

Oliver verzog das Gesicht. „Er wird beteuern, er sei wieder gegangen, nachdem der Brewster nicht kam. Leider hat die Nachbarin nicht mitbekommen, wie lange er sich in der Wohnung aufhielt."

„Und die Aussage von seiner Freundin über Oma?"

„Ist viel zu ungenau. Du kennst Connor besser als ich. Glaubst du, er würde einknicken?"

Ich musste an seinen Auftritt vor den Klassenkameraden denken. Nein, der schaffte die polizeiliche Befragung mit links. „Das heißt, obwohl du und Mama und auch ich weiterhin denken, er ist darin verwickelt, kriegen wir ihn nicht dran?"

Oliver seufzte laut. „Wie es aussieht, nein. Ich habe vollstes Vertrauen zu Frau Kommissarin Körber, Wunder bewirken kann sie leider nicht."

„So ein Mist!"

„Aufgeben ist trotzdem keine Option", versuchte er mich zu trösten. „Ich bleibe weiter am Ball."

Und wie lange konnte er sich das leisten? Was, wenn er nichts fand, was Connor eindeutig überführte? Nein, seine Worte beruhigten mich nicht.

Ich war noch am Nachmittag, als meine Mutter mich bei Linus absetzte, total sauer. Zu meinem Erstaunen öffnete er mir persönlich die Tür. „Komm rein." Er drehte um und trottete vor mir her.

Aus den Augenwinkeln entdecke ich Sonja, die im Eingang zur Küche stand und mir lächelnd zunickte. „Du empfängst deine Besucher selbst?", sagte ich, nachdem wir in seinem Zimmer waren. Eigentlich hatte ich erwartet, er sei beleidigt, weil wir unser Treffen um einen Tag verschieben mussten. Dass es an einem Termin von ihm lag, machte dabei nichts. War er schlecht drauf, weil seine Routine durcheinandergekommen war, hatte jeder darunter zu leiden.

Er nickte ernst. „Ich habe mich täglich mit eurer Kriminalsache beschäftigt. Mein Entschluss steht fest, ich will Profiler oder so was in der Art werden. Mama und Herr Petersen sagen, dann muss ich lernen, in der Welt zurechtzukommen. Ich werde mir ab jetzt große Mühe geben, der Norm zu entsprechen."

„Wow." Besser ich enthielt mich eines Kommentars. Denn da lag noch ein weiter Weg vor ihm. Linus war nicht nur wesentlich gehandicapter als ich, seine Mutter hatte ihn zudem eher dabei unterstützt, sich nicht anzupassen. Manchmal war ich richtig neidisch auf ihn gewesen. Dass er nicht gezwungen wurde in die Schule zu gehen, zum Beispiel. Und dass seine Mutter ihn nicht drangsalierte, dämliche kleine Aufträge zu erledigen, bei denen man mit völlig Fremden reden musste.

„Ich habe dir wieder was Neues zum Nachdenken mitgebracht", wechselte ich lieber das Thema. Linus gegenüber konnte ich völlig offen sein. Der würde mit keinem über das sprechen, was ich ihm anvertraute. Und bis er irgendwann einmal dazu in der Lage war, mich zu besuchen und

301

dabei auf meine Brüder zu treffen - bis dahin würde noch ein großer Zeitraum verstreichen.

Ich erzählte ihm in allen Einzelheiten, was meine Mutter und Oliver herausgefunden hatten. Anschließend brachte ich auch Olivers Sorge vor, dass Connor höchstwahrscheinlich damit immer noch nicht zu packen war.

Er nickte nachdenklich. „Das sehe ich ähnlich. Ich glaube, ich muss alle vorhandenen Fakten noch einmal genau prüfen. So perfekt kann er nicht sein!"

Einer mehr, der sich kümmerte. Und mir hatte es gutgetan, mir den Frust von der Seele zu reden. Ich fühlte mich tatsächlich etwas besser.

„Was ich nicht verstehe, wieso war die Aussage von dem Vater der Frau so wichtig?"

„Mein Fehler", gab ich zu. „Die habe ich dir zu knapp wiedergegeben. Herr Abel hat zugegeben, dass er seine Tochter damals regelmäßig zum Brewster ins Gefängnis fuhr, angeblich zu normalen Besuchen. Als sie dann schwanger war, hat er eins und eins zusammengezählt. Wenn du als Strafgefangener eine feste Beziehung hast, gibt es wohl so Zimmer, in denen du mit deiner Frau allein sein darfst." Ich hoffte, dass ich nicht deutlicher werden musste.

„Und gleichzeitig lebte sie mit Herrn Rommel zusammen?" Das verstand er genauso wenig wie ich. „Demnach kamen beide als Väter infrage?"

„Laut Herrn Abel hat sie das jedenfalls behauptet. Er gab sich damit zufrieden, obwohl er ihre Einstellung nicht verstehen konnte. Richtig sauer wurde er jedoch, als sie meinen Vater verließ und zu dem Brewster zurückkehrte. Er hatte nämlich gehofft, sie würde trotz allem endlich vernünftig. Sie haben sich heftig gestritten und er hat den Kontakt zu ihr abgebrochen. Dass Papa Connor nach ihrem Tod zu sich holte, sei dessen Rettung gewesen, dachte er. Der hält von dem Brewster gar nichts. Umso trauriger ist er nun, dass sein Enkel wohl in dessen Fußstapfen getreten ist."

„Dass er ihn nie besucht hat!" Linus war das einzige Enkelkind. Seine Großeltern liebten ihn so, wie er war.

„Er kannte den Kleinen ja nicht. Es war ihm wohl zu blöd. Vier Jahre hatte er keinen Kontakt zu seiner Tochter, kaum ist der Enkel bei neuen Leuten, taucht er auf - nee, so einer ist das nicht."

Linus hörte mir schon gar nicht mehr zu. Sein Blick war in die Ferne gerichtet. „Hättest du was dagegen, mein Spiel zu übernehmen? Ich brenne darauf, mein Material ein weiteres Mal zu sichten."

Auch das war neu, dass er so nett fragte. Weil seine Arbeit letztendlich in meinem Sinne war - und man Linus sowieso nicht von einem gefassten Vorhaben abbringen konnte -, beschäftigte ich mich allein, bis es Zeit war zu gehen.

Mein Freund saß auf dem Boden, in einem Chaos von ausgedruckten Seiten. „Mir stößt da was auf, ich komme bloß nicht drauf, was es ist", murmelte er zum Abschied.

„Melde dich per Handy, wenn du klarer siehst", verabschiedete ich mich.

Zu Hause herrschte Trubel. Jonah und Jannis waren zurück, wir saßen den ganzen Abend zusammen im Wohnzimmer und unterhielten uns. Sogar Connor setzte sich dazu.

Am nächsten Tag erschienen Tante Simone und Oliver mit Roger zusammen, den sie draußen getroffen hatten. Meine beiden Freunde wurden herzlich begrüßt. Jonah zog Oliver gleich zur Seite und bombardierte ihn mit Fragen zu seinen Ermittlungen. Leider gesellte sich Connor sofort zu ihnen und hörte interessiert zu. Jannis stellte sich daneben und auch Papa und Roger gingen zu ihnen. Tante Simone und Mama zogen sich in die Küche zurück, um letzte Vorbereitungen für das Essen zu treffen.

So bekam keiner mit, dass mein Handy klingelte. Noch während der ersten Töne drückte ich auf annehmen und verließ schnell den Raum. Es konnte nur Linus sein, der mich anrief.

„Ich bin endlich darauf gekommen! Es gibt eine reelle Chance, Connor dranzukriegen. Sag deinem Detektiv bitte, was er machen soll!"

70

Oliver

Wir wurden herzlich empfangen. Besonders Jonah freute sich mich wiederzusehen und verwickelte mich gleich in ein Gespräch. Die anderen traten hinzu, sodass mir im ersten Moment gar nicht auffiel, dass Tristan verschwunden war.

Er tauchte erst wieder auf, als Kerstin Rommel zum Essen rief, und setzte sich bei Tisch wie selbstverständlich neben mich. Allerdings war es Jonah, der, mir gegenübersitzend, eine Frage nach der anderen abschoss. Ihn interessierte wirklich jede Kleinigkeit aus meinem beruflichen Leben.

„Das Essen ist super", lobte ich zwischendurch Kerstin Rommel. Sie hatte richtiggehend aufgefahren. Es gab mehrere Sorten Fleisch in verschiedenen Soßen, dazu Reis, Kartoffeln und Pommes, Gemüse und Salat.

Connor stieß seinen Stiefbruder Jannis an. „Ja, iss! Du bist dermaßen vom Fleisch gefallen!"

„Jannis ist ziemlich verfressen", erklärte mir Jonah. „Deshalb war er auch viel kränker als ich. Der konnte Portionen verdrücken, du glaubst es kaum."

„Man sieht überhaupt keinen Unterschied zwischen euch." Sie glichen sich wie ein Ei dem anderen. Hätte Jonah nicht ein blaues Shirt getragen, sein Bruder hingegen ein grünes, und sich gleich namentlich vorgestellt, ich wäre nicht in der Lage gewesen, die beiden auseinanderzuhalten.

„Ja, jetzt", grinste Connor. „Der Kleine hat alle überflüssigen Kilos verloren. Einen Vorteil hatte die Geschichte eben doch."

Alle schauten ihn pikiert an und sein Vater hob leicht eine Augenbraue an. Das war der einzige Lapsus, den Connor sich an diesem Tag leistete. Die Unterhaltung floss ohne große Mühe dahin. Alle zeigten sich von ihrer besten Seite. Als wir gegen Abend aufbrachen, schieden wir als beste Freunde.

„Ach, Tristan", sagte meine Tante zum Abschied. „Würdest du mir die Freude machen und mich morgen besuchen kommen? Ich habe ein paar Sachen aussortiert, die dir wahrscheinlich gefallen könnten."

Tristan sah erst zu seiner Mutter, als die nickend ihre Zustimmung gab, lächelte er strahlend. „Wann soll ich da sein?"

„Direkt nach der Schule? Ich würde dann für dich mit kochen. Anschließend kannst du den Haufen durchgucken und ich bringe dich zurück nach Hause, wenn wir fertig sind."

Ich wusste gleich, dass etwas im Busch war. Meine Tante hätte mir von ihrem Vorhaben sonst längst erzählt. Kaum saßen wir im Auto, fragte ich nach.

„Du warst so umlagert, Tristan hatte keine Chance, mit dir zu sprechen. Sein Freund Linus hat sich gemeldet. Anscheinend ist ihm etwas eingefallen, was man noch überprüfen könnte. Mehr weiß ich auch nicht."

Natürlich begegnete ich dieser Aussage mit reichlich Skepsis. Andererseits, mir war alles recht, was zu einem für uns positiven Ergebnis führen konnte. Und Tris' Freund war wohl reichlich seltsam, allerdings auch äußerst beharrlich und an Kriminalfällen interessiert. Vielleicht hatte er tatsächlich die rettende Idee.

„Wir haben total vergessen, Connors Vorleben genauer unter die Lupe zu nehmen", platzte Tris heraus, sobald er in Tante Simones Küche trat. Sie hatte darauf bestanden, bei diesem Gespräch dabei zu sein. „Und zwar seine Urlaube und Schulausflüge. Linus meint, da war er noch jünger und nicht so erfahren. Und wo kann man besser agieren als in einem weit entfernt liegenden Gebiet oder gar im Ausland?"

Peng! Es war wie ein Blitzeinschlag. Hatte nicht selbst Britta gesagt, wir sollten uns seine Vergangenheit gründlich ansehen? Warum war ich nicht selbst auf diese Idee gekommen! „Hast du genaue Daten?"

Tris nickte eifrig. „Ich hab Mama auf dem Weg hierhin gefragt. Wir haben gleich eine Liste mit den ungefähren Zeiträumen angefertigt. Ob er wohl früher schon so clever war, an DNA-Spuren zu denken?"

Ich zog das Blatt näher an mich heran. Connor war ganz schön herumgekommen.

Tris tippte auf den obersten Vermerk. „Das in der Schweiz war ein Skiurlaub mit seiner Klasse. Darunter ist die letzte Klassenfahrt, die ging nach London. Und dann ist ihr noch ein Aufenthalt auf Juist eingefallen. Die sieben danach sind private Ausflüge, zwei mit sechzehn, siebzehn und achtzehn, einer mit neunzehn."

Ich überflog die Liste. Drachenfliegen, Snowboarden, ein Fallschirmspringerlehrgang, Wildwasser Rafting, Freeclimbing - Connor hatte sich hauptsächlich in extremen Sportarten ausprobiert. „Ganz schön teuer, seine Hobbys."

„Das meiste Geld dafür hat er selbst zusammengespart. Der hatte sonst kaum Wünsche." Wieder tippte Tris auf die Liste. „Linus sagt, mittlerweile kann man auch auf viele ausländische Datenbanken zugreifen. Falls Connor irgendwo ein Verbrechen begangen und DNA-Spuren hinterlassen hat, müssten die zu finden sein."

„Dann lass uns mal überprüfen, ob es in dem Zeitraum überhaupt ein Verbrechen in der besagten Gegend gab." Ich erhob mich und griff mir das Blatt. „Kommst du?"

„Klar." Er war schneller zur Tür hinaus als ich.

Wir begannen mit den einfachsten Aufgaben. Mit sechzehn hatte Connor an einem Überlebenstraining teilgenommen: Eine Woche im Wald ohne Lebensmittel und anderweitige Hilfsmittel - und war begeistert gewesen, wie Tris sich erinnerte.

Innerhalb kürzester Zeit hatten wir einen Treffer. Tödlicher Unfall bei Survival-Kurs. Ein Mädchen war einen steilen Abhang hinabgestürzt, keiner der Teilnehmer konnte genauere Angaben machen, da die Sechzehnjährige zu dem Zeitpunkt allein unterwegs war, obwohl es die strikte Anweisung gab, nur in Zweiergruppen zu laufen. Man nahm an, dass sie vom Weg abgekommen sei und versucht habe, eine Abkürzung zu nehmen. Dabei sei sie wohl zu dicht an die Schlucht gekommen und abgestürzt. Anzeichen für Fremdverschulden gab es nicht.

„Passt zu Connor, wird aber wahrscheinlich nicht zu beweisen sein", merkte ich an.

Trotzdem waren wir durch diesen Fund motiviert, akribisch zu suchen. Tristan übernahm Tante Simones Computer und ich machte an meinem eigenen weiter.

Um kurz nach sechs kam meine Tante hereingestürmt. „Tristan, du musst nach Hause!"

„Kann ich nicht hierbleiben?", bettelte dieser.

„Nein", blieb ich hart. „Wir dürfen kein Aufsehen erregen. Du bist schon seit Stunden hier. Vielleicht kannst du dich rausziehen und dich vor deinen Rechner setzen", versuchte ich ihn zu trösten. „Nur sei bitte vorsichtig."

Er zog nicht mehr ganz so traurig ab.

„Ich übernehme!" Tante Simone, die Tristan mit dem Auto weggebracht hatte, setzte sich an den frei gewordenen Computer. „Wäre doch gelacht, wenn wir diese Nuss nicht knacken würden!"

71

Mittwoch

Oliver

Am Morgen trafen Kerstin Rommel und ich uns mit Hauptkommissarin Körber in ihrem Büro. Ich hatte sie gleich am Dienstag über unseren neuen Ansatz und die bisherigen „Funde" informiert.

Tristans Mutter waren in der Zwischenzeit noch vier neue Daten aus seinem vierzehnten und fünfzehnten Lebensjahr eingefallen, wodurch wir einen weiteren Treffer hatten. Deshalb gingen wir relativ euphorisch zu diesem Termin.

„Die Übereinstimmung ist enorm", sagte ich nun zu der Kommissarin. „Zu mehreren seiner Aufenthalte findet sich ein gleichzeitiger Mord- oder Unglücksfall." Ich legte ihr den Packen Ausdrucke vor. „Sehen Sie selbst."

Wir warteten schweigend, bis sie sich einen Überblick verschafft hatte. „Und Sie bringen ihn mit sämtlichen Fällen in Verbindung?" Der Spott in ihrer Stimme war unüberhörbar.

„Natürlich nicht." Mit dieser Frage hatten wir bereits gerechnet. Obwohl wir anderen uns das durchaus vorstellen konnten, wollten wir ihr gegenüber den Ball lieber flach halten. Sie zweifelte, aber noch war sie nicht von Connors Schuld überzeugt.

„Haben Sie den Gentest?", fragte Frau Rommel, mittlerweile Kerstin für mich. Und fuhr auf das Nicken der Kommissarin fort: „Dann wäre es ein Leichtes für Sie, mögliche Übereinstimmungen festzustellen."

„Falls es DNA-Spuren gibt." Frau Körber schien nicht begeistert.

„Ich wette, es wurden welche sichergestellt. Vielleicht nicht in allen Fällen, aber in einigen. Nur deshalb haben wir uns die Mühe gemacht, so tief zu graben."

Sie musterte mich skeptisch. „Sie wollen ihn unbedingt drankriegen, oder?"

„Wir sind fest davon überzeugt, dass er ein Mörder ist", übernahm Kerstin wieder. „Die bisherigen Hinweise sind winzig, das geben wir zu. Doch genau sie sind es, die unsere Überzeugung nähren."

„Daher unsere Überlegung, ein so gewitzter Kerl hat sich vorher ausprobiert. Und wo wäre es am ungefährlichsten, zu experimentieren und sich auszuleben, als weit weg von zu Hause?", legte ich nach.

Die Kommissarin schüttelte den Kopf. „Damit wäre er ein Massenmörder."

„Wir sagen ja nicht, er ist für all diese Fälle verantwortlich", wiederholte Kerstin. „Wir bitten Sie nur zu überprüfen, ob er eventuell für eine dieser Taten infrage kommt. Genau aus diesem Grund haben wir Ihnen all die Daten aufgeschrieben."

„Und deswegen haben wir im Vorfeld recherchiert, um auszuschließen, dass wir völlig falsch liegen", ergänzte ich. „Hätten wir nichts gefunden, hätten wir unseren Verdacht längst als Hirngespinst abgetan. So aber …" Ich sah sie mit einem bedeutungsvollen Blick an.

Sie seufzte schwer. „Ich werde sehen, was sich machen lässt. Versprechen kann ich Ihnen nichts."

„Denkst du, sie kümmert sich vernünftig darum?", brach es aus Kerstin heraus, kaum dass wir den Flur, auf dem sich das Zimmer der Kommissarin befand, verlassen hatten.

„Ich kenne sie, sie wird jedem einzelnen Hinweis nachgehen. Wir müssen ihr Zeit geben." Ich konnte sie verstehen. Auch mir wäre es lieber gewesen, Frau Körber hätte gleich, noch während wir anwesend waren, mit der Recherche begonnen.

Jetzt seufzte auch Kerstin. „Das Warten ist immer das Schlimmste."

„Mehr können wir nicht tun. Wir haben all unsere Möglichkeiten ausgeschöpft", sagte ich abschließend, nachdem wir unsere hintereinander parkenden Autos erreicht hatten.

Kerstin schenkte mir ein Lächeln, das mich stark an Tristan erinnerte. Überhaupt hatten die beiden viel Ähnlichkeit miteinander, die gleiche Haar- und Augenfarbe, diese niedliche Stupsnase und die Art, wie sie gestikulierten. Aber andererseits erkannte man in dem Jungen auch deutlich den Vater. Ich hätte mich immer noch in den Hintern treten können, dass mir die deutlichen Gemeinsamkeiten im Aussehen zwischen Andrew Brewster und Connor nicht eher aufgefallen waren.

Dass Claas Rommel nichts bemerkt hatte, obwohl er direkt vor dem Leichnam stand, war dagegen typisch für ihn. Und vermutlich hätte er im Traum nicht daran gedacht, seine Vaterschaft anzuzweifeln. Nein, er …

„Schickst du mir dann bitte deine Rechnung?", unterbrach Kerstin meine Gedanken. „Am besten ins Büro, ich schreibe dir eben die Adresse auf."

Ich zögerte. Eigentlich hätte ich die Recherche so oder so durchgezogen.

Wahrscheinlich verriet mich mein Gesichtsausdruck. „Ich will sie bezahlen!", setzte sie mit Nachdruck hinzu. „Vergiss bitte deine Ausgaben für diesen türkischen Freund und Herrn Brewsters Freundin nicht."

„Ich werde Tante Simone Bescheid sagen. Dafür ist sie zuständig."

Kerstin lächelte verschmitzt. „Dann setze ich mich lieber selbst mit ihr in Verbindung."

Ja, meine Tante war bestimmt auf ihrer Seite. Wenn es um mich und meine Arbeit ging, kannte sie kein Pardon. „Keine Telefonanrufe und keine Besuche, bis die Sache geklärt ist", schärfte ich ihr ein. „Kümmere dich darum, dass Tris versteht, warum das wichtig ist."

„Tris?" Sie hob überrascht die Augenbrauen. „Du nennst ihn Tris?"

„Wieso, seine Brüder und sein Vater sagen das auch."

„Du musst ihm viel bedeuten, Oliver Speer", erwiderte sie vollkommen ernst. „Normalerweise darf kein Außenstehender seinen Namen abkürzen, nicht mal sein bester Freund."

Dieser Ausspruch stürzte Tante Simone mehr in Begeisterung als Frau Körbers Zusicherung, sich um das ausgegrabene Material zu kümmern.

„Das ist mir ebenfalls aufgefallen, dass er nicht nur viel von dir hält, sondern auch einfach so gern mit dir zusammen ist", nickte sie. „Aber Kerstins Meinung nach bist du für ihn eher ein Bruder."

Zumindest für Tris mehr als Connor, hätte ich beinahe geantwortet.

„Du musst dich weiter um ihn kümmern, hörst du?"

Als wenn mir das nicht längst klar gewesen wäre! Und das lag nicht an Kerstins Ausspruch. Bei diesem Treffen vor dem Polizeipräsidium war mir schon bewusst geworden, wie sehr ich ihn in den letzten Tagen vermisst hatte. Mir würde es genauso schwerfallen, mich an das Kontaktverbot zu halten wie ihm. Danach stand meine Tür jederzeit für ihn offen. Nein, ich würde ihn einladen vorbeizukommen wie jeden normalen Freund.

Eher ein Bruder, hatte Kerstin angedeutet. Das hörte sich genauso gut an. Mein kleiner Bruder! Ich würde mich bemühen, immer für ihn da zu sein.

Obwohl Tante Simone bereits den nächsten Auftrag für mich in petto hatte und mich dazu drängte, gleich am nächsten Tag anzufangen, kreisten meine Gedanken weiterhin um die Rommels. Nur gut, dass sich mein neuer Fall als simple Überwachung entpuppte. Anspruchsvolle Recherchen, für die ich mein Gehirn hätte benutzen müssen, wären im Moment echt fehl am Platz gewesen.

72

acht Tage später

Tristan

Eine Woche lang tat sich nichts. Ich fand es unheimlich schwer, mir nichts anmerken zu lassen und Connor normal gegenüberzutreten. Besonders, da er bestens gelaunt war. Nur gut, dass Jonah und Jannis viel mit mir unternahmen. Ich weiß bis heute nicht, ob Mama sie darum gebeten hatte oder ob sie einfach so froh waren, mich wieder um sich zu haben.

Linus hatte natürlich auch recherchiert. Er fand zwei weitere Spuren, die eventuell passen konnten. Oliver gab sie an die Kommissarin weiter.

Und dann war es tatsächlich eine von seinen, die den ersten Treffer brachte. Es handelte sich um die Vergewaltigung eines vierzehnjährigen Mädchens, das schwer verletzt überlebte und unter dessen Fingernägeln fremde DNA sichergestellt werden konnte. Wir hatten den Fall gar nicht in Betracht gezogen, weil er einige Dörfer von Connors damaligem Aufenthalt entfernt passiert war. Wie hätte ein knapp Fünfzehnjähriger dort hingelangen sollen?

Aber die genauen Fakten erfuhren wir natürlich nicht sofort. Am Donnerstagmorgen tauchte die Kommissarin zusammen mit einem Kollegen bei uns auf und verlangte Connor zu sprechen. Wir saßen noch beim Frühstück und waren alle total überrascht - zumindest hoffe ich, dass es mir gelang, mich den anderen anzupassen.

Papa war natürlich am geschocktesten. Vor allem als die Ermittler ankündigten, Connor mit auf die Wache nehmen zu wollen. Er meldete sich sofort bei der Arbeit ab, um bei dem Verhör dabei zu sein.

Kaum waren die Polizisten mit Connor und ihm verschwunden, stieß mich Jonah an. „Steckt dein Detektiv dahinter?"

„Woher sollen wir das wissen", nahm Mama mir die Antwort ab. „Gemeldet hat er sich bei uns in den letzten Tagen nicht mehr. Vielleicht hat er auf eigene Faust weiter recherchiert. Zuzutrauen wäre es ihm."

Während sie mich zur Schule brachte, schärfte sie mir ein, bei dieser Aussage zu bleiben, auch Papa gegenüber.

„Das ist eine Lüge. Ich soll nicht lügen."

„In diesem Fall geht es nicht anders. Dein Vater wird nicht verstehen, dass wir ihn nicht schon längst eingeweiht haben."

Das wäre doch überhaupt nicht möglich gewesen. Papa liebte Connor, er war sein Sohn! Er hätte uns niemals geglaubt.

„Genau aus dem Grund halten wir uns raus", belehrte mich Mama. „Es wird für ihn schon schlimm genug, wenn Connors Untaten herauskommen."

Immerhin hatte ich Linus, mit dem ich offen reden konnte. Ich rief ihn täglich an, um ihn auf den neuesten Stand zu bringen. Nach und nach kamen nämlich immer mehr Anklagepunkte zusammen. Connors DNA fand sich in fünf weiteren Fällen. Der Hammer, was?

Schon am ersten Abend wurde er in Untersuchungshaft genommen. Papa kam bleich und verstört nach Hause. Da glaubte er noch an einen Justizirrtum. Einen guten Rechtsanwalt hatte er bereits angeheuert, der Connor helfen sollte. Und obwohl sein Sohn ihn nach der ersten Konfrontation mit seinen Taten bei den Verhören nicht mehr dabeihaben wollte, nahm Papa sich jeden Tag frei und saß von morgens bis abends im Präsidium.

Den nächsten Schock bekam er, als herauskam, dass Connor gar nicht sein leibliches Kind war. Und trotzdem hielt er zu ihm und versuchte ihm zu helfen.

„In seinen Augen ist er der Vater. Er hat ihn großgezogen", erklärte mir Mama. „Das kann man nicht einfach ablegen."

Selbst Oliver sah es ähnlich. „Meine Tante empfindet genauso für mich. Sie würde mich auch nicht einfach fallen lassen."

„Du bist ein guter Mensch."

Er lachte. „Das ist in so einem Fall egal. Gute Eltern, auch wenn es nicht die echten sind, kümmern sich immer um dich."

Noch einmal schärften mir Oliver und Mama gemeinsam ein, dass ich mit niemandem, auch nicht mit Jonah, über das, was wir unternommen hatten, um Connor dranzukriegen, sprechen durfte. „Es muss unser Geheimnis bleiben."

Wobei Papa auf Oliver sowieso sauer war. Wenn der nicht derart besessen von Connors Schuld gewesen wäre, hätte die Polizei nichts gegen ihn in der Hand, behauptete er.

Da reichte es Mama. „Du würdest lieber einen mehrfachen Mörder entkommen lassen, nur weil er zufällig dein Sohn ist? Das ist doch wohl nicht dein Ernst!" Dann zählte sie alle Seltsamkeiten im Zusammenhang mit der Vergiftungsgeschichte und dem in unserem Haus zu Tode gekommenen Herrn Brewster auf. Ui, war die sauer!

Ich saß dieses Mal auf der Treppe, bei der Lautstärke musste ich nicht tiefer hinunter. Als die beiden begannen heftig zu streiten - Papa warf Mama vor, schon seit der Vergiftung würde sie versuchen, Connor die Schuld zuzuschieben -, stand ich auf, um mich wegzuschleichen. Da erst entdeckte ich Jonah und Jannis, die zwei Stufen hinter mir hockten. Beide sahen blass und verstört aus.

Am nächsten Tag zog Papa aus und quartierte sich bei Oma ein. Mama meinte, es sei besser, so könnten wir alle zur Ruhe kommen. Gleich am Nachmittag tauchte Oliver auf und sprach mit meinen Brüdern. Was genau er ihnen sagte, erfuhr ich nicht. Aber die Stimmung zu Hause besserte sich von Tag zu Tag.

Drei Monate lang traf ich Papa nur jeden zweiten Samstag in der Stadt. Zu Oma wollte ich nicht, obwohl er keinen Hehl daraus machte, dass sie Connors Existenz aus ihrem Leben gestrichen hatte. Sie sei dermaßen enttäuscht von ihm, darüber käme sie nie hinweg. Trotzdem hatte ich keine Lust, ihr zu begegnen. Für mich war sie eine biestige alte Frau, die immer ihren Kopf durchsetzen wollte. Und ihre blöden Läden konnten mir auch gestohlen bleiben.

Kurz vor Prozessbeginn zog Papa wieder bei uns ein. Mama, die Zwillinge und ich gingen nicht zu der Gerichtsverhandlung. Papa dagegen hatte sich extra Urlaub genommen, um jeden Verhandlungstag zu verfolgen.

„Du musst das verstehen", sagte Mama. „Er wird sich sein Leben lang für ihn verantwortlich fühlen. Er kann ihn nicht im Stich lassen. Connor hat niemanden außer ihm."

Ja, und Papa hatte sich bereits seine eigene Wahrheit zusammengestrickt. Erstens sei Connor von den Genen her bereits ein Psychopath, er habe schließlich diese dokumentierten Gehirnveränderungen, und zweitens seien seine ersten Kindheitsjahre, die prägenden, von Vernachlässigung und Misshandlungen diktiert gewesen. Da hätten die besten Bemühungen nichts bringen können. Im Endeffekt sei er auch ein Opfer.

Mama sagte, sie könne damit leben, dass Papa Connor nicht aufgeben und später in der Forensik, wo er aller Voraussicht nach landen würde, regelmäßig besuchen würde. Wir anderen wollten mit ihm nichts mehr zu tun haben. Erst seit er im Gefängnis saß, war uns bewusst geworden, wie viel anders nun die Stimmung zu Hause war. Irgendwie hatte seine Gegenwart, seine gesamte Art immer wie eine Drohung über uns gehangen.

Das bildest du dir ein, meinte Oliver, als ich ihm davon erzählte.

Wie auch immer, nach allem, was passiert war, wollten wir keinen Kontakt mehr zu Connor. Und er anscheinend auch nicht zu uns. Er hatte nicht einmal nach uns gefragt. Und Psychopathen können ja sowieso keine Gefühle entwickeln. Wetten, dass wir ihm völlig egal waren?

Nach dem Ende des Prozesses - Connor würde wohl bis an sein Lebensende in der Forensik bleiben müssen - kehrte langsam Normalität bei uns ein. Alles lief wieder in geregelten Bahnen. Nach einem weiteren Gespräch mit Mama hatte sich Papa dazu durchgerungen, Oliver als meinen Freund zu akzeptieren. Auch Jonah und Jannis freuten sich, wenn er vorbeikam. Und Tante Simone und Mama hielten die

Verbindung ebenfalls aufrecht. Ich glaube sogar, sie sind auf dem besten Weg, richtige Freundinnen zu werden.

Doch eines habe ich mir geschworen, ich werde mich von nun an bemühen, die Aufgaben, die Herr Petersen mir stellt, vernünftig zu erledigen - auch die blöden -, damit ich später in der Lage bin, mein Leben allein zu regeln.

mehr von Oliver Speer

Seinen ersten Auftritt hat der Detektiv in dem Krimi: In den Fängen
eines Loverboys – Karin Franke

KJ Weiss – Karin Franke, zwei Namen, zwei unterschiedliche Genre,
eine Autorin.

KJ Weiss – Romane

Gedanken eines Mörders

tollkühn

namenlose Angst

Opferleid

Im Schatten des Vergessens

In ohnmächtiger Wut

Albtraum: Tod eines Kindes

Liebe - Trennung - Mord

Flickenteppich: Diagnose: Schizophrenie

Lukas: Irrwege eines Hochbegabten

Karin Franke - Krimis

Am eigenen Leib: Richies erster Fall

Je tiefer du gräbst: Richies zweiter Fall

Zwischen Lüge und Wahrheit: Richies dritter Fall

Jeder Tod hat seinen Preis: Richies vierter Fall

Inmitten der Krise: Richies fünfter Fall

Kinderseelen-Hölle: Richies sechster Fall

Schwarze Teufelin: Richies siebter Fall

Verkalkuliert: Richies achter Fall

In den Fängen eines Loverboys: Richies neunter Fall

Tote Sünder: Richies zehnter Fall

Dortmund-Krimi

Getäuscht und Belogen